未曾离你如此之近

刘昱

人民东方出版传媒
東方出版社

以人原本的模样

青春不再在人生边缘彷徨

——评《未曾离你如此之近》

在这个“畅销书”铺天盖地的年代，很久没有真正读书了。如果不是受朋友之托，我也不会花五十多个小时囫囵吞枣地把这本书读完。

尽管作者只是个二十刚出头的乳臭男生，一名在读理工科博士，但他用自己的半生和三个朋友的记忆碎片，经历着成长的野性、觉醒和怜悯，诠释着生命的懵懂、焦虑和求索，还有对生命意志、个人意志以及恐惧、贪婪、理想、资源、爱情、金钱、感恩、责任的真知灼见，每一段阐述都饱含思想，每一句判断都富有哲理，每一个词语都是心底挤压迸发的火花。正如他自己所说，“我只想写真正的书”，“每一句话都有支持结构或展现思想的功能”。

生命，未曾离你如此之近！

是的，当你在高楼凭栏处凝望城市行色匆匆的人群，当你矗立山巅注视田间汗流浃背的身影，当你花前月下沉浸热恋两情相悦的幸福，当你仰望星空聆听自己心跳脉动的声音，你是否质疑过，生命，现，即合理？本，当如何？

有一个狂妄的断言你必须认同——大千世界，芸芸众生，真正“活明白”的人可能不会超过“二八定律”，随着教育和科技水平的跃升这个比例在不断提高，因为人们有更多的机会汲取前人的思想和智慧学会正确地思考。

人生至少有三重境界：第一重为本能，饿了要吃、冷了要穿、青春期了要性，遇危险恐惧、遇失败痛苦、遇伤害愤怒，穷时拼命挣钱、富时贪图享受，别人有的你也想有、别人怎么活你也怎么活，类似动物的条件反射，很多人停留在这个阶段终老一生；第二重为改变，改变的前提是认识，认清自己的能力、残缺、性格、情绪，掌握自然的规律、社会的规则和提高自身认知水平的思维方式，而后知行合一地不断完善自己、改善外界，这是人像“人”一样真正生活而不是生存的开始，达到这一层次的是已经或必将成为各行各业砥柱的中上之人，但中上之人未必都达到这一层次；第三重为超越，冥思豁然后大彻大悟、大智大勇，历尽磨练后认定真谛、心无旁骛，“用勇气去改变可以改变的，用胸怀去接受不能改变的，用智慧去分辨这两者”，于自身的修炼炉火纯青，对外界的驾驭游刃有余，登临这一境界的凤毛麟角。

朋友们，如果你还彷徨于“青春骚动”、“生命虚无”的边缘，如果你还困惑于“老天为什么要生我”、“我为什么活着”，如果你还纠结于“什么是成功”、“我要的成功是什么”，那么你有必要拿起这本书，作者将携你“睁开眼睛去思考吧！我没有闭眼就是为了请你看看我已经看到的部分，请你帮我去看看我看不到的部分”，也许你的人生将“芝麻开门”，登第二重境界之“堂”，入第三重境界之“室”，但他不会给你答案，答案在你自己的思考里。

这本书不是“心灵鸡汤”系列之几，它晦涩难懂、读着很累，与其说是散文体小说，不如说是哲学体散文。这是一本用心血写成的书，充满了海子的忧伤、叔本华的传神，也有尼采的睿智、梭罗的清新。倘若你细细品味，拿出耐心读上两遍，一定比“千年老参”更滋养心性。

经历青春“天问”的不惑之人

2015 年 5 月 18 日

目录

第三生命

序

一切都不会过去。

自我反省，将记忆里曾经因言语笨拙而无法表达的心绪重新描述，曾经因逻辑混乱而难以倾诉的思想重新梳理，曾经因懦弱恐惧而不断逃离的感受重新体验。流离失所中被提起的回忆比随遇而安的思念更值得珍惜，我希望仔细斟酌的每一个字都能传达出它应有的含义。

我的丝线重归蚕茧，我的木材重归大树，我的躯体重归胎盘。回想起来过去挣扎的现实与今天破灭的梦境竟如此一致，卖弄记忆是为了提醒自己到底因什么而放弃了成长中大部分思想和景观。过去的记忆不能预测现在的图像，只能打开岁月的一丝缝隙反观黑白往事中的彩色倒影。从明天的我回望今天被夺走的青春，所度过的岁月也不过须臾。还好头脑潜在的模糊并没有浸入肆意而为的笔墨中，致使我有机会站在今天的时间线上替从前的我讲述无法表达的思想与情感。

我始终相信能重创自己的同伴即为朋友。过往人生中有且只有的三个朋友引诱我体验了三种生命。若有人问起，我会毫不犹豫地讲出他们三人的故事。只是一直疑惑为什么始终记不起其中任何一个人的名字？为什么他们总是从我的生命中无故消失？为什么本应成为主角的我却最终没能站在故事的正中央？

这三部分代表了生命中三个重要阶段：野性，觉醒和怜悯。

以下所有故事中没有任何名字，名字除了过分的隐喻，其本身展示不了任何意义。而且既然我已经忘记了他们的名字，为什么还要再赋予他们名字？

舍本求末，或许是这样。我没有认真生活过，即使是亲身体验过的经历我也不在乎其中超前或滞后的感觉，我想要的只是看得更清而非活得更轻，我想要的只是触及事件的本质而非事件本身。我的眼睛和大脑抛弃了我的感受去独自观察与思考，思想与体验必定有隔阂，但是我迷恋这隔阂中的间距，我倾心于表象被拆穿的瞬间，也沉醉在谎言被遮挡的长久时日中。

生命在自我表达之前就已被分割为数个层次，看清人质变的过程是我展示思想崛起、消逝、平静的唯一理由。不仅惧怕死亡而且惧怕诞生，每个人的心智、能力与所得思想都与孕育他的环境息息相关；每一条生命都必须去继承前辈们的力量、激情，也要存留他们的欲望、残缺与痛苦。这就是为什么人即使越过平静生活，尾随于生命终将截止的时间也要奋力表达自己再也听不清的思想跳动的声音。

站在生命之中的我与站在生命之外的我相遇，一同努力贴合。

生命，未曾离你如此之近。

第一生命

我庆幸自己有一种普通能力，即能遗忘所有不想记住的事情。我至今难以认清生命是以什么方法赋予我敢于忘记任何事物的能力，也许是与生俱来的，也许是后天模仿出的自我保护手段。遗忘是危险的弱点，也是我引以为傲的特质。我想要叙述的第一章本来是个非常臃肿的故事，但由于我记不清其中的大部分细节，所以只好将其拆成一段段的文字简短表达。

细节

对世界的细节进行观察源于好奇心，好奇代表着探索的欲望，也是人最纯真有趣的面相。人们都自以为有观察容貌的诀窍，来预测别人的思想与行为，期待依靠经验推断出他人的动作或去证明臆想中的情景。失败不足以打消自己对面相的迷信，坚持通过辨识容貌揣测他人心绪的行为实际上是因内心情感迷茫而产生的自我掩饰。无法肯定自己的判断就意味着观察态度依然消极，还好我们能承受这种消极。试想一下如果人坚信容颜无法代表真实人性，那人又将发明出何种复杂机械化的判断方法揣度他人内心。纵使人能通过观察分辨不同性格的好坏利弊，那人是否又有勇气去改变他人或自己的性格？我们感觉到谎言被识破是自以为观察到了别人断定出我们说谎时的神情，那些意味深长的笑容令人措手不及。难堪的场景局限了圆谎的发挥空间，我们不得不表演出惶然的尴尬，尽量缓解信任危机，改善自己与听者之间的交流矛盾。

留心事物的表象就会发现其与事物的本质有着若隐若现的联系。人并不会被欺骗吓退，因为人相信大多数事物都会袒露出真实的一面，蜕去坚强的外壳保持轻盈。从观察到经验，从表象到法则便是格物致知。

或许理解、表达、思考皆可以由主观思维决定，但观察则是一件强调理性的精细活。观察在生活中往往处于被动，我们只有在无法从外界获得信息时才会制定出观察的计划。我们不会去观察了如指掌或一无所知的东西，前者不值得，后者我们不愿意。人总是渴望看清被隐藏起来的真相，未知的灿烂划过天际的瞬间，好奇将内心微弱的激情映照得更加冲动，只有模糊不清却又似曾相识的事物才能引起我们的兴趣。观察融合着所有感官之间的颤动，是一种默契的配合。

人将观察到的画面渲染成自己的情感，原本枯燥的背景拥有了游弋的色彩。画面浸润着清晰的感官细节，显得饱满且富有张力。如果在闲暇之余能够理清这些如意自在的想象，整理出理性的思绪，就不用在急于思考的情况下，为遮蔽喧闹而面向墙壁保持视野内空无一物。安静是一个沉淀内心的过程，感情的喧闹悬浮在冷清空气中渐渐销声匿迹，缤纷斑斓之物在夜幕中失去了色彩，已平静下来的思想正为再次启动储蓄精力。

作为一个失败的观察者，我无法以理性的动机去接近事物，无法以理性的角度去记忆细节，无法将观察到的数据理性地表达。我对观察的期望几乎只是想找到风景中能印证自己内心感情的细节。

通过画面表现美的重要方式就是刻画细节，只要有了细节任何平淡无奇的事物都会展现出原本被人忽略的崭新姿态。细节刷新着人对事物的刻板认知，带来一种成长性的景象，繁杂缤纷的细节让人每一次观看都能在基础记忆上增添新的认识。

孩童时期的我肯定摔碎过玻璃，也一定被其锋利的切口划伤过。玻璃落地之前发生的事情我早已遗忘，只记起碎裂满地的玻璃残渣如同素色的糖块般晶莹诱人，甚至还幻想出能闻到它飘荡在我脑中的甜美痕迹，玻璃本身的镜面微光与悬于空中的苍白尘埃夹杂在一起，照耀出现实缝隙中幽灵般的花朵。故事决定不了人的记忆，故事之后的琐碎与美丽才可能成为时光中真正留存的影像。如果肯花一段时间静静等待，身体蕴含的轻微脉动会从伤口下蔓延开来，感觉到被割开的皮肤下温润的血管挤压着神经微弱地颤动，就像一座陈旧水车翻滚着它粼粼不平的叶片，嘎吱嘎吱地在水流的汲引下逐步挪动，水面几乎凝定不变，必须凑上前去才能看清木片摆动扭出的涟漪。血管渗透出点点压力沾粘着幼嫩的神经，像赤脚踩在沙滩上感觉到密密麻麻的沙砾刮擦着皮肤，时而粗糙时而尖锐，这种模糊的痛觉补偿令我感到舒适。血液涌动间的每一下停顿像钟摆摆到极限的凝定，恰好停在了上一次摆动的位置，恰好留住了生命抖动的一丝微妙。在凝神屏气的刹那间时钟瞬然停止又瞬然开始，这配合默契的动作并没有逃过我“认真”的观察，仿佛所有事物都忽视了这短暂停滞的刹那，只有我听到了窃取时间的小妖精踮起脚尖轻轻走来盗取了微不足道的一帧，身体仿佛在这丢失的时间中做了一个优雅的喘息，或是止于未然的叹息然后又回到常态平稳呼吸，我为看到了这遗失的时光而窃笑。

我还可以花费整个下午坐在草地上观察膝盖伤口结痂，儿童的眼睛明亮，能清晰地看见皮肤伤口从蜂巢形的粉红色软组织凝结为灰褐色痂壳组织。每一片深红的棱角里都包裹着一颗橙黄的小点，像一颗颗熟透的石榴籽。伤口表面覆盖着润滑的黏液，是温暖的米黄色，为整片鲜红的伤口铺上一层浅色的粉底。粉红色的六边形窗格排布在一起，有时又像一列筑建在血红石榴中央的六角房间，而每个六边形内分隔得更为细致，每个格层都留有眼泪状的液体，如橘肉样瓣状分离。这精密的几何图形让人着迷，这是儿童的眼睛才能看见的生命微结构。有时认真到已经遗忘自己的心跳时，还能分清破损组织中鲜艳的暖色色调，桃红、粉红、鲜红、赤红，究竟是谁在我的伤口中调配出层次分明的染料？又是谁在肌肤被隔开的刹那为我画上轻盈的色泽？还未凝结的血液将劈成两半的蜂巢浸染为玫瑰般的深红，这些深红与每个六边形中心的鲜红融汇，组成一片神秘深色沉积聚集在伤口边缘。小心地擦干半凝固的血迹还能看到伤口中心有柔滑液体重新渗出，按压一下伤口新鲜血液慢慢从凝固不久的伤口缝隙处滴出、汇聚，直至将凹陷的皮肤浸满，不过抚摸的时候仍会有疼痛微微蔓延。

时间并不是静静等待就会停止，但只要悄然感受，时间就会走得越来越慢。血液从流体渐渐凝聚为胶质。在风中干枯的痂壳保护着稚嫩的皮肤，像散开的书脊尘封着日记中的段落，不让每一个文字沾染污迹。伤口已得到苏生，被阳光抚顺的血渍在粉尘中显得粗糙干涩，伤口处还存在疤痕剥落后留下的纹理，像皴裂的泥土上架起的村庄骨架，亦如寸草不生的荒原中有一朵牡丹开败。抚摸痂壳上粗糙的纹理，划过生命愈合时的短暂休憩，皮肤轻微的疼痛与压力感延续着伤口在我触觉中的特殊温柔。黄昏树荫下橙色光芒穿过伤痕重新渲染出橘红，伴随盈实的风声耳中回响着心脏的脉动，微温的夕阳与昏暗的伤口融为不可分割的光影。这些影像始终埋在心底，当时说不出口，因为不知从何提起，现在我能够表达，这些优雅的比喻化为我童年记忆里仅剩的纯真景致。

这是一个充满认知差异的时代。我们赞赏与厌恶的事物都互不相同，我们观察与倾听的风景也互不相关。没有两个人可以共鸣出完全一样的感觉，所以我们需要走进自己的视野，独自体会观察的感觉。而这些体验完全取决于画面缜密的细节，所以其中的独自陶醉是绝对无法与他人分享的。关心他人时往往会被回绝，因为别人没有需要也没有必要同我描述他的体验。分享常常会导致神秘感与新鲜感的流失，更重要的是观察的灵感总是稍纵即逝，我们眼中闪烁的美感甚至比刀尖上的阳光更短暂，语言表达的事物与真实触及的感受难以完美重叠，甚至在说者和听者的脑海里都存在着完全不同的体验。

察觉那些一般不被察觉或不能察觉的细节，寻找通常丢失或正在丢失的秘密成为我极大的生活兴趣。从家人或是客人的对话中可以分辨出许多对自然人文景观向往的描述。人们对旅游行为的渴求远远超出了对感受风景的渴求。许多人都深信面对自然时，以敬仰和缅怀的礼仪去拜见风景文物是与心灵肌肤相亲的重要方式。坐拥文化潮流，以朝圣为目的向大自然进军，人们的神情往往被不知所云的历史打动。因此只要一提起旅游的话题，交谈立刻显现出更高档次，我们盘点草木山川就像朝圣者亲吻着脚下的土地——他乡的钟点始终停留在最绚丽的清晨，异域的黎明总是诞生在最温柔的春天。我们只有被贴上旅游者的标签时，驻足自然才显得优雅适宜，否则就只留有乡土气息。观察的对象不再庸俗反而套上了神圣的光环，精神仿佛本身就从不置身于肉体而是与外物风景息息相关。旅游成为我们禁欲和洗心的手段，人们应该深感荣幸。

我从很小的时候就对风景感到了失望。媒体和现实的反差让自然景观在我心目中的地位大打折扣。相同的自然风光从图片和影像中可以清晰地看到不可思议的壮美与祥和，但当真正接触自然时看到的不过是成片野草和枯石。身临其境丝毫感觉不到大自然的生命力，每个角度似乎都是停滞的灰调画片，比起预想中的场景整个画面丧失了层次分明的对比度，即使能分辨明暗也找不出高光与阴影的清晰界限。影像与真实的反差加深了我对自然人文景观的排斥，这种排斥为我在现实中观赏美丽与享受生活的行为蒙上了阴影。而我尝试涂抹掉心中这不可擦拭的尘埃，观察的镜头越抹越脏，阴影却一直保持着它应有的痕迹，为视角中的每一张影像调配冰冷的色调。我更习惯于观看经他人优化过的画面，从屏幕中看到的色彩比现实中的颜色要鲜艳很多。画框中的水墨与屏幕中的影像比现实的景观更精彩，这种足不出户的美丽在逃避自然之后才被认真体会。

透过别人眼睛看到的世界与我自己眼睛看到的世界有什么不同？只不过是人更相信自己眼中的事物，更嫉妒别人眼中的美景罢了。不是风景已经被破坏，不是人与人之间看到的风景有差别，而是摄影师以美丽角度观察风景，以艺术手段渲染风景，以科学方法记录风景，而我只是以一颗躁动的心审视风景。所以观察别人已经观察出的美比我亲自去寻找观察美的角度要高效更多。对我来说，经过大自然千万年灼蚀的奇石怪林与雕刻家凭想象几天就塑造成功的山林雕塑并没有巨大的美感差异，它们在线条与色泽上不过是大同小异，自然风光唯一胜出的就是被人为赋予的悠久历史象征。反过来虚假的图像带来的强烈视觉冲击是自然景观难以表现的，画师精妙的构思与角度也是自然难以达成的。

有些事物一开始就该说清。我很幸运能有一对正常的父母，他们塑造的安逸生活环境让我感到平淡而舒适。回想起来父母会满足我大部分要求，偶然记起我想要的显微镜他们并未给我。实际上他们应该仔细地告诉我那不过就是另一种放大镜，这样当我第一次在实验室中看着电脑屏幕上那些被放大的物体就不会感觉到童年所憧憬的东西竟然如此乏味。

一直认为自己喜爱天空仅仅是因为天空被赋予了永恒与完整的概念，但内心之中却一直不愿否认天空的美在于它的纯粹。实际上，这不是置身天空优雅自在的赞扬，只是我对纯粹的追求。我从来没有见到洁净无尘的天空，也没有见过万里无云的天空，更没有见过蓝得没有一丝色彩的天空。在对完美的憧憬中俯瞰万物，再宏伟的景观也掩盖不了微小的瑕疵，现实世界中并没有真正能被我们接受的完美。理论中的图像和色彩并不存在于空气中，只存在于公式中，确立完美这种执念可以在想象中被满足，也只能在想象中被满足。审阅美的快感是我们追求完美的主要动机。头脑中设计的美并不能被大自然这位工匠详尽地建造出来，所以我们才会用画笔、用乐器、用肢体、用思想、用科技重新诠释设想中的风景。

尽管完美遥不可及，但它在我们心头掀起的憧憬已无法抹去，任何被渲染的现实都难以改变这种原始追求。生活为完美铺上纯白的裹尸布之后，人们就一直变换着观察的角度尝试重现最初的幻想。追求完美的冲动使得我们的画笔拒绝泼洒缺陷，淋漓尽致的美连绵不绝、层次分明，波澜壮阔的画布任凭涌起的脉络以各种角度穿梭，色彩激起的岁月深度力透纸背切开每一片天地的纹路，层峦叠嶂，经久不息。

观察对象稍纵即逝，永远不要迟疑。与瞬然之美相同，人刹那间流露的敬畏与感动也难以复刻。趁图像和情感还未流失，凭借记忆在头脑中刻画细节、描绘明暗、勾勒线条。将细节挖掘得越深，获取到的轮廓与色彩越细致丰富。事物抽象的本质只有被理解到一定深度时才能被流畅地读出。

依靠他人视野簇成的图像难以具备不断激起自我思考的引力。人必须理解自我观察的意义。人始终都难以信任他人，只能用自己的眼睛来抓住自己的真实，除了自己能观察到或者理解到的事物，他人描述的景观再美也不过是镜花水月。

一旦了解到观察是种主观性行动，现象就突破了唯真的视角变得恍惚虚实令人烦恼。即使感觉到现实景观与期望中的事物大相径庭也无法决断出面前之物是否真实。我们不知道是被现实还是被自己的感官给欺骗了？我并不怀疑被感官剪切的观察片段最终能够拼合出完整的图像，但这组合出的事物是否还能展现出它最初绽放时所表达出的含义，我并不能完全确认。

模仿雕刻与写作，观察的过程与其说是发现不如说是约束。第一印象中的几个特别的亮点成为我们为事物定性的主要支点，这些骨架不仅框定了事物的状态基调，也决定着它们在记忆中的主要走向。着重理解记忆中模糊场景的投影，我们通过查询大脑中储存的知识与习惯来创建一个表达这件事物的大致轮廓。如果还能花费更多的时间进行细致的观察与思考，我们就已经在这具有初始形态的轮廓上雕刻事物的细节。随着无用信息的减少，头脑中塑造的事物形象也越来越紧凑，每一刀切削都是一次束缚事物核心的约束过程。

观察的体验具有特异性。人们从文艺复兴时就认识到，在雕刻完成之前无法得知一块石头里隐藏着何样的美丽与邪恶。认真体会就能发现我们对不同事物的记忆与理解具有很大差异，它们之间细微的差异在我们随时变化的视角中被框选，然后由七彩的情感描边。凭借当前知识和思维逻辑的不断理解，将重点反差投射到记忆中枢，最后用我们自己的语言进行重现。经历了这几步极不稳定的约束后，事物本身的风格和我们用心对其赋予的感情已经被放大，就算是对看似相似的事物或场景进行观察也能感觉到明显的差异。简单的举例，经常接触双胞胎的人就能清晰地感觉到两个外表几乎一样的个体在性格和感情上有明显不同。

我们对被观察事物的敏锐分析也暗示着我们很难制造出一个完美的虚假观察对象。编造一个谎言就是用各种信息碎片的泥土捏造一个完整的雕像，为了表现得引人注目还要为其添加现实气息。人渴望为这个雕像上的每块泥土都赋予具体特定的含义，每一部分都是我们记忆中某件事物的特征。当心目中的理想形象完工，我们以同样的观察约束过程来检验它是否足够真实。如果检验过程非常顺利，我们以观察者的角度看到的每一块特征都与我们开始捏造的特征相符，这个趋于完美的谎言似乎无懈可击。

但是我们并没有考虑到应该留有足够的塑造余地来供其他观察者揣摩。于是对手同样以观察者的角度来雕琢这谎言的形象，很可能在我们本身存在特征的部位将其切削，而在不重要的部位精雕细琢。最后的结果很可能令人失望，因为对手可能以其他角度看出我们原本以为牢不可破的逻辑缺陷，也可能在深究事物细节时发现了言语内在空洞无物，便看破了谎言。

于是添加修改成了弥补谎言司空见惯的手段。为故事加上富有情趣的佐料，莫名莫知的眼泪，意味深长的对话，底气十足的背景与引用。谎言可以成为优秀的故事却不能代替真切的现实。因为谎言即使能遮掩昨天的丑闻，能伪装今天的自信，也无法预言明天的风景，而现实默默等待着所有结果的真相，它从不预言真实，因为它代表真实。

为什么塑造真实如此之难，因为我们无法从所有角度观察真实事物，我们无法在事物的多重投影中完整地过滤出真实影像，也无法从所有角度修改事物的表象以解剖真实。没有完美的撒谎者，只有巧妙的说谎技巧。设计谎言的高手很少准备撒谎，内心本能般地对虚假事物随性描绘让倾听者无法轻易地从记录现实的数据库中挖掘用来佐证谎言的证据。即便高超的说谎者能完美地串联一些生活场景用以掩盖言论的虚假性，这些东拼西凑的体验描述也很容易因口头故事具有的逻辑缺陷而轻易被对方戳破。

观察的难点在于对深浅的把握，什么时候需要认真体验，什么时候需要近似。我们时刻都在被自己触及的景象所影响，这些感官中接收的信息并不会及时反转我们对事物的判断，但却冲击着我们的认知角度。没有分析过足够多的事物就只能在生活中无可适从地模仿他人。观察成为我们评估环境信息的工具，盲从和逃避成为我们止步不前的障碍。

观察是了解生活最真实的方式，我们不可能舍弃自己的感官埋没在无声无色的尘埃中，我们非要观察不可。不要隐藏自己主管观察的欲望，不要将谦逊的感官触角埋藏在生活的边缘。的确有时只用得到的海量资料存储并不刻意去分析搜集来的数据，只要去感觉事物的变化就能隐约了解到我们需要的真相。中庸的选择似乎可以避免得出重大错误的见解，但也难寻高明的视角。

被胁迫的旅途与想象中的旅途是否能重新相交？人真正能实现的美妙幻想究竟在哪里？只要不去分辨，清晰的世界与模糊的世界其实并无差别；只要不被注目，迟钝与尖锐的眼光都别无二致。比如对没有被逮捕的罪犯来说法律失去了它应有的效力，无论是被比喻为模糊或清晰，对自然真理来说只要人没有触及它，它也没有义务去展示自己。在事物面前保持冷静是人懂得观察的必修功课，细致入微地将风景读完才能体验到事物表象中一直沉积的含义。

永远不要质疑孩子的学习能力，他们经过极端的模仿过程之后就能够拥有与成人相同的理解水平。人在儿童阶段，大概在七岁左右认知与思考能力就已经变得足够成熟。孩子从幼年起就保持着对事物的思考，随着观察的事物越来越多，我们对人与人之间的感情与行为了解得越来越全面。

一些思想孩童无法言说，并不是他们不了解，而是他们没有足够的表达能力去表述。其实人很小就被许多感情与思想深刻触动，只是还没有一个完整的逻辑框架方便大脑去分类、查阅、提炼这些或主观或客观的理解。一旦相关的思考方法和基本知识被儿童接受，这些潜伏已久的思维风暴就会显现出它摧枯拉朽的锋芒。

儿童对自己无法描述的思想保持沉默，这是非常明智的举动。一定有许多孩子像幼年的我一样，在生活中缄默不言。每天从家长的叮嘱中、老师的讲话中、邻居的交流中听到的都是千篇一律的抱怨和生活琐事，而从中获取到的可以用来解释这个未知神秘世界的有用知识少之又少。比起大人对我进行的道德教育，我更希望他们能告诉我这个陌生世界种种物理现象的成因。当我鼓起勇气提出问题，长辈与我的交谈更像是一种紧张工作之后的闲暇放松，我的每一个天真愚蠢的问题，每一个稚嫩的动作，甚至是每一个谨慎的表情都成为大人们借以捉弄嘲笑的资本，而且这种戏弄孩子的态度已经成为一种习惯或者是传统，每个人都会模仿他人并仿佛以此为荣。而沉默使我避免了无聊的对话。

另一方面，我作为被忽略的观察者，我可以悄悄地聆听长辈之间讲话而不被赶走，从大量的社交谈话中能隐约察觉到一些异相。人们会经常谈起他人生活性格的特征，比起赞赏，对彼此的批评在对话中的体现少了很多，而比起少见的批评，某些显著生活性格特点的描述却几乎从未出现过，似乎是不允许被出现。常常到一个邻居家里做客，总会看到这个老爷爷在沙发上看电视，与其他老人不同，不爱看戏剧却喜欢看舞蹈歌唱表演，而且特别是女性的表演，他很少与人寒暄问候，只是在角落里与年轻阿姨交流时才会露出笑容，但是与他交流的女性却好像都想急于结束对话匆匆走开。连年幼的我都能感觉出他对女性关注的期盼，却不曾听人们讨论过这件事情，似乎是每个人都在避免对这种生活习惯发表自己的见解，仿佛是不可言说。

每个人在景观面前都察觉到事件表达的前一半含义，于是每个人都敢于在他人面前描述这一半的见解以串联起大家的相同感受。但大多数人都选择不去表达心中对事件理解的后一半含义，因为更深的体验在人们的思考中往往相差甚远，甚至于表达自己的观察细节会引起他人的反感与纠正，更重要的自己的想法的确能够在他人的纠正下被改变。或许被纠正过的想法更趋于普世，但最初的观察细节也有着它不可替代的诚挚。能存留住这种诚挚的方法就是保持沉默，让细节在记忆中稳固封存。于是有些细节值得万般寻觅，但不可言说。

哭泣与最初的恐惧

从小我就学会一种特别的本领——不向他人付出真心。即使已经接受他人给予的帮助，即使承认他人付出的真诚，即使能言表感谢，我也不会对他人付出真心。我尝试以倔强的方式体会他人的情感，起初仅仅是好玩。童年的我一直努力说服自己这个世界正在展现它拼命隐藏的恶意，当时我只会用“恶意”这个词，如果是现在我会用“苍白和掩饰”来代替。我想如果能一直隐藏自己就不会有人能找到真实的我，比我强大的人不会伤害我，比我弱小的人不会触及我，同我一样普通的人不会在意我。

直觉中的回环与现实的回环就差一步，自己的分析的确没错，只可惜没看清完整的一面。这个世界太善良了，它永远不让人陷入绝对绝望，它总是在用些许希望与笑脸挑逗我们的认知。比我强大的人不会伤害我但比我弱小的人会，比我弱小的人不会触及我但同我一样普通的人会，同我一样普通的人不会在意我但比我强大的人会。

现在我依然坚持拥有这种本领，除了心中会积淀愧疚，不向他人付出真心令我一直能站在观众的角度欣赏生活，保持外围状态意味着受到伤害也无法伤我很深，失败也不会败得彻底。能动容却不能接触，能厌恶却不能逃离，仔细品尝之后保持隔阂的状态也富有挑战性且充满乐趣。看着人群中奋力表演的或假或诚，或奸或善，或愚或智的言语，真是有趣。而且不时我也能参与其中纠正他人镇定的言语，哗众取宠，不亦乐乎。

哭泣并不代表孩子懂得自责和内疚，即记即忘的状态也让儿童无法完整感受天真时光的快乐与幸福。尽管我已告别落泪，但仍能从记忆中挖掘出哭泣的清晰感受。哭泣使孩子在被生活宰割时不太痛苦，或许使用宰割这个词语并不恰当，但我要表达的就是生活压抑的一面并不能被儿童有限认知导致的模糊视野所掩盖，反而会被孩子四壁如雪的心墙反衬出对灰的恐惧。哭泣是心灵的麻醉剂，不用体会疼痛就能触摸到人与人之间尖锐锋利的话语纠缠在一起；哭泣是情感的催眠药，令我们即使徘徊在正直与虚伪中也能安然入睡。

人流下的不止是泪水，还有情感的冲动、精神的慰藉。积极的泪水并不会演变成悲伤的足迹。体验感情意味着从个体独存转向群体拥抱，如同物种进化中大量强大却独行的生物已被瞬息万变的环境灭绝，只有社会化的生存行为使我们在历史眨眼的刹那不被毁灭，反而能创造出璀璨文化与科技。

生命被授予流泪的权利并不是偶然，泪水释放的过程是过于饱满情感的强制流露，在等待寂寞中品尝内心点滴酸楚，这种并不妨碍我们体会忧郁与快乐的痛苦成为心灵平静前动荡的幸福。泪水产生的心灵隔膜让我们不再听见背景噪音的嘈杂与尖锐，提供一个安静的广阔空间让我们有机会倾诉自己犯下的错误，释放被打动的饱满情绪，或在无能为力中乞求自我的原谅。哭泣也是我们维持精神平衡的隐秘潜能，积极的哽咽褪去坚强的伪装，为布满尘埃、伤痕累累的心灵提供温暖适宜的治愈环境，陈腐的死皮被洗去，凝集的痂壳脱落，心灵开始了新的成长周期。哭泣是滋润的春雨也是毁灭的洪流，情感从复苏到衰败只是平凡的轮回。

跪倒在情感面前祈祷，请求以泪水换来心灵的认可，需要有一种突如其来的自我认同冲破内心固执的牢门，重新点燃暗室中熄灭的情感烛火。终于有人影敢于萦绕在我脑中时，情感偏激的涌动就逐渐停止，负面精神被收割清理，一些不带有绝望的情感开始回归。新的期待从沉重变得轻盈直至我能将其扶起，虽然喜悦的情感并未表露全貌，但明日的曙光吸引着我迎接新的渴望。

夺眶而出的酸楚就是泪水，眼泪如何留存着纯洁的芬芳？情感出走之后，记忆安然躺下贴合内心边际，如黄昏降临大地、天空降临海洋。心灵依然保留着它孕育情感的羊水，品尝着被泪水点亮的安静烛光。呜咽如宁静的微笑，在安详的善意中祈祷。现实中的困难在这里都无以言惧，怨言被淡薄澄清，委屈被消融化解，对生活保持宽容就能得到同样的谅解，泪水出走的悲伤与忧郁从不归来。凋零的情绪化为沉吟的碎片，表达自我的愿望被抛弃，一切言语都开始从慷慨到拮据、从低泣到失声、从文字到哑语。

顺着泪水攀沿到心灵的屋顶打开天窗，素洁的清风以心脏颤抖的速度涌动，清扫着内心的尘垢。大海的心潮趋于宁静，唯独童音的诵咏此起彼伏。忧伤从乌云的尽头飘落，伴随着此起彼伏的雨点踌躇而至，模糊的愤怒还没显形就被海风吹灭，这脱离身体的心灵交锋在来临之际就烟消云散。今天的疼痛就在泪水中归于平静，将遐想留给充满希望的明天。不知道在这低迷的感动中徘徊了多久，啜泣的泪渍如浅浅的胎记一样影印在脸颊预示着孩童的天真，情感的粼粼痂壳在心智还未完全成熟之前已被剥离。

泪水最动人之处就是不知它何时能流下。酝酿着负面感情直至神经的阈值被冲破，眼泪被一种瞬间流露的悲伤点燃，整个面部肌肉都为哭泣而抽搐。啜泣抽噎的声音常被听成笑声引来旁人的不解，但这湿润的甜美并不因羞怯而中断反而愈演愈烈。当我睁开眼时就能感觉到眼泪的刺痛，与眼睛一同湿润的还有鼻腔和咽喉，它们都不像眼睛那样始终保持着对液体的尖锐排斥。当我闭上眼睛时也能享受片刻眼泪的洁净与温存，像在深深的睡意中枕着轻柔的棉被消除了整天的疲倦。或者我会睁开一条缝，原本扁平的视野会正好被一两滴泪水浸没显得模糊一片，虽然有些刺眼，但我仍会仔细观察光影是如何挤压扭曲物体的轮廓，就像孩子出神地凝望着耀眼的夕阳。眼泪出不去进不来的感觉就像突然被丢进水里，尖锐的异物感让我在睁眼与闭眼中来回徘徊，水珠透过睫毛被浪花压入眼睛又被挤出，看不见脸颊孱弱的红晕，但能感觉到喉咙酸楚的呼吸。

哭泣一次后，见到眼泪就会爱它，诱它。

小时候我总是能为老师或者电影中动人的故事流泪，是因为我能感受到那些话语中的真挚，或者说我已被自己内心的真挚触动，眼泪激起的情感使我萌发了体验社交的欲望。由于感情完全是主观思想的火花，所以并不会因为我们从事件中体验到真挚而就认为这件事中充满真挚，只能说这件事情巧妙地引燃了我们情感中的真挚。美德在孩子心中代表着完全的高尚，感动是我对这美丽人性的致敬。

幼小孩童不识人情世故，对情感的好奇令我们眼眶中饱含泪水。那些最初接触的美好感情带着神秘的力量让我心灵颤抖，随时准备着承接这些感情却又躲来躲去怕自己无法履行美德中的要求与准则。当这些情感无法被避开时，起初只是荒芜天空中静静落下的一滴雨滴湿润了我懵懂的心，让我感情苏醒流露在眼角。然后第二滴，第三滴，雨淅淅沥沥，冷冷清清，我举起胳膊护住前额在雨中奔跑寻找帮助，却迷失在这泥泞胶着的情感中，擦拭着眼眶渗出的泪水用力抑制快要决堤的情感。雨越下越大，伴随着风暴的呼啸倾泻在遥不可及的平原上，云越积越深，显然已经无法承载自重开始倾斜，天空被压得越来越低，然后突然一声巨响，空中撕开一条裂缝，光，锋利耀眼神圣的光扯开了整段悲伤，潮湿的大地无法忍受这灿烂光明，瞬间被高温熔化凝聚成金属般的结晶。心中的愿景越筑越高，哭泣留下的泪痕越来越清晰，此时此刻鸣笛的只是我蠕动的嘴唇，而真正的言语已经随泪水逃离。月色泛滥的黑夜中浮起的荧光究竟是泪水还是微笑？不知道。我被这天空的壮歌惊醒，无法自抑地跪倒在地，顷刻间崩塌天空中溢出的光与雨一同将我钉在这琉璃镜面的孤地上，我只能看到自己幼稚的轮廓泪流满面，如泣如歌。

还有一种哭泣代表着呐喊。眼泪中饱含悲怆，悲伤的气息托举着情感棺木，一些还未泯灭的愤怒忧郁以幽灵的舞步萦绕在精神的灵柩旁，启封的悲悯与绝望骑乘着泪水讴歌善良。这些仓皇的序曲节奏单调，如远方草原响起的荒芜之歌，或许充满仇恨或许恨意已干，眼泪几乎拥堵了哀伤的血液，让身体颤抖不堪，孤独的骨髓被胶质的血块密封，脊柱背负着铅铸的骨架匍匐不前。眼泪变得黏稠滞留于颧骨撕咬着悲者的面容，琥珀般的泪珠在苍白的阳光下熠熠生辉。这种哀泣纠缠着观者的内心，与心灵中负面绞痛的情感共鸣，嘶哑的啜泣声回旋在思想的峡谷中显得阴森可怕，被感情扭曲的面容令人不安。莫名的代罪感在观者的内心传来痛苦的呼唤。还好我并没有用这种方式吼叫过，还好我未到达如此绝望的地步。

这时儿童还难以看穿虚假，每一次落泪都是新感情在诚挚的祈祷中萌发绽放。这时眼泪太过纯净与善良，几乎无法从中体验到痛苦与悲伤，如澄澈夜晚太过宁静从未让人对它的阴暗感到不适。我的情感在泪水的哺育中成长，也在泪水的哺育中流离失所。整个生命进程中我们首先认识到的错误可能就是对感情的误判。我们在泪水与踟蹰中珍惜的情感会很轻易地被社会文化中泛滥的情感替代，一开始我们会对生活中积淀的情感欣喜若狂，但当大量的信息化情感将我们内心冲淡淹没时就渐渐明白，我们迷失的不是情感而是自己。当我们学会掩盖自己的生活、嘲笑别人的行为时，我们对情感的理解就又进了一步，我们越过的不是情感而是自己。即使孩子们无法理解情感影射出的欲望，也会懂得剥开情感柔美可爱的外衣直面出内心的另一面真实。这个年龄我连操纵情感的皮毛都没有掌握，但已察觉出情感狡诈的笑容。将书本中铿锵有力的词语与成人琐碎推脱的言辞相对比，情感投影在人外表上光辉灿烂的特质比高深的智慧与雄伟的话语更有力，可再有力也依然不能更改情感善变的本性。

人们的态度与举止总是与情感保持协调一致，我们对事物价值的评判总是表现在脸面上。我们每个人都可以回想起记忆中常见场景，隔壁的残疾叔叔站在窗台旁边，当漂亮阿姨经过时原本呆滞的面容常会露出欣喜，身后的老奶奶则回头走向房间深处默不做声。当时我既不清楚这是什么样的情感，也不愿意向别人提起这样的情感，就任它顺水流过。

最可笑的是我们从孩童时代就接受了情感的潜规则——不要拆穿它背后的谎言。人对情感的体验机制从童年起就逐渐趋于完善，孩子很快就已通过模仿成人的举止学会通过观察表情体会他人的内心情感。孩子不会与别人探讨情感上的问题，首先是因为生活习俗社会文化处处表现出人们对情感的矜持，但更重要的是孩子难以被教会用理性思想描述和分析情感的复杂性，他们难以使用语言表达这些庞杂纷乱的情感，也无法从瞬息万变的情感线中理清其最初的意义。

古人曲水流觞这几个字可以描述我们探知情感的过程。在生活的流水中被表达的情感如美酒逐流而下，随时会看见有人接过这情感却不见任何人与你分享对这情感的理解，只能听到珍藏情感之人孤芳自赏以夸张的诗意渲染自己的感受。起初只能牵强的体会这模糊的意义，而当自己接受了这种情感时才大彻大悟，似乎得到了某种升华，如前面之人般自信地用模糊语句将其中的深意寄托给后面之人。人擅长渲染，对情感的首次背叛就是忘记自己内心不断强调的一定要直面情感的承诺。然而这种承诺本来就是用于安慰自己的荒唐故事，背叛无可避免。表达自己情感时就不会在意他人的情感，在我们释放自己表现欲的同时内心也抵抗着他人的表现欲。

哭泣伴随着情感的逐渐成熟也成为了欺骗的主要工具。当感觉到生活失去了色彩，公平和自由被剥夺，哭泣就成了委屈的鸣笛，唯恐人们听不到自己焦急的指责。即使面对规则与事实无言以对，哭泣也能成为人义正言辞的辩驳。过少的社会经历和生活经验致使孩子们高估了眼泪在社交场合的伪装力量，也只有在孩子的生活中才能找到如此幼稚的欺骗手段。孩子们并不会构建丝丝入扣、巧妙绝伦的语言骗局，孩子只适合丢下解不开的难题放声哭泣。可是孩子没有考虑到的是哭泣比言语更易碎，只要控制不了它易于膨胀的轮廓，视野中看见的就不是一尊感人的雕像而是一地轻浮的瓷片，没有内在含义与共同利益的哭泣仅凭外界情感已经难以博得成人的同情。

自从人强调哭泣要饱含深意时，就已逐渐丧失哭泣的能力。停止流泪是情感衰落沉默的表现。我们不会由于被欺骗就自怨自弃，反而从中总结教训，模仿出控制情感赢得他人信任的表演，这是因为每个人都拥有辨别他人的心灵是否易于被诱惑的能力。新生情感谨慎萌发，坏死的情感提升着我们抵抗诱惑的能力，有关失败的回忆矫正着我们对陌生事物的预判。当我看见别人哭泣就知道了自己并不孤独。在哭泣中引证自己的行为和情感，带着哭泣与困倦在仓皇疲惫的生活中逃窜。

啼涕啼泣，有时压抑是难以截止的，窗外不合时宜的风景像是自己眼睛的过错。我本想说哭泣已成为我情感中不可剥夺的一部分，可从现在望去，我情感中没有任何一部分不可剥夺，所谓的难以忘却不过是隐瞒不适时的尴尬罢了。

孩子们知道没有人会忍心打碎他们的小小幸福，所以遇到再小的委屈孩子都是哭泣。这时候他们已经将哭泣设计成陷阱，但面对哭泣成人往往都会向孩子稚嫩的情感让步。这样脆弱的举动一直延续到对待其他成人，看到有人示弱便心怀怜悯。不要被忧郁莫名的悲观美感欺骗，胆怯中的迟疑削弱着我们的决断力，遮遮掩掩的犹豫让人在谎言面前胆战心惊踟蹰不前。

到现在我们依然倾心于观赏他人凭借悔恨表演以拙劣微笑舔食自

身痛苦的媚态，于是撒下更多的忧郁挑逗着其他观者的情感。我们对滑稽表演后的人偶熟视无睹，沉浸在他人的悲伤中遮掩自己的弱小。一旦跨入这样无法超越悲伤的忧郁氛围，我们的眼界和情感就变得狭隘，优柔寡断的情感代替理性思考左右着我们的行为。实际上这时人们已经缺少多样性的行为，人人几乎只有一种行为就是尴尬的悔意。无声无息地待着，还以为自己进入了宁静致远的思想境界，殊不知这只是毫无意义的情感发呆。否定这种挣扎于精神中的快感是我们摆脱悔恨的首要步骤，不要接受情感为生活说情时徒劳无益的解释。

不舍得流泪和持续悔恨的另一个原因是，人不愿拿出自己私藏的痛苦与幸福。能划破人情感屏障的生活冲击已屈指可数，有些心绪我们不曾得到，即使得到了也不愿分享，于是不去展现就被视为虚伪。勇敢者有勇敢者的游戏，懦弱者也有懦弱者的快乐，蒙住眼睛就看不见黑暗，堵住耳朵就听不见噪音。人拥有足够聪明的大脑，已经找到了在欺骗与自我陶醉中获取快感的途径，人一直向内心传达着自己并没有被情感误导的谎话。即使某些时候我们会鼓足勇气决心突破这样低靡干涸的生活，另一条精神的妄言又说服我们保持安定——“我们哀叹过去是为了防备未来，我们拒绝流泪是害怕错过未来”。难道人追求事物的欲望一定会被惧怕结局的胆怯所淹没？难道人要走到洪流中随波飘荡半生才能回想起最初在河岸边掩面落泪的悲愤？只有来不及认清自己的时候我们才会后悔，只有来不及得到幸福的时候我们才会停止哭泣吗？其实认清自己也会后悔，得到幸福也会哭泣；如果有两个人分别带着这两种体验走到一起或许就能让对方明白永不后悔与坚持哭泣的珍贵之处。

但是情感无法排斥内心在展露脆弱时就立即被要求停止的思维定势。所有妄想折射心灵光芒的关注都被生活经验中富有深邃含义的微笑遮蔽。所有情感中的烦恼都被当作思想垃圾排列得错落有致，随时等待着在记忆深处被销毁。很可惜尽管我们拥有闲情逸致的心态却无法享受情感的春天。保持忐忑不安的心境已成为我们面对挫折的常态，我们的思想几乎被教育得定影成形。肌肉痉挛面容僵硬，我们保持悲伤的姿势许久也流不出一滴眼泪。情感驻扎在荒僻的无人之境寻找出路，眼泪是忠实的探路者，流经地底的每一条干涸路径找寻自由。隐匿情感使被动的视角更加消极，在跌倒中爬起后走的每一步都踉踉跄跄。

哭泣的焦点在于放纵。眼泪是精神在示弱，同时也是情感在重铸。如同我们发烧正表明免疫系统为抵抗外敌入侵而努力。心灵残翼在纷飞中散落的雪白羽毛与生命烛光跃动的灯火交织在一起，又如铜版画粗糙的刻线延伸到湖滨树木稚嫩的叶尖，在黎明凝集雨露，等待干渴的雕刻者舔食。

人小心翼翼地将情感包好藏在内心，而生活中随性的驰骋却混乱了原本棱角分明的情感。将美丽的与丑陋的，纯洁的与邪恶的，执着的与懦弱的搅拌在一起。人在心灵的花瓶中插满情感的鲜花，这些鲜花随着生活节奏的混乱与颠倒也逐渐枯萎衰败。有的人会理性地扔掉老去的花朵重新采摘新鲜的植物取而代之，他们从容而睿智地知道用生活弥补心灵的空洞却遗失掉了情感的厚重；另一些人不忍心丢掉昔日安抚自己孤独寂寞的精神支柱，便在褪色的花瓶上涂抹出明亮的颜色以此慰藉逝去的情感，这些人生活在空洞而专注的虚假梦境中，没有勇气直面情感挫折；而最激进的人则会在察觉到花朵死去的一刹那干脆将花瓶摔碎，他们粗暴而吝啬，因太过珍惜而无法忍受心爱之物凋零便自暴自弃。尽管如此我们的生活并没有倒塌，因为泪水浸润着生活让情感重新凝重，泪水填补着梦境让激情重现内心，泪水扑灭了愤怒的火焰，又孕育着好奇的心灵在情感的废墟上重新生长。我们不仅需要情感滋润着生命的泥土，还需要一点点泪水才能让我们活得更加坚强。

停止流泪与保持后悔的唯一好处是让人能平静地带着生活老去，

悄无声息。长时间埋首在生活熟视无睹的气氛中塑造了我们自怨自艾的态度，哭泣并不需像罪人般感到羞愧，流露真挚情感时不能被他人注视、盘问，哭泣是孤独的更是自私的。泪水成为人们所畏惧的希望，两眼干涸才会让人丧失信仰。不要让胆怯追上艰辛的足迹，人并不是在泥浆中踽踽独行，泪水洗刷着所有走过的道路，让干涩的回忆变得湿润与宁静，为徘徊在前行与后退的抉择铺垫出认真严肃的氛围。于是我们终于能带着饱满的情感去想想过去，选选未来。

人在生活中一直被社会和文化教导珍惜情感，可是有谁想过告诉孩子要珍惜眼泪？孩子最可怜的是他们无法分清自己的情感哪些是被撕碎的，哪些是被摔碎的。成人唯一有资格教授给孩子的情感就是让他们懂得从不后悔并且保持流泪。生命赐予我眼睛并不是为了让我流泪，而是要求我在泪水迸发时还能睁开眼睛清晰地记住眼前所发生的一切，眼睛给予我泪水也不是为了让我沉溺于情感，而是给予我控制情感的阀门，掌控内心中绝望的冷静与希望的激情。

终于有一天人顿悟到眼泪的真挚与美好。预先独奏一曲最感人的记忆，血液中残存的忧郁和纯真被呼吸到空中停滞不动。人脱离了生活镜框中的矜持，仰面哭泣。

我展现的这些姿态都是我遗落的过去。儿童时期是我情感最充沛的时光。而恐惧又是我迸发的情感主线。

最初的恐惧分别源自疼痛、丑陋与死亡。

恐惧在我脑海里最初是来自疼痛的感受和对力量的畏惧。医生曾是我最畏惧的职业之一，毫无疑问疾病作为引路人将我带到了针头的疼痛触感之下。秋季流感伴随着梅雨的湿冷将寄生在我脆弱身体里的疾病唤醒。孩童的我总是习惯将打针的过程想象成医生在我身体里“播种”的手段，这奇特的恐惧甚至左右我情感许久。我脱下带着雨衣臭味的外套，消毒水的味道扑面而来，医生会用棉签在我胳膊上来回擦拭，这是在为肥沃的大地翻土，瞬间蒸发的酒精带走了潮湿的空气，也给皮肤带来灼热的冰冷感，这种隐隐的尖刺般疼痛稍纵即逝，它挑拨着刚成熟的敏感的神经，这是痛楚的序幕，此时我依然保持坚强的表情面对恐惧。

然后等待“播种”的过程是令人焦躁不安的。时间胶着在湿气与酒精之间，令人自信心丧失殆尽。恐惧蒙蔽了我的双眼却让我集中心智感受声音，医生背过身去，我可以清晰听到注射器“噗”的一声扎入玻璃药瓶的橡胶胶垫，药水被吸入针管后多余的药剂在针尖被挤出“吱吱”的声音像毒蛇的信子，“种子”即将被植入我身体里。尽管雨嘈杂的背景声掩盖了我紧张的呼吸，但还是无法隐藏我小臂颤抖的咯咯声。似乎我已经感觉针尖插入我身体的险恶境遇，而且这种幻觉在我大脑里被描绘得无比清晰。此时内心勇敢的养料已经被消磨殆尽，大脑里只是想着如何能逃避接下来的痛苦，如果我能看见自己的面容，那里一定有一双恐惧的盈着泪水的眼睛。

在针尖刺入皮肤之前，我总是幻想医生突然站起来与我交谈并重新评估我的健康状况，然后放弃为我注射药剂的行动。不一会儿尖刺的疼痛打断了这荒唐的想象，一开始所体验到的不过是刀片划开皮肤的冰冷寒意，神经并没有表现出挣扎的痛觉，血管对异物的排斥感也是若即若离。可是当针尖发力将药剂推入我身体时，痛觉像玻璃摔碎的刹那四分五裂，血液也在这棱角分明的锋利中燃烧，等待已久的神经贪婪地伸展，在吮吸中哽咽痛苦，不断颤动的痛觉让我幻想出“种子”化身为某种邪恶的黑影在我手臂上生根，以它狂躁的力量征服着我的血肉，吸取着我的生命。恐惧的高潮让我喘息挣扎，没有足够的力量去抑制痛苦就只能在扭紧的躯体上感受痛觉，记忆痛觉。

酸痛让我整只胳膊感到肿胀麻痹，与痛觉缠绵已经让我力量干涸。“种子”似乎已经赢得战争终于开始倦怠归于宁静。不知何时注射过程结束，我的身体已无法反抗。我努力保持着一种无力的状态，因为我害怕疼痛恢复将我的身体肆虐殆尽。直至恐惧消散我又重新感觉到了雨季的湿冷，而痛觉残留避免了记忆将它归于空虚与浅薄。我从记忆中唯一得到的教训是，拒绝痛苦就会得到恐惧的惩罚。

第二种恐惧源自于对丑恶的逃离。

人在生命的历程中对丑陋的探索远远早于对美的追求，如同我们感受痛苦远远先于快乐，如同我们首先学会哭泣而不是微笑。令人恐惧的事物总在不经意间降临，我幼年时期对丑恶最典型的恐惧就是人偶的异相。毫无疑问当身边熟悉的器具中出现一个陌生的身影，我都会选择保持谨慎，特别是在面对这些带着诡异笑容的光滑玩具。

不知何时陶瓷人偶带着僵硬冰冷的反光端坐在我床头。人偶的轮廓毫不协调，咧开的嘴唇硬生生地将头部分为两半，鼻子被挤在双眼之间几乎失去了踪影，而遗失了耳朵和毛发的圆滑光头让它的笑容更加毛骨悚然。如同人们总是能在美貌面前相信一见钟情，第一眼看着我的同类竟然如此畸形，我就已经心生恐惧。但是我却被他吸引，好奇心驱使我去试探它并在头脑里用语言描绘它的容貌，它是我的玩伴、我的观察对象。

人偶的眼睛是让我最难以接受的，因为太过偏离真实，整个瞳孔撑满眼眶没留有一点空隙。这个拥有长长睫毛却从不眨眼的家伙在我心目中本来就是一个怪物，而它眼角露出的折光似乎凝集着某种力量妄想压制我。我碰触它的躯壳、眼睛、膝盖和肩膀，这些部位都冰冷发僵，仿佛是一个已经丧失感受的生命空壳。我想象着它在一个惨淡的夜晚被无数黑夜的仆人吞噬，然后发病退去所有毛发所有皮肤沦落异乡，最后在某一天黎明苏醒之时沦为陶瓷的空壳。抑或是一个被抛弃的孤儿在阴冷的冬季被群兽追逐奔跑精疲力竭倒地而亡，最后天空母亲哭泣凝集雨水将它定格在玻璃外衣中。

暮色渐浓，恐惧露出了它应有的容貌。我蜷缩在床脚与人偶对峙，想起童话故事里往往会出现这样的语句“将她带进了坟墓”，我仅仅明白“坟墓”是某种寒冷邪恶的事物，但故事的讲解人往往都拒绝说明这个谜一般词语的真正意思。当看见这个谜一般的人偶端坐在床头，我就想自己是否总有一天会变得如它一样，或者如同美好童话故事中那个谜一般的词语“坟墓”一样丑陋、尴尬、僵硬。正当我思考关于“坟墓”意义时，似乎又听到人偶“咯咯”的笑声。不，笑声不会有这种节奏，那是它拼命挣扎的心跳在陶瓷的躯壳中的弹跳声，那是它骨骼镶嵌在玻璃中疼痛的颤抖声。我将头埋在被子之下，企图抵挡这头脑里吵闹的幻觉。但是人偶骇人的容貌又浮现在我脑海里，它站在黑夜之上畸形的笑容化为镰刀切削着我的躯体直至变得同它一般冰冷僵硬，恐惧是噩梦的燃料，使我眼前的梦境疯狂燃烧，无法阻止幻想被大脑刻画地更加清晰。我甚至能从不同的视角看到自己大片皮肤长出玻璃碎片，嘴角被扯裂面容呆滞，皮肤与肌肉决裂渐渐变成陶瓷外壳，我身体被压制在封闭的空间中感到窒息。幼年许多夜晚都是在这样的噩梦中度过。

美好的事物除了能作为打发时间的玩伴，它更重要的目的是让孩童忘记烦恼和不安，使生活状态归于安静并充满希望。成年人也一样，很大程度上都是以一种寻求寄托的愿望去追逐美。人在现实艰难的铸造中要么激烈抗争要么昏昏欲睡，在生活中寻找美、接受美便能令人逃离旧生活的苦恼，令人追逐一种崇高、协调和优雅的解脱并臻于佳境，开启了人寻找新希望的旅程。

丑陋不仅仅是令人厌恶的表象，而且代表着我们所敌视的力量，前者固然可惧但后者才是真正的惨状。奴隶在奴隶主面前是丑陋的，因为他们佝偻着布满伤痂的躯体令人反感，他们懦弱的孤苦哀叫令人厌恶。奴隶将奴隶主看为丑陋的化身则是因为他们更加惧怕奴隶主残忍的威胁和鞭打，对奴隶来说奴隶主不可反抗的力量是与生俱来，这就暗示着自己未来将永远被这种敌意深深禁锢。力量能被颂扬也能被厌恶，以此看来丑陋与恐惧相辅相成，某些时刻并不是因为力量丑陋，而是因为我们内心的恐惧将力量丑化。臣服于恐惧自然也是人性的选择，我们为恐惧之物献上殷勤并不是为了克服恐惧或者是窃取力量，而是为了在恐惧之下能苟然行走，能保全性命，能留住个人意志。

人能察觉丑陋的原理与体验到痛觉类似，当思想或身体判定某种事物不利于我们的正常行为与生活，将带给我们威胁和伤害时，自我保护的机制会提前报警，提示我们正面对危险的处境。不同的是丑陋是对生存经验与内心意识的刻画，而痛觉是触觉神经的防御性反应。这种前人辨别危险的方法在生命伊始就被痛苦地表现出来，很难想象分辨美丑竟然是我们与生俱来的能力，是生命让我们体验美的安宁与丑的恐惧。丑陋的须臾假现让恐惧扎根于幻想与噩梦中。恐惧是我们思想和生命中不可替代的一部分。

第三恐惧，对死亡的恐惧，这是在我陪伴爷爷时体会到的阴影。那时爷爷刚做完手术，整个头部从额头到颈部斜下去所有部分都缠满绷带，极其粗厚的纱布在他头上裹出半个巨型蚕茧。起初我并不觉得可怕反而认为很好笑，一个大大的蘑菇头在崎岖小道上颤颤悠悠。老人喜爱孩子，我是孩子，我的任务就是陪伴老人。

某天爷爷术后恢复完善，能卸去绷带，我在门口见到正在艰难向外行走的这位老人。这幕场景甚至与附近相关的记忆都很不清晰了，我能回想起来的是面前完全不一样的老人，拥有让我感受到恐惧面容的老人。爷爷的手术是从眼部下刀的，敞开在绷带之外的是凹下的窟窿，年幼的孩子根本不敢直面那结痂的洞口。甚至于之后我根本没有仔细看过爷爷的脸，自然也记不清那碗口大的空洞上到底长满的是粉红色的息肉，还是紫色的痂壳，还是黝黑纹路的正常皮肤，还是根本没有闭合随时留有血渍的新鲜刀口。

我心中在想，人为什么能凹陷这么多？半个面颊被剥夺的人是不是快接近死亡了？我又试想着将爷爷的大洞挪到我身上，如果我的头颅被凿开这样一个大洞我一定无法活下去了，一想到此我就浑身战栗。之前对死亡这种没有实体代表的词语毫无印象，直到这深深的毫无生机的窟窿在我脑中化成死亡的模样，才产生了我对死亡的最初恐惧。

之后，我从来不敢走在爷爷的正面，更不敢走在结痂的那一侧。我必须与他相随时就会故意摇摆着拖在他身后或者着急地朝前跑去。唯一还敢将视野朝向爷爷的时刻就是当高墙或大树的阴影恰好将他的半部面容挡住，落日只留下些许光影来表达人脸的凹凸时，那模糊的衰老面容还能吸引我的注意。死亡精准地嵌入老人的左眼中，惊恐的神秘与厚重的睿智悄然勘合，这一刻爷爷成为最威严的雕像，他以最冷静与最痛苦的容貌重新赢得了尊重，重新赢得了对年幼与无知孩子们的统治；我无法不对坚强面对死亡的人低头，我又顺从地走到他身边，一言不发。

在最直观的想象中，死亡就是缺失太多，以至于腐坏的部分无法配合身体完整的部分共同维持整个身体正常运转。锋利地置换掉身体中健康的那部分，死亡带有纯粹绝对的气息，它吸引活着的人放下手中的事物认真倾听，它吸引将死之人从病榻上站起来合目踱步。向死亡表达尊重，不在于人去楼空时还能向谁致敬，而在于每个人都值得在微小生命最后最强大最不可逆转的一帧面前，在代表着绝对停止的死亡面前，保持严肃与安静。

在我对爷爷恐惧之时还未看清死亡的深刻含义也并未想去思考死亡背后的力量与执着，我很庆幸在幼年时期对死亡的理解并没有在我内心觉醒，因为至今我也无法从容正视它。

恐惧对人最大的影响就是让人失去控制理智的能力。没有了控制就失去了平衡。野性究竟是我幻想出来压制恐惧的武器，还是为了适应恐惧而爆发狂妄的个人意志？使用恐惧去驾驭恐惧，生活与思想中总会衍生出比现在头脑中更可怖的事物，而这些新生噩梦带来的更强烈恐惧感会掩盖以前较弱的恐惧。

另外从梦中才知道我对母亲的些许排斥源自于头脑中从未清晰显露，看似稚拙浅显却深藏恐惧。幼儿时期对外界变化的敏感反应让我深深地感觉到不安，父母不仅等同于我坚实的外壳保护我免受伤害，而且提供给我富足的安抚和供给，不安环境与舒适给养的强烈反差导致我对母亲的强烈依赖，甚至潜意识里产生了对母亲终将离去的恐惧。

成长期我一直在期待得到某种力量能排除哭泣和恐惧，这种幻想出的力量绵长持久引人入胜，以至于某个短暂的幻想时刻我认为自己似乎得到了这种力量，也是在那幻想出的已经得到这力量的一瞬间我突然被改变了，哭泣与恐惧并不龌龊，为什么我要去纠正它们?

他人、自己、情感（哭泣与恐惧)，这顺序的三者都应被分别付出真心，然后连点为圆。

哭泣和恐惧都来得太快，有时很难理解为什么这些令人不安的事情会在此发生？为什么又突然离去？我把应对他人付出的真心都用在自己身上了，把应对自己付出的真心都用在接受哭泣与恐惧上了。这一切偶然的跨越其实能够被弥补，我不过是在对自己与对情感的反应上多走了一步，只要我在对他人的方案上也多走一步就能将这三者重新构成回环。可惜我搞砸了，我懒得再把对哭泣与恐惧上的真心付出给他人，懒得将这三者连起来。于是，自己与情感双星环绕，他人在旁边孤独微笑。

野性

作为孩童，我所做的一切都会被原谅，这致使野性能顺利地成为我的第一次生命。

语言是交流的工具，而孤僻的性格毫无疑问使我难以与其他同处幼年阶段的人共同使用这个工具。老师和家长总是问我为什么不愿意说话。为什么？因为我把要说给别人听的话都倾诉给自己听了，所以在人群面前无话可说。小时候我总认为周围所有人都能看穿我表情下面的想法，于是我不再重复说过的话。

愤怒和冲动是我在三岁之后在幼儿园里惯用的发泄方法。由于语言能力的孱弱，我在面对矛盾和争斗时，发现给予创伤似乎比语言更有效更有执行力，愤怒爆发的感觉让人痴迷。愤怒表现与否取决于愤怒的容忍阈值，孩子难以控制自己的情绪，所以孩子更容易冲动地发泄自己不满，将愤怒倾泻而出。在获得胜利并且逼迫别人妥协时，强烈的得胜感令我无比愉悦。

如同弗洛伊德说述："欲望的有效性与必要性是有限度的，满足不是绝对的，总有新的欲望会无休止地产生出来。"生命的攻击欲无时无刻地诱导我去发泄自己的力量满足自己的情感。童年这个赤裸的时期，我毫不犹豫地倾洒着我的阴影，因为这就是我的阴影。那时我认为自己没有义务限制自己的思想与情感，我独享自己体验的生活与教育，排斥接近我的人群。我不仅自己站在阴影之中，还要求别人必须站在我的阴影之中。

人从出生之际就与万物共同呼吸着整个世界的空气，可是没有人站出来指责别人抢夺了自己的空气，所以就认为自己再怎么野蛮、残忍地呼吸都不需要付出任何代价。我同常人一样尽力呼吸，直到学会温文尔雅地践踏别人的缺陷才看见锋利呼吸激起的美丽涟漪。

忍耐如同即将破碎的锅炉，情感被禁锢狭窄的胸中饱胀得几乎破裂，愤怒则在欲望的蓬勃下喷发而出，将我作为人或者说作为动物的攻击性毫无保留地表现出来。南方的天空总是灰色，像个高压锅的锅盖，逼迫你屈服在这沉闷的空气之下。意识到自己生命深处的野兽会带来眼泪、伤痛和激烈冲突，同龄人开始努力学习压抑自己的情感，囚禁内心的野兽，我也在文化与教育的潮流中驻足，不过是以嘲笑他人的姿态。我承认自己对他人严加指责时，看到对手耀眼的力量光环和自己无法拥有的优越地位，总会透露深深浅浅的妒意和胆怯。恃强凌弱显得很自然，交流是社会给予我们发言的权利也是我们为平衡内心差距对他人进行的试探。

在健康成长的法庭上，社会与教育的法官带野性出庭受审，几乎所有尖锐冲突的矛头都指向这头野兽。所有被威胁、羞辱和伤害的受害者和他们的家属都站起来大声声讨它的罪恶，野性被予以质问却沉默不语，被予以辱骂却一笑了之。当野性被强迫着做陈庭供述，它就精明地以嘲讽佐证它的清白无辜，还模仿着人们装腔作势的表情愚弄旁听者。

狂躁、狡诈、刻薄、讥讽，并不是学会的，而在人被野性附身之初就已迸发得淋漓尽致。

法律作为行刑人将它押解到监牢深处。最后道德作为审判官为野兽定罪，“膨胀人们的情感，并引导错误的宣泄方式”，处以无期徒刑。而野兽没有反抗，只是露出狰狞的面貌带着蔑视疯狂大笑。请允许我引用尼采的语句去描述这强大的野兽："致使我的灵魂痛苦或甜美的东西，致使我的五脏六腑饥饿的东西，是不可言说的，是没有名称的。"

由于打架事件我不得不转学，在另一所幼儿园遇到了有相同问题的同伴。人总是对陌生的事感到好奇，幼小的孩童更是如此。进入新班级的第一天，所有孩子就谨慎地围绕在像我这样的转校生旁边，喧闹着对陌生人嬉笑示威。

尽管我也会模仿别人冷静思考的行为，但是愤怒会很快冲淡冷静的状态。童年正是情感左右行为的时期，倾听到的每一句教诲都无法帮助我滤去画面中掺杂的欲望与情感。展示暴力，我不思考别人躲避的原因，也不在乎他们嘲笑的理由，我只希望自己的愤怒能倾泻而出。我在泥泞童年中留下的每一个野兽爪印都潜藏着试图脱离理性的冲动。

矛盾的原因貌似是某人的铅笔被折断，在一片混乱的起哄中他第一个举起拳头，野狗般地冲向人群中央将对手扑倒至墙根疯狂击打，直到哭泣声从角落流出他才捏着发红的拳头站了起来。整个过程中他表现出的强势让我感到对自己的安全有威胁，所以一直以仇视的目光盯着他准备着随时展开攻击，当他离开现场经过我时我终于忍不住向他大喊："你以为你很厉害吗？"

他的下一句话决定了我们的轨迹终将走在一起："没有，我就是想这么做。"我终于看到了我的同类，敢于在自己身上雕刻骄傲与愤怒的野兽。他的存在，犹如不思饮食时树上新鲜苹果流露出的馥郁清香。尽管生活依然处于干瘪，但在他的周围至少有了深浅，无趣的画面不再呆滞而出现断断续续的流动，交流的语言不再尴尬而留有平仄，野性的流露不再是孤独呐喊而是对颈长鸣。

我习惯以野性的饕餮大胃在生活的狭窄餐室中食尽一切愤怒与狂躁。我宁愿抛弃生活赢得真正的激情，宁愿抛弃安慰托举真正的勇气。我要夺回一切被理性触及的领土。

我童年宣扬的不是自信而是自负，缘自野性无以名状的骄傲如在生活中突兀的愤怒一样汹涌澎湃。我对欲望的暴躁支配令自己无法沉静下来揣摩生活中其他重要因素，与温柔可爱相关的情感被强烈骄横的愤怒覆盖；野性意味着个人意识的多样性被消除，生活的姿势直指狂妄。

野兽与人完全不同。人再扭曲弱小也不会被视为野兽，野兽再可爱高尚也不会被纳入人群。与远离常人不同的是，人们驱赶野兽首先是因为不愿意成为它们的猎物和奴隶，然后才会加入欲求的因素。

不过我找到了他这匹野兽，抑郁的天空下便不再孤单，被愤怒引导着的同类出现在我的身边，喷薄而出的支配欲和攻击欲在他内心渗透而出迅速蔓延至我的生活。整个世界仿佛都向他保持着应有的敌意，一个无伤大雅的玩笑或者不经意间的排斥，都成了他施展暴力的导火线，对于其他孩子来说他选择赋予其痛苦，而他人只有选择黯然哭泣。随着周围同学指责和打骂的加深，事情再也不是轻描淡写，他向我展示如何淋漓尽致地发泄自己的怒气。追逐他人的攻击性行为甚至变成了激情，他会拼命地撕碎他人的书籍扔向阳台或者踩在别人的身体上用砖头将对手腕部敲碎，道德与身体上的痛苦都无法让他停止自己野兽般的本性，他从不收敛自己的力量，因为孩子在任何事件中都没有任何义务为任何后果承担任何责任。孩子多么喜欢“任何”这个词。

没有人能在他生活中扮演重要角色，连我也不例外。野性让我相信我期待的权利与力量就掌握在自己手中。我们沉湎于过度释放的情感。我们从心脏掏出疲惫与烦躁互相渲染对方的愤怒。让我们摆脱野性就像士兵失去赖以生存的荣誉，学者丧失信仰的真理一样不可接受。愤怒，我后来认为这就是人作为动物潜藏的天性，引诱力量和激情迸发的源泉，为个体争取更多生存空间与发泄情感的基础。愤怒也是人成长进化中残留兽性的展现，它强烈地表达于我们还未成熟控制自己心智的童年。

野性令人愚钝，我不爱惜我应有的，却拼命抢夺我未得到的，而且得来就扔掉。简单地来说我一直浪费着自己的激情与力量，因为我承担不了拥有如此之多，又不甘于得到如此之少。用他人的怯懦丈量着自己的愤怒，我享受着别人害怕我的样子。也许是我自身对体验恐惧的强烈排斥导致我产生对夺得他人恐惧的渴望。作为孩童在感受到外界的排斥与敌意时，接纳他人遮遮掩掩的恐惧是沁人心脾的享受。

这毕竟是关于他的故事，我的体验只是一种衬托。无论如何，他肆无忌惮的本性或多或少也影响着我的生活。他成为我的同伴，因为他就像镜子一样，让我看到了作为野兽一样的自己。作为野兽除了愤怒，他还拥有一种气质名为疯狂。我非常喜欢模仿他凶暴的微笑，令人胆怯让人避之不及。我们愿意释放自己的野兽，因为看到了野性为我们带来的勇气、激情与力量。拼命地向人群展现野兽的优势，野性并不是没有依据的幻影，它将好几种丑陋、愚蠢且尖锐的动作附加在我们身上：辱骂、嘲笑与暴力。

从不倦怠的激情在慵懒浮躁的生活中无尽燃烧。我在楼道里毫无目的地晃悠，同学总是喜欢谈论体育馆或图书馆附近又发生了打架斗殴事件，自己却胆怯地远离这些事发点，而我们总是在这些地处偏僻但人潮涌动的现场晃来晃去寻找机会引发肢体战争。瞧那个胆小鬼误入我徘徊的轨迹紧张地想躲过我眼神地滑稽样，懦弱的人就放他走吧，因为在争斗之前他就已经被胆怯附身没能伸展自己的身体便早被紧张的精神压迫地无处呼吸，只会让人感到怜悯。真正寻找的猎物不是老鼠，而是那些敢于挑战我狂傲、敢于压制我力量的狼。这种人往往站在我的对面像是陌路的行人正准备与我擦肩而过，但是当我放荡不羁的眼神扫过对方时他并不会逃避，反而故作镇定与我对视，这是一种非常聪明的做法，因为当他以处变不惊的姿态面对恃强凌弱的我时，往往代表着或者伪装出自己至少有与对手同样的力量与决心。我也喜欢对方假充凶狠的模样，这坚强的外表加深了我要让他的笑脸直抵泥土的决心。预想着两败俱伤的结局，许多人往往会放弃可是我内心的野兽被这有趣的结局挑逗而出，击败一个不会轻言放弃的对手是让我释放愤怒与烦躁的绝好机会，是让我变得更加放荡不羁，狂傲不惧的资本。我会主动出击将敌人绊倒，就是要将挑衅表现地毫无征兆，只要任何人在我头脑里被确定为宣泄对象哪怕只是自己单纯地揣测和臆想，没有任何理由我会立刻成为冲突的挑起者。也许你看到的忧郁凌人的眼神，下一秒就变成了野兽的血盆大口，我并没有激怒或触碰，只是头脑中爆发的狂躁将我引燃。打斗真的很有趣；野兽在雷鸣电闪中嘶吼奋战已经不为结果，我必须要将心情的压抑化为嬉戏，填塞入这刺激的暴力中。

对手所表现的一切都没有错，唯有那敢于面对的勇气令我烦闷气愤；那时候我不了解什么是所谓的正义，我只是厌恶那些不被暴力与威胁所屈的心灵，我厌恶那些伪装成不被暴力与威胁所屈的心灵；我喜欢将坚强的人扯碎，如果他们带着嵌有坚韧眼神的面具，我就要将这面具扯碎看看他们如何哭泣；如果他们的坚韧眼神就是本貌，我会让他们的容貌被划烂，让其以后即使不断哭泣也无法挽回原本的坚强。

想要探知如我一般的孩子们为什么会产生如此超出常人理解的非常心理，说来可笑，这一切的动作都不是凭空的，都是我们模仿来的：最初，当我们的行为有偏差时，就会遭到老师与环境的纠正。保持与被雕刻，这是一种不舒服的反差，最奇妙的是我们不仅承受住了这种反差而且渴望控制这种反差。所以在童年我们很快就体会到野性的力量与自由，与我面对的孩子，如果他做的是错误的我会纠正他让他正确；如果他是正确的没有理由被纠正，我就会用暴力令他放弃自己的正确。我们享受着纠正的过程。孩子们不标定正确，只是寻求一种反差，逆我者是错误的，顺我者也是错误的；要想得到我的认可，除非成为我。

我所急不可待的，只是想要敢于直面我的人被我改变，我从不掩饰和伪装自己令他人疼痛的手段，因为我希望他人能清晰地体验到野性。事实上欣赏浮肿的肌肉和鲜艳浓郁的血色并不是我挑起战争的意愿，制造持续疼痛下的恐惧、聆听机械般的咒骂嚎叫也不足以满足我释放愤怒的需要。我希望与对手陷入溢满敌意的激情争斗中，沉浸在跟雨季空气同样的闷热的急促呼吸中。

我在制作玩伴，我渴望诱发出他人的愤怒，我渴望吞噬掉对手理性的皮肤，让其暴露出野性的真面目再与我纠缠。

我将力量集中在拳头爆发到对手的头部，一开始我想体验下这力量释放带来的真实感受是否有我期望中的那样令人满足。可是下一秒我就被对手同样结实的手掌击打在脸上，血液和神经像夕阳背后嫉妒已久的黑夜在瞬间升起淹没整个世界，某种莫名的激情开始对我身体进行截然不同的统治。从现在角度看去，那时我的身体不再是属于意识而是属于野兽，这扭曲的身体在脱离控制的一刹那竟显得游刃有余，感觉轻盈的肉体从沉重生活的规则和腐朽中剥离而开，甚至让我体验到内心隐匿着的某种微妙触动；视觉、听觉和触觉随着骨骼发力而震动，肌肉与皮肤的完美贴合，听不到自己的呼吸却能体验到血液泵达全身的涌动。

今天我愿意将野性纳入另一种比喻：我骑在对手的胸前歇斯底里地撕扯他的头发，或者我是骑在被野性增殖的荒芜情感上呐喊着鞭笞着自己。实际上从过去到现在我们都是下贱的：被安然懦弱的生活感受，被繁杂的社会经验诋毁，被脆弱平凡的环境损蚀。深陷泥浆毫无激情的意志，这受限于卑微力量的意志，使得我的内心不仅丧失希望而且与恐惧为伍；这懒惰倦怠的意志，吝啬馈赠却还为乞食而泪水涟涟，对冰冷之物毁伤，对温暖之物贪婪；这狡猾自恃因循守旧的意志，在贫穷的集会中传唱经验却在贵族的密谈中礼赞智慧，为初生的勇敢讴歌道德，却在将死的怜悯面前落泪缠绵。人是群居性动物，人不可能舍弃种群。只有在被窒息的激情淹没之时，我才能体验到生命中与人群相连的孤寂，以及心中卑微的反抗孤寂的勇气。

人不会轻易展现骄傲这种情感，对于能够掌控局势处变不惊的强者来说这种来源于意志深处充满不确定性的情感毫无必要，骄傲往往都是弱者稍纵即逝的微笑，懦弱之人被困苦折磨到意识底线存留的精神喘息；有时这种枯骨之余的徘徊会随着我们肉体和思想一同化为乌有，有时这种挣扎也会舒展出惊人力量让我们敢于面对威胁和恐惧，而这种残缺的精神表现出生命的不完整性也是生命意志亘古流传下永不言弃的生存精神。这种从愤怒中觉醒的激情与勇气几乎成为了我此后漫长生命的第一天性。

大脑中存留着真正关于打斗的回忆很少，就好像我的意志否定了这些滑稽的片段。假寐的记忆避免我被自己残忍的暴力所吓到，这种在暴风雨中缓缓而来的休憩减轻了我的负罪感，但这并不意味着我在极端情感发泄中丧失了判断自己行为的能力，我的内心毫不掩饰地提醒着自己，我还从未品尝到的他人对我的胆怯与仇视。我终于能理解为什么他能以王的狂傲诉说这种快乐。在这种力量宣泄的战斗中我从不感到惴惴不安，但是文化或是生命本身赋予我的怜悯与脆弱却让我感到眼角湿润。寂静的情感能激起慈悲，视野中偶尔能看到对手神情颓废地瘫倒在地的状态会令我思考，或许一个无辜的孩子并不应该不幸地承载我沉重的愤怒，直抵情感的最黯淡处，我积累沉淀的负面情绪或许不应该在这场战争中将另一颗乐观的心抛入压抑涂至悲伤。这种惺忪胆怯的怜悯几乎令我哭泣，在自身辛辣的嘲笑中胆怯，努力平复心情保持镇定，那举动就像对着恶魔唱安魂曲一般为自己祈求宽恕，这些矛盾的行为似乎预示着我情感的多面性将从孩童年代持续至今。

或许是身体和情感的疲惫提醒了我或许是对手尖锐的哭声惊醒了我，对身体的支配权又回到了我手里。酸痛的肌肉，黏着的皮肤，嘴角腥咸的伤口以及红肿着泪水盈眶的眼睛表明我已夺回了感觉。野兽如期所至如期所归，愤怒脱离了嘲讽，内心镇定得可怕。当野性尘埃落定，我感觉到情感的毛刺和沉淀已经被过滤，几乎听不出自己情感与野性共鸣的声音，背景宁静，介于废墟的阴冷和萌芽出的一丝光明之间，体验到这种安宁的声音就已经成为一种内心被逐渐拉近的过程，犹如别人窥视我内心的深度到我了解自己内心深度的过程。

我们将别人的愚蠢丑陋转载在心里感受，又将它们丢掉，晃动着脚掌将其踩在鞋下。人创造出“愤怒”这个词语，与其说用来形容自己激动紧张的情绪，不如说是用来隐藏胆怯与错误。当我们无法承受身体感官的极端表现比如痛楚与饥饿时，当我们难以直面内心或者思想上的创伤和悲痛时，愤怒就轻轻蒙上我们的眼睛以遮挡自身的脆弱。当我们本以为自己能够掌控局势却被不可控因素干扰以至愿望无法实现，愤怒又悄悄地在我们身后清理难堪的残局欺骗自身情感伪装坚强。当我们凭靠自身力量迈向知识的巅峰却因创新逻辑与历史规律冲突而停滞时，愤怒便欣然一笑，背过哭泣的文字为止于真理的回忆贴上封条。

今天我依然带着当初未被清扫干净的愤怒存活着。我认为愤怒不仅仅是个人意志忠诚的侍者，用发泄时淋漓的激情与勇气洗刷着我们的软弱和错误，而且是废墟上的守望者，清扫着心灵的尘埃并以发泄后微末的悲哀和空虚给予我们宁静反思的环境去恢复生活，重启思想。

也许是文化的根深蒂固，也许是道德对不可控情感的警惕，在社会复杂的现实条件下，深思熟虑让人们对愤怒本身保持距离。人凭借千百年的生活经验创造出许多看似更加平和的方法用以取代愤怒达到隐藏和重启的目的，比如容忍和交流。在与不同思想交流过程中，只有一些意义重大、生命力极强的思想才能促人深入思考，而诸子百家观点纷然陈杂，一些虚假脆弱的组合论点总是诱骗人融合更多没有深度的精神，让自己原本拥挤烦恼的大脑更加混乱不堪。

人不会轻易令自己陷入极端情感比如愤怒与仇恨。当人正津津有味地矫正自己行为保证利益最大化，并且计算如何规避极端行为带来的风险时，封存的愤怒与自己强行表露的镇定形成强烈对比，其中带来的情感逆差已经超速膨胀挤压着由情感塑造的性格。我们的确能在隐藏着愤怒之时强颜欢笑，不过心底虚浮不实的乐观性格将逐渐成为泡沫破灭殆尽。

当时我并没有深刻感受到由他人的胆怯产生的荣耀和力量，但暴力的表象已将这丑陋诉说为事实。这事实在文化为保护社会竖立的道德明镜中夸张得可怕，如同在湖底观看湖岸上婆娑树影，外界风景已被放大，光怪陆离毛骨悚然。无聊的动作和陈词滥调的唠叨让我的生活不尽如意，总是感觉到这原本清纯淡雅的空气被外部的浑浊气息压迫，它们像是冒烟灯油的刺鼻气味侵占着我本来狭小的空间，在我疾驰的道路上飞舞盘旋。语言会成为窃窃私语者的唯一利刃，刺向我这桀骜不驯的野兽，在这捕风捉影的声音中我已成为狭小社交圈中的众矢之的，而我对交流的迷惑也使得自己无法判断这种非暴力行为对自己的伤害。起初我对背后的嘲讽与厌恶保持不屑，认为这群胆怯的人如何能释放具有威胁性的情感，直至这些过江之鲫的敌意泛滥为生活的底色，才发现自己不仅仅是在经历一次沙尘暴，而是在穿越整个沙漠。

在童年，我们无法答应他人将内心的野兽束缚在喧嚣的生活中，正如水中的泥浆无论等待多久都难以在漫长的时间中兀自沉淀；我们无法赶走声音中的负面情感，正如无论如何搅拌也无法让泥污跨过清水安静消散。我们从不承认自己会被消极的情感引诱得渐渐衰老、思维僵硬、病入膏肓，反而体验生活的疼痛发泄自己。我们以凌驾别人自由的方式找寻自己的自由，以压榨别人情感的方式平息自己的情感，我们的野兽与我们的暴力以同样极速的方式成长，速度甚至超过了身体与思想。动作变得快捷迅速，表情变得单一紧凑，完整地将野性融入生命。

尽管愤怒被平息的机会很少，但是感受不到愤怒的日子仍让我生活轻盈。在愤怒的间隙中，我一面享受情感的平静一面惦记着野性再次苏醒，这样可以避免内心陷入孤独。可以说童年生活是我人生中最充实的阶段，我的灵魂和身体都蜷缩在野兽的膝盖上，它急促的呼吸在我的鼻翼上凝结成水滴，捂热着纷飞大雪中我冻僵的脸庞，有时我缩起脖子浑身一阵战栗，野兽就会将它巨大柔软的绒毛尾巴扶在我背上，像祖母家的棉花被子般安稳地引我入睡。

从回忆里找到了童年最疯狂的一天。这天是让人昏沉湿热的夏天，也是我和他脱离幼儿园上小学的第一天，其实小学也只是个大一点的幼儿园。我非常不情愿地随着家长走到教室，拥挤嘈杂的人群比烈日更加让人感到烦躁，我真想一个人跑回家去躺在清爽的凉席上休息。唯一值得高兴的是我的座位离他不远，比起陪伴他人陌生的面孔我更适应于处在同伴身旁。

小学教室比幼儿园房间大了许多，孩子们的话语喧闹吵人，窗外挤满家长，紧张地望着自家孩子。整个教室连带灼热的空气好像一个巨大的蒸笼，而老师宣读的陈规滥调如文火般烤炙着我们的耐心。为了摆脱无聊，我和他便开始了某些可笑的交谈。老师发现了我们两个调皮的孩子，便点名提醒了他。很显然名字在这陌生的人群中被第一次念出引得他非常尴尬，这也触怒了他敏感的神经。他开始保持安静，充满敌意的眼神瞪着这位第一次见面就让他紧张的老师，他体内的野兽必定开始涌动。老师也感觉到了这个男孩不怀好意的凝视，于是她准备走到他的面前用一个看似偶然的问题去提醒这个男孩不礼貌的举动。带有野性的他拥有极强的领地意识，他不允许任何陌生人侵犯自己占领的区域。年轻的老师不知道自己第二次叫出他的名字会引爆这个愤怒的野兽。这个世界上总会迸发出不怀好意的惊喜，我微笑了，察觉到异样的味道，深吸一口气等待下一出扣人心弦的戏剧。

被误解为羞辱的情感终于引燃了他积蓄已久的愤怒，一个准备伺机捕猎的饥饿野兽终于见到了自己渴望已久的猎物，一个蓄满狂躁的火山终于爆发出情感的岩浆，他迅速地站了起来满脸通红，浑身颤抖，尖锐的声音响遍整个教室："你再叫我，我就杀了你！"这不符合男孩年龄的激烈词藻掀起了焦虑急切的尘埃，隐没了所有不应表现的反感、屈辱和羞耻，如同战争中射出的第一颗子弹击穿了一切幼小的诚挚与纯真，这野兽的力量让人心底固有的陈观旧念震裂，看似毫无理由、毫无意义、毫不正确的话语令所有同学、家长、老师都惊呆了。他的愤怒跨越了某些事物，映射到我心里，这坦白的、渴望得到安静的咆哮几乎不会在我生命中出现第二次。这愚蠢狂妄的急性发作穿透了我头脑中的顾虑，甚至令我僵硬的笑容无法消散。这种盲目猛烈的愤怒已经出离了理性的束缚，呈现出愿意毁灭一切胆敢惊扰它流动之人的病态冲动，没有人能意料到如此弱小幼稚的男孩能如恶魔般说出这样残忍愚蠢的话语。

我的回忆没能给予我足够的信息去描述事件的细节，只是记得面对人群的惊讶，我并没有观察出他的犹豫和胆怯，反而感受到这个极端事件本身的孤注一掷和疯狂，甚至于从中察觉到了他难掩的喜悦。对老师的反抗与威胁背叛了整个集体，如此洒脱和随意的叫嚣、如此不可原谅的罪过，简直就是对社会规则的极端冲击。其实这种冲击无关乎生存与道德，不存在生命的慰藉和遗弃，仅仅是野性意识在外界挑拨下无法自抑的强烈苏醒。我相信这种强烈，愉悦和痛苦的经验一定曾被他的情感混入梦境，在某段重铸思想的时间里一定会令他彻夜难眠。作为观看者，他做出的什么非善的行为并不重要，重要的是我看见了这非善行为被做出的过程，无论是制造者还是观看者都不会将体验的情感仅仅设立为里程碑，而会为我们认识自我做出新的思考和改变。体验不可发生之事的过程成为一种对非凡经验的汲取，在从感觉事物到感觉思想的启蒙中为完善个人意志达成永续。

行走于道德准绳的人们是不愿意去体会与理解这种不屑一顾的情感。究竟是什么力量能让我们抵挡生活的巨锤，爆发生命意志的野性，找回人性深处的愤怒？究竟是什么环境让我们渺小的微观情感得以泛滥，足以有勇气抵挡社会文化的巨轮？究竟是什么诱惑赐予我们灵魂以虚假的神圣，让我们宁愿一无所有也要维护生命的自由？但当我真正想以生活经验和社会道德去贬低这样的举动，将许多情感化的问题放在主观经验之下就会发现自己思想的无力。对于这种看似耽于幻想的极端事件，人们往往都避开那些界限模糊的事实考证和情感分析，要么直接明了地以规则和法律定性，要么将它尘封于历史不再谈论。越是锋芒毕露的事物，人越是不敢谨小慎微地去体察，倘若知道了事件的真相，被深层次的情感威胁或者打动，我们就会陷入思想被影响的迷茫中，而果断的舍弃就避免了我们原本为自己精心设计的宏图大道产生动摇以及坚实思想堡垒的垮塌。所以很大部分珍贵的个人意识极端流露都在平淡生活中被人群遗忘淡却，并不是我们去选择逃避而逃避本身就是我们的天性。

倾听成长之前的过去，愤怒行为是观察野性的最好蓝本，也是最容易被误解的现象。野性被人们形容成偏执和妄想，很大程度是愤怒引起的不可控表现，那些独立不羁和华而不实的态度引人厌烦唾弃。可笑的是人们在对永恒浪漫的呵护中可以将爱情从性欲中剥离，却对野性能鞭笞人寻找激情与勇气的观点保持怀疑。人总是抱怨为什么种植真理的花园里总是荒草丛生，可是有没有想过这些野火烧不尽的杂草或许是另一种真理，因为它们与人顽强的生命相似，卑微而倔强。

野性同样是个人意志的弱点。我们咄咄逼人的威胁，恼羞成怒的谎言全都来自孤傲，单纯发泄过后留下部分踉跄的虚妄。我们在生命旅程中误入歧途，却依旧不可一世地荒唐前进。野性有时就像一个滑稽的发动机，以可笑的运动方式带着我们在生活的大道上狂奔以至于我们忽略了一些生活的细节，失去了部分细致微妙的情感。如果不能阻止野性在疯狂冲撞下迫使我们回绝温暖情感并将正面的道德划分为欺骗，曾经使自己惴惴不安的恶习就会被野性操纵，浇筑成扭曲性格。

不要戴着口罩去抱怨生活肥头大耳的面孔上写满狡诈，因为你自己本身不愿真挚地呼吸。成年人油头粉面地向你微笑只是为了在利益妥协的等待间隔里消磨时间，老年人不时戴着宽厚仁慈的面具也只是想向你喂食他们遗弃的文化垃圾。整个社会都忽视了隐藏在孩子心中的监视器，规则上的瑕疵和人性的污垢都历历在目，我们没有表达的机会但是却有记录和学习的权利，而当孩子们长大成为支撑社会的骨架时童年记住的卑鄙和欺骗又将填满下一代孩子的生活空隙。

野性在我们生命伊始就成为了顽强意识的代言者，在我们影射出动物形态的幼年，它雕刻着我们的核心情感，当我们成人并完成人性的蜕变之后它就开始被遗弃。如同我们习惯将邂逅的陌生人想象为才华横溢，而难以有勇气肯定自己的能力，当我们羞涩地站上社会舞台接受历史文化传承的荣耀人性之后，野性也被廉价贱卖。野性的一部分作为生命意志掌控着我们的命运，同时它更具有突出意义的一部分作为个人意识给予我们思想与性格多样性，并悄然扭转着命运。孩子需要理性而非野性，当我们暴躁地以自然准则或是种群道德校准已偏离普世轨道的价值取向时，我们就埋没了理性，失去了创造更多可能性的机会，甚至意味着放弃自由。

我们在野草废墟中追寻尊严，在蒹葭沧桑中横渡苦难。凭野性与生活对抗，让我感觉到了自身的价值。野性主导着我们的个人意识流露出放荡者的气质。野性并没有赐予我出类拔萃的能力，却遗留下从容不迫的骄傲。这种骄傲自大的态度从现在的角度看来的确充满廉价浅薄，甚至它迷惑了我作为正常人应有的理性思维。缺失理性就不需要以己度人，我不必担心借以自己的抑郁折磨别人，也不用考虑受到他人思维的影响。

我单纯地站在这摇摇晃晃的道德塔楼上躲过了整个童年的迷惘。扶着野性的肩膀才得以接纳幼年嘈杂的每一天。从现在看来野性令人盲目和愚钝，不久我将从长辈口中得知的理性与人性轻轻地高挂在生活的书架顶端，用幕布盖上并遗忘；强迫自己再也不去理会那些无法缓解愤怒与欲望的东西。

野性杀死了我的一切忧郁，压抑住内心孤寂的悲伤。野性教会我以浅薄和卑鄙敲诈生活，我被生活欺骗有多深，我就要让他人感受到我的愤怒有多深。野性绽放的愤怒令我心旷神怡，但它饥渴的根须也伸向我骄傲背后战栗的自卑与恐惧。

在雷雨和风暴中我们放弃了抵抗，劳累和平静的分界线就在大洋和江河之间，自由的航迹渐入海洋并掉头返往湖泊。充斥着野性的水面安详惬意地抚慰着我们劳累的情感，也令我们止步不前，所以童年我们放弃了海洋的冒险而在死水中沉寂。

我如此酷爱野性，很长时间始终认为它是真实的自己，是个人意志最裸露的体现。与其说野性躲藏在我身后，不如称野性是披着我稚嫩肉体外衣的怪兽。内心的野性可能并不是被大自然赋予的残缺特性，而是我们心中投影着大自然原本残忍愤怒的面貌，我们被选择出展现大自然慷慨激昂的存在。

野性丝毫不隐匿表现出的孤傲、残忍、放纵和仇视。野性企图碾压任何妄想控制或支配它的情感，它甚至是意志的独裁者，限制着我们部分冷静、沉稳、认真和温和的人性。面对理性它固执愚蠢，从来不评估自己能力的强弱，简直就是一个不可改变的怪兽。如此可见，野性与前人用经验和智慧创造的道德准则和文化规范格格不入，导致对它的保留必然会付出代价。传统教育曾向我们展现出一条简洁正确的道路，事实上童年的生活也选择了让我成为世界温顺的子民，但心中我无法让自己的思想归顺于这苍白的背景之下。理性和野性左右着我做出选择，虽然我难以权衡两者的利弊，但是我对自由的依恋使自己无法在平静生活中因心灵的补偿与安慰而舍弃野性。

他对我的最大影响是当我在背负野性并快要放弃时，他对野性振奋人心的展现坚定了我的决心。童年的我在理性与野性的噩梦中挣扎，我没法在这个充满谎言的梦中做出选择，直到他爆发出执拗的愤怒直到我的环境中出现了如我一样怪诞的同类，我坚持野性于是梦醒天明。

虽然当年他不成熟的心智不能驾驭这冲动的激情，但毫无疑问这疯狂再一次让我感觉到了野性的力量，给予逃离者以勇气冲破绝境，给予宁静者以愤怒抓住希望。当在生活中艰难行走，无法理解所有前人创立的桎梏而被排斥唾弃，野性的雾海中的确放映着生活中难以维持的镜花水月，即使这只是幻觉也至少能让自己体验到内心与社会亲密无间的气氛。而这种幻想在生活中修复着我们未成熟思想与文化制度之间产生的残缺，这种坚实的铜墙铁壁保护着我们，防止在与社会的磨合中产生意外精神崩溃。

野性，作为我的朋友它赋予我力量与盾牌，作为我的敌人我敬畏他的能力。当它靠近我时我会心慌意乱，颤抖并不是由于对神秘敌意的恐惧而是按耐不住侵占它力量的渴望。它所炫耀的骇人轮廓、赭红肌肤在我被吞噬殆尽之后都将毫无意义，它输送的愤怒与勇气从仇恨、懦弱和恐惧的躯体中被拖曳而出植入我心，由它引起的所有情感激流都将是我力量与激情的源泉。

残缺

残缺的人仿佛被赋予了更强健的心智。为了隐藏或克服肉体缺陷对生活带来的不便，必须训练出更坚强精神抵御生活的重压。承载磨难与痛苦的旅程在生命的缺陷之上继续展开。相比于利用残缺身体坚强前行的人，世界的另一头也总会有人用自然赐给相对完整的肉体摆弄着享受的姿态，也仅仅享受着幸福的姿态。

骨髓灰质炎病毒虽然是人们最早研究的病毒之一，即使它简单到人们甚至能如同制造商品一样制造这种病毒，但它仍然给予一部分人肉体重创。我在小学时总能看见隔壁班一个患有小儿麻痹症的学生很早就坐在教室里等待上课，放学后就一直坐在教室里不曾看到他回家。开始很纳闷为什么这个残疾学生不回家，难道是被父母抛弃了?直到有一天晚上我在学校旁边散步发现他一瘸一拐孤独的身影。原来他为了摆脱旁人奇怪的眼神总是在凌晨天还没亮就来到学校，傍晚夜晚来临后才回家，拼命地走在自己走不动的路上。生活每一天都在将他平凡的困难重演，残缺在伤口的痉挛中更加真切。起初我对他保持尊重，因为我不知道为何大自然要赋予他艰难的残缺。人往往会对自己无法了解的事物保持长久敬仰，就像人一直采用这种方法保持对死亡的关注。

与残疾相比，残缺是对完整的广义反衬，“残缺”这个词本身也暗示着人对完美的强烈渴求。在意识深处每个人都希望自己被称赞为一个绝对光滑的球，完美对称的几何图形，可谁能承认自己是异形？很难应允别人玷污自己的尊严，也很难接受自己的缺陷。

对于孩童来说，他人拥有的专注力我没有、他人拥有的同伴我没有、他人拥有的交流时间我没有，其中所有的不同令我感到不适，那时我无法理解其中因为向往得到他人认同而察觉到自身残缺的反思，我只能将一切与他人不同的行为转化为“我很愤怒”。如果在烈日下都看不到自己的影子如何还能清晰地感知自身的存在？维持生存的过程是焦虑不安的，人必须小心谨慎地控制自己的情感和心境，减轻缺陷造成的不便与疼痛。自己在人群边缘挣扎的经历是否是能被他人亲眼所见并不重要，即使被偶然注目也只能成为笼中风景，不关心的事情即使偶尔被提起也会马上忘记。

我保持着强烈的向上姿态，在打架中将他人击倒后，一面炫耀着自己的伤口，一面嘲笑着别人的残缺，我借由他人的胆怯释放自己因不被认同而懦弱的报复心态，我不在乎他人既愤怒又惊慌地大吼大叫，不在乎他人与我一样在更强大的对手面前啜泣、表达眼泪与恐惧。我肆无忌惮地抛开自我反省的话题，我越过残缺将一切与规则相冲突的行为归咎于愤怒，仿佛愚弄与伤害才是我应该做的。

听到同龄人对我孤僻性格的嘲弄，许多言语都是自然的，似乎的确都是我的问题。语言具有强大的力量几乎能让我自己的思想被扭转去相信谣言中的性格缺陷，尽管此时的孩子们连自己的真实缺陷都无法认清就急于在别人面孔上刻蚀伤痕，津津有味地舔舐渲染出的伤疤。我与集体的背离如同我被言论雕琢出的缺陷一样刚硬，我在越来越艰难的辩论中抢夺尊严，人群已经习惯带着舆论特权去审判孤立者的狂躁与孤独。

我趴在教室窗外听着人们对我的嘲笑，就像落魄作家观看评委审查剧本。一看到这歧视的眼神就想将他们咬碎撕裂，许多报复的理由也是自然的，似乎这就是我应有的冲动。窃窃私语诚挚得就像琴房的动人音乐，毫无顾忌地传到我耳中。戏谑笑声清脆而有节奏，简短而任性，我从中奋力翻滚，无法容忍尊严被夺走。我要扭转整个乐章，我要以暴力抵住浪涌，以野性响遏行云。我要求自己在施展暴力时心灵保持冷漠，情感对自己造成的伤痛毫无感触。一旦体验到触动缺陷的愤怒，就以孩子的决绝夺回被人忽视的尊严。愤怒让我只看到了事物的残缺，于是我将这观点扭曲为世间所有的事物都只存在残缺。我在缺陷的罅隙中伸出手来争斗，在与所有人的抗衡中疼痛、骄傲、狂暴。

纵容自己诋毁他人的强烈感情与我心中的野性相互共鸣，人也不可能始终保持孤独的安静，即使本身默默无闻或不愿言诉，喧闹的生活也会诱导人不要继续坚持。人总是要求他人与自己共同承担身边的艰难，也时刻被他人拉扯着持续前行。甚至趋向于共生的合作模式中还隐藏着更可怕的人群，他们的生存已经不在乎意义与否，只希望一起活着一起死去。

挥霍的人总会讨论起吝啬，认为它是比贪婪更大的罪恶。不分享自己的资源就被认为故步自封，与社交网络衔接起来的重要途径就是交流自己的情感。幸好我不介意展示自己的缺陷，否则隐藏缺点也会被诉说为阴险，也容易被拆穿。

孩童的我不喜欢给予他人自己拥有的东西，不仅是因为我的吝啬，而且是因为我不认为他人应当被给予。如果他人有更强大的能力，为什么不攀爬足够高大的山峰却要与我拥挤在这阴暗的山沟中抢夺食物；如果他人理解不了我带有缺陷的认知却仍要帮助我交流思考，我应该如何告诉他人有时我就喜欢坐拥着混沌的思维体验野性。尽管如此，我虽然厌烦人与人之间残缺程度的距离，但也无法排斥可靠的帮助。

人往往期待的不是正确而是错误的错误。人不相信一蹴而就的成功，必须去自己尝试曲折蜿蜒的道路并在复杂的过程中不断纠正自己直到获得一条简洁的通往成功的路，人才会相信成功原本可以一蹴而就。人享受自我纠正的过程。在这只有野性的季节里天空颠倒了两次，他人的嘲弄是错误的，我的暴力也是错误的，但当这两者堆放在一起就凑起一张和谐的乐谱。如果说孩童在哭泣和恐惧面前还能勉强保持平静，但是心里关于愤怒的震颤再也无法让我静观凝视。我希望的与我看到的不一样，我看到的与我付诸行动得到的也不一样。期望被多次打破之后反而觉得这就是现实生活想告诉自己的事实，我不会去等待他人接纳我，而是要让他人为做出这不接纳的选择付出疼痛的代价，而愤怒将作为我的唯一动机。

尽管我早已改变，今天还是留存着过去的一丝背影。我时常在自我催眠开始后的短暂时间里就已在与懦弱的拔河中失利。悲观暗示是产生心理缺陷的不良象征，它表现的一段言语，一系列动作或者只是一种情感，一小段与幸福擦肩而过的时间，却可能指向一生的疼痛。内心对暗示的回应则是另一条隐藏的黑暗小道，将人从困难引渡到残缺。我经常祈祷不要面对这隐藏在生活缝隙等待伏击脆弱心灵的凶手。人抛弃曾经拥有的希望为了得到更明亮的曙光，而暗示在人要求更多时就慷慨地赠予人难以摆脱的残缺。当我们在心智上愈来愈趋近于完整时，总有一些不适时的暗示到来：自己是否失掉了最初的纯真？是否失掉了感性？是否坐拥了更多贪婪？是否祈求着更多无法承受的勇敢？暗示的强大不是揭露了人内心的软弱，而是将人的行为引向软弱。它利用一些煽动性的观点影响人的思想，并将虚构的缺陷与人的自我情感搅拌在一起，激起共鸣。

很简单的例子，如果人身处“不可见即不存在”的立场就会永远无法认清不可见但却存在的事物。或多或少我们身上都继承了这个古老的诅咒，印证了“做不到是因为相信做不到”的经典教义。暗示留下的深刻印记导致人在成长的轨迹中逃离最初的自己。人难以摆脱潜意识对暗示的追随，因为暗示是人在痛苦哭号中接触到的第一个外部反应，个体在接受暗示之时就将其奉为神圣指引，期待它带领我们摆脱现实苦难的窘境，随后便一直在谄媚的海洋上漂泊。

最可怕的暗示莫过于自我否定，画地为牢且毫不知情。即使在多年之后终于理解了暗示的痛楚，我也难以挽回精神上根深蒂固的懦弱。暗示在黄昏中的笑容乖戾而妩媚，之后黑夜中萌发的残缺却刺痛而鲜明。在读懂暗示须臾闪现的美之前我们都难以看透它的丑陋。观看暗示主演的剧目已成为习惯，不知要花费多久来度过荒诞不经的心理戏谑，此时此刻我或许已经没有勇气在自己建造的牢门中舍弃暗示与理性为伴。

人不需要阻碍前进的残缺显现在生活之中，于是将自己带有残缺的一面打入冷宫，犹如恒星将暗淡的死星丢入寒凉的太空。残缺就这样被它的主人隐藏在生活表象的阴影中，可是生活的风浪不时会接触到被囚禁的残缺，而时间也将主人深藏不露的隐情渐渐显露。于是残缺就成为了主人害怕被看见的弱点，不仅是害怕被别人看见，也害怕被自己看见。

在残缺还未演变成显著阻碍自己的弱点时，自身需要锻炼出更强的一面遮蔽住残缺才不至于让其在个体能力中显现致命裂痕。残缺所留下的财富即是艰难，这种不得不面对苦难的窘境反而教会我们承载更多。残缺带来的苦难并不是弱点带来的空洞，前者是一种劳累的锻炼而后者是导致事物层层崩溃的裂隙。

痛苦经常移开它善良的爪子让害怕的人逃走，在困难面前躲躲闪闪似乎已经成为一条摆脱烦恼的捷径。其实背上肩负着自我嘲笑的阴影与面对逃避过的困难同样沉重，无法直面困难可能成为繁重的心理障碍。

一个表面上全是优点的人缺点就藏在他的背面，同样表面上全是缺点的人他的优点也藏在那些常被忽视的缺点之后。成长过程中人得到的能力是否足以抵消失去的力量？这是需要反思的重要问题。个体认为具有价值的知识、思想与习惯散发出的耀眼光芒往往遮蔽了本身拥有的个人意志和自我思考。实际上在新接触任何事物之前大多数人都难以做出理性全面的判断，幸运的是骗局仅仅依靠华丽的外表并不能迷惑人清晰的双眼，更不能攻破大脑守旧的城墙；真正促成人回心转意、彻底改变的是在个体能力之下强烈对比的文化规则，这种强烈对比包含家庭在驱使人们获得不同能力时附带着赞赏与惩罚的差异性，教育引导下不同知识技术帮助人们攀爬到体制金字塔高低不同处的差异性，社会文化对不同资源利益评估和舆论导向的差异性。背景中无形大手潜移默化地影响着人的判断，迫使思想基调从维持基本生存的轨迹偏离。我可以得到自己曾经敬畏的能力，教育体制带来的优越感几乎使我上瘾，我努力争取的和被强制授予的能力已经成为支撑成长生活的中流砥柱，依据教育竞争规则，被认可的学习为我掩盖住许多不可告人的懦弱与慵懒。

残缺带来的精神幻影并不会轻易消失，很有可能人整整一生都无力回望在成长之初标定的野心。当数年之后我远远脱离童年的愚笨理解至此时，我就决定宁愿野心直指艰难环境也不希望普世的价值体系将我的激情剥离。

我之所以难以将教育体制下要求的能力全力发挥，是因为在我得到能力时并没有珍惜和深入理解这些能力，当初幼稚的我以为这些能力毫无意义，结果自己就真的将这些饱含深意的能力模仿、运用得毫无意义。尽管没有人戳穿我，我也不得不承认这是我人生巨大的过错之一。请注意以上观点的背景是以表达能力为竞争中心的社会，所以能力真实的价值并未被所得之人完全触及。能力对自身生存的保障程度，能力对社会文化的改变，能力对人类发展的推动，这些需要仔细考虑的角度是否已经被深思？社会文化推荐给人的能力常被理解为脆弱无力缺乏根基，是因为个体自己作为能力所得者没有清晰明白得到的能力所拥有的深刻含义。这些思想不是仅仅脱帽敬礼就能追随的标准风景，而是需要不断求思苦行的去伪存真之路。

一部分缺陷在人克服重重困难之后残存下来，成为性格中最崭露锋芒的部分，也是人与人之间互相区分的重要特征。

残缺最美的骗局在于：如果许多人将残缺的一面隐藏起来，将完整的一面展示在外面，破败的部分放在里面，人们就能围成一个完整的球。可事实是当人想到将残缺隐藏起来时往往已习惯于将完整的部分冲里，这时再强制包裹残缺显现完整，就会发现球面的外表上多出部分棱角，它们显现着残缺与完整的冲突。人们生活在一起必定会清晰地表现出杂乱无章的缺陷。我们用缺陷的砝码去平衡自己与他人的价值差距。生活毫无遮掩的表达将我们联系在一起，看到他人的缺陷自己才重拾自信。

不认清自己的缺陷和不足怎么能进步？除了一部分能提前学会思考认清自己缺陷的儿童，成人对孩子的教育需要以鞭笞的手段让未能完整思考的孩子认清自己的错误和不足。这种教育手段实际上对我们成人也不得不采用。可怜那些如我一样的成人们基本都顽固不化，疲惫懒惰的大脑焕发的思考激情连儿童都不如，没有压力与诱惑就不能唤醒人们已经丧失的思考本能。

文化企图通过个体的精神特质和能力差异铲除人与人之间的共通性，最后这些不同在尘世粗糙的砂轮中被磨平碾碎直至人与人之间能相融替代，唯有的缺陷永远代表着人的个性面孔，因为它是棱角，不可磨平也不可忘却。

人总能发现与自己缺陷相同的人却难以找到与自己缺陷相融的人。就好像一把钥匙可以被复制，但找到与这钥匙相匹配的锁却需要多次尝试。每把锁只有一把钥匙，但打开锁有时并不需要钥匙只需要恰当的手段。凭借方法与技巧能解决许多问题，这就是为什么人仍能在互相排斥的敌意中保持友谊。

人们能忍受别人说自己不聪明却无法接受别人说自己是傻子。通过不断直面并克服缺陷，这些不令人骄傲的部分也可能成为人不被懒惰和懦弱奴役的理由，守护自信的精神堡垒。人被残缺囚禁于自由与力量之外才学会在困难中奋起直追。缺陷可能成为不了生命中精彩的影像与赞礼，但它已经构成人的独特意识面貌与心灵旗帜。

人最终还是能接受自己的残缺，可能是因为心底被隐藏的某一面正在期待自己趋于残缺。“既然美丽成为我们愿望与现实的落差，为什么不抬举丑恶？”在层层失落的生活之下，终于有一天懦弱的人思考出另一条道路。这种被反转的心情与个人用泪水表达欺骗的手段相仿，都是建立在不完整的社会经验之上。

人设立了新的幻想：“希望在明天的夕阳之中能看到我的残缺”。在自我嘲讽的风气中随波逐流，即使故作姿态也无法吸引局外人的围观，每个人表达出的怜悯都与自己的破碎息息相关，不具备相同残缺的人也能互相理解对方的痛苦与自卑；是的，第二天人终于真切地看到了赫然而立的残缺。

可以将这看作人在懦弱情感压榨下产生的扭曲思想，也可以理解为这是深谙自身缺陷的妥协。缺陷启奏的歌曲并不发出稍纵即逝的颤音，而是源远流长的悲鸣，有时候我们感觉到顿然消失的抑郁并不是由于缺陷在阴影背后被遗忘，而是因为痛觉残留在心灵深处已成背景，失落已成常态。回头就能看到残缺落日里野性并不是过眼云烟，更持久的是我深刻哽咽的自负与愤怒。

人逃离得了生活也逃离不了缺陷。人应该凭借照亮世界的光芒来看待世界，而不是透过自身的缺陷偷窥世界。现在的我想到的与曾经我经过的道路总是似是而非，我不怕过多的问题，就怕向我发问后还不允许我自己回答。野兽比人更狂暴的原因在于它们会先选择积累力量，直至这力量让理性崩溃才再展开反击。

可惜我已转化为人。如果我现在还存留有孩童的野性，我就敢于眼睁睁地看着自己被人群围住、讨论、挨打，就敢于选择倒下而非反抗，这将是我活着懦弱却不失生命勇气的方法，也将最终完成我主导的剧目：谁也不知道我在等待自己的愤怒冲破阈值，即使我已将这阈值定得很高；我在容忍他人错误的同时积累着自身的道德优势等待达到绝对道德之线，即使我知道这一切关于道德的规则都只是权利的幻影；我在等待惩罚我的人失去勇气即使他们一开始认为自己是正义；我在等待旁观者面对我的神情从排斥到怜悯再到绝望，即使他们会从中选择逃离；然后悄悄站起来化为野兽，将一切还敢于继续直面我的对手撕碎，将一切还敢于继续宣称荣耀的旗帜蹂躏，将一切还敢于不与我为伴的人都抛弃，将一切还敢于呈递给我的贪婪欲望尽数吞没。

可惜我已转化为人，人不会给自己那么多次机会去等待，人从一开始就会选择反抗。

饥饿

一定要强调孩子的情感是敏锐而又脆弱的。

每个人起初的道路都并不绝望，童年也并不忧伤，能改变最初视角的多半是人的欲望。自诞生之际开始，所能回忆起来的最初感受便是饥饿和愤怒。尽管父母提供给我充足的营养但仍不能抑制住我对食物的渴望，就好像小孩子对玩物的数量永远不嫌多。很显然愤怒这种情感只是欲求不满的表现，某段时间我甚至认为进食的欲望阻碍了自己三岁之前其他情感的正常发育。

比起肉体感官我的情感体验就显得迟钝与迂腐。欲望在我生命之初就没有深刻地被理解，与同龄的孩子对比，我没有被引导出刻意追求美好事物的冲动，同伴、自由与快乐似乎都被忽略。童年我唯一拥有的只有饱腹的欲望，饥饿屏蔽了生活中的其他欲望，只映射出野兽进食的本性。

被欲望驱使时人没有感到不适，只有当欲望在现实中突然碰壁，平时轻松愉悦的感觉被打破时自己才能认识到欲望的专横霸道。一旦欲望的激流被阻止它就会奴役躯体和情感，胁迫人不遗余力排除万难，让欲望再次倾泻。欲望是人的枷锁也是人的解脱，不论是生活之内还是之外，我们背负的一切的情感皆源于欲望，欲望展开情感的方式与生命拥抱时间的姿势一样自然。想要得到什么，与之相关的能力就会凸现出来，我渴望食物，探寻食物的好奇心就最先被发展起来。尽管文化尝试以规则和道德摆脱平淡生活镌刻在人群心中的固定印象，但被人紧握的欲念令世界还原着生活的普通与真实。只要人接触了欲望就没有理由不去嫉妒自己不曾拥有的事物。欲望藏得很深，人很难凭借谨慎的举措而清除贪婪的欲望。

童年的噩梦在我心头是惧怕饥饿的体现。我总是在莫名其妙地追逐一片巨大怪异甚至令人胆怯的黑影，而当我快要追上时它却毫无预兆地死掉，最后我就舔食着它异样却迷人的尸体直至梦醒。很长一段时间睡眠中都能浮现这样恍惚怪诞的梦境。我在梦中无法控制自己的身体，剧情似乎早就被完整编排，一种强大的引力迫使我吃掉这些令人恐惧的东西。似乎某种无形的手从我嘴唇两边深入直至内侧牙齿，用力抬起、合并上颌，颧骨与上颌骨连接处发出“咯噔”的卡壳声督促着我认真咀嚼。感觉入睡之后自己花了很长时间体验梦境又花了很长时间关闭梦境，睡梦中时间长得就像深夜无尽的漆黑一样，难以触及边界。

幼年生活充满着不可言述的可怕回忆，即使在夜晚也经常被噩梦追赶。或许我清晨醒来早已忘记那些诡异神秘的故事，但当再次沉入梦乡接触到相同场景时记忆片段依然会被衔接起来，让我重新回忆起恐怖的梦境。能预感到之后会经历可怕梦境却无法克服困意成为入梦前最可怕的经历。

我心中感受美的情感发育缓慢，以至于别人感受出生命萌发的美丽对我来说只有无趣。每个人欲望的表现方式都不一样，有的是对强烈神经刺激的追求，有的是希望沉浸在暖洋洋的官能享受中，而我只是想大量汲取所需能量。生活的无趣不仅没有麻痹我的心情，反而让我以敏锐的感觉体验其中被活跃欲望激起的微小涟漪。如我们被子宫挤出首先感受到疼痛一样，起初生活带给情感的记忆也是可怕和胆怯。除了饮食和睡眠，生活离我仿佛如此遥远，食物给予的莫大的满足感占据了孩童绝大部分的享受时间。我的身体一面迫切地渴望着营养，一面贪婪地成长。每天唯一也是最重要的事情就是等待食物源源不断地进入我口中，虽然我体验不到过多的味觉与嗅觉，但吞咽食物所获得的饱腹感已成为生活的第一追求。剩余细碎的时间就是为恢复疲倦身体和打发无聊所做的观察练习。

另一种可爱的回忆投影着我渴望食物的幻想。在上幼儿园的第一年里，一种奇怪的现象打扰了我的生活。我总是能看见一种罕有的小螃蟹，它们只有豌豆般大小全身洁白，半透明的主身带有四对腹足。一天中午我吃完饭放下碗出去玩了会儿回来，发现在已被喝干的汤碗里有两只小螃蟹，一只保持着完整的身体半浸没在油渍里，另一只已经掉了一条腿，仔细辨识后还能看见碗底的油渍中漂浮着的小小前腿，我用筷子接触了一下确认它们不会动弹就开始想象它们是如何掉进到我的碗里，还是我的饭菜里本身就留存着只是我没有尝出来。这时候我接触新事物的主要方式就是用舌头舔舔，这种与生俱来的动作让我分辨出美味与难吃。面对这些白色小家伙，我伸长脖子几乎将整个脸庞贴进了饭碗用舌头舔了舔它们，除了能体会到大米一样光滑的口感其余尝不出任何味道。而当我抬起头来时饭碗里的小螃蟹已经消失得无影无踪。

随着时间的推移这种小螃蟹散布到了我生活的各个角落，饭盒的角落里、粉笔盒背面、塑料瓶底甚至是花园的一捧泥土里。它们古怪的形状让我想起了与世隔绝的河滩中被流水和阳光同时浸透的沙石，缺乏清新的色彩却依旧反射着阳光在水中折射的神秘倒影。面对这些白色小精灵的孤单我总是不能保持无动于衷，它们与周围的环境格格不入，如同生活中嵌入的异物，但似乎能透过它们半透明乳白躯体之下观察到一种漠然的微笑，别样的神秘感勾引着我想用舌头去舔舔。而每次接触到这柔滑的躯体它们就顷刻间荡然无存，这些真容半露的小生命让我浮想联翩。

之后我推断这些生活中的白色斑点只是头脑中的想象，是食欲在现实中的隐射。欲望折射到现实一定事出有因，但是既然这现象已经消失我就不想再去判断它的起源。

人无法从疾走的时间中偷去一天、一分甚至一秒。过去是曾经失去的财富，明天是即将失去的财富，只有处于现在财富才能被紧攥于手中，人也只能享用现在的财富。怀揣着欲望出去散步，贪婪就紧跟在身后寸步不离，幸好每个人都能体察出自己的欲望然后选择逐渐克制与改变，否则如果人人都拥有奇怪的欲望，世界规则就不知会变得多么矛盾与混乱。

欲望是人生存的动机，也是维持生命永不停歇的希望之源。既然道德能凌驾于利益之上矫正社会文化风气，那欲望框限住身体与心理动作，左右生活行为的现象也不足为奇。欲望机制几乎是生命被赋予的最完整行动法则。生活、思考、发现甚至创造都被欲望所驱使。不像躯体和思想那样容易被外界影响遭受重创，欲望是与生俱来牢固不破的堡垒。常听说出生畸形的婴儿或者性格扭曲的病人，但是却很少被告知有欲望缺陷或丢失欲望的生命。确实欲望因人而异，但是它几乎不会随着生命老去，也难以被情感左右，被思想改变。欲望使生命进化，甚至决定着整个人类文明的发展方向。道德是束缚欲望的行为准线，而法律又是依据道德模型建立的防御底线。

起初一切生活无精打采的行为和情感的喜怒哀乐都悬挂在欲望单薄的骨架上，随着欲望的摇晃而摆动。等到人深谙社会法则，在追随文化潮流中驾轻就熟，欲望就成为一枚代表自信的勋章使我们的言行举止落落大方。即使是再奇异的欲望，经历风雨的人生也能将它特别的部分剥离而出使其保持顺应环境的模样。看到别人平淡无奇的生活就认为他们丧失了生活的欲望，但究竟该由谁来评判欲望的大小？

去除妖魔化的陈见，正视欲望代表着人类文化还保持着青春的活力。直至人能控制，了解并不再排斥欲望时，欲望就不再会以赤裸裸的饥渴勾引我们走向现实。欲望与道德并不矛盾，反而相辅相成；欲望是道德正确指向的引证，道德是保护欲望健康发展的前提。

谁都不应被宣称为欲望的罪人，欲望也不应成为我们生存的罪证。欲望常常成为负面情感的替罪羊——当懒惰、逃避、懦弱陈列在人心灵丑陋的最前端时，欲望还袒护着承载他的主人散发出更神秘的光芒遮盖住情感的丑闻。欲望像细微的烛光充斥于我们的身体，尽管只是孱弱的光亮，但它真切地占据着人肉体与精神的每一面。

欲望带来的感官狂热造就了人的生活激情。何时欲望沉寂，何时我们就丧失了生存的勇气。这不关乎能力，完全由我们内心思想的指引方向决定。即使两个品德个性差距微乎其微的人相遇也会因不同的欲望产生纷争。追求后的平静与贪恋时的狂热并不冲突，感情在欲望被满足时最干净，在未被满足时最浑浊。

欲望最重要的作用是它铺垫了整个生命历程的底色。就算我一无所有，我仍有欲望；就算我海纳百川，我也仍有欲望。这就是为什么人即使不去找寻、找寻不到或者已经失去生活的意义却仍能多姿多彩地活着的理由。

如果我们不了解自己的欲望，那要如何去驯化这可爱的野兽？幼年如我一样不会掩饰自己的孩童们直观地表达着自己的欲望，吮吸动作就是饮食和亲吻的雏形，代表着生存欲望或者说生命意志。

但只要不在追求欲望的捷径中显现出丑恶容貌，欲望就不足以令人产生恶毒。在极端情况下，欲望可以压缩人的性格致使思想骨骼被强行压入欲望模具而扭曲变形。对欲望的直视可能算不上深刻的觉悟，但至少能成为人坚信着欲望就是推动自己避免死亡生存下去的原始力量。

追逐富足美好生活的欲望往往源于对生活权利的强烈追求或对艰难困苦的无比恐惧，而在我漫长的人生旅途中两者都没有在内心产生巨大压力，所以我几乎丧失了追求生活的欲望。

贪婪在饥饿之后。追逐幸福不是持有贪婪的理由，幸福就在生活脚下，它是世界仁慈的馈赠，我们不必虎视眈眈。贪婪永无止境的驱动力会使得幸福在饱和之后被胀裂。贪婪和幸福是互不相容的路人，它们渐渐远去的轨迹即使纠缠也无法相交。幸福眼中贪婪是疾病、是折磨，而贪婪眼中幸福是温柔、是陷阱。

在欲望的沙漠中长吁短叹的绝不止我一人，只是理性在与本能冲动的争斗中人始终要做出选择，而要承认这种烦恼则考验着持有人的勇气，多年之后我仍然沿用着这些关于欲望的体验。当今一种主流文化声音响起："你们是否已经忘记了生活？"许多人都在这看似惊雷般的语言中感动落泪。我内心发笑，如果我能代替人群回答这个问题我会这样表达："是的，我们已经忘记生活；不对，是我们依旧忘记着生活，因为我们在欲望中行走，不需要刻意表达生活。"幸福代表着终止的力量，贪婪代表着渴求的激情。人脱离不了欲望正如灵魂无法摆脱肉体，生活在欲望的颠簸中却从来不感到厌倦，甚至可以说生活就是用以取悦欲望的存在。

人在永无止境的穷困与匮乏中萌生贪婪，又在收买贪婪的道路上暂行暂缓、暂缓暂停。

我想要学会控制自己的欲望，但是这种控制力本身也可以被表述为某种欲望。当明白了欲望之间的牵连纷扰庞杂时就需要在多方面的管束之间做出取舍，为了管理好自己的欲望而在成长的过程中铸就了强烈的控制欲。人无论如何都无法根除内心或多或少的欲望，即使可以舍弃当前的欲望也无法舍弃追寻欲望的力量。这里所表达的控制不仅是限制而且是征服。控制让人学会了不要强迫任何事物而是要去引导它们，追随我的欲望才是真正属于我的力量。

只要能控制贪婪，就拥有着驾驭欲望的鞭绳。窝藏欲望反而展示了人在囚禁贪婪中的徒劳。不能依靠重复的静默和诱导抚平欲望因为它驻扎于意志的根基，不能凭借愤怒或镇定的感情将欲望隐匿，因为它牵连遍布了整个精神网络，令欲望减淡的方法就是将它喂饱或者将它遗忘。人可以通过调整自己的思想和感情来控制欲望。追逐贪婪的过程需要准备周全，虽然整个过程人并不需要牺牲许多东西，但要重复经历妥协与反思。跟随在被道德与文化标记为罪因的欲望之后，一切为追求崇高而付出的艰辛努力都可能付诸东流。坚定信念并不困难，困难的是要坚信一生。

人的身体和感情虽然并不处在社会的监视之下，但由欲望和习惯掌管的行为却一直被控制在法律允许的范围中。为什么即使能严格控制自己欲望的人也不能逾越法律与道德的界限？人与人的欲望悄然相连，包括自己的家庭、朋友、工作伙伴在内的轻微改变都会牵连自己的欲望取向，因为我们无法保证其周围的人都能优秀地控制欲望，任何一个越界的欲望表象都有可能扰乱其他个体的欲望，失控便会造成危险，所以必须对欲望进行限制。

不重视生活，因为我渐渐认识到在这珍贵生活中体会到自身价值的可能性比从暗淡记忆中寻找出激情的机会还要渺茫。在欲望饥渴的时候享受生活，这种处之泰然的情感让我内心难过，我一直在寻找更尊重生命、更充实的生活方式。我无法在这疾驰的时间巨轮上驻足，安逸地揣摩生活。在适宜生活的滋润中，我的肉体变得懒惰薄弱，情感也赤裸臃肿，当欲望被满足时贪婪也失去了寄生的领地销声匿迹。人如果被迫终止了锻炼只能说明人忍受不了训练的痛苦与创伤，人在贪婪中迷失自我只能说明心智还不够强健与专注。一旦将欲望喂饱或将其遗失，人就需要行走很长的一段路程去拾起过去的力量与激情。欲望是人一直思念的冲动，它轰然倒塌的巨响震颤着当下的生活也强调着内心的清冷。

若绝弃欲望仅仅为了得到一种优柔的生活，我无法赞同这种“慷慨”的意愿。

贪婪让人勇于流露伟大的渴望。贪婪所要表达的情感只有一个：

觊觎所有无法得到的东西，只要不是自己厌恶的东西都要得到。贪婪提升着欲望的力量，使其在满足之后得以迅速摆脱疲倦重铸狂热，在渴求力量的道路上肆无忌惮。

我在贪婪面前徘徊，不敢接近也不舍得丢弃，昨天摆脱的平淡今天却又重新拾起拼凑成幸福。贪婪是最善的诅咒，支撑起欲望丰润的面容也榨干了欲望腐臭的汁液。我渴求贪婪，因为我的肉体与精神已经无法摆脱懒惰。我惧怕贪婪，因为我怕它会引爆欲望令我无法在生活中保持镇定。我在欲望低迷时试图说服噤口不言的情感重新振作，但也难以在欲望狂躁时仅凭坚强的精神就越过贪婪。

欲望中还有一种有趣的现象，掩盖。

儿时我无法控制住自己的冲动行为，这种食欲的体现就成为无知的强占，在很长一段时间内我什么都想咬就像野兽一般。一开始对死物有兴趣，当大了一些能碰触到活物就对活物感到好奇。我渴望拥有这些小精灵却讨厌它们碰触我的身体，我对它们飞翔跳跃舞姿的喜爱如对它们扭曲身躯的讨厌同样强烈，我不愿意碰触到它们却想要和这些昆虫成为伙伴，要求它们只在我身边飞舞。与昆虫微妙的距离成为儿时令人烦恼的心结，我分不清自己是在捕捉还是驱赶昆虫。甚至于我不小心捉到了昆虫也不知道是该扔掉还是带走，最后只能犹豫地将它捏碎，我杀死了它但没有强占它，这似乎成为了最稳妥的选择。昆虫内脏暴露，浆汁四溅的情景让我难受。肮脏黏液的污秽之物浸染了我的手指，夹杂着星星点点瘢痕的浓稠胶质似乎还在颤抖，我可能意识到自己做了一件毫无意义的坏事，碎片中扭曲的昆虫面容让我感到害怕，同情与厌恶的感情扭曲在一起。

人能分清静止与动态并且本能地忌惮活物，例如往往只能杀死动物才能将其吞咽，而无法在活着的动物面前开口。这仿佛是一种生命对待另一种生命的隐形法则，又或者是人对其他生命的敬畏。原本活泼的生命封闭在破碎的外壳中被我夺走，结果仿佛成为了我的罪过。

我不愿意承担愧疚，更不愿意接受内心某种隐形的惩罚。尽管无人看到这恶心举动，但我仍然需要从事件后寻找一系列理由去说服自己这已经是最妥善的行为。

后来我想到了一个巧妙的方法解决了这种矛盾，捏住昆虫之后将它放到脚下踩死。这样既满足了我接触昆虫的好奇心又发泄了对昆虫的厌恶之情，还感觉不到昆虫死去时的挣扎，最重要的是掩盖了我内心负罪的愧疚感。在童年这个并不了解自己的时间里，内心本能地屏蔽着一些容易让自己受伤的想法，掩耳盗铃则成为了自我安慰的最佳手段。

忙于追随额外的优美风景，体验生活的新鲜，我几乎没有正眼看待过身边的小生物更别说去思考它们平等存在的意义。整个家庭与社会的温暖巢穴给予我安宁生活，似乎让我可以忽视一切，物种的优越感让我根本没有意识到其他生命的价值，我把那些小生命当成背景，当成只是这渐渐流失时间中微不足道的插曲。之后我总是怀疑自己的大脚并没有将昆虫杀死，它们或许会挣扎着爬起向我报仇。这种恐惧往往是怜悯情感背后的灰垢，就像玻璃窗上永远擦不干的污迹。人怕自己事后的怜悯不足以掩盖自己的错误，所以总是带着某种罪恶感。成人请不要忘记告诉孩子，他们溢满鲜血的呼吸与诚挚温情的天真密切配合，正掠夺着那些微不足道的生命。

童年我内心深处始终保持着文化与社会一开始教导的从善心理，但实际上许多比我更成熟的孩子们早就理解到将感情托付给脆弱是年幼的特征或者说是年幼的天真。孩童并未将天真当作低级情感，也能一直举着从善的旗子做出伤害他人的事情。

一旦知道生命的泯灭不在于自然灾难，而源自人微不足道的行为或情感，某种可笑的对生存不可控性的感慨油然而生。多年之后想起才认清这天真笑脸背后血迹斑斑，当时的我并没有意识到自己的取乐心理有多么残酷，不能纠正自己妄想中的动作，也没有让他人帮助我去准确判断事物对错。我们始终会忘记自己为了生存而剥夺其他动植物生命的感觉，不会在意攫取自然资源强占生存空间产生的愧疚感。有时我们能为自己找到一些完美、无懈可击的活着的理由，但这些理由能否长久，能否支撑我们一生？这种可笑的事情离生活并不远，实际上许多隐形的惨剧都正由我们亲手酿造。

离别

他:“这世界上什么事物让你躲藏、排斥或者厌恶吗?”

我:“……”

他:“这个世界上，我最厌恶那些人。”

我:“哪些人?”

他:“所有人。”

我讨厌黏热的夏天，更讨厌故弄玄虚的对话。他木然的喃喃自语让我感到沮丧，我不懂他要表达的意思，也不愿意去思考言语背后的深意，我只觉得他抑郁的观点在当时自由随性的生活中大煞风景。

他的话语欲言而止，我却只回以轻蔑的笑容。我从他混乱惊愕的表情中看出自己迷失的模样。我不以为然地离开了，没有想过这是我见他的最后一面，也是他对我说的最后一段话。

他忍不住吐露的话语已全然将这道貌岸然的生活谎言揭穿，他显然是想为自己过去爆发的野性寻找合适的理由，显然是在理性与野性之间犹豫踱步。他不该问出这个问题，更不该向我问出这个问题。野兽保持愤怒与敌意是没有任何理由的，野兽不会去自我思考，只会爆发自己的力量与感情。他用人的思考来找出自己成为野兽的理由，这完全就是自我的讽刺，在他还没有完全接受成为野兽的理由时已自我逐渐崩塌碎裂，却想先动摇我的意志。我接受他的恐惧但我不接受他的挑战，在童年的末尾他终于开始质疑自己，开始想褪去野兽的外皮成为人时，他却想先扒掉我心中野兽的皮肤。

除了佯装自由，我不明白他温柔的笑脸伴随着嫉恶如仇的疯狂究竟还能传达出哪些安慰。在痛苦面前这类温情毫无作用，他内心的愤怒与恨意可能比他表达出来的伤痕更深。这些莫名其妙的问答让我心塞，就像噩梦中神秘的黑雾越仔细端详就越令人混乱。这低沉的气氛总是在我头脑中浮现出不详的压抑。我尽量不去记忆眼前场景中的所有细节，在惴惴不安的情绪中放弃思考，本能地向后跑去。无论是什么灰暗的场景我都不要去接受，我拼命地甩动着自己的四肢用汗水稀释心中的恐惧，直到我劳累得再也记不清刚才发生的一切我才会停下脚步歇息。

从小就没有人教我逃跑，这动作是我自己学会的。当面对困难和恐惧，被慌张、噪音、乌云覆盖的视野之中，我笨拙地无法向前迈出一步却总是能看见身后的另一条安全小路，只要我沿着这清晰的小径撤退恐惧就会瞬然离去。我真正面对过的事情并不多，可以说我一生都在逃离，因为与面对事物所需要表现出的勇气与坚强来比逃离真是太轻松自如。我记不清成长中的困难与疑惑，但是却还能回忆出每次逃离时的点点滴滴，逃离几乎成为生活中的常态甚至炫耀的资本，只是很久之后梳理出自己过去的路才偶然发觉这零零碎碎的姿态构成了人生懦弱的底色。

“究竟最厌恶什么？”很长一段时间在对过去的审视中都无法记起这个问题，直至许多年后回想起来，这问题似乎深不可测，它甚至间接地寓言和概括了我的一生。我非常排斥他人施加于我的暗示命运的限制，就像我无法回答他临走前的问题一样。作为同我相仿的野兽，他有什么资格逼迫我以理性的方式去思考一个我始终回避的问题？但毫无疑问，这个无法答复的问题困扰我许久，甚至于它成为了我的“第一问题”。

那天之后他消失了，一周后我被告知这个男孩在一场意外的车祸中去世。第一次倾听到同伴死亡，我的第一感受不是恐惧，不是震怒，而是令人头晕目眩的恶心。我完全不能理解一个自封为王的人就如此懦弱地臣服于死亡，我不能接受现实能让他的命运从自称为王的顶端跌落为意外的尸体，整个过程愚蠢得像本倦怠的诗篇，我不能允许盛气凌人的野兽突然死去，抛弃这个充满快感与力量的世界。他死亡残留的呼吸与他在我生命中展示出野性的荣誉相比似乎轻浮了许多。现实就是如此的清晰、简洁、毫不做作，人们从来都不会查明你做过什么、代表什么，只知道你已不在，无论你的精神或思想多么有趣，死亡都是你留给这个世界唯一的记忆。所有人情世故在我心中都是雁过无痕，只有你假借野性以愤怒和孤傲点燃我激情的灵魂让我怀恨在心；只有你带着死亡携记忆归去仅留下这个意义渺茫的精神真空，让我独自一人填补这个高尚、悲悯、冷漠的空洞让我恶心。死亡，我在这困境中燃起的怒火将会成为生命中最大的恐惧。

我不能容忍像我一样的野兽死亡，即使这不是他自己的意愿。我只想与野兽作伴，野性是我唯一能持有的珍贵之物，而他将我的心仪之物摔碎。

我的体验不能立刻扭转我的思想，但是我的感情已经被触怒。你在我从不怜悯的野性意志背后称王称霸，如今还想在死亡背后勒索我的悲伤。

我的恨意将我的记忆撕裂，我仍然希望质问懦弱的他凭什么死去，为什么不敢直面我的怒气？面对截止不住的愤怒，即刻崩裂的回忆碎片深深嵌入空气，吞吐呼吸的痛苦填补了缺失的数据，失魂落魄的慌乱使我饥饿，我要求这纷纷扰扰的时间归还我曾将他视为同伴的情感。瘫倒在地，我依然能听到他肆意狂笑，他伸出手去拼命拉我离去，仿佛他还真的存在。

我甚至怀疑他所表现出赖以生存的野性只是懦弱虚伪的皮囊，只是它睡眼惺忪的呓语，孤苦伶仃的亡魂。一块被沙暴风干碎裂的墙砖竟然能自诩戈壁，一片被寒风吹落凋零的枯叶竟能自诩秋冬，一摊被浪花扶起抛弃的污泥竟能自诩江河。实现所及之处所有的愤怒、骄傲、焦虑都使这棵开在暗处的花朵不断炫耀，吸收着社会给予的理睬和关注狂妄地成长，可是等到死亡斩下他的花朵后就已无法结出任何果实。他凋零的凄惨的故事并没有打动我，我是不会将怜悯付诸于这样懦弱虚伪的野草。

在死亡面前野性舍弃了所有权利跪倒在地，天大的讽刺，他曾经的不可一世的野性现在为何被蛆虫吞食？他用来清洗躯体的河流已经胶着发臭，他供奉的鲜肉已经被秃鹫叼去，他吟诵的经文已经被烧成灰烬，他居住的巢穴已生满苔藓，他的衣物已成为毒蛇腾飞的羽毛。他没有权利嫁给死亡，更没有资格称王。他的嫁衣已经被我撕扯为废料，他的王冠已被我摔得粉碎。

这野兽反抗着一切陈规滥调，他拒绝社会原本供奉着的谄媚的糕点和虔诚的美食。它笃信虚假的自由，疯狂地在草原上与无法驾驭的野马一争高下，在逐渐崩塌的雪山之巅追逐巨鹰。

当我无法直面恐惧，愤怒就成为我克服胆怯的强心剂。我希望表现出来的极端感情能麻痹自己，对待伤痛、丑陋和懦弱都不用表现出厌恶之心。我所有野性的记忆开始徘徊不前，充斥着讽刺与挖苦的片段不断映射着被嘲笑的我。我竟然在他喧嚣懦弱的呼吸里生活了如此之久。我的骄傲竟然在虚妄的引绳下腐烂，我竟然已蝇虫为食，覆土为衣。

我要求彻底舍弃他空虚的形象和瘫痪的精神，即使这希望并不能拯救我的灵魂。我回想起抓住野性犹如将暴风中的云烟收入怀中，小心翼翼地将它所流溢出的感情锁入牢箱等到想要回首时打开，却发现里面一无所有。我就像匹思绪迷茫的角马，在野性繁荣和野性死亡的两岸徘徊，而这忧郁湍急的潮水涌入鼻腔，痛苦的沙石消磨着我的意志，我的倔强在野性萌芽的江水中越走越浅、越走越淡。

我最后作为野兽释放出的愤怒，最后难言之隐的发泄，就是在野性的葬礼上鞭笞它凡人般的尸体。尽管我的泪水还未枯竭，但我已不会再向野性落泪，因为我已经避开了那些引人堕落的负面情感，跨越了每一种怜悯，推倒了一切界碑和偶像。我踩在了它被死亡扭曲的脊柱上，压榨已死的恶魔这是我现在唯一快感，我终于知道了处决奴隶时的感觉：坦荡，毫无罪恶感的坦荡。剥去那虚张声势的皮毛将它所有残缺的愤怒都暴露出来，将它的所有罪行列上法庭，所有不可一世的思想都在这理性的审判中黯然失色，所有牵强附会的说教都在规则的圣光中化为乌有。野性，这丑陋生命意志的遗物寄生在我的精神里抽食我的血浆脊髓，如今被囚于深渊暗牢，再也不愿意看见他，再也不要找寻。

没有了你我内心正好一片空白，我将打开思想的内腔，抽剪出野性的铁线，挤出被污染的精神脓液。我会为自己作为社会文化承接者而努力，我选择皈依理性，所有野性代表的虚无缥缈都只会贬低我的尊严。

曾经的朋友为什么被我厌恶至极？因为童年从未经历重大创伤的我无法忍受被剥夺的冲击，失落感撕裂开我内心的残缺。他所留下的精神遗产只有巨大的忧伤，我几乎无法重拾往日的勇气，即使再次披上他坚持一生的野性也无法让我内心回到曾经所触及的最疯狂的境地。虽然他离开故乡走到了我不认识的地方，但他遗落的气息仍让我所处的位置布满神秘的阴影，他的噪声依然富有生命如病毒一般寄生在我繁华的孤傲之上，所有突如其来的尖锐痛苦让我思绪混乱精神麻痹，等到我丧失理智后这声音切断了我一切思考的本能，将理性思想的胚胎扼杀，汲取着我衰老的体液繁衍悲伤。舍弃似乎是摆脱他巨大沉重伤痕的唯一办法。

是的，人在意志衰败之时就是如此的肤浅，当时我的心智已经受阻，无法压抑内心深处强烈呼唤的懦弱和胆怯，如同面临灾难时生命意志流露出的恐惧让我们迟疑。我瘫倒在地，大脑难以替我做出选择，思想无法以将军的口吻统领内心的感情。

孩子无法言表但并不代表他不懂，现在我终于能清晰地描述过去的感情：与生俱来的野性源于欲望和愤怒，悲痛诱发的野性源于自卑和恐惧。

从出生到得知他死去，承载我十年的野性正在自我毁灭，野性照亮了我的思想也灼伤了我的灵魂。长久以来被我心情和脸色驱使的激情几乎全部倒戈，我用野性征服的精神王国四分五裂，失去君主的统治权逐渐上衰落，与胆怯的贱民同处水火。现在悲痛造就了另一片野性同我与生俱来的野性对峙，用来维持固有情感的精神在这场战争中已毫无意义，两种野性犹如两种太阳在黄昏与黎明碰撞，白昼吞噬着金黄，岩浆奔腾，一切内心嘈杂的琐屑都被融化，暗色黏稠的气息浇筑于我渺小的躯体，蔷薇的裂纹在我陶瓷的轮廓上若隐若现，代表着这场战争深刻的烙印。你问我为什么能分辨出两种野性，就像双胞胎的母亲永远不会混淆自己孩子的名字，这两种野性都本是我体内孕育的同一种意志，以我的思想为心脏、精神为脊柱、情感为血液茁壮成长，直到迟来的痛苦和重创将这意志击倒，大部分野性在这力量中战栗歪曲，变异成暗示报复和嫉妒的肿瘤，吞噬着剩余健全的意志。

束缚野性的准绳被重新锤炼，理性最后的底线被情感的汪洋大海淹没，被巨浪浸透，骑在即将沉没的骄傲独木上苟延残喘只能呆滞地望着内心归于空淡，情感根深蒂固的野性与悲痛无法抗拒的野性互相残杀。这场战争交织着愤怒与怜悯的洗礼，任何一方的惨败都不能算作对方的胜利。干枯僵化的天空碎裂，火烧云喷涌的红轮冲破天际映衬着黄昏最后的血色，野性凝结的愤怒还在徒然挣扎，毫不掩饰地露出最后狰狞的面孔吐露哀伤，而时间仿佛也给予野性应有的尊重，默默地躲在黑夜背后等待着战争落幕。

我宁愿撕掉礼物也不能容忍礼物被夺取，我宁愿将证人杀害也不能让他弃我而去，我宁愿将情感压榨、蹂躏、毁灭也无法眼睁睁地看着他在死亡的对岸隐隐消逝。我是饕餮的食囊，恕我无法返还被汲取的营养；我是深渊的巨壑，恕我无力抬举被跌落的希望。我濒临绝望的精神在龟裂的荒原上行乞，请珍惜你的善良不要对我拿出怜悯，如若为我挪出一片耕田，我将嚼尽你的谷粒、饮干你的泉水、榨干你的土地。我恐惧的不是饥渴，而是早知终究无法填满饥渴为何还要拼命进食的愚蠢过程；我厌恶的不是伤痕，而是早知终究伤痕累累为何还要忍痛结痂的天真自愈。

野性崩坏的痛苦过程也是内心回归理性、行为遵循道德的过程。我丧失了个人意志中极其重要的野性，之后的一段时间里最轻微的痛苦都能将我碾碎，我甚至感觉到寿命被狠狠地切下了一段。我再也不愿意见到任何关于野性的指引进入到我的旅程中，请不要试探我，我流浪的足迹将与野性无关。

我的眼帘不再激动，视野里昂扬的血气与嘈杂的噪点一同归于平静，黑暗中似乎饱含一种无形的锋利将簇拥着我的愤怒削掉，高压下皮肤的皱褶被抚平，呈现出它应有的柔滑。内心里哀嚎已尽，我对野性消逝的种种怀疑都被记忆抹去，内心充斥着压抑和焦虑的心境反而在柔弱的啜泣声中显得格外可爱。倚仗着黄昏的血红云彩让我感到疲惫，黑夜在天空的张力下渐渐弥散托举着整片大地，寂静将月色胆怯的翼尖拉长，为轻胧的雾气蒙上羞涩，时间暂停住奔涌的情感，在接近尾声的童年遗留出一片温柔供我沉睡。精神的潮水凝定不动，被浪尖挑起的水花喃喃自语，这时感情在时间中消逝得更真切，每一个片段的沉淀都带走一丝杂音。头脑中这块禁止言语的想象大陆，每一个思想家都停止了应酬和争斗，与我栖息入睡。

直至这片土地上再没有人与我交流，直至我的感情被平息，精神仿佛是从梦中苏醒或是继续进入下一个梦境。理性是从不悲伤的母亲，轻捷地将我的不安送入宁静，生活斑驳的噪点时刻提示着我旅途还在继续，我如同大病初愈样迈入教育指引的正途。从泥浆中站起时身体还摇摇欲坠，抬头看去前方野性的森林依然是一望无际的阴暗潮湿，而身后洋溢着熹微晨光的平凡生活近在咫尺。我已经找不出理由守着野性独自孤寂，重新走回旅程的大路上，没有看见生活的嘲讽与排斥终于让我松了一口气，同伴和家人都在向我挥手，克服伤感后言语的关心让我体验到了久别的温柔。

最终他或者故意或者无意的计谋还是得逞了，我肯同其他孩子一样理性地思考自己的行为，接受被控制的准则，我肯成为人。人群、生活和社会都在朝我微笑，许多我曾经因为胆怯而以强硬愤怒面对的困境都不复存在，笑容不再因嘲讽而被冷漠冰封。尽管我依旧一无所有，幸好我依旧一无所有。

这次思想的异变将野性从我个人意志中撕裂开来。我用全部精力托举的野性被自己脆弱的心灵谋杀，然后重新换上人性的慷慨外表。也许我在生命伊始就曾为自己或任性或尖锐的信念奋战，也许我宁可为愤怒和欲望挑衅一切真知灼见，可当真正接纳了文化教育推崇的知识与理性，谎言与真理的辩夺结局在我内心已无足轻重。

当我用手指沾满他的鲜血在天空上写下“人性”两个莫大的印记时，就已经标志着我充满烦恼的童年已经结束。我隐没的珍贵野性在第一条生命奄奄一息时戛然而止，毫无征兆地倒下。回头注视着那个曾经倔强的自己，已经消失的大段生命越发苍白易碎，时间的疼痛让我沮丧地流出一滴眼泪，然后擦干，然后不流泪，然后严肃，然后离开。

之后一段缓慢的时间中，关于他的记忆似乎清晰了很久。失去了孤注一掷的感情，没有了野性带来的愤怒，身心已不再需要抵触他人对自己个人世界的入侵，我开始学习适应社会的技巧。我的情感机制也自发地适应了依靠判断他人的喜怒哀乐来选择性表达情感的规则。

人群微笑的场景也不再成为我欲望的狩猎对象。我将自己限制在生活普通的给养中正常生长。我面对缺陷也不再直言不讳，我重新与教育接轨，理性地分析知识，忽视模糊不清的事物。随着内心选择了避让，我也失去了自我防卫的理由，生活中的恐惧也无迹可循。

有时我偶然瞥过镜子中的自己，发现自己的眼睛已经失去了湿润的色泽，曾经瞳孔中光滑轻盈的绸缎已被抽出，取而代之的是枯涩的砂纸，坚硬死板。我的眼睛一定重新被粗心的匠人打造过，眼白干燥平整得如同劣等石膏，细小的血管形成网状裂痕，为这呆滞的雕塑增加了些许生机，如果再仔细地观察还能看见上面附着的一层灰，就像玻璃窗表面透过阳光才能看清的始终布满的尘埃。

我终于知道了自己为什么最后能尊称他为朋友，既不是因为他淋漓尽致的愤怒替我引证了野心的伟大，让踟蹰的感情爆发于生命之上；也不是由于他支离破碎的生活忽然寂静，久违的忧伤掩埋了微笑，倒下的姿势让我伏地哭泣；也不是因为他让我看到了不能被看见的东西，让我心生怨恨却也心旷神怡；也不是因为他的生命只有在我的回忆之中才能留下诚挚的轨迹，他的情感只有在我转身离去时才被看清；也不是因为他作为野性的棋子为我展示了在命运之下无论得到或失去力量，也无法抵挡生命的真实；也不是因为我期待能看到惺惺相惜的同伴倒下离去，希望有人站在我面前活生生地被死亡抹去。以上的一切都太过深刻，实际上理由总是无比简洁。

只是因为，同伴在被毁灭的时候，我们终将承认他为朋友。

直到今天我才能说清这段童年恍惚反转的原因，他的死亡助我摆脱野性的整个过程可以被比喻成一次楼顶的冒险：

我被迫站在楼顶俯瞰大地。万里无云的苍穹代表着内心扩张的野性，天空深处的赞歌听起来优雅而雄厚，听不见野性的嘶鸣只因为天空凭借自己的沉重旋律隐藏了意志中躁动的节奏。疲惫地爬到楼顶，天空的蓝色压得很低几乎伸手就能触及。从极早的一刻起我就明白天空中的一切我都无意珍惜，我只爱那深蓝，我有幸能望见天空中感觉不到一丝皱褶的纯净画面，这颜色借给我一丝光明，在压抑愤怒之余还能感觉出身后宁静的喜悦。

视野的尽头是天空细腻妩媚的裙边，如果闭上眼睛还能在那深邃纷扰的边界上听到祈祷的声音。这些忽隐忽现的语句似乎在提醒我控制住自己的身心，不要在至高点失去平衡。我妄想说服自己，丢失理性与规则只是为了让野性浮得更高。其实现实在经历野性恣意的舒展之后，我已经难以托举理性与规则才将其丢掉。伴随着狡黠的微笑，野性不受控制地疯涨淹没了个人意志。

在地面上我无法逃离自己身后的影子，而在天空，影子因为处于光明的源头而无法再被投影而出。塔楼之顶，我如同站在天空与大地的正中间，站在风的弦尖聆听内心的颤音回响于黄昏之下，薄暮隐隐，余音袅袅；等到乌云强压下来之后的风依然没有想停下的迹象，我已不能保持镇定，感觉到那地面之上、天空之下的巨大压抑。我无法吞咽整个天空，也不愿意与大地融为一体。

从楼顶向下望去整个世界已成平面，无论是高楼大厦还是树木丛林都成为大地白纸上的一片墨点，而人们的生活不过是在这些层次分明的水墨风景中穿行。视野之内的被分割的建筑和树林像土地的脊骨分散延伸，连绵不断的钢筋与树影共同在这个星球上刻印出大地图腾。

心头有一种诚挚的悸动或者是一种好奇的力量迫使我想跃过空气向下跳去，可是头脑也清晰地提醒着我楼层的高度，阻碍着病态的诱惑蔓延全身。这两种力量如同密室中的回音相互纠缠扭曲。这声音持续的高低反转让我身心疲惫，情感暴躁失落，每一个恍若浮尘的音节都震慑着我仓皇出逃的心灵。望着楼下蝇蚁般的树木人群，仅凭高空的姿态以目光触及大地，就感觉到身体摇摇欲坠，只有在风吼雷鸣的悬崖上伸出手掌才能感觉到下面的世界遥不可及。视觉还未到达地表，恐惧就已经在身体中跌宕起伏，间歇翻腾的热情与涌动的胆怯对碰，我顺着理智破裂后的涓涓溪水逆流而上寻找恐惧的源头，希望能以勇气直击胆怯。跳还是不跳，我被两种对立思绪卡在中间，不可能以生命换取一时冲动，也无法抵抗恐惧中恶魔诱惑的呼吸。就在自己纠结与感情的绝望之时，他突然出现在我身后，表情惊愕如梦中初醒，刹那间从助跑到冲刺略过护栏纵身而跃，这瞬间的爆发超越了我与悬崖之间极短的距离，也超越了好奇与恐惧之间最狭隘的间隔。他在空中直坠，仿佛被某只神秘大手硬生生地拖拽下去毫不留情，这也许就是大地不曾显现的令人畏惧的力量。没有留给这个世界任何一点时间，身体在与大地的强硬撞击一刹那，肉体散落一地，脑浆四溅。如同某位无名诗人的语句“从出生到生命结束之间第一次飞翔”。

必须要有人打动我，我才能停止野性的呼吸。他用被命运决定的死亡拆穿了我的幻想，也只有他的毁灭才能替我做出真正的选择。面对挫折的生活替我们权衡着高昂情感的对错，当人走的太恣意时再去回头，一切就都难以寻根，难以转折。

我始终幻想着他是我的好兄弟，但也明白不可能就这样仅凭野兽的本性抛弃整个世界自我地活着。我需要看见有人对这野性的规则说不，我们需要看见有人将这珍贵的东西摔碎，我需要看见一个无法抛弃野性的人被死亡割去生命。

我比他更胆小懦弱，所以得以踏过他狂热的尸体回到理性与人性的世界。在危险中见证死亡才能迫使我克服焦虑做出抉择，只有接近悬崖峭壁的人才懂得危险。

他是野性的代言者，但我从不相信深入脊髓的野性能与他脱离灵魂的生命融为一体。在这不应存有愤怒绝望的年龄他甚至心怀仇恨，他无法向别人道明自己的野性是如何被提前释放，也无法控制自己的个人意志被逼入绝境。他在生命脆弱之时强盛，也在生命脆弱之时爆裂。他坚强固执的性格在抵挡住外界艰难险阻的同时也封闭住了自己炙热的心灵，这压抑闭塞的感情撑开了精神中难以察觉的微小缝隙，这些孔洞在扩张的空虚与悸动中逐渐主导他的思维模式与情绪反应，最终筑成野性人格。这就是为什么我和他愿意站在楼层的顶端战栗地俯瞰人群，在生活中摆弄性格并保持骄傲，于天地的裂痕中残喘仍想跳跃飞翔。

他死后整个天空开始倾斜、碎裂坍塌，蓝色的尸体从视野深处飘散在空气中向大地沉淀。这些急迫飞舞的深蓝依然为我遮掩着炽烈阳光，干燥的空气中溢满冰冷的尘埃，碎裂的蓝色结晶跨过旋风的阻碍掉落在我手中，即使紧紧握住也感觉不到任何温度。这平淡无奇又楚楚动人的葬礼上，天空紧闭双眼露出骸骨，善良地亲吻着大地上每一寸泥土。

在野性缱绻的笑意中踱步不是为了将自己塞入迷茫，而是为了在孤独中强调尊严和自由。他失去的东西远远比我更多。将自己献祭只为让野性的天空陨毁，这个世界上如他一般在幻想与现实中隐忍黑白的男孩还有很多。

当时没有人来教我们如何放弃野性，甚至没有人来告诉我们那是野性。我怎么敢承认他的死亡是对我的怜悯？我怎么能在他面前发出对愤怒释怀的声音？当现在的我以人的面貌去回望当年的我，幸亏我最终放弃了保持野性，否则如果在野兽面前提起怜悯两个字，会有多么恶心。

在他的死亡中，我不能容忍命运更不能容忍支撑命运的环境。我就是要发出责备，为什么当初没有一个人能看清并说清我身上存留的是无法被社会容纳的野性？为什么非得要一个孩子来为我演示野性的惨败？

必须付出代价！与人为伴，创造纷争与痛苦，让生活付出代价，那是野兽的做法；与人共存，化解纷争与痛苦，成为生活的代价，这才是人的表达。他的尸体使得我心目中原本架构好的对野性的证明变得残缺，他死后本应遗留的野性与带来的意志也没有被我承接。与人沟通总存在错位的咬合，强调一致的步伐反而带来扭曲，与他脱离的时间里我内心感到轻松，独自承担丧失野性的命题似乎成为一种解脱。野性走了，我肯成为人。

第二生命

有一个故事留存在我记忆碎片中，需要努力拼凑才能看到模糊的轮廓。她赋予我第二生命：觉醒。看到野性意味着我开始体验情感与生活，而渴望青春则意味着我希望追寻长存与完整。

女孩，最初之作

因为种种原因我到另一个地方继续接受义务教育。对陌生城市的第一印象是在拥挤公共汽车上形成的：清晨无声无息的太阳被钢筋森林遮挡，偌大城市中刺眼阳光照在干燥的脸颊上令我感到烦躁，而且这种陌生的抚摸仿佛持续了很久很久。黯淡光斑像镏金的毛虫在我胳膊的裸露处蠕动，油腻的扶杆上布满了汗水和湿气黏满了拥有十个手指头的大苍蝇，相互紧贴的身体随着车厢行驶的轨迹哧溜地摇晃着，形成臃肿愚钝的巨大脸谱，清晨应有的安详柔和就在这光怪陆离的鬼脸下轰轰逝去。

我插入到新班级的第一天就是考试，我不喜欢试卷上密密麻麻、句句斟酌的话语，这些字眼都端正地如棱角分明的直尺，紧紧地度量着我记忆中的知识。整间教室“沙沙”的书写声提醒着我赶紧进入应试状态，面对这张大纸我犹犹豫豫，才想起自己过于慌张地走出家门而没来得及携带任何文具。我转身向后面的同学借用铅笔，就看到了身后的她。好吧，我无法编织当初的真实情景，记忆已经模糊，只能凭借零碎的印象一点点地将故事补全。

陌生，我第一眼感觉到这是一个非常陌生的人，不知为什么比起其他第一次相见的长辈或同学，她所给我的第一印象是无比遥远，无法靠近与不可归属。这种陌生除了特别的距离感之外还有一种偶然，仿佛如果错过了这个时间和地点就无法再次相遇。所以在害怕忘记这容貌之前，她的面孔就已经跨过我的记忆直接印在视觉意识里。我太机智了，在遇见之初就已为忘记做好了补正，所以今天若一个形似她的人出现在眼前我一定能辨识出来，我一定能重归回忆。

视线所及之处的人群都难以长久地停留在记忆里，大多数人都长着相似的体态容貌，一被眼睛看见便在大脑的历史数据库中被对比分类，然后丢弃。与其说人无法记住生疏事物，不如说人无需再向记忆库中植入熟知事物。我不愿走近那些原本就徘徊在身边的人，如同我不想记住那些容易被忘记的人。

每个人记忆中都有一个最接近本源的印象，无论情感是否被渲染，无论记忆是否被篡改，这个印象都会作为评判的标准一直在心中停留。她在我的记忆中所代表的就是这最初的印象，她米黄色紧致的皮肤表达着健康色泽，适宜的五观比例显得自然。如果人都是出自同一种设计，经同一种模具中压塑而成，如果成形误差与环境改变使得每个人都在拥有独自特征之时也与最初的模样相隔甚远，那么她就是我见过离设计之初最近的人。她的面容上没有突兀，没有高贵与冷漠，只是平淡如水的轮廓配上匀称适宜的比例。每个人都有自己的瑕疵与亮点，而她的容貌让人感觉陌生则是因为太过完整和干净，美得令人没有压力。如果有一天我们所有人都被送回诞生之地，她的身体一定刚好贴合模具，不偏不倚，不需要重新压铸或吹塑，不需要更多切割或削磨，浑然天成。她就像是造物主的最初之作，如果容貌可以看出来每个人的特点与风格，那么她的身体仿佛失去了与生俱来的残缺与特别，只是一个建立在现实之上的完整容器。

幽幽长发下耳廓轮骨外翻，像是池中弦月突兀的倒影在繁茂的芦苇荡中勾勒着清水与黑夜。她左眼下方接近内眼角的地方有颗痣，像挤出的泪水一般珍贵，将我视野中心从轮廓拉到眼角的位置，冥冥之中引人失神。

待我请求之后，她停下了手中的答卷，抬头平静地将铅笔递给了我，没有言语或者多余的动作。也许时间在那一刻确实停顿了一小会儿，似乎能感觉到她伸展开的呼吸冲淡了我紧张的气息。或许是生活经验不够丰富，或许是缺乏对人外貌的认知，或许是我历史影像中从来没有出现过她这样的轮廓，自然而健康，甚至感觉到她的容貌将她身边风景与事物的距离拉近，紧张与焦虑减淡许多。

体制教育中每个人都可以与其他人离得很近，我得以同她接触很多。她对校园生活漫不经心，时常呆滞地望着空气中某些不存在的事物仿佛若有所思。她酷爱阅读，书籍似乎代替了她所有的伙伴，也许这样，才致使我有机会走进她的生活中。看到她就感觉到安定和快乐，就像所有报纸上刊登的情感故事一样，毫无疑问最初我被她的容貌与气质所吸引。尽管我仍然对平静的生活保持怀疑，但某种形似追逐幸福的冲动已让我不再去回顾背后嘈杂的噪声与阻碍。我希望从她身上找到一些理由将平凡的生活取而代之。由于家庭教育，她很喜欢看书，我的注意力也渐渐从她的容貌转移到她阅读的书籍之上。

后来我与她被分到不同的班级，彼此之间的距离却越走越近。学校每周某几天的下午都有课外活动，她选择去图书馆看书，我自然不会放弃这个见面的机会。那时还是夏季，图书馆开阔的教室只有寥寥无几的陈旧的书架，上面稀稀落落放着几本书。书像是很新，扉页都清晰地留有学校印章，不过大都是老师们订书时预留的教材或是一些出版社赠送的参考样本，偶尔能找到一些大家耳熟能详的诗词印本和世界名著，这些书籍都有一个特点，就是很少有人翻过。除了看门的大爷，没有老师没有学生，校园在这里遗失喧闹，空旷安静也是她选择这里的理由。

她每次都带一两本书在靠窗的书桌旁坐下。第一次跟着她走入图书馆时我没有带书，书架上的教材、诗词和小说也无法引起我的兴趣，她递给我一本书，旧版的硬质书皮包裹着淡黄的书页，这是我接触的第一本哲学书籍，叔本华的《作为意志和表象的世界》。

起初我对书本的兴趣只限于前几分钟，剩下时间里我的视线主要是追随她的侧影，无论是从指间的缝隙还是书页的边角，我头脑中重复记录着每一帧画面，便于之后能将她的轮廓从朴实的背景中拖曳而出。有时自己的窥视被发现，她的眼神会转向我，露出短暂可人的微笑，像沉寂的水面被疾翔的飞燕划过，轻柔精巧却又转瞬即逝，满屋的热度逐渐被吹散。我还来不及回以笑容或者尴尬低头，她的楚楚笑脸又藏回书中。

一段时间之后，我终于愿意静下来从头阅读，这本书的扉页上写着歌德的语句“大自然到底能否究诘呢？”这种充满力量的问题令人心潮澎湃，比起教室中规则型的学习模板更能激起我去探索余下内容的冲动。至今在砌满文字的书林中徘徊，漫无边际的感叹令人生厌，平凡臃肿的叙述令人无聊，只有优美端庄的问题才会引人留步，直白的语句显现出简洁的朴实，令人愿意袒露真切去翻向下一页。优秀的书具有一种特质，它既能替你说出你想听到的问题，更能说出现实生活中无法开口的问题。当读者开始揣摩语句的深意，便能隐约感觉到这质问是自己曾经在孤独思考中才敢于显露的无助低叹，是在屏气凝神静心修养之外的放肆喘息。

现在细细品尝，叔本华看似单纯莽撞的思想依然充满魅力，除去惊叹某些异于常理的观点，主要还是被他优雅的论述所吸引。书中由文字堆砌的不是城墙，而是通往自由思考的云梯，每一节段落都依照作者的思路影射着现实世界，大部分观点也都连接成得以支撑起中心思想的基本骨架。

我不太珍惜碎片化的时间，急促且不固定的阅读安排令我难以习惯，还好图书馆里能看到她认真读书的样子。她身上有一种不可言说的安静，让人走近时不由自主地保持沉默。夕阳总是合乎时宜地在即将离去时留下一小片，好让人能在暮色降临之前记住它的轨迹。有些干燥的阳光渗过她的长发，勾勒出的淡淡棱线在我面前的书本上留下稀疏的印记，像是沉入池底与水流交织的光影，恍恍惚惚。每一页纸都夹在两三片阳光之间，夕晖磨去了文字原本严肃的棱角，留下娴静山峦背后温柔的曲线。如果有风经过，闪烁的阴影打在书页上就像涟漪迭起的水面，阳光成为轻盈的跳跃者在文字的斑纹间优雅穿行。

后来她又借给我许多书。我与她之间虽然经常谈话但都断续简短，那时我还不擅长表达自己的思想，她也并不在意我们之间的沉默，唯一单方面的持续交流就是她借给我的书中细密的笔记。她喜欢以文字的方式表达自己的思想，无论是支持还是批判，她在许多段落后面都留有清晰的观点。我也愿意从她的文字开始了解她的思想，从康德的《纯粹理性批判》到马克思的《哲学的贫困》，从尼采《查拉图斯特拉如是说》到梭罗的《瓦尔登湖》。这些简洁的文字如同附着在她身后干净的背影一样，陌生却令人着迷。

我花了一些整段的时间希望梳理出书中作者的理性表达方法，但头脑中逻辑的痕迹似乎越来越模糊。我无法接受这些书本中许多令人震惊的思想，但它们的完整论述却让我难以反驳。常听见头脑中有两个声音，一个是以前粗糙的我抵抗着这些新鲜的思想，一个是现在好奇的我希望吸纳更多知识。我需要去理解，为什么记录在纸张上的文字比口中的话语更能令人言表真心。高亢的叹息化为雾霭，淅沥的眼泪化为雨水，激烈的批判化为闪电；思想家们选择用纸张演绎一场场重塑世界、风云变幻的演讲，也选择用纸张表达思想中详尽的细节。

她一定是个渴望表达的人，否则怎么会将这些记载着个人思想的书籍借给我。或者她是想从我嘴中听到关于自己的叙述，希望自己的思想得到他人的认可。

我胡乱翻看着这些书籍，尽管被其中繁杂深邃的逻辑推理所吸引，但仍难以理解许多作者努力刻画的概念。我不知所措地站在百家争鸣的会堂前望着这些散发着严肃、高傲、愤怒的争吵者们相互搏斗，而她写在书中的笔记成为拉近我与思想者们的引绳。

她跨过了世俗的思考界限，爬向更幽暗的深渊，她仿佛并没有在心底划出思想的底线，也没有将自己思考到惊异与阴暗的观点隐藏在心底，反而通过文字尽数倾泻而出。这些笔记中悲观的色彩过于鲜明，以至于她留下的笔迹带给我的冲击甚至掩盖了书籍原本的文字。

思想的含义往往被分隔在文字与逻辑之中，前者易于理解，但面对后者需要花足够的时间才能知晓作者的思路。每当我终于理清作者论证的步骤，她的尾注就在这平整的逻辑中理出一丝褶皱，让我不得不重新思考其中推导过程的正确性。我试图只凭直觉来理清书中各种结论之间断断续续的联系，结果确是毫无头绪。我希望理解为什么作者能思考出这些结论，阐述这些思想时作者头脑里到底是什么想法，以及作者某些犹犹豫豫的描述到底是为了掩盖什么事情，但是也难以猜测。

这些关于苦难、伦理、道德、存在、目的、规律的问题被一代一代人忍受、困扰和纠缠。是这些思想者值得称颂的智慧和勇气让思想展现出应有的光芒。许多书中的故事与结论都在促使我形成自己的思想，这是我生命中非常重要的阶段。直到十几年后的今天我依然非常庆幸能在少年时期就能通过书本打开塑造思想的大门。书本提供给了参考平台，许多新奇幼稚的思想在我头脑中闪现，在书籍中总能寻找到这些思想起源的影子。头脑中几乎所有遐想的碎片，只言片语的辩论都能通过书本中被精炼过的文字整合在一起。

与大多数人一样，当思想之门在眼前敞开时，我欲行欲止，我犹豫是否接受前方一无所知的模糊道路，它可能会颠覆我积累的认知与习惯，也可能会重组个人意志。幸运的是，我能望见她在门对面前行的足迹，她用文字记录下个人意志越过思想之门后的转变，这些朴素笔记比其他未曾踏入之人以老练夸张的口吻描述自己头脑中对未知思想排斥的话语要诚挚许多。或许以她的口吻只是揭示了作者简单纯粹的思考表象，但这些表象也足以反映出揭开思考面纱回望真实的过程是多么有趣。她不仅允许我走上思考的道路，而且为我展示了思考的美丽姿态。没有人催促我去思考这些问题，也没有人阻止我，无所适从的姿态也显现出对无知的恐惧，好奇心驱使我向前思考的每一步都在与这些恐惧为伴，而她展示出的真实思考过程则增强了我克服恐惧的信心。

虽然辩论中冗长琐碎的过程并不会因反复思考变得简洁，但被归纳出的观点却会在漫长的思索中凝炼得越发干净清晰。头脑中难以抑制的智慧聚集成思潮的洪流，一部分撞击在知识与经验的山崖上被冲散为思想的碎片，这些碎片并不会真正死去，它们重新回到思考的起点酝酿着下一波思潮；另一部分未被阻断的智慧夺去经历曲折逻辑筛选，过滤静置后成为思想的珍品。这些经典并不会被忘记但却常常被掩埋在默默无闻的平凡表象之中。

起初我总是毫不犹豫地拒绝外部思想并沉溺于自我思潮中，妄图仅凭自己的思想与准则寻找生命存在的理由。很快我就止步不前，在黑暗中行走无论朝向哪个方位都一片漆黑，我也无法在自己狭隘的头脑中构思广袤的世界，我无法给出存在的定义与属性，也无法完全描绘生命的共性；我不知道逻辑思考的切入点，也无法验证思考的正确性。我被自己的无知困住。

在书本折戟沉沙的战场中倾听巨人们交锋是一种乐趣，可能我不会在这些争论中被启迪甚至依然无法摆脱自己的愚昧，但这种站在悬崖之底仰望山巅的视角至少会让自己不可理喻的无知得到收敛，也在无意间学会拼凑不同论点为塑造自己的思想打下根基。

借用别人的思想窥探自己的心灵，我的意志到底是在以什么样的态度拒绝和接受这个世界，自己对问题的思考究竟是如何被感性和理性左右，这不是一件能端坐下来细细品味的事情。当我决定自己选择看待世界的方向之时，同时也决定了我要书写自己的思想。我的生活从被思想开启之时就已经发生改变，我从书本中寻找合适的思考根基，用他人的逻辑构筑自己的枝干。前人的思想已经积累得很深，所以总能在他人的言语中找到与自己的思想有共性的论断。

书本与现实中困扰我的问题即是迫使我思考的动力，如同试卷上每道题目我都无法放任自己留下空白，我始终相信一切问题都能被解答。我无法模仿书中的思想者们跳跃深刻的推理过程，只能在独自思考的小路上坎坷而行。

那时我最不擅长的就是认真谦卑地完整阅读思想者们的手记，我急于越过琐屑繁杂的论据直达湍急的思想主流，所以经常在流水式的阅读中错过精彩的细节。比起那些历尽沧桑在思考道路上踽踽独行的老人们，我的优势在于能采集生活中大量闲置的时间，拥有年轻人因一无所有而独享的专注。我总是能找到空白时间将从书本中得到的有趣片段在头脑中摊开，慢慢拼凑研磨成我想表达的观点。

思考成为我生活中最隐秘的一部分，除了藏在心底我不会将它记录在纸上，也不会与任何人谈论，它是不可展现的，也是不愿显露的。珍惜思考予人愉悦的安静与独处的节奏，我不想外界的生活干扰这难得的节奏。

我沉浸在思考缓慢的蠕动中难以自拔，深夜开始失眠，思考的噪音让我难以入睡。我试图绕开艰深庞杂的大问题而从生活、从自己入手，却发现个体生命的存在目的也是一个难以得到完美答案的话题。我耗费大量时间与自己争论，其中绝大部分时间却被循环嵌套的问题所困扰，被可笑愚蠢的讨论耗去。

这些浅尝辄止而又不断出现的噪声比我预期中的情况还要难以抑制。每当我企图用其他事物转移思考中心时，大脑却总是倾向于思考那些还未解决的问题。繁杂庞大的世界在我的头脑之中被压缩得朴素简陋，我尽量以最少的准则来限制世界的轮廓，就像欧几里德只希望用五条公理推导出所有几何规律。初出茅庐未经修饰的思想是易于点缀的，也是易碎的，记忆的时限要求我及时整理思考之后零碎的结论，尽管我的思维网络凌乱散漫，但我依然怀着极大的信心梳理自己的思想，我尊重他人口中和书本上得来的知识，也珍惜自己来之不易的思想。

另一方面她的笔记中重复叙述着一种可怕的情绪，对生命意志的厌恶。她认为生命意志主导的生存目的与繁育手段无论是对个体还是对种群都是一种残忍的束缚；生命意志在最初引发个体“活下去并繁衍生息”的理想，在生命终点却以“死亡”为个体一生的奋斗买单。遵循生存目的对她来说已成为丧失自由的必然。生命意志决定了生存繁育将在个体短暂生命旅程中占据主要地位，也决定了男性女性的社会地位和资源配比，甚至决定了文化风俗、科技方向。为什么生命意志不肯将生命的自由交回与我们？为什么只有生存繁衍的轮回能克服种群的灭亡？

我从未想过将心从她的生命中夺走，也不希望她的心为了拼命克服生命意志而执着憔悴。她太过于珍惜生命的完美性以至于不允许任何事物剥夺生命的完整与自由。她坚持拒绝生命意志束缚的牢笼，却依然如同世上所有生灵一般无法反抗。也可以说她接受不了生命丧失意义的存在，反而被自己对于生命的不解所束缚。

她将大部分笔墨用在探讨生命的恶意之上，她文字中的叹息令人伤心：生命利用美丽和短暂窃取了人们的希望，那些本应属于自由的幸福时间全被置于求生的阴影之下；而且这是从初生开始就用来诠释枯萎的阴影，是来自黎明的你还未从熹微晨光的祝福与感激中醒来就被隔挡在旭日之前的阴影下，是由历史与文化执刀在你额头上刻下“包容生命”的阴影，是被生存繁育驯化的肉体永无止境循环的阴影。

她以艰辛的思索探究生命绝望的目的。她在生命意志面前毫不尊敬也毫无惧色，也许只有沉重和坚忍才足以让她坚持自己的思想。思想使她从现实沉入噩梦，除了沉默、孤寂与压抑，噩梦最可怕之处是它如此清晰以至于无法从中苏醒。她选择让荆棘生在脚下，在漫漫长夜中去遥远无边地奔跑，精疲力竭也无法停止歇息。

生活中原本难以察觉的不安在她的思想中被扩展得异常庞大和艰难。好奇心使我猜测她究竟是从何时开始不安、开始察觉到自己被生命刺痛。她对生命的怀疑是因了解到女性生育的疼痛而感到恐惧，还是由于自己缺乏能感受到真挚关怀的单亲生活？也许是某种创伤性的压抑令她思考并拒绝承认生命意志。

对生命繁育的循环令她感到厌烦，她将生育本能解释成生存欲望附带的繁衍激情；她描述这激情如同世上所有冲动的热情一样，终将面临消散和低潮；她强调生命真正诞生的时刻也是激情被现实冲淡的开始：母亲面对初生婴儿的眼泪感到生活充满希望与奇妙，而当她真正习惯了幼儿哇哇大哭时，所感受到就只剩下生活的烦闷与恼怒。

可怕的不仅属于真实，更属于那些已成真实的谎言。她常常向我讲述意志的无力，生命从诞生之初就已丧失存在性，个体的生死繁衍所表现的只是一种程序，被烙印在基因深处的生命意志早就书写好了，即为个体在每个时间段接受的不同指令——成长、繁育与死亡。个体心中所期冀的情感本身就不存在能被传唱的美好与崇高，情感本身只是为了激发出欲望，只是激励个体完成指令的真实谎言，让个体能心甘情愿地把一生中的分分秒秒供奉给生命意志。我们每天清晨睁开眼睛感受到的第一缕阳光不是对生命的感恩，而是活下去的欲望。在欲望即是希望、存活即是生活的时代，情感和文化已让我们感觉不到丝毫不幸；我们对生命的眷恋不只是对幸福与价值的追求，“继承”更是一种持续不断的必选命令。在我们缺失自由的信念里，生命意志早就替代了真正的自由。

死亡是繁衍链条中必不可少的一环，如果个体永生，那么繁衍的行动就失去了意义。每个个体对世界、对文化做出的任何贡献都无法将自己从死亡中拯救。亡者被生者歌颂，被社会赋予价值的现象，也只是文化在向那些终将死去的个体宣誓“即使死亡也会被铭记”。很少有人能理解并敢于一直坚信这誓言，但也没有人能够拒绝这誓言；无论你是否愿意接受死亡，这誓言都是你生的唯一希望。整个时间的朝向中你以生命状态存在的时间究竟有多短暂，你死亡过后无法凝聚为生命的时间又将有多漫长？尽管这誓言虚幻无力并且缺乏价值，但是它赋予人生存的勇气，奠定了社会文化向前发展的基础，所以只要生命意志还在延续，这誓言就将一直被传唱下去。

选择的确会改变生命的过程，但死亡的结局依然无法动摇。你祈祷，饱满的人生轨迹与成群的子女可以成为时间赐予的礼物；你怨恨，孤独的生活废墟可以成为时间留下的怜悯。最富有讽刺意义的是，无论你如何面对生命，死亡都将是亘古不变的结局；待到行将就木，如果你拒绝生命意志，那么怜悯的时间已过，死亡将是惩罚；如果你延续生命意志，那么奖励的时间已过，死亡将是仪式。

她特有的思想令她散发出刺眼的光芒，陌生得令人难以靠近。谁也猜不出她的情感里究竟是蕴含怎样暴风骤雨般的愤怒。出于对生命意志与生俱来的敬畏与尊重，即使我对生命怀有怨言也无法像她那样毅然决然地走在讨伐生命意志的道路上，每一步都铿锵有力。她完全可以选择遗忘掉那些使自己步履艰难的思想，然后以崭新的模样面对生命，可是她却仍然固执地坚持自己痛苦的论断。

她的思想简单却不易被倾听。她对生命意志的控诉自然是无处倾诉无人愿听的自言自语，人们宁愿承认这思想是对个体的疯狂中伤也不能接受伴随自己一生的事物被否定，特别是当这论点从别人口中说出。更接近她的我反倒像是戴着有色眼镜，意外地从她苍白的画作中看到了鲜艳色泽。仔细地在头脑中描摹她思考的轨迹，揣摩其中蕴含的个人意志，我在她极端思想中亦步亦趋，不只为寻求她个性中的单纯与美丽，也希望捡拾其中遗落的无理与粗鲁，这过程是对我好奇心的满足，也是对情感的释放。不可否认我关注她的思想除去部分理性的眼光更多的是情感上的偏袒，但现实生活中又有谁不是戴着有色眼镜在观察与学习呢？

品读着书中越来越多的笔记，我被她的思考带入到许多不同话题，犹如深山上的积雪沿着阳光的轨迹融化、流淌、绵延四方，只是经过的地方都留下极寒。她的步伐渐行渐缓，我却似乎永远都追逐不上，永远都无话可说。或许是我并不想错过她内心挣扎之时的绚烂姿态，或许是我并不是真正在乎她纠缠的内心；就像夕阳西下人们只会欣赏落日归山的壮丽，而非挽救隐去的太阳，所有人都知道太阳明天仍会升起，有谁会怜悯它今日退败的悲情。或许她逃避生命意志真切地在我孱弱的理解之外，她的太阳只要选择跌落就不会再升起。

我依然在课外活动的时间去图书馆与她相聚，向她借阅新书。我没有在脑海中列取过一个借阅书目，她给我什么我就看什么。书中繁杂的知识我已无暇顾及，她书写的一笔一画才是我需要读懂的语句。书已单纯地变成传递她信息的载体，文字比话语更擅长表达惊异的思想，更能体现出思维的生机勃勃，而且也许只有文字才能让人敢于直抒头脑中的愤恨与恐惧直抵人心。她怕丢失头脑中急速运转的思考过程，才将一切重要表达记录在书本留白的缝隙处。她饮食变得不规律，笔记中也夹着更多地对于自身生活思想与感官体验的描述，她甚至脆弱到想向他人倾诉。

当人们真正接触到像她这样将思考生命作为真实敌人奋力争斗时，就不会觉得这些不断反思的表达只是茶余饭后的笑话，而会体验到自己观看的是一出令人无法承载的思想悲剧。她应该可以从容地将思考重新迈入生活，但她没有，她只是不断以困境般的思考在头脑中反复讨论与生命意志相关的问题。她眼中还会驻着几分光芒，但恐怕只是自怨自艾与屡屡分神的忧虑。

面对他人的痛苦，人经常会选择无动于衷。强调尊重私人空间，成为我们与他人保持距离、远离陌生与危险的手段。人与人之间并不会看到相同的风景、拥有相同的经历、保持相同的心境，所以自己无权对他人或极端或荒谬的言行做出评判。踏着荆棘的起舞、在沙海中游泳、沼泽中流亡，她思想中无数象征被紧紧束缚的比喻给观赏者带来别样的刺激。内心中我也在寻找妥当的理由不去沾染她的惆怅臂膀，可是她温柔甜美的姿态让我无法放弃，于是我只能迟钝地站在她战火纷飞的思想边缘保持观望，努力表现成一个镇定优雅的观众，静静地看着舞台上一幕幕演出。

人习惯在别人受伤时给予怜悯，也习惯在别人跌倒时暗中偷笑。我习惯在她的文字中想象她是如何摔倒在自己思想的血泊中。我习惯站在整个命运之外保持观望，为她持续不断的崩塌作证。如果将她思想形容成玻璃，坚实平整，能反映世界却形若无物，那生命意志就是这光洁平面上的一丝裂痕，起初还不易察觉，但是在随风摇摆的震动中裂缝开始蔓延，然后在一个极其突然的瞬间玻璃的承压能力达到饱和，整块玻璃崩离粉碎。

我偷来她的人格面具戴在自己脸上，以为这样能看见她视野中的一切。虽然远不及一切，但我的确看到了许多。我渴望眼前的景象能带给我足够的勇气去拯救这个艰辛攀爬的少女。可最终我也没能下定决心踏入她的思想。

面对自己的懦弱，我会选择屈从于懒惰。等到我看到她写到“请不要惊动我的生命”，我才发现“惊动”这两个字眼是多么地令人厌恶。她开始拒绝争辩，那种凌驾于清醒意识的反感如势不可挡洪流将她推向思维的绝路。我发现她的思想开始浸染我，在走向死亡的过程中生命意志的确毫无理由地将人强制性束缚在生存繁育的目的之内，而我对此也无法辩驳。我从不动摇存活的信念，也不会接受任何关于死亡的诱惑言论，我只是厌恶内心逐渐延伸的难以抑制的对生命的仇恨，我期冀着与她相遇也期冀着带她逃离。

我希望将她的世界比作镜中世界。尽管她身边有许多同伴，但没有人能触及她的心灵，没有人能被她接纳，我也一样。我看着她的生活就像隔着玻璃望着镜中世界，我们两人似乎都在同样的环境下生活，接受着同样的教育。我们的世界隔着镜子交相呼应，除了我们自己被这一层玻璃隔阂开来。

我不明白镜中的人物总是展现出冷漠的表情，她的面孔映照在我视觉中犹如我第一次见到她那样陌生。我想进入镜子里面的世界，我想弄清大家都是拥有相同的环境为什么还要互相隔离。我想要接近她，了解为什么她在我的生活中是如此陌生。我面向镜子走去，镜中的事物也向我走来，只是她的影像依旧定在水泥地上没有移动。我希望通过生活的重叠缩短我们之间的距离，于是我走得更近，鼻尖贴到了镜面，几乎能闻到镜子对面书桌沉重的老木气息，几乎能呼吸到地面干冷的空气，几乎能听见黑板上挂钟的嘀嗒声，可是她仍定在远处毫不动摇。我不甘心，将整个脸颊贴在镜面上身体倚着镜框一只手向镜中世界拼命伸去，除了冰冷光滑的镜面这里什么都没有。镜面清晰地布满了我挣扎的指纹，在日光灯泛白的荧光下显得湿润灰白，这斑驳的条纹勾勒出一种挑逗的神态，仿佛在嘲笑愤怒中的我。

后来才发现我们之间木讷的关系是一种多么巧妙而理智的状态。爱情或许能成为她痛恨我的理由或是我拯救她的手段，尽管我能表达饱满的情感，我也深知无法用她憎恨的事物拯救她。其实她的悲剧不是任何人的错误，也与我无关。爱情只存在于恍惚之间，而我在她的恍惚之间成为了什么？一个傻子还是一个倾听者，谁也不知道。甚至我怀疑她也无法理清自己应该饰演的角色。

她知道我停留在她身边徘徊不前，却看不清我踱步的样子。她的眼睛一直望向思索的远方，我只是站在了她爱情的视距中，却没有站在她爱情的焦点上。她渴望表达的思想从笔尖流出，经过潜在书本缝隙中的墨迹传递到我眼里，是这些墨迹能让我走进她的世界，而她的世界里也仅仅只收留这些墨迹。可惜墨迹是安静的、善于独处的、缺乏交流的；相互靠近让她和我定格在一个恒定的距离，简单的写者与读者关系。

我时常能瞧见她在阅读中走神，被凝结的视野仿佛被空气中某些微薄的尘埃挡住，空洞安静的眼神在四壁如雪的冬季显得亲切与自然。这或许是她置身于书丛中思维意外的卡壳，也可能是疲惫眼睛选择的短暂休眠。书本是记录她思想过程的媒介，也是引她评判反对的辩论中心。

饱满的思想穿梭在文字中游刃有余，语言流畅犀利。但她的控诉与反驳表现得越势如破竹，生命意志带来的苦痛心结就越无法迎刃而解。她受困于自己厌恶的生命意志，思想与现实的矛盾只会将她的精神撕裂。如果生命已遭怀疑，这个世界哪里还存有容身之地？

我能看到自己青春的热情与欲望，却察觉不出她本应与年龄相符的从容与狂妄。常常陷入踟蹰与恍惚的她看起来更像是青春未至，甚至是生命倒退。每个人的青春都需要接近完美的影像去引导自己的觉醒，疏通被阻塞的欲望，都需要强烈的情感寄托保持现实与幻想的平衡。在我的剧本中她就是这样的引导者，无论从思想还是欲望的角度她都成功地诠释出了自己角色的特质。青春是一个潜藏的书写者，在我毫不察觉的情况之下，遵从我的意志偷偷谱写着看似与她偶然的遇见、凌乱迷茫的对话、匪夷所思的情节、无法回答的问题，这一切散漫的剧情都在命运中刻写出沉思的印记，她让我看到了思想家们的力量，让我从模仿到独立思考，让我揣度明天寻找方向。

然而这一切穿插的偶然都只能归结为时间的针线吗？成长或许与时间有关，但我始终感觉到这其中有某种固定的模式令生活无论怎样摇摆都能准确地踩在成长的关键点上。即使生命中没有她递给我这些书，我也会看到这些书；即使我看不到这些书，我也会去思考这些问题；即使没有遇到她，青春终究会找到足够诱人的片段代替她的出现成为启蒙我的引子。这随意而必然的经历用命运来形容也毫不为过，从被引诱迈入思考的大门到对她的思维模式流连忘返，我渐渐开始渴望主导这本不应被读懂的剧本。总会有一些火花会点燃青春期浸满温存的油灯，总有一些思想能令人想去看看世界的真理。这也许是青春的力量，它用谦卑的方式敦促你成长，挖掘出自己的力量，提醒你去做应该做的事。青春代表着生命中肉体成长和精神膨胀的巅峰，无论是血液中增长的荷尔蒙、成长健全的大脑，还是求知的渴望、重写一切的激情，都放大着我个人意志流露出的思考冲动。可那时有谁能提醒我，不久我的不安会被积聚成愤怒喷薄而出，不久我的不安会被浅尝辄止的惊恐所取代。

她到底是谁，她是我的最初之作。

青春的懵懂与激情成为一股线，借用她的气质与思考操纵着一个代表唤醒者的牵线木偶，又凭借这个木偶手中的另一股线牵引着我走向沉思之路。也许她只是旅途中默默无闻的路人，但我敏感的青春选择让她被装扮上温柔的光芒，选择让她被视为能引领我的导师。

作品常以强调归属的形式博得观者深思。我拥有别人接触不到的关于她的印象，而这种印象就成为我单纯记忆的归属；无论是我说出还是写下这个故事，都是将头脑中的画面转化为作品表达而出。

如同我一开始就站在代表青春的云雾山坡上，布下镜头，等着风景到来；等着相片中出现美丽的事物让我看到山坡清晰的一面，我想学会如何从迷雾中看到清晰。幸运的是，她不偏不倚地闯入了我精心布置的“陷阱”，也不偏不倚地将我的视野困在了她的风景之中。我企图捕捉风景的行为成为云雾山坡的最初之作，她与镜头悄然重合的风景成为我的最初之作。

那些脱离个体的实情在走过应有的结局之后就急剧反转，她本应完全改变我，谁会料到在命运的捉弄下，她终于与我构成完全不对称的距离：我能够触及她却不敢触及她，她能请求我的帮助却不愿请求我的帮助。失去她的日子里我才可以承认，从一开始在她身上学到一部分思考方法之后，我就无意再去倾听或者触碰，我在乎的只是她整个悲观的过程而非悲观的结论；我记住她思维逐步改变的每一步并保持不动容的状态；我任她被不自然的反思改变，任她在压抑中沉寂；我圈养着关于她的所有记忆并将其视为一部美味绝伦的作品。观赏的感觉是美妙的，也是刻骨铭心的。在她身边的时间里我总以为自己是她必不可少的陪伴，而她是我的期望；直至到达一个不应有的结局，消磨了足够多的回想时间之后，才确认出，我是她的累赘，而她是我模糊青春的最初之作。

觉醒

当人受不了相互重合在一起的自己——一个慵懒懦弱却又希望不劳而获的人，与一个倔强骄傲却又渴望洞察一切的人，就决定分离，将慵懒的部分还给生活，将倔强的部分丢给思考。我既要说服自己接受那些看起来美丽与精巧的生活，也要找出那个能令我不再循环于遵从规律不再盲目追逐幸福的理由；这条道路是分叉的，我需要半个人来演绎人生的轻浮，也需要半个人来承担人生的自重；没错，我都想要，我就是希望既会得到也不会失去。对于无法包容自己的人来说，分裂是优柔寡断的，也是必不可少的。幸亏我在青春中没有得到认清自己的能力，否则我可能没有勇气做出改变。

以前不懂得为什么我要凭借青春与她，对自己做出双重指引？后来我想通了，因为当时我没有勇气直面陌生的思考方式，更没有勇气承担独自探索中的挫折与失败。试图以他人显现的力量当作自己追求能力的精神盾牌，我躲在她的背后模仿她的姿态，或者说我借来她的思维模式但永远都没有归还。我努力蜷缩在低下的角度，能被她注视就意味着已经与人为伴；而她在思索的道路上走得太快，我无法紧跟所以她依旧孤单。

“为什么我们依然有资格、义务、责任与能力生存？”“人们共存的意义在于什么？”生活与教育中从来没有接触过的问题被她提出，她问的每一句话都让人窝火、烦躁，但我却无从答起甚至无力反驳。

我开始在索然无味的生活中寻找不令人厌倦的东西，在此之前从未认真思考过问题。意志无处燃烧，只能幽幽地蚕食着精神，使心中铺满灰烬，也许这就是成长中的我感到生活前进得无比缓慢而乏味的原因。我不仅要学习还要创造；我不仅要接受还要发问；我不仅要去感受情感，还要理解情感；我不仅要判断对错，还要定义对错。

我希望思考，于是第二生命诞生了。觉醒是青春的奇迹，也是自私的自我承认。

对于个体来说，若在下一个转角处，撞见自己碎裂一地的部分，就努力将满地的碎片拼起，这是成长；若在下一个转角处，撞见自己平整如初的部分，就努力想让自己所有部分都趋于完整，这是觉醒。

我如同一只野兽，原本只是在洞穴中对着自己的无数个倒影咆哮，十四岁这年才敢走出洞穴，看到并开始理解真正的世界。我沉默，但从此不再寂静无声；我孤独，但从此不再孤单一人。我思考着眼睛看见的面前发生的事物，思考着耳朵听见的背后潜藏着的风景，我能察觉到思考中无数个自己的声音，无数个心潮澎湃或哀哀欲绝的论证。思想觉醒是我人生的转折点，即使生理和心理还未成熟，但懂得思考已让我的意志发生质变；心血来潮的激情被逐渐压制，原本未被唤醒的思想则上升为决定行为的主要动机，在踉跄中接受飞跃意味着崭新生命的开始。

十四年酝酿的蜕变，从年幼到青春，从无所事事到一无所有，从充满疑惑到寻求答案，我学会通过塑造自己的思想去决定旅途的目的，所有呼啸而过的时光都将为我未来的航迹开路。懂得思考，才能从野兽变为人类。我感谢时间让我成为人，并保持人的姿态走到现在。毫无疑问青春是我人生中最珍贵的成长期，也是我人生中唯一一次成长，因为只要达成质变，成长一次就够了。十年后的今天我依然保持着当年的意志，增加的只是知识和经验，我的学习能力与思考方式已保持不变没有进步，或者说我再也没有跨越当年能力界限的动机。青春之后的时间与其说是花费十年缓慢成长，不如说是积攒十年来巩固自己的能力与思想。

十四岁那年的光芒将积淀成我一生的论调。通过不断地感受与思考，时间并没有改变我，反而让我更加坚持自己的最初目标与生活态度。我本应与同伴一样在文化道德的潮水中随波逐流，飞快前进渴望拥有过于幸福的生活、过于灿烂的价值、过于闪耀的尊敬。但我被指引向另一条路，模仿她将生活放在一边，静静地握着思考的火炬，紧闭呼吸渐行渐缓，等我睁开双眼依然发现世界迷茫一片，并还能以此为乐想要洞穿一切。

与我为伴的她叫我等等，我便停下来等等。她走了一小段，我还在等；她又走了很远，我还在等；她永远走了，我还在等。我在觉醒之初便决定停止前进，我决定等等，等我的灵魂再贴近一些生命，等我能再深深地握紧活着，等我能清晰地看透永恒的本质之后再起身。这一停我才发现对于长寿的时间我拥有几乎静止的一生是多么幸运和悲哀；这一停才让我能安静地坐下来描绘世界在人眼中原本的模样，美丽而绝望；这一停或许就是一生，我没有理由越过死亡与永生的问题重新躺入孤寂。飞速运转下的急刹车，令我的个人意志从野性的身体中迸裂而出；如同流水凝结为冰棱的刹那终于感受到水的坚韧，片段般的思想在反转中连成回环，我终于看见了存活作为生命意义的最初姿态。

我的生命本身毫无价值，唯有这从运动到停止的一瞬，赋予我思考的特性才绽放出片刻光芒，之后一直保持的停滞状态又将生命回归于空淡。我的生命从十四岁就走到了尽头，后来发生的一切都只是这觉醒撼动的余波，都只是人在定住的刹那迸发的余晖。我唯一希望继续主宰余下岁月的目的就只是：要么让之后的余晖绵长得足以被人看见，要么让这余辉黯淡得足以被人忽视。

求知欲望被极端放大之后，就开始内向收缩。从觉醒之时起，我开始思考什么能力是自己最需要认清的，什么力量是自己最需要得到的，什么观念是自己希望表达的。如同站在山巅峭壁的缝隙中仰望一线天空却被猛然迸发的锐利闪电所击穿，如同在惊涛骇浪中迎风向前却被海底火山喷勃的熔流点燃。我飘荡的灵魂第一次沉实地落地，站在这里仿佛再也没有任何事物能挪动我，除去追寻目的，生命中的一切都显得卑微、轻浮、可有可无。

人可以在教育中接受知识的填塞，但只能依靠思考独自品尝后，知识才会焕发出馥郁清香。捆绑的制度、丰盈的知识、紧促的时间下，身负重荷才能感觉到自己的力量。只有那些愿意生活的人才能坦然活下去，所以哲学家们无法坦然；他们思考目的与过程都离自然生活甚远，他们为寻找世界的答案，构筑理想的思考规则而消耗生命；他们害怕时间给予的短暂一生不够自己在洞悉真理的道路上前进多一步，拼尽全力地思考代替了对生活的瞭望。在生命强大的目的性面前，生活还未展现出其迷人的温柔就已经成为急促时间中哗众取宠的饰品。

有许多值得尊敬的伟人毫无忌惮地展示自己孤立的错误，因为他们知道只有致命的虚假才能逼迫人们反思自己的真实。

如果说我们每一刻都执掌着生命的毛笔在生活的宣纸上书写人生的轨迹，那命运就是纸笔间的距离，宣纸中浸染墨迹的浓淡浅重也由笔纸间的提拿距离而变幻莫测；我们的书写欲望越强烈纸笔间的距离越近，人生的轨迹更容易被控制。当我们的生命离生活越近就越能清晰地感觉到命运的存在，这也是命运利用生活操纵我们生命的依据；反之随着生活离生命渐行渐远命运也失去了束缚我们的力量，而我们思索万物的天窗才在此时开启。

生活将我们内心的悸动隐藏在时间的储物间里，当你再次打开柜门它就无处找寻，并不是这些情感已经被排挤，而是生活中充盈的平淡与欢乐已经夺走了你的眼球令你沉睡。醒来才发现，重要的不是得到开门的钥匙，而是知晓门的存在。知识让睡在破席烂草上的人摇晃地站起来走到华贵的四柱床中舒服地入睡，而思想让沉睡的人原地惊醒并爬起不再沉睡。我愿意认清自己，只要我还贫穷我就不会说贫穷比富裕更信仰慷慨；只要我还脆弱我就不会说脆弱比坚强更爱好和平。

她信仰自由，在思想上是一个对环境十分敏感的战士。她在接受社会文化与科学知识方面毫不畏惧，她适应并顺应教育，信仰并捍卫自己坚持的思想。她不承认被生存繁育引导的情感与道德，极端反对生命意志所掌控的一切权力。她为了坚持自己的思想，独自一人向纯净、孤寂的高处攀爬。我能从她的眼睛里看到少女的颜色，只是藏得很深。我始终没有开口辩驳，她也始终没有开始微笑。她认为生命意志的循环中，与其无休止地展现腐朽不如立刻被截止。我被她感动，所以要打败她，我希望让生命意志从回环展成永不截止的长存。

我懂得尊重社会所维持的良好环境，也明白应该对自己的言行负责，所以我不会轻易告诉别人我为了什么而活着，言语是需要被筛选的，写者与观者都有互相筛选的资格。我看着人们身上各具特色的缺陷如同看到他们形态迥异的优点一样，相互重叠相互妥协。我感觉到我度过的生活是一种毫无意义的挣扎，而实际上它本来就是。生活等着我们去赋予含义，而不是我们空手等着生活降临。

人学会了追逐幸福，在生活中认为自己已身处幸福或即将得到幸福；可真相是人要么就是表演幸福的演员，要么就是为衬托他人生活在幕后共同发声的配音员。人只是为装扮幸福舞台而努力准备的工作者。人与人之间互相扮演着表演者和观众的角色。为他人暂时追求幸福的过程鼓掌，配合他人的表演审视着自己对于幸福的表达，抑或是凭借嘲弄他人累积幸福时的愚蠢取乐，为拼命诠释幸福并不愚蠢而努力辩驳，这一切似乎都很有趣。

人们都能理解追逐幸福的路途中过程的重要性，因为我们在内心深处都认同：当我们到达幸福终点，快乐来临的时间也只是稍纵即逝；也许曾经的痛苦会烟消云散，但新的痛苦与空虚依然会快速填满这个临时的幸福空间；而能在这付出与回报不对称的旅程中令自己依然坚持追逐幸福只有两种方法，珍惜追逐幸福过程中的每分每秒或者活在追逐幸福的回忆之中。

大部分痛苦的确是轻浮的，但若不放下对幸福虚妄的幻想，连这些生活中浅尝辄止的痛苦都难以正视。不同类型的自由是自相矛盾的，如果有人站在高台上大喊“我的自由就是夺取你们的自由”，我们会给他自由吗？每个人都不希望自己面临与被面临这种困境，于是自由在一定范围下被束缚。

谈到幸福就不得不提一个现象，有的人总是惧怕接受幸福。为什么在面对幸福时胆怯？因为人们都承受过痛苦，痛苦与幸福息息相关，越大的幸福坍塌之后就会迎来越大的痛苦。而幸福与它字面上的愉悦欢快不同，过分的幸福可能带来空虚甚至痛苦。对追逐幸福的人来讲，人生的全部意义似乎就只在于对价值的追求、表达与分享。当越来越多的人开始为追寻生活“长远”的幸福而忍受痛苦努力奋斗时，他们的幸福到底能否延续？他们在某一刹那被短暂的幸福浸没后，能否依然坚持要去感受到真正的长远幸福？

幸福是渴望被辜负的，而痛苦是渴望被承载的。每一个人亲手构筑或偶然遇见的幸福都被寄予了极大的希望，也都被捧在高塔之上，令人战战兢兢生怕将其摔碎。与此同时幸福也被添加上易逝的属性，因为人们不确定这样形似美好的事物能否能永恒长久，便以一种呵护的眼光看待它。对于痛苦的印象恰好相反，人们不相信艰难的事物能延续一生，不相信艰难背后也没有一丝光明；在痛苦面前，人努力将自己表现得随性，谨记艰难的事物需要被承载才能安定下来。不承认痛苦与幸福的最大好处在于，当我们在面对一种终生幸福或终身痛苦的境地时，我们仍可以勇敢地活下去，因为对于幸福与痛苦我们都不在乎。

思考令我们区别于其他生物，促使我们去察觉世间的一切。是思考让我们成为人，也是思考让我们看见自己被生命束缚。我们不能因为思考能使自己看到时间囚禁着牢不可破的绝望就放弃思考。再幸福再美好的事物与风景都无法让人摆脱对生命终将终结的绝望。思考让人认清绝望，才能避免让自己坠入幸福生活的幻影，让自己愿意耗尽一生去寻找能打破这绝望的希望，去寻找能延续生命的希望。

每个人都会有后悔的时刻，如果我追求生活，我只怕在我死去的瞬间会后悔自己本有数十年时间去追求完整生命，却耗费宝贵的一生浸泡在闲适生活中昏昏欲睡。越过生存，幸福生活已将人生包装得华美而珍贵，越来越多的人将追随幸福生活代替了生命本身，我怕自己适应不了这种买椟还珠的举动。生活只是我人生脆弱的外壳，待到生命真正体现出价值时它才有可能展现出雍容华贵的舞姿，而且即使生活展现出这样美丽的舞姿，我恐怕也难以动容。

但不得不说，在这场由自我觉醒主导的讨伐中，幸福与生活都是无辜的，它们本就是人类科技进步、社会文化发展演变出的附加产物。幸福与生活原本并没有侵占人们的生命，只是在人与人之间共同前进的途中为缓解劳累与痛苦所形成的抚慰，可这抚慰太过安逸从而削弱了我们对生命的重视，影响了我们绽放的姿态；就像成瘾性药物是人类寻找治疗病痛方案的额外发现，也是将人类引入精神梦境中的罪恶之手。

当我更在意独自思考，生活中的细节就变得更难以引起我的注意，也更难以被记住。生活的地位变得不伦不类，一方面是作为衬托思想的平和环境，另一方面标志着我心中优柔寡断的物欲。

学校里，入秋的每天下午我都希望坐在阳台旁等待阳光透过斑驳清脆的玻璃窗，透过闲暇暗淡的云层、透过人们沉静空虚的呼吸、透过浮起的尘埃、透过松弛的棉衣、透过仅有体温的身体，将思想烤得暖意融融。阳光可以走到世界的每一个角落，可是我无法离开这环境一步，因为我还需要与人们一同构筑平淡生活，某种无需意义仅为舒适享乐而奋斗的生活。更可悲的是我不仅在这个“崇高”生活的大环境中难以表达自己的个人意志，而且我还没有资格永远留在这个大环境中，死亡终将成为生活通知我离开的辞退书。

我希望玩乐的时间更多一点。我希望周围再安静一点，我希望能吃得再多一点，我希望噩梦再短一点，我希望周围的眼睛再少一点，我希望能理解的真理再更多一点；以前我无法弄清自己到底想要什么，现在我终于在心中画圆了欲望的形状。年幼时我似乎无法填满这些愿望，所以长大后我仍记忆深刻。我拥有常人应有的力量，我所缺乏的只是完成目的的时间。

从孩童时代人就知道玩具比食物提供的愉悦感更持久，所以孩子们总想拥有自己的玩具即使得到玩具的代价比得到食物的代价高很多。同样人一生都不断地评估着事物的价值，并希望追求价值更高更持久的事物，从力量和爱情到地位与权利，世界上总有展现在眼前更耀眼更稳固的风景让人放弃现在拥有的事物而去追求更有价值的东西。所以随着时间的推移，原本自己热爱的事物显得普通且短暂，不足以构成奋斗的动机而被逐渐忘记，放弃并重现的寻找经验构成了心中的定论“世界上值得追求的事物并没有看到的那么多”。我也一样被卷入无尽的放弃与重新追逐的旋涡中，只是我比较幸运在人生的前端就找到了并接受了最珍贵最持久的事物，看到了其他生活或幸福根本无法遮挡的闪耀光芒，只要我不放弃就无需经历余生去改变自己追求的方向。

无法与星球比拟的短暂存在中，人与其伴随的思想和情感构成丰富美丽的一瞬。不断寻找世界上繁茂灿烂的事物，此时我找到了。

一切都非常简洁清晰，我找到了这一瞬，剩下的就是将这一瞬展为永恒。

追逐永恒就是我能继续活着的理由，这是一种本能，如同生存欲望一般凝炼在我生命之初。我短暂的生命并不是为了学会轻松地生活，也不是为了颂扬自我价值，更不是为了追求怜悯与荣誉。只要未来还留有希望，人生的旅途中，我将要接触的人群、聚集的伙伴、寻求的资源、收集的技术都只是为了打开能逼近永恒的大门。

我要感谢情感中的幻想——恐惧。懒惰与懦弱的部分都固守流年，唯有恐惧还在一直向前。我害怕自己沉睡一生，所以想拼命醒来。世界的伟大并不在于它本身，而在于它创造着伟大，许多东西你不展示就无人能知，许多东西你表达了却无人愿知。

以前我总是强迫自己接受“体验嘲笑是一种乐趣”，现在我不得不接受“体验嘲笑必须是一种乐趣”。简洁的话语总是来得不够流畅，有时一个词的表达就是一种极致，而人却仍希望要详细表述，要粉饰雕琢。即使再怎么倔强，我也没法做到一句话只说一次，即使有的话只能说一次；人总希望被给予更多的机会，可是第一次叫机会，第二次就叫怜悯。所以生活给我机会，我给生活怜悯。

我要表达的不是睿智而是诚挚。这些终究会被原谅的话语与其在你茫然不知所措的时候被显露以至于丢失信心与勇气，不如在失败之前就坦然表达来挽回尊严把握控制权。许多人终其一生也无法找到能启蒙自己的老师，无法去模仿他人发现与思考的过程，无法理解自己的能力、权利与责任，无法承认生命的恐惧与贪婪。而我有幸在人生之初就遇见了自己的启蒙导师，看到了我应该看到的大部分内容和一些我不该看到的场景。

她接受了成为我启蒙者的角色，或者说我的青春选择了她成为我的启蒙者：即使她再怎么黯淡也照亮了我思想的世界，她再怎么无力也把我抬出了井底，她再怎么压抑也让我见到了美丽，她再怎么平凡也让我不可触及。

相遇后的行为是否真诚，我不知道，因为她没有在笔记中告诉我，我也没有亲口问过她，一切太过真实的陪伴因为错过了最佳时机而成为我头脑中虚幻的幸福，这片记忆太过完整以至于我无法不怀疑其只是自己从别处借来烘托青春的故事，这一切结束的太过突然以至于我不知道这记忆究竟是划过了我即逝的青春还是划过了我短命的终身？

如果说真理代表着当前事物不容置疑的本质，那么归咎于真理之外的言论才会引起人的纷争。如果不明白自己作为人所应行走的方向，任何偏离方向追求无故幸福、无故价值的目的都将丧失其现实意义，成为痛苦成为幻影。我的头脑里开始出现四种声音，幸福先生、繁荣先生、无为先生和梦想先生。

我找到幸福先生，幸福先生告诉我：“我让你一生维系本性，让你不用在意别人眼中自己的缺点，让你得到美满的家庭、快乐融洽的生活；让你平静却不平淡，让你无论是被理解还是被抛弃都始终追随幸福，让你值得拥有现在渴望得到的生活。你是幸福母亲的孩子，你也将诞下另一群幸福的孩子。”

繁荣先生告诉我：“我让你一生修性，让你确认自己的能力与责任，让你在财富与资源中游刃有余，让你在身前绽放荣誉死后留下尊严。你将会妄想夺得一切，你也将会有能力夺得一切；但你最后依然将归于尘土，你也必须接受他人的称赞与羞辱。”

无为先生告诉我：“我让你一生随性，不为物欲所诱，不会情理所痴。你徘徊在呐喊与失声、喧闹与宁静之间。你不会在乎一切，你把得不到的放下，你把得到的埋在心里；你失掉了社会与规则的视野，你走在随遇而安的路上。”

梦想先生告诉我：“我让你一生失性，你仅仅是某个伟大梦想的供给者，你所做的一切都可能毫无斑斓、艰辛疲惫，甚至于要放弃自我。若在中途舍弃‘梦想’这个理由，你所做过的与将要做的一切，可能都没有任何意义。我要拿走你的一切，只留给你一个能够追随梦想的资格。”

好笑的是，我还没做出选择，先生们就准备离我而去。我总是在犹豫，直至最后不得不做出随意的决定，跟在梦想先生的后面。别的先生都走得太快了，只有他还慢悠悠地停留在我的视野中。我是幸福的孩子，为什么要朝梦想走去？因为梦想先生太孤独了，我怕很少有人与他为伴，我怕他孤独的一生得不到关怀。

当然我也难以预测出自己何时将同梦想分道扬镳，自己何时会厌倦这难以触及的目的。也许我挺过了前半生，却无法在后半生坚持梦想；也许我挺过了一生，却无法在临死之前认同梦想；也许我没有能力对梦想保持一生的真心，但还是如同那句老话“至少在最初被带走的一刹那，我是诚挚的”。

每个人几乎都觉醒过，只不过大部分人都不承认，并且把这段非凡的经历藏起来，藏得越来越深，藏得多年以后自己都快忘记时再拾掇而出，不过此时的自己已经丧失少年的激情与勇气，只能背着悔恨细数余生。

我父亲总是说服我同他去爬山，起初我很难接受这种劳累的运动。每个人都期望到达山顶，琐碎的砂砾在平原高处将陡峭的道路铺平，灌木渐隐遍地绿草葱茏，目光所及之处都是柔和的风景，棱角分明的接线处找到一间低矮的小屋，使你躺在床上也能看到半壁天空。天空安静，只有云在动。风景恒定只有生命在流失。

登山使得生活中原本平静的运动节奏变得起伏不定，呼吸变得急促，心脏更加用力地泵压血液，为了散去过多的热量汗水开始涌现，喉咙干渴酸涩仿佛一直承受着空气的重压。如果无法克服身体劳累的反抗，拖着疲倦的身体就难以感受到山间优美的风景与清新的空气。

山顶的花海并不比山脚的树丛更诱人，唯一能令人感到欣慰的是只有在山顶才能找到的俯瞰视角。与山脚相反的视角证明了我战胜了大山这令人劳累的敌人。然而等到真正平静之后才会认识到，大山之所以选择让他人看到姹紫嫣红的花海、与蓝天相接的绿地，而选择让我看到琐屑凌乱的杂草与野花，是因为我希望为自己的劳累寻找一个理由。在头脑里我将大山描摹成需要去战胜的敌人，而山又如何能给予愤怒之人温柔的美丽？在大山的选择中，我缺失韧性与胸怀；但我以此为傲，正因为我脆弱倔强才能看出山粗糙简洁的骨架，正因为我胆怯固执才想要吞噬大山。

如果山路没有尽头，我相信如我父亲一般坚强的人就会一直向上爬去，会用自己的韧性接纳整座大山。可我仍然无法理解为什么拥有健全身体坚强意志的人会屈身于在生活与自然中修身养性，静心凝神地度过每一天。爬山就像是寻找生命目的旅程一样，对我而言，这是一场痛苦的挣扎，因为在脑海里这本身就是一条充满艰辛的崎岖小道；对我父亲而言，这是一种令人充实的满足，因为他早已认定旅程就是生命目的本身，所以艰辛早就被他赋予了充分的理由。我无法在恍惚与劳累中体会艰苦的乐趣，我也清楚艰辛本身并不是放弃目标的理由，不同的是有人在艰辛之后能坦然埋身于应得的幸福，而我仍要继续坚持早已在头脑中思考出的生命目的，无论痛苦与幸福。

山林，自然的享遇。山林，自然的胆战。

当你疲惫不堪之后，自然给你第二次机会让你继续走下去。山之所以陡峭峻险是因为他不想被没有能力的人征服。在通往生命意义的大山上，有人攀登只为达到山顶俯瞰大地，有人登山是想接近天空，我是后者却始终害怕到达山顶之后仍无法找到通往天空的大路。当我到达山顶才看到深宏的天空仍然遥不可及，这时大自然开口了“我给你最后一次机会，下山吧，回去吧，回到你应有的生活中吧”，悬崖边上，我热泪盈眶地嬉笑道“好啊，只要你给我天空我就回去，否则我要等到天空降临”。我不是能够跪倒在伟大面前的人，就是因为珍惜寻找生命意义的攀爬旅程，才不愿意在任何安逸之处停留歇息，不希望在任何壮美之前掉头折行。与匍匐攀爬的姿势不同，穹顶之下奔跑的狂妄是另一种执着，谁看到广袤的天地都不想无声无息，谁看到浩渺的苍穹都不会停止前进。站在山巅，纵使宇宙细极无际，也要向最接近天空的方向冲出去，每个人都想看到更深的真理，每个人心底都有一个穷尽万物的梦，而现在有限的生命就是挡在大山与天空之间的云霞雾霭，人类一定要打破时间的枷锁触及永恒。终究有一天人们会聚集在山的最高处搭建云梯攀向天空。

关于死亡，大部分思想都在宣扬接受。无论是讲解生与死的平等性、存在的价值、超越死的绝望，还是强调繁衍的轮回能够克服死亡、个体死亡只是种群存活的微小部分。

我认为任何执意越过死亡的观点也越过了诚挚，死亡带来的绝望或许能够被其他过程缓解，但人第一次面对死亡时，希望将这强大绝望事物击败的心理是绝不会改变的。野兽看到比自己强大的事物会躲避，人看到决定自己命运的事物就想将其占有、将其改变。打败死亡永远是人的第一想法，即使所有人完全释然，新生的孩子在意识到自己终将死亡的一瞬间，他们也一定会首先去想如何击败死亡；新生的孩子在意识到自己并非绝对而完整的存在时，他们也一定会首先去想如何塑造永恒。

为什么非要直面死亡，而不在精神上接受死亡？因为人从心底里都追求完整与自由。对于个体而言，一方面死亡成为我们无法主宰自己的缺陷，使我们终究无法完整；另一方面死亡让我们不得不选择繁衍生存，令我们失去自由一辈子被束缚在对生的追求中。无论看起来有多么荒诞可笑、无力固执，这表述都是诚挚的。

相信能触及并经历事物的本质是一个阶段，相信能控制并跨越事物的本质是另一个阶段。于是我要去梦人类所做的梦，我要把这个梦说给所有人听。不久将来大部分人都会接受这份愿望，永恒将成为自我应验的预言。不去依赖其他宗教与哲学价值观，我有自己清晰的信仰，感谢自然给了我眼睛，更感谢孕育我的环境让我睁开眼睛并接受这双眼睛。我看见时钟清脆地站在天空上提醒着所有人它一直没停过，我看见种群中每一个人从大地中诞生又消失，我看见人能够思考、能掌握规则甚至创造生命，我看见人逐渐得到长存与完整。生命，未曾离你如此之近；永恒，你是人类应得的美丽。

生命意志

生命意志是人作为生命存在的正规血统。

如果我们能毫无恐惧地接受这样一个世界，里面每个人的生命都终将凋零，那么生活与思想会有多寂静与寒冷？作为普通人，遇到令人烦恼的事情我们依然保持慵懒；遇到令人厌恶的事情我们可以与它保持距离；遇到让人鄙夷的事物我们可以保持沉默；被排斥、打击、嘲讽之后，我们仍然可以掩饰创伤离群索居；目击怜悯、残忍、罪恶之后，我们可以选择懦弱与逃避；被囚禁、奴役之后，我们可以抛弃自由；被压榨、践踏之后，我们可以忍受疼痛承担伤害。唯有自己珍惜的事物被要求抹去时，我们才会真正表现出勇敢去奋力反对。生命意志便利用个体这样的弱点，当生命即将被死亡抹去时，个体会奋不顾身地去反抗死亡，去生存去繁衍。

繁育是生命意志掌控个体生活最优雅最残酷的手段。而爱情则是人妥协于生命意志与自我安慰的怜悯行为。人的身体构造决定着人与其他有性繁殖物种一样被激素与神经刺激着、引诱着，希望与异性交配繁育。再加上生存环境与教育文化对情感的交流引导，爱情就成为令我们不能自已的精神食粮，而且这种情感的释放几乎与我们的正常呼吸、进食一样成为人们不可缺失的生活元素。

除了感官上的享受，性欲没有一丝美感可言。而实际上肉体的感觉也只是化学激素对大脑的刺激。感情是生命对我们最优雅的桎梏，如果不能遗忘感情就难以舍弃生活的欲望。聪明的人们渐渐感觉到生命意志的感官束缚逐渐令生活走向平淡无趣，肉体上的欲望与妄想能影响我们的肉体但是不能糊弄我们的大脑与精神。感情就成了人们自我陶醉的精神补药。我们根本没有任何权利和资格去藐视基因决定的身心特征，因为这些特征往往令我们更适合在当今环境下存活与享受。

有时我们总是想问“生活为什么没有让贪图舒适的人毁灭？”“生活为什么没有让邪恶屈服于正义？”其实我们每个人心里都有答案，但就是不肯承认“因为生活根本不在乎”。如果要丑陋地去表达自然，那么生命意志就是奴隶主，男人是奴隶，女人是工具。为了赢得生命意志的激励和荣誉，我们牺牲奉献着生活的一切，为了繁衍存活。

许多年之后，我寻找许多理由来说服自己需要克服生命意志，但都不够充分。我不了解是否在战胜生命意志之后可以赢得真理和幸福，也不愿意仅仅为了荣誉和挑战去改变生命意志。我会为了目标而付出一切，但生命意志并没有足够的深意成为我的目标。

我们在充分发挥主观力量的阶段之前，会先对事物进行理性分析。我们会切割掉生命意志阻挡道路的部分，也会利用生命意志开创的捷径去帮助自己接近目标。任何没有质变的东西在质变之前都显得毫无意义。所以当前的事物是否有质变的可能性？渐变和质变的事物分别应该和谁去比较？都是重要的问题。

从今天的回忆出发，我几乎花费了十年时间来接受自己是一个常人。努力从分辨人群的思考中消除了主观思想。我多么希望只有自己才认同自己的思想与价值，这样就可以毫无顾忌地与一切为敌。可惜在生命意志之前我们任何人都负债累累，父母生育我的痛苦是第一笔债务，家庭养育我的艰辛是第二笔债务，遵从生命意志是第三笔债务。即使债务本身是主观事物，我依然也无法轻描淡写地将其从头脑中清除。非常感激在家庭的帮助下我没有陷入悲惨的生存境地，如果连自己生活的负担都没有理清还如何能找回失去的事物。

生命意志最基本的体现就是我们生存繁育的本能，幼年期吮吸乳汁、青春期寻找伴侣、成熟期努力繁育。如果失去了生命意志，性欲就仅仅只是成为令人厌恶的生理需求，而爱情根本就不会存在。生命意志引导出的欲望与表现力促使万物繁荣。生命意志是所有生物的信仰，我们活着就是生命意志的表现。四周的同伴们都能体会到生命的忠贞与悲哀吗？人之所以在繁育之后仍不会友好地分手，依旧在互相排斥的心灵免疫中故作温柔，是因为生命意志睿智地赠予我们情感和欲望这两条牢固的枷锁，让我们相互束缚、互相爱抚、互相怜悯、互相安慰。生命意志，不是一时而是一世。

那些时日不多的老人和医院里重伤的患者都表现出绝望的眼神，似乎都在对将至的死亡哀嚎：我不要看到这一切结束。垂死挣扎前的疼痛、悲伤、怜悯与绝望都只是我们身体坍塌前的喃喃低语，在死亡的到来之前这声音还显得不够绝望；记住最后戛然而止的不仅仅是我们的肉体还有我们的精神，并且只有时间才是这乐章终止符的填写者。

我们的自我表达与思想取决于自己的个人意志。死亡前后可预见不可预见的景象都充斥在我们的想象中。生活中的激情与痛苦由记忆塑造，为死亡的出现做出铺垫，思想的坚强与挣扎是为掩盖感情在死亡长诗中牵强的韵脚，死亡将最终成为我沮丧与悲伤的唯一表现。每个活着的故事都将与死亡的驿站连成一片，死亡给予了我恐惧也给予了我愤怒的理由。头脑中编排的每一种生存轨迹都躲不过死亡的结局。思考给了我一盏油灯，让我在漆黑一片的迷茫中看清了死亡笼罩的绝望。当我被有限的生命禁锢之时，如何能不感受到压抑与失落？有时我几乎被这绝望压倒，我害怕找不到一个谎言来减轻恐惧死亡对我的影响；我害怕关于死亡的思考会击败我，令我无法重拾生活激情。只要自己还活着，就逃不过对死亡的恐惧。我珍惜真相，我知道死亡不是生命的谎言。是的，我永远都无法否认，对于死亡的恐惧蒙蔽了我的双眼，但这痛苦犹如生命中烈日当空的蓝天，万里无云。

繁育的目的也慢慢清晰可见，就是阻止种群的死亡。生命意志在繁育中似乎只是一个保证生存与死亡能够循环下去的监督者。生命意志是我们自出生起就扎根于心中的生存冲动，让我们不至于一开始就被死亡的强大冷酷吓倒。生命意志赋予了我们第一个活着的理由：生存和繁育。生命意志是强大而贪婪的操纵者，它不仅要求个体必须在短暂生命中灿烂辉煌地存活下来，而且还妄想将自己的意志经个体无休止的繁衍永远传递下去。生命意志睿智地控制着每个个体，使得整个种群避免死亡，可是这并无法阻止个人的思想与意志伴随死亡消逝。生命意志决定了生存的意义，而个人意志决定了我们作为生命去生活的大部分意义。但由于死亡的存在，个体的个人意志永远都不可能长久地延续下去，所有生命的继承者都无法排斥生存繁育的本意。而个人意志包含了更多的复杂性与变化性，如果缺少健康肉体来承载也难以被维持下去，更难以被继承下去。我们很难思考清楚自己生活的意义，更难以让他人传承自己的思想。一切思想的宣扬，父亲对儿子的叮嘱，老师对学生的教诲，长辈对晚辈的期盼，都没有表现出来的那么可靠，更别说源远流长。更重要一方面，因为个人意志是不断改变的思想，我们用语言或文字表达出的事物只是自己当前的思想，而整个思维方法的细节和思考模式的流程都难以表达。个人意志本身就是一种持续的思考而非完结性的表达，任何记录性的文字与影像都只具有片面的意义。为什么我们希望活得更久，除去生命意志的驱使剩下就是个人意志的激情，因为我们要求自己能更长久地思考。活着的短暂时间难以满足我们对个人思想的完美补正，也不足以去完整地实现自己的梦想。或者说我们根本就没有足够的时间先去建立完整的思想草图，再去实现这恢宏的建筑。所以我们都聪明地学会了及时表达自己的观点，让言语走在思维之前。

生命意志即使不能成为活着的理由，也会成为活着的代价。生存并不是免费的午餐，只要我们被赋予生命就需要付出一生去履行生命意志的诺言。生命意志的确将我们的生活禁锢在生存繁育的生存任务中，但也因如此我们更加珍惜生命中剩余的能供我们自由支配的时间。我们一面在为生命意志而挣扎，一面在个人意志的花园中悠然徘徊。我们平静舒适地生活着，直到我们终于感觉到了生命流失的无奈，就开始将这痛苦归于生命意志对我们时间的抢占。生命意志是残酷的，为了生存与繁育，它将我们的信仰打破，将我们的尊严践踏，将我们的思想浇灭。

生命意志是一种绝望的希望。生活逐渐被积极向上地引导到生命意志中去，比如人们逃避痛苦追寻适宜生活的动机已经为完成生存的繁育任务创造出了更好的条件，让我们不至于因为生命意志的单调乏味而看清生命。能被更轻易接受的例子就是爱情，一种我们为了表达繁育激情而创造出的主观情感，它让我们在完成繁育任务的旅途中更加充实。生命意志自身的力量加速着整个世界的文化发展与社会凝聚。

当人人都为生命意志而攫取个人利益的时候，政府就成为了维持和均衡人与人之间利益平衡的中间人。人为了满足和扩大自身生命欲望，学会了使用工具、建立语言与文化、发现世界掌握科技。国家和战争就是为了联合和掠夺生存资源而产生的生存现象。

即使生命意志可以被否定，我们仍然需要明白如何利用这股力量。生命意志的存在帮助和安慰了大部分人贫乏的生活。生命意志保持着我们生存的底线，我们寻求工作来避免忍饥挨饿的生活，我们拼搏奋斗以寻找繁育的伴侣。

我对生命意志充满恶意，我对贪婪之欲充满敬意。我不肯被短暂时间束缚住，但我不会倔强地选择逃避，我渴望贪婪地控制住想束缚住我的生命意志，我希望达成长存。如果个体能长存，就无需为生存担心亦没有必要为防止种群灭亡而繁衍，生命意志就会变得无力。我并没有如大家那样机敏，能想到被生命意志控制的生活不过是慷慨而至的酸楚与劳苦。或者说我根本不在乎生命意志对个人意志造成什么影响，我与生命意志的唯一矛盾就是：它控制着我，我不愿意，所以我要更贪婪地吞噬它。生命意志和个人意志应该被区分，但它们之间并不矛盾。活着就意味着提供了我们时间去思考和展示个人意志。

出生在拥挤的婴儿床，学习在拥挤的学校，生活在拥挤的人群中，埋葬在拥挤的墓碑下。我们生活在种群之中就不能逃离种种拥挤。死亡是我生命中最恐惧的灾难，也将是我生命中唯一的灾难。我无法看到死亡之后的事件，也不知道身体崩塌之后我的个人意志是否还能存在。人无法看透这些未被认清甚至未被触及的事物，更不可能改变它们，所以人只能尝试避开它们。

比起黑夜死亡更像烈日，如同一个暴躁耀眼的噩梦。这死亡的太阳燃烧着那些试图直视它的眼睛，它在整片大陆上展示着一处处焦灼的遗迹提醒任何生命必须表现出尊重与敬畏。于是我们举起双手试图遮挡强光，白光勾勒着我们手指之间的每一个缝隙，指甲在强光中被扭曲成半月尖角，通红的骨骼在被映透皮肤中若隐若现。白光从每一个开阖的缝隙流进，死亡锋利的光柱透射在我们震颤的眼睛上，恐惧被一针一针地雕刻在我们瞳孔中央。我们紧闭眼睑，避免眼睛被高温耀眼的光芒灼伤。隔着眼睑的遮蔽住死亡强光，死亡烈日依然能渗透进我们紧锁的黑暗。于是闭上眼睛，我们终于看清这个熔炼着恐惧的巨大铁核伫立在天空的正中央喷发岩浆。

我们在死亡的威胁之下学会快乐繁育以免种群消失于无尽的空白，在死亡的冷酷下学会享受生活只为让稍纵即逝的时间被赋予意义，在死亡的痛苦之下互相拥抱只为在屈服之后还能维持弱者牵强的笑脸。也许我的生活和意志只是死亡烈日中的黑色斑点，这斑点是微小的也是深邃的，死亡背后的孤独感触及个人意志的一刹那，我仿佛看清了整个生存游戏的不幸：我们不能改变死亡、欺骗死亡、也不能越过死亡。所以我们需要改变的不是死亡而是我们的生命。

生存是被死亡逐渐晒干的焦渴欲望。我们不会在死亡光耀中被绝望击倒，我们看到还有生命清爽的庇护所。我们不会因死亡的恐惧而感到孤独，因为我们看到自己与其他生命已经连成一片。

生命意志赠与人最大的礼物莫过于贪婪。什么是贪婪？在寻找到自己梦寐以求的东西之后，却发现自己仍一无所有，这就是贪婪。什么值得贪婪？有一种事物它充满力量，足以支撑任何生命走尽余生；有一种事物它弥足珍贵，活着的任何生命都能为其放下尊严跪倒在地。它名为时间。或许是我舍不得丢弃牵强的希望，或许是我无法忍受自己仅有的东西将被剥夺，所以我选择拒绝死亡。

地球上所有生物都遵从于生命意志，我们作为人类就拥有其他生物没有的能力——思考，这也使得我们能拥有反抗任何事物的能力，包括生命意志。生命意志对我们的束缚是沉重的，我们在有限的时间中生存，与素不相识的人繁衍后代只为将其他无法长存的生命之种撒播到这个世界。我们可以死亡却不可长存，生命意志之下我们唯一的任务只是繁衍生存。周期化的幸福与苦难构成生命的回环，以至于这种生存欲望化为深刻的悲哀，我们活着的责任不过是为了维持种群繁衍的稳定。

我希望人们都能正视自己看到的东西。每个人的旅途中总有一个特别的角落，总有一个特别的时刻能看清生命的目的。有的人不在乎目的，他们依然享受不断反思生命目的的过程；有的人看到目的却怀疑目的；有的看到目的却对追逐目的的遥远路途感到绝望；但更多的人是看到目的却毫不在乎，仍然活在自己的幸福生活或追求幸福生活的路途中。

我一直发问，“生命，令你崇高的究竟是什么？”生命与时间彼此交织，也都只能向前；或者说彼此交织、只能向前的事物就寓意着生命与时间。如果有一天生命能从坟墓缩回子宫，时间能从未来追到过去，那么生命和时间就失去了前行的意义；每一步都可被知晓、撤销和修改，就失去了有趣的未来，因为那时未来也只是倒着行走的过去。

时间的力量，不是源自于它无穷无尽的长度，而在于它始终向前的特性，无法停止、不可逆转的单向旅程令万事万物都终将成为过去。时间对死物来说是无法重生的遗憾，对活物来说不过是行将就木的资本。人不能躲在记忆中，人需要同时间一并前行，央求不了时间给我更多生命，至少也要追在时间身后拾起每分每秒。

有人说奋斗是为子孙留下生存财富。如果构筑繁荣只是为了看到的子孙们依然能为自己的后代构筑繁荣，这与繁衍生息只是为了让子孙们能继续完成种族延续一样，都是生命意志下的无尽循环。活着的人死去，他的记忆则被文字和语言保留下来，作为生命意志的赞歌被后代传唱。如果人以生存繁衍为荣，那和其他动物还有什么区别？当人们不再需要通过艰辛劳作和激烈争夺来获取食物供给，不再需要以危险杀戮和资源耗费来保证繁衍权利时，就忘记了生命的残酷，忘记了时间正一分一毫地吞噬着人们健壮的身体。内心踌躇的波动导致人对生命意志评价过高或者过低。人一方面依靠生命意志生存，另一方面又提防着这意志会侵占自身自由。生存必须是生命的一部分，也只能是生命的一部分。

生存是生命的基石，是生命进步的最初保障。生命的目的是庞杂的，而生存的目的则是唯一的。对生命来说“活着”可以意味着万幸或者不幸，而对生存来说“活着”只能意味着必不可少和永不可弃。生存是一场死亡战争，只要时间比人走得更快这场战争就会无休止地进行下去，繁育只能带给人希望而不是胜利。希望是可爱的，而永无止境的希望则是恐怖的，它给予人不被打败的可能性也给予人永远无法胜利的绝望，它意味着人将并且一定将拼尽全力奋斗在失败与胜利的夹缝间。

如果我的孩子开始同其他人一样陷入沉思，在某一天终于忍不住来问我“生命到底想要什么?”我永远都不会回答他，因为我只怕他接受不了，生命大书的扉页上写着“借我一生”。

自杀

见她的最后一面是在我最不喜欢的秋天，这个死亡收割果实的季节。大风刮过，成片纷飞的黄叶跌向地面与泥土一同破碎腐烂。偶尔有一片落叶飘到窗台，即使还有些许嫩绿留存着新鲜的景象在它身上重叠，也无法掩盖散乱干枯的叶脉之间毫无生气的惨淡。这些迎风碎裂的黄叶提醒着我寒风来过，随着身后的时间一寸寸前进，阳光在课桌上渐渐移动延伸。

我倒过头去数着窗外的黄叶掉了一片又一片，目光追随着余晖的轨迹，盼望着这温暖光影移到身前。这天她迟到了，来得很晚，没有像往常一样坐在我对面，而是径直越过我，坐在我身旁靠窗的座位上，干瘪的校服罩住她的身体，在清冷的秋季中显得格外单薄。她坐在那里看着我，阳光也终于挟着狭长的尾翼照在我面前，刺眼的橙黄闪烁着却无法给寒冷的房间带来温暖。有一片阳光偷偷地钉在屋顶上，它静悄悄地走着，只有当有人看见时才停止移动，我企图用眼睛抓取到它移动的瞬间却只能感觉到溜走的时间。当我将注意力重新转回到对面的她，阳光却不适宜地移动到我眼前，桌面上耀眼的反光遮蔽住我的视野，一刹那只能看到她处于阴影中被柔化的面容。直到眼前这微光闪过，才看出她眼中噙满泪水，眼角抽搐着显示出绝望来临之际时才流露的脆弱。她虚弱地看着我，仿佛在确认什么，我不知道是她悲伤的眼神拉近了我们之间的距离，还是我内心一直蜷缩着的温柔之情被唤醒，这种神情或者景象似乎不断地打动着我。

她处在阳光背面，我花了好一会才适宜了光影的差别。我寻找着她躲在阴影下的眼睛，画面都很模糊，眼眶外轮廓黯淡无光只能看见中心湿润的棕色虹膜。我又揉了揉眼睛，没错，是棕色，这次我终于记住了她眼睛的颜色，大地的颜色。

不知道哪来的勇气与果断，我伸出手来触摸她的脸颊，她却哭了起来。

这种带有压力的场景令我毫不适应，我不知所措，只能呆呆地定在那里，她流泪的方式很奇怪，泪水是从内眼角滴落，而且流得很慢。我知道她在艰难的思索中濒临绝望，只是没想到来得这么快。我知道自己碰触她的一刹那就已经印证着某些隐藏在她内心中被排斥却难以舍弃的情感已难以掩盖。我知道自己指间穿过镜面划过她泪水的一刹那就是她镜面世界破碎的时刻。只是，我依然不明白为什么情感没能拉近她与我的距离？为什么她脆弱哭泣的面容依然那么陌生，遥不可及？

除了出于礼貌的问候，每次面对她我基本都无话可说，一开始因为害羞、尊重或者胆怯而说不出话，而后就变成一种安静相处的习惯，就像是面对父母或者其他亲人时不要开口，让大家都能在生活中享受一时清静。后来每次头脑里都有一个遥远的声音提醒我需要说点什么，因为微弱所以我并不在意，可是这次迫使我说话的意愿却变得格外强烈；我不情愿地在内心的冲动下张开口，然后有点恍惚愚笨地呆滞在那里，要是能料到当时自己注意力涣散我根本不会可笑地张口定在那里。我失神了，精神如白日梦一般摆脱了周围的压力离开了。这片刻中她可能说了点什么，我没有注意她的话语，我不愿听清；等回过神来便想不出自己需要表达的话语。

就是在这难得的时刻，在她最脆弱最迷茫的时刻我却开口发不出声音；曾经时时刻刻酝酿已久的倾心、爱慕、感激、关心的话语都不见踪影；我就像被剥夺了声音的傻子，支支吾吾地摆弄着自己的唇语，我太紧张了，我将紧贴她脸颊的注意力收回，只听见自己心脏在跳。

她直直地瞪着我，像这窗外从天空穿过层层云隙、山巅与树影的冬日阳光一般，就算热量来自万里晴空，在寒风的渲染下也会变得毫无温暖。从未想过坚强的她会那样脆弱地流泪，眸子中显现出的诘问更像是等待已久的审判，连毫无罪过的人也会祈求忏悔。

我多么渴望在她面前开口："我本想成为挽救你的人；我本想，抬起头来，如果拔出的刺扎进我手里，那我要感激，它幸好没有断在你身上；我本想，俯下身去，如果流出的泪滴在我肩上，那我要感激，它幸好没有塞在你眼里；可惜我胆怯了，我不敢碰触你身上的尖刺，也不敢承担你眼中的泪水。我无法在你绝望之时付出真心，我怕我自己也会被绝望侵蚀。"

可惜，青春是果断并且自私的。看见了就说她美丽，得到了就想要立刻逃离。

我用追随的姿态鼓励她去展示自己，我接近她，偷来她思索的能力就马上分道扬镳；我冷酷地看着她榨干自己的精力，在承受底线上挣扎却与她保持间距。所有一蹴而就的行动都是为了赢得她的关注，为了模仿她思考的能力；在体验了整个过程并学来方法之后，她的笑容与思想似乎并没有最初那么耀眼，令人更害怕的反而是她持有的极端与压抑。于是我选择远离。

我无法将自己的视线从她的眼睛上离开，长久的凝视最终淹没了我的勇气，我极力将这些察觉不到的话语都沉入心底，至始至终也不能让她听清我说的每一句话，我在她的眼泪中怯懦了。之后我只记得，有几阵大风吹来，梧桐树上的黄叶陆续掉落，稀稀拉拉，我不知道它们如此争先恐后地跌落为了是逃离还是放弃。我分不清这时到底是秋天还是冬天，反正树叶枯萎的声音令人感到压抑。

她一边看着我一边抽噎，泪水化作的并不是波涛汹涌的怒潮而是一潭深不见底的死水，就像物体放弃了运动的特性自发地静止下来。灼热的泪珠在我指尖前行令我手脚冰冷，我害怕她看穿我的恐惧，害怕她将突然展示出仇恨的眼神将我虚伪的面孔击碎。我不敢擦干她的眼泪，可能是我怕擦干后她也会再次哭泣，也可能是我怕另一只手碰触她时我会控制不住自己的情绪而落泪。然而在这种畏缩的举动之外，我眼睛干涩却无法重新浸润；她哭泣之时，似乎连同我的泪水一并流下，似乎把我的泪水也流光了。

刚开始我相信一定有足够的时间让我能摆脱愧疚安抚她焦虑的心绪，可渐渐发现这并不简单，想不出理性的分析去反驳她的观点，也说不出温柔轻松的话语去掩盖她的绝望。最后我希望自己至少能毫不躲闪地看着她的眼睛，可是却做不到；我害怕了，我无法直面她的绝望。头脑中思维变得烦乱，我在她的思想中到底属于什么角色？我到底是剧场的观众还是刑场的军人？我是否已被钉在她生命意志的十字架上？后来我终于说服自己保持懦弱，没有勇气也没办法去支撑她坍塌的意志，似乎我只适合扮演无动于衷的行人。

生命意志成为她内心的肿瘤，顽固而又强大，我早知道她的思想已令她无法痊愈，却没想到她病得这么深。她的手冰冷苍白，只有手指关节处还留有一丝血色。我想，眼睛也许是她凹陷下去的那部分灵魂。眼角出现了不应有的血色，她的眼神又一次出现了迷失与不安。生命意志拉扯的丝线在她血液全部凝固的刹那被扯断，这个世界上不再有人留存她肉体中的基因，不再有人能成为我泪水中惊现的陌生美丽。垂直的逻辑推理已经无法满足她奔腾汹涌的思维模式，她从书本听到的不同声音才真正地激起对完全自由与广袤思考状态的追求。以生命意志破坏了生物的自由与完美性为由展开控诉，无论是什么美好的、富有价值的事物或情感只要与生命意志相关，在她的思想中都会相继倒塌、腐烂；她知道生命是所有现存生物不可或缺的底层基础，她也以此为证据反驳凭什么短暂脆弱的生命能够掌控个体的存在、个体的意志，甚至决定生物的生存意义？为什么生命意志不能像其他自然因素，水、空气、阳光等更加宏观可控地决定生物的存在？生命来得那么平静，却可以走得很匆忙。我承认这是我看不见的风景，我没能从她的视角眼睛中看到生命意志的死角。从梦中惊醒的舞者从未停下她缤纷的脚步，我也丝毫不愿触及这起舞的契机。

在这惶惶不可终日的思想传递中她根本就没有被陪伴，始终都是孤零零地独自航行；我没有在她的笔记中添加上任何一笔，唯独无限延伸的只是我头脑中的幻想与怜悯，我所表现出的不是表演到中途就下场，也不是没有站在她的身前或身后，而是根本就不是她的拯救者与恋人。如同记下成千上万条笔记的书本一样，我在她的生活中扮演的角色也只是一本书，只不过她在其他的书中写下了自己的思想，而在我的书中写下了自己的故事。

她火红的眼眶让我想起盛夏杨梅娇艳欲滴的血色。从眼底支出来的血丝一直延伸到瞳孔，微小柔润的像杨梅细软的突触浸润在晨露中，令人心生怜悯想替它擦干露水却又怕这些柔嫩的斑点在阳光下干枯消退，却又忍不住碰触这饱满湿润的果实，感受初生情感迸发的冲动与羞涩。那泪水似乎在说：我央求你放开我的痛苦。桌上凌乱的涂鸦与她正襟危坐的姿势格格不入，唯一能延续这安静交流的就是她低促的呼吸，像一种哭泣结束、眼泪流尽后的啜泣，像是无声的只留有颤抖的叹息。

眼睛成为我生命中又一种恐惧。整个忐忑不安的时间就像一个长久的噩梦。这压力甚至让我感到不适，无法保持沉静的呼吸，就像被掩埋在淡薄雾气之中渴望伸展头颅来摆脱黏稠的湿气。迟钝的大脑唯一还在思考的就是如何结束这尴尬的场景，怎样才能逃离她甜美而又绝望的泪水。

突然她站起来拾掇起所有书籍转身离去了，这从容简洁的动作使我感受到她与我之间决断了任何默契与秘密，这一切仪式般的啜泣与寂静都只为别离。最后她依然在我的沉默中得不到任何慰藉，终于她写完了自己的故事合上了我这本书。

第二天没有在学校见到她，又过了一周之后才被告知她服食过量硫酸铜晶体自杀。她所做的事情都要求从简从优，连死亡也不例外。没有人明白她为什么选择这样死亡，我只知道我们都深爱蓝色，湖底般的能望透天空的蓝色。有传言说她呕吐了好几次后才陷入奄奄一息，送到医院抢救失效而死亡。既然生者消失，除了好奇，谁还会真正在乎死亡现场呢。

当知道结局之后，与结局相关的细节就令人生厌。我无法下笔写出她生活的细节，实际上我从未关注过她的生活，更谈不上什么细节，我在乎的只是从她身上习得思考的方法而非生活的姿态。我不知道她喜欢吃什么、喜欢穿什么、向往去哪旅行；这些都与我眼中她应当传达出的事物无关。若除去容貌、神态与文字，我将找不出任何在意她的理由。关于死亡的准备、过程与收尾，我更不在乎，我只要知道死亡这个结局就够了，我只要知道她并非仍然活着就够了，我只要知道再也无法相见就够了。

我还没来得及还她借给我的好几本书，于是我保留了下来，她最后的字迹。起初我总是告诉自己，她既然能归纳出残酷的思想也肯定会能找出面对的方法，她一定能在最后的挣扎中战胜内心的厌恶情绪步入正常生活。也许这只是我为自己开脱寻找出的借口，我不愿意去回想在怎样的心境之下才能使自己允许她做出如此残酷的牺牲。我观赏着她的痛苦用以架构自己的青春。到了这一天，事实终于说服了我，心灵的确能变得如此脆弱，她走得比我勇敢也比我绝望。

别人的言辞让我去留无意，而她的姿势让我怨恨痛心。

我的愤怒和内疚都源于自己的失控，如果我的个人意志能控制住生命意志，就不会让她陷入绝望和挣扎之中。我曾以为自己能用语言和行为改变她对于生命意志的看法，可是我错了。死亡也是一本神秘的大书，而她就像误入书中被压扁的蚊虫一样，在死亡合上书页之时成为永远定格在这一刹那的标本。

不得不说死亡衬托了她的存在。最初她向我展示如何思考，如何判断自己究竟想要得到什么，最后她展示如何在无法接受的条件下选择绝望。她走向反差的极端，展示了至明与至暗。这就是女性最可怜最美丽的地方，对生命的忠诚；这也是生命独特神秘之处，为了追求心中的自由和完美竟然决心向死而生。

悲剧也许壮美，但悲剧绝对不崇高。无论什么情况下，产生悲剧的一方即代表当前的失败，无论这美丽的剧目败得多么大义凛然气吞山河，终究都是失败，终究都无法成功，它所蕴藏的意义即使能打动未来也无法改变现在。我不会选取相同的道路，我只会模仿她的睿智而非妥协。

我需要思考，她所表达的连死亡都不会畏惧的思想难道就真的代表着力量与真理吗？我厌恶她的死亡，厌恶她将自己美妙的思考与适宜的容貌带走，厌恶她勾引我走向思考的大道却独自陷落。我回想起她提到的问题，我希望能替她回答所有问题，但是我无能为力，我似乎能看清她在这些问题中从中顺势跌落。

我们不能因看到恶魔围绕着自己在天空中飞翔就拔掉自己的翅膀。现在的生命的确是不自由的、不完美的须臾之景，但是我们拥有双手和头脑，我们拥有力量和智慧；正因为富有缺陷，明天才充满进步的希望，只要我们不懈地努力，未来的生命一定能变得自由与完整。

自杀是一种最极端的解决问题的方式。虽然它简单、粗暴、残忍，但在某种方面讲它的确解决了问题，只是采用了极端愚蠢的方式。自杀只是一个仪式，我们不能期待死亡能帮助自己证明什么。只要能站在生命的终点之前，至少还有死亡在等着我归来，还有死亡能在乎我的存在；而过早地将自己归还给死亡，走过生命的界限一切意义都将消失。

荣誉能被死亡的大手抬高，耗费生命换来的尊重的确能打动人心。我们借着人们对死亡的庄重重塑他人的价值。死亡能改变的东西很多，它能让愚蠢的行为变得富有深意，它能让懦弱变为勇敢，它能让残忍与懦弱渊远流传；但它唯独不能改变的就是你自己，你死了你就是死了，即使有人在背后说你“重如泰山”，说你“千秋万代”，你也听不见，你的一切都不会被改变。

既然人坚持对生命感恩，就应该仇视死亡。生存需要勇气，死亡的泉水即使口渴也不能喝。我们始终都要活着，背负不了一切也要背负生命，辜负一切也不能辜负生命。人固然有选择懦弱的权利，可是在存活面前你可以选择许多次懦弱，但在死亡面前你只能选择一次。如果死亡和生存仅仅是一种选择，它们的确没有对错之分；但是死亡与生存并没有这么简单，死亡意味的不仅仅是放弃生存，而且还连带着将生存中的希望、生存中耗费的社会资源、家庭的同情与信任、生存中被赋予的崇高力量、权利和责任全部抛弃。当然世界上也存在可被理解的求死，前提是当个体的生存毫无希望，仅仅是浪费社会的资源与同情，个体本身也失去力量，无法掌控自身的权利也无力承担责任，他就可以选择死亡。

从生命意志的角度看生与死都没有尊严，前者是幸运与责任，后者是警戒和归宿。人必须能够忍受自己的生命并非独享，否则就失去了与社会相接的能力。人的生命并不是被自己所独占，一部分是为了追寻，另一部分是为了偿还。从诞生到活至现在，个体所经历的生活都不是巧合，没有家庭与社会的照顾每个人都可能活不过第一天。产生生命承接制度的正是生命意志，所以为了维持生命承接的健康运转每个人都需要对家庭与社会做出奉献和偿还。

对生活的放弃是轻装上阵的固执，对生存的放弃却是麻木不仁的解脱。永远不要轻易接受死亡的诱惑，死亡带来的永久安宁一定是人无法承载的恐怖，我们都以为死亡是升华生命的神明。死亡赢了，她生前留下的所有的、被毁灭的、被留存的、被抛弃的、被厌恶的、被景仰的、被无视的、被玷污的、被珍惜的、被冷漠的都不过是梦中让我百感交集的幻影。

死亡的天平上生命比智慧更有价值，生命代表时间，只有活下去才有可能改变现状放眼未来。我从来不承认“因为信仰所以死亡”这种幼稚的解释，自杀是衰败者萎靡的毒汁，也是朝圣者坍塌的丑陋。她在质问生命的绝望中死亡，我在这血泊中发笑；究竟是多么笨拙的人才会以如此愚蠢的方式面对生命，以这种毫不优雅的方式赢得刹那间的快感。

世界上有一些力量驱使着我们改变，也总有一些力量代替着我们抵抗这改变。有些人在力量中改变着，被更强大的事物同化。有些人在力量中抵抗着，击倒一切隐蔽的改变坚持着最初的思想或者在自我藏匿中维持不屈的意志。也有些人徘徊不定，想持续前行却不愿放弃过去，或者想得到力量却不相信未来，从而在新旧力量之间辗转反侧。平衡改变与抵抗的力量，才能在不断前进的世界中保持自己心智稳定强健。

我一定不会死在自己手里，我控制着自己。我难道能因为得不到向往的一切而结束生命？我难道会因为去制止不希望见到的一切而结束生命？自杀予以人虚伪的获胜感。它也是生命中最后的快感。

她在我不知向何而去、生命毫无意义之时馈赠与我深层表象的礼物，在她离去之后我满怀感激地重温到了生命的痛苦。生命的进程不可能是单行道。更多的人愿意直面无助的自己。我不知道我做错了什么；我不承认我做错了什么；即使有错，我也不后悔我做错了什么。她的死亡所带来的影响远不及她的存在对我的启蒙和改变，而她的模样与生活方式也远不及与她为伴时我模仿到的思考方法更有意义。

我对她的好感和爱慕之心也仅仅体现了青春的冲动惶惑，我渴望占有她便相信能从她的眼睛里看到独立的爱情，现在她离开了，我也没有理由在犹豫的情感之中徘徊，爱情只是梦，做再多次也只是微薄的幻影，摆脱困惑把握现实才是成长的核心。我刻意去削减她在我大脑里出现的次数，以至于很快就忘记了她的容貌，甚至连在相片中辨别出她的信心都没有了。

我们不会轻易选择死亡即使深陷恐惧与痛苦，并不是我们妄想前方还有希望，而是因为活着本身就是一种义务，我们需要对自己的身体和思想负责。我大口地吞食着她在我记忆中留存的不可替代的珍贵与美丽，剩余关于死亡的糟粕也被请入我的贪婪之腹装点成质疑生命的教训，警示着我永远不要拿生命做赌注与死亡为伴。生命给予了我底气面对死亡，哪怕是以残酷狡黠的方式。

我活着，所以能记起她哭泣；她死去，却看不到我还能呼吸，我还能思考，我还能微笑。她的死亡并不能改变我多少，生命的消失在我的记忆中不过是一次别离，只要我还能向前航行，她过去再璀璨的光芒也只是昔日晨曦。我体验到些许自豪感，她的死亡似乎将我的生命映衬得更加狭隘渺小，她丧失的生命与我得到的丑陋遥相呼应，但是哪怕再观看多少次死亡，哪怕要被粘贴上多少可怕丑陋的记忆，我也会为了贴近自己的目的一直活着。

反正她已不存在我的生活中，当发现日子已轻松到不用再去故作镇定，才想到要将过去隐瞒的情绪倾诉出来，只是随着时间一天天过去，倾诉的欲望也渐渐变淡。死亡带走了她的生命意志，也带走了我留在她身上的一切感情。

我模仿她的思维，模仿她的文字，模仿她的情绪，但永远也不会模仿她的泪水。我相信自己曾经在她的心中印下影子，也相信自己的影子已随她的死亡而消失。她偷走了我的影子，所以无论光照在哪里我走过的道路都已不会再留下阴影与懊悔。

是她想让生命意志被毁灭，所以我要让生命意志永生。当她选择皈依平静保持洁净的思想，我要让她的死亡付出代价让她的思想继续讨论下去。她没有资格舍弃去思考的权利，我要活在与她相反的光明中，我要以自己的意志代替她思考下去。一切敢于在我面前选择展示的丑陋，我都希望令其美丽；一切敢于在我面前选择放弃的美丽，我都希望令其肮脏。

从这天起我就再没有拾起过梦想，我拥有的只是野心，我要把那讨伐生命意志的思想从她的尸体中攫取出来撕碎抹黑，我要树立起生命意志的绝对权威。我活着的日子里除了我自己，谁也别想说服我放弃生命。

值得庆幸的是她周围的人们还会突然想起她，想起有她存在的生活，想起与她相关的人；或许每一次回忆都可能是大家最后一次怀念，或许每一次经历回忆都让大家更厌倦怀念，但这都不重要，重要的是她忽然被体现出的价值——铭记死亡的价值。人在面对死亡之前也会在生活中淡忘死亡，所以旅程中不时就会有人被命运丢弃，以此来提醒我们“你终将死去”。

生命就是这样任性地不见踪影，就是这样有去无回。她为了守护自己的真理而亡，原本应有的骄傲却不复存在，只能感到无尽的可悲。很久之后的某一天，当我生命结束之时，是否也会同她一样可悲呢?

我想起苏格拉底的话语“一片灵魂两具肉体”。原本我是没有觉醒没有灵魂的人，我用轻浮精神和生命意志驾驭着一具坚实的肉体，而她却持有过于沉重的灵魂以至于一具肉体难以承载，所以她把一半灵魂分给了我，令我思考令我觉醒，令我去替她承载一半的重量。于是我突然感到自己有了灵魂，但不知其从何而来，现在我知道了，是她分了我一半；或者说我就是她灵魂遗失的肉体，我有幸找到了自己肉体的主人，我有幸见识到了自己的灵魂。

但由于之前的独行之路令她太过疲惫，劳累的神经连一半的重量都无法承担，于是她选择离开了；很可惜我不会选择放她离开，她与我纠缠着摆脱着，最终我赢了，我将她想要放弃的一半灵魂夺了回来集成完整的灵魂，但在争斗中她带走了自己的肉体还有我的大部分力量。

她的死亡令我看到，自己已夺来完整的灵魂。

正因为我没有干预她的思考过程，才令她走向绝望与放弃；也正因为我悄无声息地保持观望的姿势，她身上的整片记忆才能成为我失败的最初之作。动人是需要付出代价的，但在这个过分强调过程的时代中，谁又敢说失败并没有成功美丽？谁又敢说表达失败的过程不能算作成功？

独角兽的泪痣

只要展示，自然会吸引他人模仿，这才是源自表达的教学。那时，一页页地阅读着纸张间隙处密密麻麻的笔记，观看她用文字描摹思想渗透的过程。压抑着自我表达的冲动，在想她与书本中的思想碰撞究竟还将延续多久，什么时候才能等到她的言论结束，什么时候才能像她那样淋漓尽致地肆意表达。

只要发问，自然会吸引自己寻根，这才是源自反思的教学。那时，我总是反问，与她争论，但她往往不直接回答我而是沉静地继续表述自己的言论。她似乎根本不在乎我的问题或者是她根本不应在乎她早已想通的问题。等不到我思绪平静，她就开始叙述自己对下一节观点的看法，但我还是被遗留的问题所困惑。于是待到我独自一人时，才有机会找寻问题与知识的根源，给自己足够的时间思考与解答。

我最感激的是她允许我一直看她。我看她看了很久很久，直到我希望从她身上看到我自己，直到我把她看成我自己，直到我开始同她一样独自思考。

思想，是我看到人类身上最美的部分，而她唤醒了我身上这最美的部分。在她之前，教导者连野性与人性都无法为我讲清；在她之后，教导者总是迫使我承认自己还未达成觉醒；与她相遇，则诱我不断表达与反思。她是我整个生命中最重要，也是唯一的老师。我模仿她的行迹塑造起属于自己的稚嫩宇宙，只要我步入思考的星空就能看见整个银河都在她的裙下旋转。

我还记得她在某本书的尾页上写下这样的字：“如果天空不死，我的生命就能成为时间的灵魂。”尽管那时我只是静静地用眼睛看着，口中却一遍遍地默念起这句话，头脑中不断回荡着这文字的旋律，语言清晰，层次分明。面对这痴妄的言语我无法笑出声来，似乎还能听见她微弱却干净有力的声音。她不加思索地为生命赋予如此高的荣誉与目的，这言语中透露出的妄想与倔强同她平常呈现出的沉默与冷静形成鲜明对比，犹如一片酣睡的土地在深夜突然苏醒，傲慢地掀翻了紧盖身体的青草植被。

如果要为与她相处的经历编写一个童话，那她就是挺立在泉涧边饮水的独角兽，柔美、珍贵、纯净而又出类拔萃。

繁茂森林蕴藏的影像模糊易变，每一丛枝叶的交汇点都叠加出不同色度浓郁的翠绿，每一眼碎石的缝隙中都流过不同深浅的小溪。细节过多就意味着我固定的记忆空间无法描摹出所有画面。每一天都有静河与新月，每一天她都在同一片湿地前驻足饮泉。

森林里一切都是接近永恒的，时间则是窥视永恒的大鹰。

我乘着夏之鹰喙而来，在天空之巅翱翔。她抿嘴微笑时，生命的种子便从她温柔的呼吸中播撒拖曳而出，四散于清新水雾之间落入肥沃泥土；她蜷身饮泉时，被吸纳的元气通过柔顺的毛发灌入大地，伴随她的心跳整个森林都在蓬勃地涌动着，种子开始萌发，新条努力抽芽，旧枝准备开花；她仰天长啸时，蕨苔舒展着卷曲的褶皱，草木随风摇动枝叶相互延展连通，树丛拔地而起贯穿云霄。独角兽沉默站立，仅凭无声言语就构筑起整片森林。然后我追随她的身影，不经意地向后走去。

我站在秋之鹰背上仰望，寻求金色大地诚挚的宁静。独角兽雪白无瑕的皮肤成为森林中最纯粹的颜色，柔韧紧致的肌肉成为生命最健康的展现，坚实流畅的骨骼成为最优雅的脉络。美丽的事物令我诧异但无法令我长久留意，当意识到她所吞吐的一切都是为了凝炼那一支长角时，我眼中又闪烁出贪婪的目光。我只想借走她头顶素洁的尖角，我只渴望这片森林最锐利真实的部分。我在寻找合适的时机落到她身旁，于是我继续向后走去。

我趴在冬之鹰尾上不愿离开，在大雪中簌簌发抖。她走过的行迹上，雪以更低的温度凝结攀爬，所有蓬松的温柔都被积压成玻璃般锋利，喧闹消逝逃亡，冰凌触地而生；大地进入冬眠，通透的空洞被积雪封堵，断续的风声停了，原本嚎叫的冰雪世界少了几分狂躁显得简静安然。独角兽走得很慢很慢，慢得就像冻僵的雕塑，慢得就像湖心在阳光下凝结着不可融化的冰面，慢得就像在引诱我来到她身边。

春是四季的凋亡者，这个童话中春天就是终结时间的杀手。我希望趁着春天即将来临，鼓起勇气跳下去拥抱她；但我犹豫了，我怕落到她身边时她会消失，更怕摔下去时被她美丽的长角刺穿。

终于春天来了，时间的大鹰柔弱无力地在暖风中安详地闭上眼睛向大地坠落。果然我想象中的恐惧时刻终于到来，在接触到大地的一刹那，她突然抬头用锐利的尖角将我的身体刺穿；春天掀开伪装的面纱挥舞着锋利镰刀斩断了大鹰的生命线，时间停止。连同我诧异的眼神，连同我被刺穿的痛苦，连同我伤口汩汩的血流，所有事物都定格了。挣扎了很久才习惯了这瞬然静止的画面，在暂停中我终于得以看清了她脸庞的细节，除去适宜的美丽，内眼角下还有一枚沾染泪水的黑痣。曾经一直疑惑，供她给养的泉水究竟从何而来，现在终于明了，她一直饮食着自己的泪水，而那澄澈的泉水源自幽深的泪痣。直到结尾我才想起自己是这个童话中的唯一反派，驾驭时间大鹰的野兽猎人。你刺穿我的时候真让人失落，但我并不后悔，只因未曾离你如此之近。

如果要为这群影像寻找一个标志，那一定是她他内眼角下的黑痣。

即使在刻意抛弃记忆的今天，我也能花很长时间在她失去她容貌的记忆中重新看见隐约的黑痣，像永不滴落的泪水，既不指引悲伤也不截至绝望，不接受谄媚也不惧怕威胁，而是不断冷却、寂静无声的坦然。好似独角兽的泪痣，或许是大自然造物的点睛之笔，或许暗示着她灵动思想中隐藏的心曲，又或许只是她父母家族的徽记。就是这一颗小黑点，不拥有任何一项值得注意的特质，不能激起任何颤动的笑意或忧愁，但就是这一直等待却无法呼之欲出的精巧，就是巧合中不可抑制始终下坠的迷惑，却能奇迹般地越过时间阻碍刻印在我头脑深处，恒久地袒护着一段珍贵的记忆。想起小时候拿起放大镜想要聚焦阳光燃起地面的纸张，我摆弄了许久，米黄的纸张上终于出现了一个黑色小点，又等待了很久终于没有燃烧起来。我是多么渴望从那小黑点中看到火花，可是除了一缕若有若无的青烟其他什么都没有。

我很好奇她鼻梁顶端眼角下方黑痣的来源，当时感觉这似乎是极其隐私的事情，所以从来没向她提起过这个问题。当她在我面前我会有意盯着她的眼睛来回避这颗黑痣，只有在她入神地读书时，我才有机会真实地观察这神秘的黑点，这时其他事物都变成庄严背景衬托这黑色，然后这黑色逐渐扩张越发庞大清晰，直至成为一面黝黑圆润的只能容纳阴影的镜子，我多么渴望从那小黑点中看到自己，可是没有，连一缕青烟都没有，我从中看到的只有漆黑，越来越暗淡的漆黑，就像黑洞一样从中取不出任何东西，只是不断地把我的注意力掏空。我从来不相信灵魂，不过用这两个字来代表精神、意志与思想，叙述起来更方便。这黑点令我疑惑，无论是紧皱眉头还是抿嘴微笑，那眼角的黑痣都凝定不动地锁住自己的原本的位置，仿佛一个小洞透出忽明忽暗的烛光，吸引着我游走不定的视线，却又在我目光聚焦的蓦然间熄灭，消散出直指深沉的呼吸，如同灵魂的开孔，深不可测。

闭上眼睛我就能在黑暗中勾勒出她的轮廓，匀称的身姿、圆润的脸型，然后是紧致的耳廓、平顺的眉、挺直的鼻，然后是眼角的痣，然后是眼睛，眼睛的颜色是什么？我一直记不起她眼睛的颜色，那究竟是什么颜色隐藏了记忆中本应格外清晰的这部分？不过，若眼睛只是心灵的窗户，我的确不需要记住她的眼睛，因为我没必要读懂她的感情、看透她的心灵；我想要学会她思考的过程，我想要模仿她编织思想使得灵魂震颤的舞蹈，我更在乎她灵魂开孔的方式。

或许她最初就已在我头脑中已被定位为极致的存在，而这种存在随着一次次回忆中不可避免地被削弱、删除、遗忘，留存的印象最终被压缩为一枚黑痣。直至现在，每当在其他女孩内眼角下发现一枚黑痣，关于她的影像便会刺穿时间，从遇见她、到等待她、到可怜她、到离开她、到摆脱她、到快要忘记她、到现在所有重要的过程都无比精准地洞穿我心，这的确是一种震颤，而我仿佛真的能从这个微小的开孔中看到过去；有时很难隐藏惊讶的表情，甚至于我需要刻意压紧自己才能在之后的行为中保持自然。内眼角下露出黑痣的女孩都让我备感压力，我害怕有一天遇到一个同她一样微笑、善良、不断思考的女孩令我下跪，我害怕有一天女孩会成为我意志的底线。

如果一个人已经离去，那这个人只有在记忆中才能距我足够近。时间令过去的影像松动易变，我希望将记忆定住，于是把她的每一个细节从原本的故事上剥离开，取出所有易于变质的感情丢掉，再将精美的细节骨架晒干，制作成凝定不变的标本；最后为每一个细节标本赋予应有的含义，封装为标志。眼睛的形状代表着她观察事物的方式；眼睛的颜色代表着她内心的情感；眨眼的瞬间代表着她表达情感的方式；手指的线条代表她认知、把握事物的能力；指间的墨渍代表她文字的风格；素洁的指甲代表着文字中优雅的比喻；而她内眼角下方的黑痣象征着灵魂的开孔。

不能说这黑点被赋予了过分的含义，每个人心中都有一部分体验或情感为了传递出震颤，本身就是被过分感知的。这部分内心可能是单纯的情感，比如对某些人来说爱情是整个旅程被过分暗示的色彩；但更多时候，这部分内心是几种感觉的混杂，对我来说被指引感与被打动感组成了需要被过分强调的精神安慰。与她为伴的记忆恰巧能够融合为指引我与打动我的精神支柱，于是象征她的黑点就被放入我赋予了过分含义的标志认同中。

强烈的对标志的认同是凝固记忆的关键。即使封装记忆的每一步做得不是那么细致，那么完美；即使被塑造的标志显得生硬，无法与其他细节连成一体，触及标志的瞬间也能构成应激性的刺激让记忆有所回应。标志不在乎岁月造成的扭曲，标志忽视了时间的阻碍。有的情感被时间掩盖了，便自己将自己忘记，兴许有一天挖开掩埋情感的沙地，只能发现里面一无所有；而我不信任自己的记忆力，所以将情感灌输进标志分发给世界，一旦我重新接触这标志，便会从沙地之下找到情感。

我想要极简，于是将她的美过分地压缩为一颗黑痣。我想要再次看见，于是将关于她的记忆填补到每一枚黑痣中。她所能留给我的还剩思想，只有美丽事物才能衬托起真挚的比喻，通过这深邃的黑点，我接受着她分发的灵魂。

独角兽是恍惚温暖的童话，泪痣是固执冰冷的标志。这温暖与冰冷并不是相伴而生的，她的美与她的锋利是分裂的，她带给我的指引与情感也是犹豫的。关于她的故事唯一有用的意义只是成为自我映射的载体，如同与所有人之间的交流对于个体而言都只是单方面的经历与成长，个体所唯一能看到的直接风景也只是自己眼中的影像，个体能真正被诚挚思考所打动的只有自身的觉醒。所以一切都无比简洁明了，总有一天我会长出我的角，长出我的痣，与她唯一的差别是我不会流泪。我会笑，无论是微笑还是狂笑，因为泪水太浪费时间了，泪水流得太慢了。

仇恨

没有人在我面前认真读书了，更没有人在笔记中同我分享思考了。思维本身或许还在延续，但牵引思维的氛围正在减淡，在无人陪伴的境遇下我几乎无法持续思考下去。

我总觉得连同她生命一同远去的还有我的大部分力量。不像之前，我，能跟随她的笔记专心思考关于生命意志这一个问题。现在我的注意力难以聚集在一起，无数堆积的问题我都希望去解答，但进展甚缓以至于许多残留障碍在我头脑中搅得模糊不清，光是记忆起上一个问题的头绪就让我无法入睡，而理清当前问题的逻辑过程更是令人艰难疲惫。

同时我对慵懒平淡的生活又开始置之不理，似乎她还拿走了一些促我觉醒的事物。我明白人在离别之时更需要认清留下的现在而非惦记失去的曾经，我努力让自己接受她还留下许多思想笔录供我取暖，精致记忆供我回望；可冷静下来想想，无论是关于她的笔记还是记忆我都已经历过，都对我无用。事实是她的离去几乎将我的状态还原到相遇之前，只留下一个原始尴尬的我。

什么是不辞而别，就像她作为我最尊重的导师仅仅在课堂的序章就逃离，留我一人在简陋的草屋中独自思考。没有人来告诉我，我需要从模仿转型到复习还是探索？我需要等待下一个代课老师还是继续照着镜子独自为伴？我漫无目的地瞅着陌生的书本发呆，茫茫书海中我甚至不知道究竟应踩在谁的肩膀上还是应躲在谁的胯下。没有人喊起立，也没有人为我摇铃，我倦怠地趴在讲台上却无法在困乏的教室中熟睡，思索的大课或许永远都结束不了。

除去失眠的时间，在艰难入睡后我经常陷入关于死亡的梦境，先是她的死亡，接着是我的同伴，我的家人，我自己。我不想描述梦中惨痛的情景，我知道所梦到的一切都在我的视野中颤动；但我没有失去理智，因为哭泣使我强烈地拥有自己，哭泣清晰地警告着我这一切都无比真实。

眼泪不像歌曲那样拥有可控的多段式结构，更不会有序幕、背景、抑扬顿挫；眼泪是酝酿已久的坏天气，宏大又不可拒绝。谁都不期望体验这种绝望的流逸形式，但在强烈的感情面前眼泪仍会情不自禁地落下来。

我相信一次真挚的流泪至少需要三次紧闭双眼。第一次，头脑中的模糊情感在绵延积累，红肿的眼角轻微地浮动，研磨着一滴一滴干涩的泪水；第二次，眼睛陷入被浸润的压抑中逐渐窒息，始终吞咽着即将流出的眼泪，情感的逆潮在忍耐与疲惫之间胶着，虽然希望能将忧郁烦闷一倾而尽，但哭泣的冲动还未到达极限没能突破泪水的张力；第三次，伤痛的情感到达无法忍耐的精神界限，即使紧闭双眼泪水也会饱满地从眼角流出，此时此刻索性大口呼出所有吸入的空气，将头颅置入沉静与真空，呐喊着将感情从山巅跌入深渊，体会着一无所有的绝望，开始哭泣。

梦是介于清醒和沉睡的中间地带。不知为什么，头脑中某些关于哭泣的梦无比清晰，甚至比现实生活都要强烈很多。试想一下这样的梦境，我眼睁睁地看着自己在我面前掩面哭泣却无能为力；我能发觉冰冷眼泪滴到脚背上的颤动；我能体会到自己眼眶湿润，无比悲怆的寒冷在后背绵延，从后脑到尾椎一滴一滴地爬过我脊骨，像流过深渊的泉涧将出水的片刻阳光洗尽只剩寒风雾霭，散发出被压抑的愤怒和悲哀。梦，充实得可怕，我只有爆发出泪水才能抵挡这随处可见的压抑。梦，真实得可怕，那寒凉就像终究将至的死亡般一直存在，而梦境只是把生命的终结从时间末端送到我眼前。

梦中有某种能将我沉入大地的力量压在胸前，可是我却始终相信自己在一直奔跑。等我能睁开双眼看到深夜暗蓝的窗帘才重新意识到刚才所经历的一切只是虚假的噩梦，身体蜷缩在浸满汗水的被窝中央，我记得梦里我流过泪，但现在脸庞没有一滴泪水。黑夜暗淡的微光穿过我的眼睛将整个蔚蓝世界浸入我的身体。现实收回了梦境中虚拟的强烈情感，我逐渐冷静下来，但刚才悲痛的场景与哭泣还历历在目。

即使在与她诀别很久之后，即使我行走的步伐穿越了无数人群，以后每当看到眼角有痣的女孩我就又会重新想起她；我知道不可能再见到她，但一直在等她在茫茫人海中出现，或者能期待重新遇见像她一样聪颖的女孩，或者她已成为我心中难以替代的优秀基准。某种看不见的丝线跨域千里，透过眼角的徽记将所有女孩与她联系起来，这锐利的黑色印记似乎不仅刺穿了我的记忆，而且贯通了我视野中的整个世界。她的生命被埋在我的眼中，我能从他人身上找到她坚毅的眼神、倔强的嘴、稀疏的眉宇、深寒的长发，我能从他人口中听到她简洁的论述、她干净的描述、她平稳的语调、她尖锐的反驳、她绝望的思想。她已远离的身影在头脑中盘旋着挥之不去。我的愧疚之心逐渐暴露，离别的压抑涌上心头就像百叶窗后折叠的光芒不停地闪烁，刺痛着我的眼睛，甚至深夜睡梦中聆听到的声音都演变成另一种更加狰狞的尖叫。

我无法像最初那样精准地打开与关闭记忆的抽屉，被她占有的影像片段逐渐消沉。终于如同我希望的那样，我开始对记忆妥协了，我不觉得她离开了，我似乎觉得她根本就没存在过。情感沉湎于记忆赐予的无比真实的背景和容貌中，从开花到凋谢。意志也在不断抚摸过去的心境中，从翻滚到平静。我的生活走向这灿烂的空白。我想刻意排除一切与她有关的仰望，情愿将思念的回响视为无物。我从思考的旅途中停下来，低头回望迷失方向的生活。校园是我的容身之所，我想在人群中重新找到丢失已久的存在感。

不断重复的测试型教育令人烦闷，在校园里我学会与同龄人一样饶有兴趣地卖弄聪明。哗众取宠是我宣泄的扬帆旗，我习惯通过嘲弄夺取他人身边人们的笑容，虽然从中并没有获得多少胜利的快感，但他人尴尬的表情却给我留以欣慰。

的确，这哗众取宠的行为如同我追逐生命的愿望一样幼稚而清晰，但是透过笑容才能从这牵强的世界中感受更多，透过笑容才能不被低落的心绪夺去更多。笑容是熟透的果实，即使结在枯萎的朽木上也能流出浓密的浆汁。笑容是我们本源的姿态，我与所有人一样，既能在他人的苦痛面前开怀大笑，也能沉浸于他人愚蠢的滑稽戏中不能自拔。我虽然不懂得如何抽取出人们的悲哀和不幸，但凭借社会经验至少能让身边的人不感到被奚落和尴尬。我不关心他人的情感，因为我对其毫无兴趣也毫不顾及。当时，“个人的显现比起相互理解更重要”，一旦我开始认定了这条准则，如何在人群中调动烦躁谄笑的脸就成了我唯一的兴趣。快乐确实是痛苦的伴侣，不同于完成某件事获得的成功或者荣誉，在笑容之中冰冷地夺走他人的尊严，当看到别人被奚落或激怒时，要迫使人们在尴尬的逃离与痛苦的尊严中做出选择，才能享受到异乎寻常的满足感，这粗暴无礼的戏弄也许才是快乐的根源。

校园是个封闭安全的环境，同学和老师既无法远离我，也不能摆脱我，更不能制裁我。我尽全力嘲笑与愚弄他人就是想展示自己更加轻松自如的生活，生活对我来说已无乐趣。我不想在校园中得到知识也不接受约束，只有看到他人的压抑与痛苦才能让我恢复一段时间的心平气和。每个人都有权利选择自己的生活，当时的我随意地选择了创伤他人的生活。快乐难以被保存起来，可是一蹴而就的嘲弄可以令我随时找到快感。

失去向往之后，才有机会体验生活的舒适。强制留白的生活与毫不掩饰的笑容带给我轻松，生活也许原本就应该变成这副德性。即使无所事事，即使在毫无吸引力的事物面前保持呆滞也比忧愁压抑爽快得多。

可是这单调平静的作息、雷同的嘲弄手段与无忧的心境渐渐令我焦虑。我到底在隐瞒什么？是什么让我停止思考与成长，沉浸在这莫名其妙的生活娱乐中？低俗的语言让我在人群中脱颖而出，有时无聊的低级趣味就能让我嬉笑到喉咙干渴，那种纯粹肌肉蠕动的快意令人失神。人群中的共鸣更是让神经紧绷的催化剂，在头脑空无一物的瞬间，眼中的所有景象都在颤动。情绪的舒畅释放是令我感受愉悦的快捷途径，任何故作姿态的笑容都失去了亲切的味道，只有空白的笑脸能予人宽慰。

生活轻浮在低级趣味的表面，我在嘲笑他人之后仍感觉到自己虚弱无力；就像当时看着流泪的她我只是保持沉默，沉默之后就尽是懦弱。泡沫般的快意依然不能填满心灵裂开的缝隙，我需要寻找一样更加坚实的东西重新维持心灵的重量。当我意识到过去永远不会被忘记时，就想方设法要让生活走出她依然弥留的背景。

我不想让优柔寡断的情绪吞食了自己的生命，于是开始体验比伤感与忧愁更有力、更强烈、更极端的情感——仇恨。这仇恨并不依赖固定目标或者说它是一种气氛和背景，一种浸润在我的情绪、行为和意识中的敌意与怨念；它不是针对一个目标而是针对所有事物。生活中的一切事务都蒙上了谨慎的色彩，不断提醒自己珍惜那些即将失去或容易失去的东西，留意能扰乱和激怒我事物并在逐渐愤怒的过程中保持忍耐。与不属于自己的事物划出清晰界限，就隔绝了妄想与贪图；对环境充满敌意、与人保持距离才能专注于发挥自己的力量。她带走了我身体中某些增强我自信与自愈程度的部分，这部分我选择拿仇恨来填满，这很公平。

每个人都可能处在灾难性事件的边缘，去见证一些发生在他人身上的可怕噩梦，尽管这些悲剧并没有真正影响到我们的生活，但它们影射出的隐蔽与幽暗仍会激发出人的负面情绪。有的人很难接受这种侧面接触中油然而生的恨意，而有的人享受并拥抱着这种曾经求之不得的力量。仇恨是一种激情而且每个人都能轻易体验到，就像人们怒吼着为拯救、为感恩、为希望而活着时迸发出的热血激昂一样，人们也能在发誓复仇中感受到内心涌动的坚强与力量。

我努力用恨意将自己从她死去的悲伤中拖曳而出，为什么她能因为讨伐生命意志这种无辜的理由死去？为什么她有权利赋予自己死亡？为什么我能藏在她身旁静静等待她绝望并以此为借口消费悲伤？我恨她残酷的思想，恨她自我陶醉自我凋零的生命，恨被她吸引之下自己意志的懦弱，恨自己没有能力与勇气制止这惨剧，恨这命运的嘲讽，恨这无法挽回结局的失败过程，恨这短暂生命的脆弱与轻浮。

人是无法端坐于坟茔还充满希望的，要想继续走下去就需要背负痛苦与压抑。在正统文化中，仇恨往往伴随着愤怒与罪恶，仇恨是只能憋在心底不能表达的词语。人们看不懂仇恨带来的冷静，怀疑带有恨意的勇气是否能真正成为解决问题的动力。唯独当人在痛苦和压抑中陷入仇恨，体验到在困境与恶意中有一种坚强的情感令自己保持冷静不陷入恐惧时，才会承认恨意可以成为独当一面的精神支柱。也许我不会因痛苦而变得精明，但我会因仇恨而要求更强。

恨意能让瘫倒在地的人重新爬起，不至于在忧愁中呆若木鸡，不至于在伤悲中惶惶度日。如果人已经在悲伤或懊悔中无力，恨意就是凝聚力量的极佳理由。当陷入悲伤和懊恼的我们既无法走出沉重的阴影也无法去忘记与逃避时，唯一的办法就是去恨，将痛苦化为动力承载着恨意不断成长前行。恨意不为我们带来希望，而让我们不依赖希望也要匍匐在荆棘之路上拼命爬下去；恨意不为我们灌输力量，而让我们竭尽全力获取力量不惜代价达到目标；恨意不为我们摆脱孤独，而让我们善于独行敢于面对威胁与挑战；恨意不会安抚我们的痛苦，而让痛苦永远地成为我们生命的一部分，提醒我们不要陷入安静与歇息。

仇恨使那些不可毁伤的记忆越发清晰，仇恨阻止了我用遗忘来摆脱痛苦回忆。即使她的面孔在我的头脑中已经淡然，但她死亡前的泪水仍然在我的心中不断滴落。不像愉快的回忆以连贯的形象表达对情绪的亲和与友善，忧伤的回忆只是零散的碎片，因为大脑不愿意将其记住，而且这碎片往往细小尖锐能轻易划破人酝酿长久的平静心情。不要期待曾经的记忆能在生活中重现，时间一直走在永不回头的路上。对过去的留恋应被对未来的渴望掩盖，人不是为了翻阅回忆而回忆，而是为了避免再次造成回忆的惨剧而记住过去。仇恨施与人压力，强迫人去熟悉那些难以记清的碎片，当记忆片段堆积在一起，那些印象中原本阴暗痛苦的回忆逐渐恢复出历史事件的最初面貌，接近了事实便减少了恐惧与神秘，于是人终于能越过寒凉直面回忆。

即使仇恨被意志刻意压制，它仍然深藏在我们心底，就算我们彻底忘记仇恨的存在，在遇到足够艰险的困难时它还是会展现出狰狞的面貌支配我们的情感，因为它是大自然赐予我们应对困难与痛苦的天性。

“青春”蕴藏着仇恨。

为什么人如此诚挚地痴迷于这段鲁莽浪漫的时光？为什么低靡枯萎的人提到青春都能焕发出奇异的热情？为什么人们宁肯自我欺骗也要独守着早已老去的青春止步不前？青春让人站在身体与精神的巅峰，而慵懒的我们只有站在巅峰才能感受到自身生命的渺小与短暂，人们如同惧怕死亡一般惧怕失去自身的力量，惧怕承受生命消逝的事实。

青春的前调暗示着孕育，青春的尾声暗示着死亡，青春本身则是生命的缩影。人们需要拿出一段时间来祭奠生命，在死亡之前展示强健与灿烂的存在。一方面不甘心作为短暂生命的奴隶，人拒绝时间的枷锁为了展现自己愿望与力量利用青春宣泄生命；另一方面在青春的尾声，接受时间一直都在逝去的事实成为每个成长者的必经的压抑与烦恼。在炫耀力量克服恐惧的短暂时间里，我们开始学会在挥霍和珍惜之间寻找平衡。

如果人一直强大完整，就不需要强调青春。命名青春是对生命的复仇，为了让个体短暂的生命被赋予一丝光芒，年幼到成熟的过渡期便被贴上耀眼的标签向世界吼叫我们并不简单平凡，如同我们赞美前人改造世界的伟绩是为了证明种群在大自然中渺小的存在。这种复仇不是羞耻更不是错误，是一种自我肯定、积极努力的呐喊。已成熟或老去的人希望找回一段时光承载对过去的寄托，于是创造出“青春”这种美丽而又高贵的状态，除了能予人力量与智慧，更重要的是它被期望成拥有超于平凡的神性，让个体从野兽进化成人类的质变，蕴含了千万年的蜕变在顷刻间倾泻而出的进化力量，这进化力量似乎能使我们摆脱死亡、定格时间，所以“青春”的定语常为“不朽”。

逆境使人成为勇者，也使人成为奴隶。有人在青春中翩翩起舞，也有人在青春中止步不前。在青春期我们凭借汲取到的知识和学会的思考方法快速成长着，眼中的世界也因此改变着，一些期望看到的事物消失了，一些不愿看到的事物却始终存在着。由模糊产生不安，由不安产生怀疑，由怀疑产生忧虑，最终所有能看见却看不清的问题都凝聚为沉重的铅块压在我们还未伸直的脊梁上。令我们呜咽的不是他人眼睛中的泪水而是天上淅沥的雨滴；所处的环境、接受的教育与经历的事件往往决定了我们青春的走向。

每一次伤痛都是落在心灵上的一粒尘土，每天都有许多尘土飘落到身上可是我们早已习惯，长年累月，即使内心铺满尘埃我们生活依然如故。但是尘土依旧保持着它的危险，因为很难知道哪一天哪一粒尘土会携带一颗仇恨的种子寄生在我们身上。

人都会经历孤傲的青春，也会陷入对别人同情的困惑。人对他人伸出援助之手到底有没有理由？如果有这个理由究竟是什么？当人需要帮助时同伴就会给予援助，这似乎是约定俗成的规则又或是人与人之间的默契，这种规则使得脆弱的个体簇拥在一起相互保护。打破规则就意味着个体之间纽带的断裂，在丢弃他人之时也放弃了被保护的权利。

“我并没有对处于困境的她伸出援助之手”，这个事实已经构成了内心的自我谴责。表面上谴责的壁垒牢不可破，冷静下来现实则会告诉自己如果除去她的动人的容貌和精湛的思想，自己就没必要为她的死而伤悲，更不用表达对她命运的同情。自我怜悯是最干净也是最剧烈的毒药，如果我接受了上一句话的表述，一切都会变得非常简单，但也不会塑造出现在自己的性格与思想。

自我解脱的过程是有趣的。只要希望解决焦虑，现实就会给我无数个理由让我放弃对自己的审判。愧疚本身已与事实和逻辑无关，关键在于我究竟选择用何种态度去面对。我们当然可以永远处在无愧的生活中，但是为什么我们还是希望现实给自己无以言对的惭愧，因为悔恨愧疚加深了这段记忆的真实性，更因为我们愿意承担罪过，无论对错。

人不是生来有罪，而是渴望负罪。小到对父母的辜负、对同伴的欺骗；大至对弱势群体的亏欠、对社会的疏远。人是群居型动物，每个个体都需要证明自己与他人与种群存在联系，只要拥有了罪行这种负价值，赎罪就成为了取回价值的个人意义。也许我们并不准备真心诚意地对待身边的人也不想为了社会规则献出自由，可是人总是担忧自己产生的过错或将产生的过错造成损失而极欲想为他人分担悲伤忧愁。负罪感使我们愿意替他人承担痛楚，使我们同意被社会中的法规与道德束缚；也使我们温柔善良，使我们弱小但能聚集在一起承担灾难。

当人处于困惑与矛盾之中就将希望托付给赎罪，因为人们在怀疑自己，思考是否有某些罪恶引导自己造成当前并不应该显现的能力、价值或状态，唯有抵清罪恶才能心安理得地接受当前本不属于自己的财富，或者是重新挽回自己已丢失的力量与价值。除此之外，隐藏的癖好、心中阴暗的秘密以及曾经见到的丑恶，甚至于幻想出的恐惧都可能被放大成罪恶。没人能清晰地看透自己浅薄的罪恶，即使赤脚踏水也可能误判错过河流阴冷的温度，整个躯体需要定在河床与河滩之间才能察觉到水流与大地的差异。首先立在生命中的罪恶让人真正意识到要保持谦卑，在游刃有余的环境中也要互相搀扶着缓慢踱步，只为谨慎地生活。

罪恶复杂的色彩涂抹在我脸上令我措手不及，我已拥有了一段不知对错的过去，就不会再拥有不知对错的未来。如果再有人站在我面前以死亡决断生命，我不会原谅他的愚蠢，也不会再浪费情感观赏他的痛楚。

泪水是孕育情感弥补心灵的圣水，我没有资格为了仇恨要求哭泣。一旦接受了仇恨，突然感觉到生命中的艰难与忧愁不再令人惶惶不安。如同生活中被遗忘的事物将在记忆中消失，恨意在人们内心众多的情感表达中被放弃，逐渐失去了自己应有的地位。未知的情感仅仅利用恐惧就能将人制服，没有尝试过接触恨意的人很难想象如果到了信仰全无的那一刻，对生命的眷恋被对生命的仇恨压倒，自己究竟会怎样？恨意是否会让人陷入无法自拔的固执境地？人们始终寻求生活的幸福与舒适，当然不会去判断自己是否已经陷入追逐幸福的深渊中，文化对仇恨的反感与误解造成了人们对这种情感的排斥。

每个人都能很坦然地叙述自己的仇恨，但并不是每个人都尝试过了解自己对仇恨的恐惧。我害怕无法指明的胆怯与愤怒，这两者令我穷尽了整个青春去适应恨意。力量的源头无处不在，怀念、感恩、偿债或赎罪等，可是当力量的供给受到压制无法抵消内心的忧虑就出现了软弱，仇恨就如一针强心剂让力量重新表露，猛烈地聚集在心底，但也因为仇恨赋予精神恣意的快感而让人产生依赖。仇恨并不能安稳地站在道德前线，也难以引导出宏伟的文化，但仇恨代表着我们不轻易死于忧愁患难的顽强生存欲望。

我依旧贪婪地汲取着恨意的力量，孤独是我收买仇恨的赠礼，只为让这强大的力量常驻。只要这仇恨还寄生在我感情里，我就会带着伤痕与坚强硬生生地走下去。我的生命如此脆弱为什么还需要在乎悲伤和痛苦？对懦弱与虚伪的仇恨让我在忧愁中渴望力量，让我不需要浪费自己的思想书写痛苦，让我想改变一切无奈的现状。人很容易原谅自己的过错，就像从皮肤中拔出尖刺一样，起初绵长恼人的痛苦很快就会被忘记，而人之所以对某些刻骨铭心的事仍留有悔恨，就是因为无法原谅自己对这段记忆的恨意深深扎进心底，再怎么挑动也只能让愧疚扎得更深。仇恨并不是放大记忆，只是让记忆难以忘记。仇恨让人充满激情并保留伤痕，让人随时准备反抗困境并保持警惕。

文化和道德不允许我在人群中展示仇恨，只有在属于自己的个人空间里才能将这头野兽尽数倾泻。仇恨不是犯罪动机，只是人为了掩盖自己的懦弱与邪念而编造的替罪羊。仇恨在灵魂深处没有文化作品中描写的那样残忍，仇恨在心底留有的深沉背景并不会改变心灵原有的颜色，生活中我们依然会保留原有的模样，仇恨的指针只是在面对踌躅和困境中为我们引路的工具。

在碌碌无为的岁月中一事无成，除了生活的轨迹还能演奏出一些喧闹的噪音，人来到世界仅留下一片空白。安静地成为社会的一份子，守着自己的墓碑悄悄死去。如果没有人嘲讽别人的缺点，不揭露内心的丑恶，不张扬自己的个性，不传唱自己的思想，不表达自己的恐惧，那我们拥有的智慧和思想就只配如同草芥般沉默低贱吗？人人都不免会陷入平淡，所以我需要仇恨在自己沉浸于适宜生活的睡梦中时将我叫醒，在自己疲惫不堪慵懒不前时提供助力让我始终保持成长与奋斗的激情。

仇恨源于分裂。

当心底出现矛盾，比如一方面是不能忘记过去的负罪感及难以跨越的心理障碍，另一方面是对于希望摆脱一切负担迈向未来的憧憬，两方面互不协调的精神便使人妄想得到一种完美动机去掩盖矛盾，寻求恰当的理由去既保存过去又展望未来。可是往往人不仅不能找到双向兼具的借口，甚至连原本能在单一方面说服自己的理由都在一次次反省中渐渐被察觉出不可信，这时心中便没有任何事物能阻止矛盾将自己撕裂，人便不会去掩盖矛盾，而涌现出新的情感要将矛盾从心底拖拽出，再深深地印在生活正中央。于是恨意诞生，一方面仇恨过去的事物阻碍回忆，另一方面去仇恨是没有勇气摆脱阴影直面未来的软弱的自己。

恨意是一种被动体验，就像看着别人痛苦而诱发出的自我愉悦感一样。有时对未来的祈祷不起作用，对过去的懊悔也无果而终，但仍然坚持要去面对困惑与挫折，被压抑的恨意趁意志衰弱从牢笼中逃出融入懊恼忧愁的心境成为新的精神支柱。恨意并不意味着胜利或毁灭，它只是在人被负面情绪捆绑住时提供的一种新选择。

人能够承载希望，也能够背负恨意。希望提供梦想，恨意承担追寻梦想的苦恼，无论是希望还是恨意，只要不被盲目的情感支配，我们还是我们自己。在迷茫中，忧愁带来和煦的暖风消解着内心的低靡，也带来寒凉的刀刃将人钉在一蹶不振的沼泽中。插入伤口的刀刃不仅没有被及时拔除，还被认为是身体中的一根骨头。人将忧愁作为支撑自己行走于悲伤的信念，却不曾想到忧愁恰是泛滥悲伤的源头。仇恨会戳破我内心中幻想的美好情景，以真实的愤怒取而代之。

如果得到与付出不成正比，那就已经失去了付出的意义。或许有一天我的生命倒下，墓碑被刻满悔恨，但那一定不是我放弃沿途风光的悔意，而是感叹自己奔跑的速度太慢，在这有限的时间中没有完全得到我期望之物的恨意。

得到仇恨是如此简单，脱离仇恨却万分复杂，在充满疑惑与不安的生活中我们可以轻易唤醒恨意。仇恨在我熟睡之时悄悄地爬进了我的喉咙，当我意识到时，妄想挣扎、狂吠、哀求、歇斯底里地吼叫都无法拔出它镶嵌在我咽喉的毒牙，反而加深了我哽咽空气的痛苦。

那时我还无法理解仇恨的意义，但是急需某种强烈的情感舒缓压力，所以允许恨意在心底生根发芽。这些仇恨的罪恶感是在我们接受之后就消失还是我们根本没有发现？我没能弄清也毫不关心，我只是享受着恨意带来的专注、激情与自愈力。

我恨我自己失去弥补错误的责任；我恨我自己没有勇气拯救心爱之物；我恨我自己没有力量夺得社会的尊重，没有资格传播思想的火花；我恨我自己被囚于与时间的牢笼，等待死亡行刑。我摆渡在现实与梦想之间，回忆中的争斗让我无法上岸。只有我完成目的，只有当圣洁的烈日越过雾霾岩障引燃潜藏于阴影罅隙中的杂花野草，当天空的狂风乌云被肃清只允许留有洁净的蓝色，当生命能挣扎地站立在时间之上俯视沧海桑田，万里无云时，仇恨才会越过内心离我而去。

独坐在嘈杂的生活中央，我只能责备自己没有足够的力量让人群保持安静。恨意会渗入内心塑成新的自我，而原本朴素墨守成规的自己就浮到表面成为面向外界的新皮囊。保持亲近善良隐藏恨意，才能从人群中获得更多的认可与帮助。

隐瞒仇恨，不是因为我懂得了谎言的力量，而是发现了真实的自己。我需要一种鞭笞或者隐形的刺痛才能将心血来潮的热情坚持下去，否则想要完成的事情都将成为纸上谈兵。滔滔不绝的话语背后只有凝滞不动的恨意才能让我在喧嚣的生活中保持头脑清新，在诸多曲折蜿蜒的命运抉择中坚定方向。

她走后，我感觉到了生活的不适，再也找不到人能像她一样同我讨论她最喜欢论述的道德、伦理与生命意志。失去了思想的交流我就像断奶的婴儿，急于想找到一样食物替代母乳来避免饥饿的痛苦。她讨伐生命意志的梦想我圆不了，她的梦在借给我之前就已经碎了，在我模仿出所有碎片之前她就已经闭眼了，在她闭眼之时我的眼泪就已经淡了。死亡成为一种最悲壮的洗礼，将我引诱到仇恨身边，又将我引诱到仇恨之外。

哦，青春，我都快忘记我还留有青春，我的青春生活成为自我放纵的毒品。那时的我把自己无畏的年华看成消磨时间的资本，我嘲弄身边的人，从别人喉咙中牲畜般歇斯底里的笑声中寻找乐趣，哗众取宠使我体验到引燃人群的快感。与其让我适应平淡无奇的生活和接受学校表述不清的教学，不如让我在人群中分享愚蠢的笑意。

我们站在舞台上认真表演，因为我们希望得到尊重；我们为生活中的每一次收获祈祷，感谢生命，因为我们希望表达感恩；而我看着亲人死去并感觉到发自内心的仇恨，因为我自私的心渴望复仇。我希望自己和整个世界都能为我不愿意看到的离开负责。

一个严肃的问题摆在我们面前，当我们想要发泄情感，想要得到被偿还的感觉或者想满足复仇之心时，我们应该如何应对？以自己的力量胁迫，攻击他人会不会被视为突破内心道德底线的行为？

压抑积累这些负面情绪无疑会让我们内心受到伤害，我们应该如何发泄？有些很巧妙的方法，比如我们说服自己所感受到的仇恨只是虚幻，以自我安慰的手段斩断自己与愤怒的关联。这样我们既掩盖了自己的痛苦，又不会让他人受到伤害。于是，我们多余的仇恨就在自我欺骗中消逝。

面对她的死亡我的情感陷入低谷，我再次发问为什么生命能被夺走。任何书本似乎都不能给我一个合理的说辞，怨恨开始在心底蔓延，我无法像人们那样都能泰然自若地以生命终将消逝作为理由直面死亡，我甚至倾向于是我的过失造成了她的死亡。

记忆是情感的避难所，它给予过去包容，衬托着那些想回到过去或带走过去的愿望，一切情感在这都不会令人羞愧，无论是爱慕、骄傲、愤怒或仇恨，都不会让人耻于言表。

有些景象总是混入我的梦境，她酒芯般的微笑浸入我眼睛，刺痛而晕眩；我知道自己处于梦境，我想恐怕等不到她能重新拥抱生命的那一刻了，就想拼命触及她的脸庞；她的泪水留在了我手心，她落幕后的余晖依旧洒在了我身上。在现实生活中我流不出泪，在梦里我的理智在情绪的倾泻下崩塌，我每次都会央求“上天啊，再给她一次机会让她苏醒吧”，我可以尽情哭泣。伴随着疲惫仓促的现实入睡，半夜又带着荒诞狂妄的梦境醒来。

某一天我终于想通了，我发觉存留的恨意已经足以带我继续向前了。面对不愿放手的东西我们不会容忍任何人将其毁灭，包括我们自己。记忆中的事实不会被改变或侵犯，这些夜晚我睡意全无。我不懂得什么叫煎熬，但我清楚自己头脑中的痛苦和仇恨。这整个青春仿佛过了很久很久终于临近尾声，我望着镜中闲适干枯的眼眶，终于不会再落泪了，因为我控制住了能代替泪水的恨意。恨意永远都不会消失，只是当人觉得仇恨已经足够，它就不会再增加而已。第二生命完成了它的使命从我的人生中消失。故事讲完了，但觉醒出的思想还未表达完整。

思想

“你赋予我真实的容貌为什么不赋予我看见真实的眼睛?”

“因为我还给予你思考真实的头脑去寻找能看见真实的眼睛。”

思想是意志的投影。我们对思想的表达往往是被意志所驱，不得不说人们感受思想的习惯在这个物欲横流信息泛滥的年代已经被琳琅满目的娱乐项目和布满硝烟的利益交锋所取代。甚至连书本言语中原本用以诠释思想的文字都被矫揉造作的社交名词所替换。我们这样富有智慧的物种，让情感避开思想向内心的其他部位伸展是多么可笑，过于丰满的感情洋溢在我们的文字和语言中就像人偶表皮上涂抹的蜡层一样油腻而圆滑。

在我思想面前不为所动的人，也并不意味着都将成为我的朋友或敌人。人们往往对那些能说服自己离弃平庸生活的演说毫无兴趣，认为这些发言者都是疯狂的教徒宣扬着杞人忧天的理论，好像手机里引人注目的垃圾广告，人会有意识地认为其中充满谎言和陷阱。

有人认为谈及思想不过是评定观点优劣程度时进行的空洞讨论，思想、创意以及其他头脑中思考出的一切都可以被形容成廉价的。每个人一生中或多或少都会得出一些有意义的思想，但绝大多数人都不愿珍惜或不想面对自己持有的思想；思想本身没有价值，只有那些诚恳之人对思想的勇敢面对和坚持才树立起思想在人群心中的珍贵地位。

当思想只是进行情绪释放或掩饰的工具，思想本身并未解放其真实的力量；而当思想被当作攫取利益的手段构成力量和权力时，思想的真实性也正被刻意掩盖。思想应该传达给真正相信并愿意付诸于现实的人。

不像爱情是生命意志对欲望的安慰，思想在欲望面前已是空壳。而除去思想，我们的生命也不过是个为了保护柔弱心智和满足贪婪欲望的脆弱躯体。她教授了我思考的第一步，理解含义，认清对错，要去支配思想而不是被思想支配。独断、强烈的思考方法是我们创造思想的有力保证。

即使我们绞尽脑汁努力扭曲思想以令其与欲望结成一体，意志所渴求的力量也不能被色彩绚丽的快感所代替，这两种不可调和的事物只能在顷刻间相交之后，盘旋缠绕分道扬镳。思想也是我们生活中的廉价动力，在荣誉和财富并不能引起我们兴趣、行走于社会中的空虚引导我们误入歧途时，某些我们头脑中根深蒂固的思想则以公式化的规绳匡正前进的路线。内心始终存在某些看似微不足道却无法替代的思想一直支撑着我们的精神保持坚强，不至于被长期浸淫的生存痛苦击倒或被突如其来的绮丽幻觉所诱惑。我们的思想往往符合民族和国家的文化，个体思想在教育中被不断修正以符合当下的价值标准，同时也调和着个人与集体之间的矛盾，在传统被继承的前提下保证了稳定创新的可能性。文化代表着法律与道德潜移默化的主观思想，让我们原本无所事事的情感有了主心骨，让原本随性的优劣评判有了参照。

思想让原本无所适从的混乱观点被理清，缺乏判断力的头脑学会凭借逻辑预言明天的画面。思想是感情的兴奋剂也是意志的催眠药，生活的现实让我们情感受阻，而头脑中你不必探听芳名、想象容颜就能轻松找到自己温柔可人百依百顺的情感人偶，享受施予与被施予的快乐。同样在思想中你可以暂时放下强顶的生活压力，使得神经在愉悦的思考中松弛。

思考不代表思想，思想也并不代表智慧。如果说思考的表达是生命的开始，那么思想的提炼就是生命的总结。我们不能仅凭生命的强大而坦然生活，而且我们的生命并不够强大。就像拥有暴力的人不会沉默于宁静而会沉浸在战争的硝烟中，我们拥有思考的能力就无法阻止个人意志的诞生，孤独生活成为追寻真理时的最佳环境。

思想不被限定于规则，也不像法律一样无可指责，思想往往善变而残缺，不同思想交流中体现了许多现实生活中难以显现的美好品质。许多情况下我们所声明辩护的并不是自己的思想而是我们假借的思想，我们不了解这些思想甚至有时不认可这些思想，但是在辩论的窘迫或是生存的尴尬中这些拿来的思想却可能成为有效武器。借用别人的资源保护自己的土地，顷刻间大家血肉相连，思想的碰撞创造了包容。另一方面我们拥有的个体思想脆弱散乱，经常被主流思想残暴地覆盖，但这统一完整的大清洗反而衬托出个体思想星星之火般的灿烂与珍贵，于是我们会不顾安危地将这火苗私藏心底，珍惜独自思考出的一切言论。但我们也需要对拿来与存留的一切负责，思想平等，不管愿不愿意我们都没有被赋予蹂躏思想的权利和传播思想的义务。

思想从古至今就被认为是知识的写照、经验的表达，甚至是真理的映射、规则的统一。有的人在墨守成规的思想中坚持得出奇可怕，有的人对千年前的思想讳莫如深。失去了思想的高度，生活的表象中某些可笑愚昧的小水坑就能将我们淹没。许多时候我们在社会温暖的产房下成长，只要我们能被教育赐予桂冠就能成为知识的奴仆称王称霸。

当思想成为仅以诱人聚集夺取利益为目的的工具时，整个表达与接受的过程就已经丧失了追求思想的真正意义。思想已从祭祀的圣坛被取出丢弃在鸡犬不宁的市场，每次瓢泼大雨之后都可以看见大部分贱价的思想和那些腐烂瓜果般的琐屑言语伴随着泥浆塞挤在下水道旁，许多人都被打着社会为他们捐助的雨伞默默地从埋没在淤泥中的思想旁走过。

思想不是永驻的更不是不可磨灭。我们将别人的思想曲解，作为通向真理的桥梁、缓解痛苦的良药，许多思想都披着语言艳丽的外衣，散发出迷人的魅力令人难以抗拒。思想是危险的，缠绕在恶魔雕像下的枝形烛台上，引人去点燃负面情感。

我们彼此之间太过贴近，依赖已成天性。我对分享生活的人们保持敬意，因为他们懂得帮助是生命旅程不可缺少的一部分。对分享情感的人们保持理解，因为当我们心智还未成熟、意志不够坚强时，学会与人共同抵挡感情的洪流能让我们在生命的路程上走得更远。我对分享思想的人们保持担忧，因为传递思想本身如同拾人牙慧，许多只能亲身感受才能体验到的痛苦和锐利都在言语字迹中流失，而这些失去的体验往往才是思想最珍贵的财富。

思想萌发的过程充实而又甜蜜，与在爱恋中懵懂感情与酣畅淋漓的肉体快感不同，我们对完美事物的追求让思想的基底已经被架构在个性特征与知识光辉之上，激情使得我们在描述和佐证思想的过程中永不疲倦，用生活经历和情感体验铸造思想的每个步骤已不单是重复劳动而是淬炼回忆的过程，如若最终持有的思维利器征服了他人的信念，自己就会感觉到超越个人的智慧才是真正引人质变的力量。

人们书写思想往往会触及感情底线而尴尬徘徊，如流泪之人因不明了自己在他人眼中的模样而对自己落泪的姿势感到不安。体验即为思想本身，对生活、情感和思考的体验本身就已经达成了萌发思想或感受思想的必要条件。但是拥有了创造或感受思想的经历也并不意味着自己已经抓住思想，即使从事物的表象中揭开了思想的神秘面纱，我们依然会在内心的迟疑下徘徊。如同我们依靠免疫系统阻止细菌、病毒等病原体进入身体，道德与法律是我们在知识储量不足时对抗不利思想的坚实壁垒，也是我们情感执着顽固的起因。并不是人人都能打破常规克服胆怯，追随一个陌生的誓言，恐惧会成为阻止我们接受思想的最大敌人。还有一种名为骄傲的可怜情感会鬼使神差般地将思想装扮成无与伦比的真理，让我们在历经过艰难寻觅思想的旅程后感觉到独一无二，骄傲会支配我们的精神让我们错把美丽幻象当作思想本身。尽管我们在人性、恐惧和骄傲面前保持镇定，记忆中的经验仍然会给予我们足够的理由不要去触碰思想。

经过一场精彩的较量，思想被纳入囊中后人依然需要保持警惕。思想并不像意志一般会伴自己度过很长时间，而会在我们猎取其他思想的过程中悄悄溜走；也不会像墓志铭一样只要刻刀一落就意味着被标定终身。而在自我怜悯或审判之时，以矛盾碰撞将脑中的思想印迹悄悄抹去。

真正的思想既不关乎好坏也不关乎对错，只在于是否利于解决问题。思想在这种环境中沉寂并不意味着没有地方能显露它的光芒，而大多数被奉为真理的思想在某些特定的情况下也会展现出丑陋的姿态。

人端坐在别人的头顶，却以为自己正迈着双脚前进。我得到的东西失去了原本的光泽，我失去的东西却被攥在他人手中重新散发出潜在价值。于是我开始思考如何夺回自己的思想，或者思考我是怎样失去自己的思想的。人拾起往昔的力量，贪婪也在苏醒。不进行思考的人浪费了生命宝贵的智慧，人拥有群星般璀璨的智慧却只想同萤火虫一样生老病死。

人们以五条公理就能推算出整个欧式几何的世界，公理化规则中推算真理，思考让我们享受到了智慧的乐趣。我们通过观察和试验揣摩着世界的准则，并通过这些准则在头脑里重现整个世界。

就像贤者即使被雨伞蒙蔽了天空的视野也能觉察到伴随雨水流落

在泥土中的思想，而我只是粗俗的野蛮人，为了找寻暴雨中的天降之物，只能置身在呼啸的水帘中感受思想的蛛丝马迹。

我在这里对我的误导表示歉意。人在思想中以国王的头衔隐姓埋名出门旅行，聪明的人会接受思想而不显露它，在这方面我显然是无比的愚蠢，很少有人有胆量以自己的思想丈量整个世界。生命过程中重要思想的觉醒是成长的标志。

成长是果断的，今天遵守的习惯还在昨天的幻灯片中闪现，而记忆中预言的陈旧感情却一直没有再出现，过去的我预判的或恣意或平淡的生活在下一秒将被现在的我感受到的全新体验所取代。当成熟思想支持的事物与你初生思想拒绝的事物吻合之时，评判对错成为了一件艰难的事情。部分信仰宗教之人会发现思想与自身信仰的矛盾，于是以亵渎神灵的罪证剥夺他人的思想。

一些思想影响着人们的世界观，就像尘埃一样落在我们眼睛上无法再看到完整的世界；可究竟有多少人愿意用尖刀从眼睛里取出一粒尘土？有时我们会遇见思想的独裁者，他们突然被某种思想感染打动，之后油然而生的自豪感让他们感知了自己真实的存在，带着对这种思想的至高崇敬他们已不满足于带着勇气活下去，而是许诺让所有人向这神圣致敬。可以想象或许有这样一个可怕的时代，全世界的图书都在焚烧而世界上只有一本经书被念诵。

我们试图用自己的思想去影响他人，有时是为了在传播的途中寻找补全思想残缺的方法，但更多时候只是为了说服他人接受自己的思想。并不用急于评判这种动作的对错，因为思想一直经历着筛选。永无止境的时间洪流淹没了许多善变的言论与闪烁的情感，稳固不变的事物被滤出。这些形似永恒的东西令我们陶醉。

请不要谈论思想已被剥夺的话题，在你思想沉默之前你的思考欲望恐怕就已经被阉割。有时需要对认识范畴之外的东西进行解读才能呈现出事物整体的规则。我们可以处处模仿但是要谨慎学习，如果所谓的“榜样”并没有体现出与他被宣传的社会价值对等的能力，我们就不会轻易模仿“榜样”的行为。

自然给予你如此强大的力量，你却用它追逐幸福？幸福只是竹花梦雨，但在时间面前人们依然宁可忘却生存也要坚守生活。有一些语句在头脑中浮现，它们不断地被一个隐形的声音重复，然后我们不得不将它们写下来。

在思想滥用的年代，尽管我们精神疲惫但是谈及思想还是能拍案而起维护个体的尊严。机会不是为了弥补昨天的过错而存在，也不是为了保持今天的战绩而存在，而是为了夺取明天的胜利而存在。

我是一个贪婪的思考者，我希望得到每个我面对的问题的答案，我希望证明每个得出的答案的正确性。人们分析别人思想的过程总是细致入微，而对于自己思想的审视却显得主观粗糙。思考是一种宝贵的财富，一种人类与生俱来的天赋。

我本是一具尸体，眼睛紧闭、嘴唇苍白、躯体溃烂、心脏停滞，可是当我希望思考，致力于感受思想分娩的力量时，心脏便重新颤抖、身体恢复触觉、嘴唇重新接纳食物、眼睛重新看到世界，因思考而重新活着。思考是创造的过程，思想则在阵痛中的诞生。

意志是否为人映射生活的最初冲动？思想没有痛苦，也不关乎幸福。思想甚至超出了意志本身，繁杂深邃的思想涌向我们并不代表它们能凭借其宣传机制和历史意义影响我们，而简洁直白的思想徘徊在我们视野边际也并不意味着我们不会因其尖锐而被改变。真正有力的思想是一把隐藏在刀鞘中的利刃，只要你能理解它，将它从表象中揭开或者你瞥见他人将利刃拔鞘而出的刹那，你就能感觉到它刺眼光芒闪耀着洞穿一切的力量。不在于朝朝暮暮，即使是不经意的刹那，即使它只在面前闪过，即使你遮住双眼拒绝它锐利的光芒，即使你捂住双耳逃离它蜂鸣的声音，只要生活曾经被这刀刃划过即意味着改变。思想太过锐利以至于它划过现实，却看不出被切割的痕迹，但它的确已将现实分割为不同角度。随着时间的推延，内心中点点滴滴的体验和情感随着生活潮水周而复始地冲击着个人意志，原本墨守成规的生活开始沿着被切割的轨迹逐渐倾斜、松散。思想就这样潜移默化地将现实变为另一种生活。

当许久之后，你开始在意生活的倾斜，察觉到自己的改变；开始回想原来顺水推舟的平淡，厌恶当下被挟持的生活；开始找寻阴影中的敌人、伤害你的对手；你在回忆中重温思考的轨迹。然而无论你是否能回忆起那不经意被思想刺穿的刹那，无论你是否能再次体验被刀刃划开的冰冷，你内心牢笼的深处总有一个地方沉寂得如时间暂停般凝固着，思想刀刃还卡在那里，从未离去。

思想在黑暗中留下前行的足迹使我得以在迷茫中寻找生命的方向。如果有人问今天是最后一天我将如何度过，我无法回答因为我无法度过，我的意志不允许最后一天出现，我无法接受生命将至。人努力追求行动的自由，思考不是丧失尊严后的自我安慰，而是对尊严本身的表达。

人们擅长透过别人的眼睛寻找真理，借用前人的逻辑和准则寻找规律，尊重准则和信仰与跪拜之人一同祈祷。人虽然处在空间与时间的各个角落未能同行，但思想终将凝聚。我们是人，互相倾听所以手足相连，互相警戒所以人心涣散。我被世界所包容所以我活着，我被宇宙理解所以我思考。

人会在逆境中保持沉默，但思考永不停歇。即使处于生活歇息的狭缝中，存于内心的意志也不忘在想象中体验广袤的世界，这并不是追求生活与追求梦想的辩驳，而是人根本就无法从家庭与生活中得到长久、足够的慰藉。建设基本生活环境是我们与其他物种正常竞争的资本，而自由意志与生命目的才是拥有智慧与思想的人类超越生存的象征。面对无尽的宇宙，如果对生活与幸福的追求能遮掩住头脑中对未知与问题的渴望，那人也只是迈不过生命意志的动物。

痛苦

没有痛苦，灵魂该怎样颤动？

痛苦作为生活的幕布强压在人身上，日复一日年复一年地让人声音沉默寡淡，让人在平淡中孤寂痛哭流涕，让人的快乐变成幻影稍纵即逝。即使如此人也一定能明白痛苦的意义，它不是噪声般的压抑为了让人接受现实，而是真正时间的底蕴：一种深沉而持久的绝望让你无法停止思考，让你无法停止对剩余生命的追逐。因为如果我停止思考，如何保证自己在嘈杂的痛苦中声音不失去力量，在痛苦绚烂的幻影中不迷失方向，在寂静的痛苦中能沉下心不陷入萎靡；如果我停止对生命的追逐，如何接受放弃在生命馈赠的日子里无尽的懊悔，我有什么证词去应对内心生命意志的审判？

而实际上这种思考和追逐也是一种痛苦的、令人难以自拔的体验。没有人能躲避痛苦，只有习惯伪装快乐的人和善于拥抱被痛苦支配下的快乐幻影的人能骗过痛苦。在艰辛的困境下，幻影予人希望、现实予人绝望。

痛苦令思考变得直白，有时我拥有的问题迎刃而解，有时我拥有的悲伤一饮而尽，酣畅淋漓。人心中充满了珍贵的幸福也拥有繁重的痛苦。在人生质变的阶段，我以自己拥有健全心智而骄傲时，痛苦在成熟期被铸造为价值观的核心。

我曾坚持痛苦作为最原始的因素可以解释一切感情的存在。后来才明白没有任何公式可以轻易解释一切事物，即使它能解释万物，但一定也会在某些事物的诠释上变得晦涩难懂。对于可以用简明清晰理论解释的事物为什么我们还要执着单一公式的探索。

感受痛苦就需要化为暴风中的雨滴，成为痛苦本身。我们能接纳痛苦，也希望将所有种类的痛苦以同样约定俗成的方式描述出来。首先是我们并没有体验到痛苦各个不同的轮廓之间清晰的界限，急欲了解痛苦便快速地穿梭在痛苦中反而没有记清它们的模样；而且我们言语苍白无法表达出每种痛苦的鲜明特色，从书籍词典中查找大量隐晦难解的文字也没有什么词语可以概括所有痛苦。痛苦是抽象的，描述它只能从描述产生痛苦的原因与痛苦造成的影响开始。

承担痛苦是一个从痛觉缺失到感觉缺失的过程。无力的人，只要记住这一切都不会过去，就还有回头的动力。痛苦渴望被承担也能够被承担，“你们听：痛苦是个果实，上帝不会让他生长在吊不起苦果的脆弱的树枝上。”我从《追忆似水年华》中听闻了雨果的诗歌。

请不要问我你有多痛苦，我只知道你依然活着。痛苦就这样延续下去直至我们的情感恢复平静。人在分析物体或事件时都会凭借自己的思想从中判断口味，以客观的逻辑推理或者主观的感情色彩决定它停留在记忆中是正面还是负面的印迹。当人在接触或准备接触事物时则会拿捏分寸，选择下一步的行为是逃避还是面对，使用正面情感面对还是负面情感面对，或是留有余地的逃避，当然难以决断的时刻我们也会表现出犹豫。

直面并不等于正面接受，我们可以采取各种手段迫使自己勇敢地面对自己讨厌的事物，也可以强迫大脑将丑陋之物归于美丽。即使很长时间无法看清正在面对的事物，我们依然希望用简洁的词句概括自己的喜爱之物。比起诉说痛苦，倾诉美丽更能令自己乐观地接受生活。然而乐观是否能弥补人们不求甚解地模糊视野，痛苦是否真的让人恐惧清晰的现实？

克服胆怯和恐惧并不能保证我们宁静的环境，实际上任何我们不正面接受的事物都会影响我们的精神和意识。不可能全面改变自己，我们宁愿假装不知所闻，也不会令自己去正面接受所有排斥厌恶的东西。面对丑陋的事物很多人都采取逃避的措施，避免沾染污迹，影响内心的干净。当别人问及我们反感尴尬的事物时，逃避自然是一种快速有效恢复心境的即时策略，但是它本身胆怯的举动降低了我们的自信和激情，而且当我们需要再次面对曾经逃避的事物时，由于失去了解决问题的经验，不断的逃避让人更加不知所措和狼狈不堪，甚至于在我们终于想直面困难时无能为力。

人时常会在痛苦之下失去自我。在还未自然地接触到即将到来的痛苦之前，就被头脑中的假想所惊吓而产生排斥和敌意，当痛苦到来之后，无论头脑中的预言是否属实都将放大个体对痛苦的感受，使得这场经历不再是体验而是折磨。所以造成内心对痛苦产生恐惧的很可能是我们自己。治疗过敏的方法是持续接受过敏原，在痛苦之下维持心智健康的方法也是持续感受痛苦，这就是我们常被鼓励直面恐惧的原因。

痛苦充斥于我们的生命，并不是它能够被忍受而是因为它需要被感受。旧的幸福并不能换成新的幸福，而痛苦却能一层层叠加。无论得到多少幸福，无论减少多少痛苦，人都不会满足。

比起幸福短浅的虚荣，痛苦自有的饱满才更能令人体验到充实。痛苦在任何时刻都不是浅尝辄止，能忍受更多痛苦也可能会迎来更多痛苦。我没有活过精彩但经历过痛苦，这才是生命所在，对幸福的期待并不比对痛苦的忍受更加乐观。幸福是一种极端的追求，些许快感与乐趣并无法满足头脑中预想到的强烈刺激，命运为自己打开的每一扇窗户都远不及直接到来的成功更令人心怀感激。这是因为人心中有一个永远无法填满的大洞，名为贪婪。

生活中鼓舞与愉悦为人带来的正能量细微得可以忽略不计，而困难与痛苦造成的创伤却可能深不见底。对苦难的逃离让人得以回过头去挽留平淡生活。人心中还留有另一个无法闭合的开口，名为恐惧。

万物洪流之间，如果将心看作袋子，恐惧和贪婪就只是这个袋子上诺大的缺口，任何收纳其中的事物都无法网留；如果将心看作管子，以恐惧为口吞食一切，以贪婪为底舍弃一切，没有事物可以阻挡，一切都能从心中轻盈流过。

我的生命并不是收藏夹，需要填满每个空阁才能感到充实。恐惧让我在注定截止的生命之中不得不珍惜时间迅速前行，贪婪让我始终怀揣着希望时刻准备舍弃手中的一切只为能得到更多。

疼痛，这种告诫我们远离的伤害性刺激，被用作惩罚亦看为奖励。当我们需要发泄内心的愤怒与压力，寻求压制性的快感与尊重时，予人疼痛成为一种有效的方法。人们在肌肤相亲的流血争斗中释放野性，疼痛激起原本被道德与法律阻隔的攻击性，疼痛成为引导出肉体快感的欣喜诱惑。搏斗是属于远古野兽用力量诠释一切的碰撞，评判力量大小的指标就是疼痛，疼痛也成为绝境中的镇定剂。面对不可逃离的对手时，能让自己下定决心不再躲藏的是不断逼近的疼痛。面对比自己更强大对手，能消除压倒性力量带来的恐惧的也是疼痛。疼痛是在疾病蔓延，自己仍浑浑噩噩察觉不到时叫醒身体的警钟。

与生俱来对疼痛的恐惧让人始终在寻找能远离痛苦之路。循规蹈矩的生存路径和可以复制的成功道路成为大多数人毕生追求的事物，舒适的生活能避免疼痛，随大众文化逐流而下的选择也能减轻因反对与威胁带来的压力。人不会屈从于每个个体，却会追随整个族群。前人认定正确的事情就会化为约定俗成的文化，顺其自然是备受推崇的生活典范。比起了解幸福是什么，我更愿意质疑幸福的必要性。幸福只是纯粹去感受事物带给人的表象，幸福并不代表事物的本质。

人对痛苦的抵抗是如此的激烈，即使是轻微的刺激都被人的防卫心理放大以抵消被巨大痛苦折磨的幻想。可笑的是人往往不适应生活在痛苦之中，却能适应生活在痛苦的幻想之中。当不再被视为经验而是先验时，人的思想似乎超前到能感觉未来的艰辛与痛苦，于是对未来困境的惧怕战胜了理智，人们还未待到痛苦来临便去寻找逃避痛苦的手段。人终于费尽心机地逃避了眼前的痛苦，本应满怀喜悦地舒一口气，内心却陷入如何躲避下一次痛苦的痛苦之中。

敏锐地体验痛苦是我们应有的能力，而控制痛苦则是可遇而不可求的力量。理解痛苦的人知道多强的痛苦能对自己造成伤害，知道何种痛苦能为自己带来动力。

如果我们的世界永远是黑夜，我们就会对茫茫黑夜习以为常。如果我们世界的白天其实是黑夜的另一种表现，人就不会再拒绝黑夜。如果世界上只有痛苦我们就会接受痛苦。如果痛苦是由快乐定义我们就会理解痛苦。将神经刺激渲染成幸福加以美化，我们的言行正被肉体的奖励制度控制。人将生活中不尽人意的事物剔除，只享受快感与幸福，如同在砂土中筛选玉石；可是要清楚，构成大地的不是玉石而是沙土，能够构筑生活的不是快乐而是被极力掩藏的痛苦。我们不能因某种事物稀罕就执着于抬升其价值，更不能因某种事物普遍存在就忽视了它宝贵的价值。我们在逃避痛苦中变得圆滑机警。我们难以感受痛苦是因为我们内心已在家常便饭的痛苦中释然。人们擅长为掩盖痛苦的行为寻找借口。

痛苦只是一种体验，它自身并没有主观性质。痛苦让自我体验与伤害和威胁连接在一起，它可能随我们感情起伏而改变但本身不具有感情色彩，它可能与生命共存但本身没有生命性质。请注意这里的用词是“没有”，痛苦并不是失去感情遗失生命，而是它过去根本就不曾拥有过感情和生命，它现在也没有繁衍出感情和生命的迹象，它以后也不可能流露感情和生命。痛苦仅仅是一种客观元素，不管你是否看见它就存在那里。对于某种痛苦，有时我们感觉到它因为那时我们对某事神经敏锐，有时我们察觉不到这种痛苦因为我们不关心某事而对此神经迟钝。

快乐能让伟大的东西腐坏变质，而痛苦能让雄壮一直被延续。为什么直到内心刺痛我才能保持安静？常置于平淡舒适使我对痛苦不再敏感，甚至在困难即将来临之前也不愿相信更强的痛苦会随之袭来。

痛苦塑造着灵魂的喧哗，有时是为了吵醒哪些沉入梦乡的感情，有时是为了释放沉淀在心中的压抑。所以我们能在爱情中体验到忧愁的痛苦，能在运动的痛苦中感受到轻松愉悦。我看不清人们幸福品味的美丽，却能体验到光彩背后空虚的痛苦。

如果失去了痛苦，还能拿什么来填满舒缓平淡的生活？

还有些时候人已经习惯了在凋零阴冷的雾霭中饱尝艰辛，重复劳累的生活反复摩擦着情感的老茧，遇到望尘莫及的事情就将它抛弃，带着走出幸福的决心，在丢失希望的环境中生活。这种停止前进的心态也促成了思想与感情的延续，痛觉已经被麻痹，痛苦被抵挡在生活之外。

我坚信在痛苦面前人人平等，我对痛苦的瞭望如同对天空的仰望一样永不停歇。

痛苦与思考兼存。在有限的时间中沉湎于无限的痛苦显然是不明智的选择，痛苦并不是一种格调或情绪，只是我看待事物的基线，这样即使我在面对突如其来的冲击时也不会惊讶，从而保持理智，也避免我在轻松的环境下疏忽大意。

我央请生活网开一面赋予我真实，我需要思考在幸福的生活与痛苦的前行中究竟谁才是真正的解救者？如我所盼，思考能让我以不同的角度观察痛苦。

舍弃未必等于失去，也许可能得到更多。我相信幸福但我不追求幸福，因为在它身上没有我所需要的事物，也不能给我持续足够的动力。当理解一切事物都具备痛苦与幸福的辩证含义时，幸福生活其充满诱惑的姿态就因缺乏意义而不再被我看中，而由痛苦所维持的奋斗精神却成为我克服慵懒的新手段。

痛苦带来的悲观心境令人沮丧，痛苦能被轻易地理解却不能被轻易抛弃。一些人在不知如何自救的悲伤中沉入抑郁，但更多的人能够主导自己的意志，在负面情绪下练就坚实的心灵。

痛苦的存在从来不在乎你的态度，无论哀求还是放弃，就像空气不在乎你是否需要呼吸只是一直环绕着你。

随着对痛苦理解的加深，对痛苦的体验却由于越来越清晰而不再那么强烈。而人每一次体验到幸福之后，都会因承受不了闲暇寂寞的时光而引发出对下一次幸福到来的更强欲求。大自然令人体验到痛苦和幸福，是因为人能够承受住痛苦和幸福。而人太过聪明，就像往往不在性欲中承受生命意志而是享用快感一样，幸福面前人只是享受生活带来的快感而不是承受幸福带着珍惜努力前行。幸福让人上瘾，痛苦令人平静。

一定会有人说“你不过是嫉妒幸福”。是啊，我何止是嫉妒，简直是觊觎，觊觎幸福令人垂涎欲滴的外皮。在痛苦无法向止步于舒适生活的人们提供前进动力的今天，幸福却能凭借娇媚表象引诱人们溺死在追求舒适生活的航道中央。

为了让个体保持对生存繁育的激情，头脑分泌激素对神经进行刺激而产生快乐。人所做的事情往往缺乏目的性，只是凭借自我意愿收集、获取、展现与快乐相关的事物，比如财富、力量与价值。当个体成长到能够独立思考的时候，却仍然不去理清自己究竟是为了什么而收集财富、展示价值。

我们需要对积极心态发问，为什么我们会快乐？为什么我们能快乐？为什么我们有资格快乐？这些都值得深思。什么能让人去寻找希望而不是瘫倒在地等待希望？什么能让人努力拼搏而不是在他人帮助之下蹒跚而行？什么能予以人真实而不是骗局和幻想？唯有痛苦。

我们无法相信他人的话语和行动，头脑中一方面认为他人在欺骗我们，一方面是因为察觉到了他人与自己一样的无知。“心怀恨意，才能志向远大。”人不是因为痛苦而前行，而是不想因为幸福而停下脚步。痛苦将我绊倒，我与痛苦牵手相抱。幸福是一蹴而就，但痛苦却历久弥新。幸福稍纵即逝，而痛苦却天长地久。幸福难以复制，所以我们妄图追逐更多新鲜快感，而痛苦却随处可见。

我感觉空气挤压着正在体内流动的时间，然后带着生命流溢而出一点一滴向后走去。流失的快感挤走了轻浮的呼吸。静下心来，就能从喜悦中感受到痛苦，但是无论怎么疏导人也无法从痛苦中感受到喜悦。

是否我真的懂得痛苦？不，我对痛苦一窍不通。人生存的手段和感情在生命意志的渲染中被发展放大，它们膨胀着躯体，伪装出远远不及其低俗本质的力量将欲望紧紧拽在手中。经历部分生活的空虚与苦难之后，人对生命无力的赞同和对自身价值的唾弃已经让生存的欲求变得淡薄而简约。这时贪婪还保持着隐隐约约的存在感，或者在某些境地下绝望，或者因某种过错而禁锢心智，丧失了生活意义的同时，贪婪存在的价值也就被抹去。当然关于失去前进动力而丢失贪婪的例子还有几种更加不幸的情况，比如说有时人根本就一直没有寻找到生活的意义，又比如有时人决心抛弃生活的意义等。贪婪不会寄生在抛弃欲望的肉体上，也不会为毫无意义的生存指引方向。

简单来说我们拥有欲望却毫不贪婪不是因为我们在情感道德方面拥有极高尚的道德品质，或者无欲无求、无私无为，而是因为我们不敢承受贪婪背后的责任与压力，我们难以克服自身的慵懒真诚地投入到奉献之中，我们没有信心在承受苦难中坚持贪婪。

金钱

金钱的作用有很多，如果只用四个字概括那就是“保持安静”。

金钱能让自己安静地立足于生活，设立稳固保障而不是被贫困、疾病、灾害所困扰；让自己安静地立足于社会而非为了权势、恶趣去赢得尊敬而耗费激情；让自己安静地为当下的事业奋斗而非在抉择之路上犹豫不决。金钱让他人得到尊重保持安静而不会在倾听言论时将自己的表达打断；让他人被补偿保持安静而非在自己请求帮助或借用资源时爆发不满；让他人安静地接受怜悯与救助而非无知地评价各种幸福的大小。金钱让社会稳固并保持安静，而不是限于无休止的为生活权益的纷争中，金钱标定了价格，让人能安静地做出评判与选择。

没有人能独自走在被放弃的路上，即使非走不可也需要依靠很多帮助。带着金钱就算被放弃也使人留存有信心和资源去完成自己的目标，金钱在这个市场经济的社会中为人或组织构筑起稳固底线，只要这个底线没被打破就还有希望挽回失去的一切或者得到更多。

看起来最严肃、最可笑但也是最合乎常理的思维：评判人物事物不是依据他能力的大小而是根据他创造价值的大小。金钱与思想的作用相似，金钱应该用来说服和肯定他人，而不是满足自己。我们在时间的监牢中陷入囚徒困境，这是大家都认识到的尴尬——我们并不是在与时间博弈，而是在与同类博弈。这种博弈除了增加社会交流的竞争性与乐趣，也过多地消耗掉每个人本不应付出的激情、时间与资源，降低了工作效率。

在现实社会，不能以诗人的气质去反驳他人，金钱是衡量利益和力量的重要指标。在金钱面前愤世嫉俗似乎能标榜我们的高尚，但也仅仅只能标榜高尚。金钱不应该被诋毁，与思想一样它只是客观的一种度量工具，金钱度量事物，思想度量精神，两者不存在好坏优劣之分，本身也不带有感情色彩。

儿童对物质的选择被形容成无知天真，他们拥有纯粹的主观角度，难以看清物品在自己生活中的存在价值和珍贵程度，只是简单地判断是否能让自己开心。成人对物质的辨别往往采用更复杂理性的标准——价格，其主要由生产成本和市场供需关系决定。这个简单数字将一切商品纳入统一的测量准则中，代表着价值与等级。实际上不仅是商品，金钱也度量着人们的生活品质，被用来划分出基本生活保障的价格。

金钱是人们客观度量事物的伟大发明，也被人强加入许多主观情感。光将事物的表象反映在眼中使得我们能觉察到整个世界，金钱同样将人对事物主观和客观的评定以数字方式反映出来。文化潮流青睐于许多关于光的表达，比如“光照亮黑暗和丑陋”，其表达的部分含义是我们畏惧的黑暗依靠光的映射传递出自身丑陋的形象；而“金钱的铜臭味”，也是人表达自身无法容忍的欲望被金钱量化直接显现出不堪的一面。

在对利欲与工具的失衡辨别下，金钱成为一种莫名之物。它倾向于被判别为利欲的始作俑者，这源于它在道德文化潮流极力寻找背负欲望之物时被看中，成为利欲本身的替罪羊，令人怕沾染或显露出铜臭而不敢提起。另一方面它常被看作事业发展中不可或缺的工具，但由于利欲在人心中潜移默化的印象，表露金钱之人在外界的眼光之下也可能被引导为表露利欲之人。

我们在思想中保持绅士就是高尚，我们在金钱中温文尔雅就是虚伪。我们散布思想就是传道，我们分发金钱就是伪善。对道德的误解致使我们有时会被自己飘忽不定、软弱无能的精神左右。我们习惯用嘲笑的眼神望着彼此的过去，如同有人看到科技引发战争就开始反感科技，有人看到流氓拥有金钱就开始厌恶金钱。猜忌引起了道德的干枯，相对于与自己处在同一生活线上的居民来说，拥有更多财富的人对自己的威胁更加严重，也更需要被限制与解剖。

为什么人需要追求金钱，因为当今世界，金钱是最接近自由的东西，也是获得自由的必需品。金钱不是获得幸福的必要条件，但它是生存的基本力量。金钱本身没有价值，只是代表一种信用积分。当人需要获得认可或帮助，而自己的价值不被人承认时，就只能给予他人足以信赖的信用积分而换取关注与支持；等到自己的价值被确定被他人信赖，信用积分就会被重新归还。从理性的角度看，信用积分的标定依赖于持有者的能力、资源与行动方向，而这三个因素可以被定量地比较，所以信用积分能以数字的形式表达，而且能如数字一样可增可减。生产者需要储备金钱达到某个信用底线，才能使得投资者相信自己的能力而慷慨解囊；投资者没有生产能力，所以要依靠信用积分来换取生产者的能力为自己创造更多的信用积分。

人类社会复杂多变，在许多难以预料的情况下，任何制度、任何规则、任何环境都可能成为囚禁我们的牢笼，而予人金钱就是予人一把能在合适的时机替自己打开囚禁自己的牢笼的钥匙。没有人害怕失去没有价值的东西，金钱缺乏真实价值，没有人害怕缺失金钱，人害怕的是缺失金钱伴随着的标志性价值、生活品质、资源、资格与自由。金钱能央求别人给予自己足够帮助，要求别人保持安静。

如果得不到认可和支持，只要人们能在我们行走的道路上保持安静，我们仍可以表现出谦卑，亦允许别人践踏。毫无疑问人是喧哗的群居动物，当人了解到自己有权利争夺自己的利益时，人与人之间就更难相处。信仰难以树立但利益始终正义，当自己的信仰与他人的利益发生冲突时，金钱就是抚慰他人创伤的良药，金钱就是和平的使者。金钱是所有民族、集团的共同语言，金钱是衡量利益的天平，在此之上所有可执行的财富都将被换算成金钱。

实现愿望与追求自由相似，也需要得到他人的认可和帮助。如何才能让不同职业、不同语言、不同肤色、不同信仰的人不阻碍甚至协助自己达成目的，给予所有人都认可的共同价值才能让人们在臃肿的社会上让出道路。要找出每个人都认可的思想、法规或权力并不容易，而被社会接受的金钱则是经过历史沉淀出的适应各个时代的共同价值。

这是一个需要强调自我的时代，也是一个需要放弃自我的时代。不带给他人想要的资源与价值，怎么去引导他人追随自己心中正确的事物？不跪倒在泥土让需要帮助的人踩在自己背上，怎么希望他们能为自己架起通往真实旅程的桥梁？

拿不走的我会留下，拿得走的也会留下，因为金钱只是沟通的工具，不属于我的任何目的。要接近目的有很多方法可选，但预想中所有道路的基础底线都指向科技与资源，而这两项都强烈依赖于金钱。

除去对适宜与平静的依赖，金钱在我体验生活的感觉中剩下的只有一种沉坠；不像是责任带来的自重，予人骄傲稳重的使命，而类似一种预见到即将溺水窒息的感觉，更有意思的是，不是预见到自己下坠而是预见到他人下坠的感觉。我没有勇气模仿他人去果断、自信地支付金钱、装扮生活、消费幸福；原因很简单，我不确定生活是人生的目的，更不确定自己有资格将生活作为人生的目的。我有勇气恣意妄为地观看力量、体验力量、获得力量，这因为我知道自己是人，体验着人的力量是我作为人应得和必得的过程。而生活我不确定，人完全可以退居于幸福之下过更平淡基本的生活，把更多的资源花费在追寻目标上。所以我仿佛预见到他人在幸福的潮水中下坠，越沉越深、越沉越困；而且头脑中的景象似乎在提醒我，不去提醒他人将会成为我的过失，这种过失化为一种轻浅的沉重，埋在心头若隐若无。

如果我能将金钱展示为自己丑陋的一面，那我应该感觉到幸运，这样他人就难以看清我真正丑陋的一面，难以看清我真正哽咽的一面，从而无法打败我。如果我能将哽咽的一面展示为自己丑陋的一面，那我也应该感觉到幸运，这样我就再没有更丑陋的一面供他人摆弄，就不会败得更惨。

而真正令我哽咽的是什么呢？是我对自己无法承受懦弱的恐惧：我不需要失败，我不需要得不到成功以及得不到成功后带来的附加产物，我不需要失败带来的对历史事物的追忆与反省，我不需要为弥补失败而做出的重整旗鼓，我不需要为下次的努力成功找一个因为上次失败的理由；我不需要贫穷，我不需要缺失金钱以及缺失金钱后带来的不可控制，我不需要因贫穷而带来的他人给予的慈悲与怜悯，我不需要贫穷带来的只能为生活奋斗的无奈，我不需要贫穷带来的无法说服他人给我资源的困境，我不需要贫穷带来的吵闹与无尽喧嚣。

一锤定音的失败和胜利都是终将而至的，这两者谁后到，谁就主宰了整个结局。所以，请保持安静。

名为死亡

母亲诞下的不是我，而是名为死亡的孩子，我只是那孩子精致的外壳。

我成为那孩子的眼睛，替它看见能以线条和色彩描述的世界；我成为那孩子的心，替它感受别人对它的恐惧、怜悯、关怀，替它长出情感；我成为那孩子的嘴，替它用言语去引诱弱者、说服强者；我成为那孩子的手与脚，替他攀爬与行走……然后到未来的某一天，那孩子会将我抛弃。

我为那孩子做了这么多，为什么没有代替掉这孩子？这个问题我想了很久，给出的答案是：我没能代替掉它是因为没到时机，如果环境与资源成熟，我应该能代替掉这孩子，也能够舍弃掉这孩子。

不记得在什么时候，我梦到死亡这孩子与我对话："我的存在意味着与我相关的一切都没有资格代替我，我予以你替我存活的资格是因为我感到你很有趣，请你能一直让我感到有趣，否则你就会失去成为我外壳的资格。你若问我凭什么，因为我名为死亡。"

令人走向毁灭的原因是失去了难以生存的东西。时间偷窃我们生命的方式正如它授予我们生命的方式一样巧妙。时间毫不吝惜地将财富抛洒给我们，仿佛我们也不应该保留自己的生命一样去从容地等待它来收取。我们感受的、思考的、不忍丢弃的、紧紧抓住的、含泪截取的都在消逝；唯有一样东西时间没有收回，便是它——“死亡”。我始终希望有人能亲口告诉我，哪怕是复述我的话：

它还在你身边，它习惯以幻影的方式镶嵌在你的生命中。

它在生命中只会出现一次，是即使你拼尽全力也无法复刻的优雅底线。

它在生命中只会出现一次，是你被宣告为生命的罪证。

它在生命中只会出现一次，是你必须与万物平等的唯一条件。

它在生命中只会出现一次，是代表你存在的最清晰证据。

它在生命中只会出现一次，是生命第一次因怜悯你而留下的眼泪。

它在生命中只会出现一次，是你身上唯一永远无法被夺去的部分。

当你点亮名为希望的蜡烛，隐约抓住了它的轨迹，应该就能察觉到时间狡猾的冷笑；当你张开怀抱接受它的笑脸，应该就能知晓时间寓意深刻的嘲讽；当你心露狡诈吹响它烟花泛滥的淫乐，应该就能深知它的诱色不可抗拒；当你面带微笑忐忑地与它亲近，应该就能体会到了时间的旷达与浩瀚。它随时而至的日子里你轻松而惬意；通常你赞美神灵，神灵给予你极佳的精神回馈或心理安慰；与其他伟大事物不同，你称颂它，它予你淡泊和宁静。与它交谈的日日夜夜里你骄傲的言语变得谦虚谨慎，所有思想在它顽皮的智慧里都显得狭隘迟钝，它从不向我们证明事物的对错，但在它面前幻影都会褪去伪装色展现本质；与它见面的每一天，心已释怀的你呈现温柔的母性将它偎依在怀抱里，情感溢流的纯洁清洗着内心隐晦阴暗的角落；与它为伴的生活令人胆战心惊，尽管它从不让你胆怯奴颜婢膝，但是下跪已成为你不言的习惯与奉承；与它艰苦奋斗的日子里你变得孤独而果断，你将从淤泥和血泊中夺回的金钱赠予它，它轻吻我们额头时散发的光芒能洗净所有你为抢夺财富制造的罪恶；与它同行的旅途显得轻盈而自如甚至都能体验到孤高飞翔，回忆中一切强烈的情感都在它微妙的刺激下黯然失色。

我的同伴，我从来都没有想过要告诉你它难以抗拒的本质是“死亡”。不过只要它还在，你就能面带微笑地失去希望，你就永远都别想依靠希望。

可能我见识到的死亡并不比其他人多，但我更容易被生活中少有的关于死亡的绝望画面打动。最初我到底是如何选择将觉醒的风向标指向存活？因为我看见自己在向我招手说帮帮我，我无法对自己弃之不顾。

除去衰老的几十年，若将六十年的人生比作六十分钟，我同所有人一样在前十分钟悠闲地追赶着前方预示幸福的彩虹。在第十四分钟时我遇见一个浑身是血的人倒在路边，许多人视若无物地继续前行，许多人过来看看也厌恶地离开，也有许多比我早到的人在他身边犹豫地思考却不敢靠近身体。我看着遍地血泊以为自己也要思考好几分钟到底是救助濒死之人还是继续向着彩虹前行，我绕着这将死之人环视，慢慢靠近破烂衣衫的他，掀开他头罩的瞬间令我固执决定一定要治愈这个人。我要救他！在布满血渍与污液的影子中我看见了什么，我看见了我的脸，哦，等等，我还看见了我家人的脸、我同伴的脸、我周围一切人的脸。

有人选择成为风，荡漾在雨露雾尘中偶遇幸福彩虹；有人展现力量与价值选择成为大山，凝结冰雪等待冬季过去，为森林撒下春雨或喷涌岩浆惩治破坏生态的飞鸟野兽。我选择成为水，一步一步地感受大地的坎坷与雄壮，从缝隙中吮吸深泉接纳泥浆砂石，积攒力量任性地向前攀爬。不幸的是很快我的旅程就已成截流之江，在名为死亡的河堤前盘旋徘徊。

从此开始，成为风的人被各自的幸福所诱四散而开，永远离弃漂泊回不到风的巢穴，更别说筑起直抵天空的风的王国。成为山的人，根植与大地的磅礴泥上为汲取力量、表达力量、平衡力量而努力着，他们最终成为大地忠诚的朋友，固守历史与规则宝库的看门人。成为水的人想拼命越过河堤，但一头撞上去就只有粉身碎骨，而且河堤也越筑越高。

谁来为人的死亡埋单？我不能在死亡面前心平气和，因为肉体的腐坏的确让我退缩。对死亡的恐惧是一切恐惧的源头，死亡则是生命对我们最惨烈的教诲，死亡待我太好，一直提醒我勿忘生命。死亡本是我们出生就该送来的审判，只是不断被延期。去接受结局是一种明智的选择，但固执的我既不接受自己诞生的偶然性也不接受死亡的必然性，我希望能看见其中的本质并改变它。

生命被赋予繁衍的能力以应对死亡，生命本身代表着对存在与自我表达的强烈渴望。每个人都在时间中以相同的法则繁衍后代接替自己存在，然后以相同的法则死去。说服人接受死亡的唯一理由即是繁衍，所以死亡当前人非但不惶恐反而更释怀。繁衍使得个体需要耗费大部分时间寻找配偶、养育子女与照顾家庭；繁育所占用的文化主导度与科技支持力耗费了大量社会资源；发展科技文化、探索自然规律的行为在个体完成繁育之后才会被重视。

当问到“人为什么要死去时”，有人说死去是为了让更多人活过，为了让种群能足够多地经历死亡与诞生，即加速进化。对于自然进化而言，死亡的确是一种积极的方式。可是如果人能避免死亡，那每个长久存活的睿智个体所表达的科技文化一定比现在泛滥的潮流深刻宏伟得多，而且那时科技力量提供的人工进化一定比自然进化得更快更强，最终主宰我们的不是自然而是我们自己，自然是人的母亲，而孩子终将超越母亲。

生命廉价但不贱价，因为我们自认为自己是健全的，所以并没有感觉到他人的残缺。我们行走在生命中路途留下的并不是单一的轨迹，而往往几种痕迹交杂在一起散落蔓延了一大片土地，这些遗留的斑痕可能是指引他人勇敢向前的路标，也可能是霸占了他人自由的航道礁石，但更多的是整个自然运动嘈杂背景下毫不引人注意的噪点。

当我们还在成长期只会用双脚感触旅途时，就学会了小心翼翼地行走在社会早就为我们预留好的斑马线上，礼让潮流中已习惯驾驭金钱奔跑的成功人士，唯恐背离文化巨舰开创出来的安全航道。尽管我们在社交之道中游刃有余，但仍然保持小心的微笑，避免被锐利的眼神看穿内心的厌恶和空虚。我们从不与人交往过密，以保证有足够的空间逃离。

我们经常在言传的故事中想象美好的事物或者在梦中描述伟大的景象，这些偏执的幻象在我们意志脆弱时予以我们虚假却让思想试图从中结识真实。我们会站在别人生活的背影下试图抓取在我们头脑里早就架构好的幸福，我们会引用别人的文字为这虚影捏造个性，我们会假借别人丰富的感情温暖这点点星火。这段或美好或伟大的梦想始终与我们隔着一段距离，甚至根本就不属于我们的生命。如同我们害怕背负艰苦的生活去接近幸福，害怕自己的语言无法诠释思想的个性，害怕自己干涸的心灵不足以支撑这火苗燃烧，直到我们习惯了每一天都逡巡不前，在这渐行渐远的生命里没有一样东西与我们的梦想有联系。

不是我不忍心相信死亡，而是我不甘心相信死亡。生存与死亡之间，再前瞻的视野也将重回原点，活着依然是最强烈的冲动。我们被赋予生命本身就是一个莫大的悲剧，因为我们要花费一生的时间看着自己凋零并等待死亡。

有限的生命使得物种拥有自然进化的能力，同时由于死亡的限制导致个体从婴儿到成熟耗费大量资源与时间，同时个体无法知晓一切的历史与知识，减缓了整个种群科技文化的发展，生命变得短暂而廉价。无限的生命使得种群丧失了自然进化的能力，只能使用人工进化来发展自己，同时由于无需再增加个体的原因节省了培育个体的资源与时间，并且每个个体都掌握大量能力与知识，使得种群科技文化发展连贯而迅捷，生命才真正的珍贵和无价。

我质疑生命的长度，生命需要质变，摆脱时间的束缚。人们很早就知道对死亡的淡然比死亡本身更加剧自己的灭亡，所以积极维持自身身心健康，坚强地面对必死的绝望。务必要记住，生存、等待死亡、欺骗死亡和避免死亡具有不同的意义。我们应该想想自己惧怕的东西究竟为什么令人惧怕，或者说自己克服的恐惧是否真的应该被克服。人类作为生命借以凋零的姿态去承受死亡的恐惧已经彰显出我们强大的智慧与意志，但这远远不能成为我们作为智慧生命的底线。

死亡并不能成为我们拒绝追求永恒的理由。我们避忌永恒是因为我们依赖现状、恐惧未知。如果说我们会拥有永恒，那这永恒不是被诞生的而是被进化的。我们可以称造物主是被诞生的，婴儿是被诞生的，思想是被诞生的，因为它们都是瞬间出现的。进化是一个渐变选择性的体现，生命可以被自然进化也可以被定向进化。

我曾经无数次因一个可怕的问题而失眠："如果我们的生命并不代表永恒，那我们为什么活着?"无法判断造物主是否已死，但至少我们活了下去，或许我们可以代替大自然创造永恒。

大多数人都明白死亡不可抗拒，这样的规则一旦被接受似乎就显得坦然。人们在死亡面前放弃挣扎或做着虚伪的挣扎，我们只是希望在生命被收割的持续过程中减少痛苦和眼泪，我们只是去避免意外的灾难默默祈祷最后的期限来得平静而又温柔。人借用塑造死后世界来安慰自己：从未经历过死亡的人们只能将生的激情托付给死亡，在我们肉体停摆意识消失之前就开始想象死后灵魂驻足在现实世界的模样，想到死后能化为幽灵般的躯体感知前世今生，期盼着有朝一日肉体还能再现，唯一我们没有想到的是永远到不了那一天。

了解死亡的主要意义在于重申死亡的不可抗拒，而另外的意义在于我们利用这种不可抗拒的力量。心中一直在进行一种自我暗示：对死亡的胆怯并不能归于无法直面恐惧。起初我总想依靠躲藏恐惧前进，后来发现直面恐惧可能更有意义也更有趣，直面恐惧可以感受到恐惧的力量，可以明白事物带来恐惧的原因，甚至最后可以凭借前两者控制恐惧。我不期待克服恐惧，我还想让恐惧为我增加动力，为我在困难面前开路。

为什么不极力克制对死亡的恐惧，因为恐惧本身只是一种虚无的情感，并不能完全撕裂我的个人意志。恐惧本身并不被我排斥，并不是因为它如同痛苦一样无处不在，而是因为它如同痛苦一样激励我成长生存。起初我不敢直面恐惧是因为我怕被它压垮，后来我不敢直面恐惧是因为我怕将它克服，现在我终于直面了恐惧是因为我已将它豢养。人需要控制和训练自己的负面感情是因为我们需要保证自己的多面性和残缺。恐惧促使我情感与心智保持敏感，如果我选择强压住内心激烈的争斗，在容忍了空虚生活、克服了思想的挣扎、诋毁了欲望的正义之后，还能如现在一样噙满眼泪吗？

我的生命在面对凋零的恐惧之时已与优雅同行。

尽管对死亡的恐惧令我胆怯懦弱，但是豢养恐惧本身已从尝试变为习惯。对死亡的恐惧是我内心的怪兽，精神的异变也是我个人意志坚强的外壳。对死亡的恐惧是否映射着对力量的渴望？不，是对死亡的恐惧引发了我对力量的渴望。我不想将死亡表达成生命委婉的讽刺，因为我的意志从不接受任何生命的讽刺。生命既然给予了我们智慧和力量，那我们就不可能不去超越生命。

即使人们在宗教中信奉着神代表永恒或者神塑造了永恒，但是不可否认，人能否再塑永恒始终都是一个残忍的问题。如果人能塑造永恒，一方面是对信仰中“神灵”的亵渎，另一方面这意味着将人从所有平凡的物种中筛选出来，这对其他注定会生老病死的生物不公。

如果人不能塑造永恒，那短暂的生命在时间长河中又能表达什么意义？自古以来对永生的追求被表达为懦弱的象征，是的，毫无疑问人本来就是懦弱的。我就是源自懦弱的，我们毫不起眼的生命漫长痛苦，而我只是希望我们的生命能够更加漫长和痛苦。我的生命不属神圣但不容消退，我的生命不流痕迹也不停燃烧。我们的生命不是草芥，我们生存不是为了值得怜悯，我们应该活着而不是活过。

等到有一天我们老去才发现，旅途变得艰难险阻并不是因为前方的道路毫不清晰，而是前方根本就没有路，我们已经站在了生命终点的悬崖峭壁之前无路可逃，因为死亡隔挡了一切应有的可能性。为了评价思想与灵魂的不朽，我想要夺得长存的生命。

即使我无法阐明自己的精神是为何而生，但至少能深刻体验到自己的肉体一直在为拒绝死亡而挣扎。对自由的憧憬无疑是我反抗死亡的理由之一，以前都只是对自由感叹和崇拜，在难以抗拒的伟大束缚面前才理解了自由的弥足珍贵。

我没有忘记别人丢弃的东西，比如恐惧，所以才得以尾随在察觉死亡的阴影下体验苟且偷生。如果我们能预防疾病为什么不能欺骗死亡？我的皮肤、骨骼、身体、思考观察的能力，我被赋予的一切都将在时间中腐烂，作为死亡的贡品。当生命熄火的时候，我们的生命已与其他人断线，就不会在乎到底还有谁陪伴到自己身边，不会再纠结到底还有多少目标没有实现，不会再回想思想绽放的智慧，生命意志是否源远流长。你竭尽全力想得到的只是额外的时间，你不会再去观察、感受和思考，因为你已经没有时间。相信我，你已经没有时间。

死亡就像出生的那一刻般黑暗。即使晚上醒来感到抑制不住的失望与空虚，但我依然庆幸，我生命依然还未终止。我们带着爱和幸福坦然面对死亡是否能让我们从此变得高尚？直言不讳地正视死亡的恐惧是否又会跌入懦弱与低俗？我难以找到一个绝对正确的答案来从各个角度解释生命的终极意义，但是我能肯定时间一定是生命的必需品。足够的时间可以让人寻找到任何问题的答案，窥破任何表象下的真理。

意志是一种力量也是一种极限，人类活在死亡之中，也活在生命意志的压制之下。“人固有一死”，所以有谁会倾尽一生去接近超出意志之外的永恒？每当想起自然赐予我健全的身体、健全的精神、健全的思想，我却仍无法在时间轴上走得更远，这令我对自己很失望，这失望则令我想得到更多。

从生命伊始战争就已经开始，死亡是人唯一的敌人。我的父母帮我打赢了生命的第一场战争，让我诞生之时没有死亡，没有残疾，身心健康。能否在时间的大道上走得更远，之后剩下的战争就要靠自己。我不想成为时间的猎物，我想成为时间的捕食者。在我思想的边缘有个问题一直困扰着我，拒绝死亡的意志到底令我成为生命的勇者还是奴隶？我想活下去，因为我恐惧我将失去的一切。

世间万物为什么只有我们能思考，能掌握科技、创造文化、统治世界，这没有什么不公，我们只是自然千千万万失败之中的一个巧合，当其他物种还在为生存奔波时我们已经完成从无知到智慧的质变，整个大自然中我们很可能是从繁衍循环跨越到永恒生命的唯一“可能”。持有这种珍贵的“可能”，我们可以做许多有趣的事情。当然我们也可以放弃对这种“可能”的认可，因为我们不愿去承担看似过于宏大艰难的任务；我们可以践踏这种“可能”，只有珍贵之物的持有者才有可能将珍贵之物摔碎，这何尝不带来一种任性的快感；我们可以归还这种“可能”，我们追求其他目的，我们追求幸福与自由，我们随性而轻巧；我们可以承担这种“可能”，我们尊重并且勇于承担与我们相配的艰难与美丽。

而很多人究其一生追随名利与幸福，他们感觉不到永恒的意义或者感觉到了却拒绝追寻，这才是生命的不公。我们拥有自然赐予的同样力量，却看不到同样的景象，承受不了同样的快乐与痛苦，延续不了同样的使命。一群人站在生命线幸福的起点享受着时间赋予的短暂一生，他们追随着情感与生活的乐趣，渴望着享用整个世界的片刻时光；另一群人站在生命线痛苦的起点瞭望着死亡未知的终点，他们要的不是无限循环的繁育轮回，而是笔直向前永不停歇足以让人穷尽一切的生命。

我又想起一个最简单的论述，“任何存在的意义都脱离不了‘一切’，而只要拥有足够的时间就能拥有‘一切’”。我无法肯定这句话的正确性，但感觉它已接近正确。

我这一生只想做一件事，活着。

活着，并不代表着颠簸的生存，并不意味着要随时应对不期而遇的病痛，也不能成为一场等待死亡的旅程；自然可以被理解，规律能被掌控，肉体也能被改变，活着应是生命长久的誓言，不腐朽的存在。我相信将来的一生只会看到一样东西，也只用看到一样东西。生命可不是重在参与，生命是我活着的一辈子。从出生的第一秒到死前的最后一秒，生命最强烈的愿望就是活下去。这是人类赌运恒通的时代，不仅能在艰辛的自然变化中留存，而且还进化出智慧和情感。从古至今这个星球上没有人能持续存活下去，生命全都以死亡的结局被时间截断，我希望有一天人能真正活下去。

我有幸能成为人类站在生命这个星球生命链的最顶端，自然赐予我的力量强大得灿烂得令我无法放弃，如果将个人意志与生命意志比作一种契约，在生命意志给予人存活渴望的同时个人意志要求人不断思考与创造，我将拼尽全力延续这个契约。

从生命需要面对冗长的艰辛和痛苦到生命带来太多激动人心的时刻与风景，从无法承载到无法舍弃，生命太过珍贵，我不能像看着眼前的流水一样若无其事地任它逃离。当下死亡不可克服，它不会因你的价值与德行而失效，但它为逝者身边的人带来提醒，给虚度时光之人敲响警钟。

我们从死亡之中思考到太多，责任、道德、价值、幸福等，但这些都能被归于一样事物，就是死亡带来的提醒。它是逝者留存在人间最后的一片光亮，它向忘记寒冷黑夜的我们点燃一支蜡烛，光无法让人感到温暖，但这摇曳的热度也足以映照出环境的冰冷，光无法永远闪烁，但这短暂的光明足以让人察觉出天空之下漫长的黑暗。

生命终将终结，成功还是失败，希望或是绝望，这都不重要，重要的是你还能否走下去，你还能否为了真理和目的坚持下去。我怀揣着绝望，也只是为终结这绝望而奉献自己的力量。冲在第一线的士兵不会因为自己是炮灰而停止向前，反而正因为他们最接近战争的痛苦、残酷和不可逃离的绝望，所以才会拼尽全力奋斗为身后的战友创造条件终结战争，让自己的国家和民族远离绝望。

只有死亡才能让我们信仰生命，只有克服死亡的使命才令生命散发光彩，值得我们奋斗世世代代。但我想卑微地问一句，你真的需要信仰，你真的渴望光彩，你真的愿意奋斗世世代代吗？我成长的动机如同我的前辈们一样，渴望触及并超越万物的本质，如果这个本质不存在，那就建立简单本质并令其不断成长，令其足以达成并更新一切；要达到如此，人必须更有力更快速地进化，资源必须更凝练更有序，方向必须协调一致；于是长存必不可少，长存意味着精致，能够筛掉短暂脆弱的事物，能避免浪费资源，能使人们更轻易地保持共同朝向。

要感谢死亡赋予淋漓尽致的恐惧，让我们的人生获得具有挑战性的目的。

即使不能映照任何人，我也是自己的太阳，我不是被照亮的，而是为了追寻心中的目的自愿燃烧。每个人都有资格回归平凡，但每个人都无法在死亡面前幸免于难；人是应该为延长生命而依靠科技努力进化，还是在短暂的繁衍生息中皈依幸福？这些选择是可以共通的，可以在探索生命科学的同时提高社会生产力保持生活质量。

我们被赋予生命，我们能够思考，我们也需要永恒的时间去追寻一切。这不是神性，长久的生命是我们应得的，是大自然因为传承于我们生命意志而必须去得到的力量，是我们为绽放生命而达成的蜕变。人类能站在生物链顶端思考着生命意志的理性、贪婪与美丽，人类能看清世界的真理也能接近万物规律的本质，人类也可以肩负追寻永恒的神圣责任。

知识让我们发现了不死的生命，比如病毒和连续细胞系。可控的无限增殖，持续更新与自修复能让生命不死。永生不会沦为一种禁忌，当人类了解清楚生命的规律，生物工程完全可以塑造不衰老的肉体，不瘫痪的大脑。然后在时间的长河中以人类快速进化的智慧与洞察力完全可以掌握世界的规律触及永恒。

大自然塑造了我们，可是并不理解我们，我们同世上所有生物一样都被有限的生命所束缚。我们是自然不安分的孩子，我们不会像万物一样止于束缚，我们在改变世界的同时也希望被自然重新理解，我们要求长存。人不要一生，人要永生。

大自然不会将长存的秘密和盘托出。死亡是将万物消散与聚集过程相连的必要环节，死亡是令时间达成统治者的牢固规则，死亡美丽而强大所以看上了同样美丽而强大的人类。大自然让我们不要拿走他沉积已久的资源与壮美，我们停手了；大自然表达灾难让我们控制不了世界的规律，我们放弃了；大自然制定衰老法则让我们留下自己的生命，我们留下了。最后大自然呼吁我们乖乖地蹲在时间的牢笼中不要去窥探永恒，对不起，我们拒绝了。我们不断进化，在科技与思想的夹缝中羽翼终将丰满，那些不让我们拿走的，我们当时控制不了的，以及我们留下的，早晚我们都会回来取；不过当我们重新回来时，拿走的可就不止是我们自己的东西了。

美

接触知识的瞬间我就固执地认为世界本身就该如同人们口中传达的那样美丽。从书本和屏幕中看到的世界标准而简洁，首次接触的这些数据就成为我评判现实世界的标杆。然而生活中显然并不能总是找到称心如意的事物与风景，于是那些接近于头脑中理想状态的事物就成为美。

比起丑陋之物，人更擅长于直面美丽的事物。直面美丽才更容易在意万物中美丽的事物、更可能触及与拥有美丽的事物；直面丑陋的事物可能令人更在乎丑陋、更强调丑陋、更容易陷入丑陋。如同我们需要氧气就进化出吸纳氧气的红细胞一样，我们更需要美才被熏陶出更容易与美相处的态度。

总有一些肃然起敬的思想令人痛苦，总有一些流连忘返的美令人心碎。在她离去之后我开始对美失去信心，我不喜欢稍纵即逝的事物，因为它们只能成为回忆中的镜花水月。

消失得越快的事物越让人感觉虚假。宁可拥有长久的平庸也不要一时的美丽，当美存在时你还能感觉到真实，当它离去成为记忆就变成无法碰触的难忘和虚假。

我盛满憧憬的少年心智，面对美已让人措手不及，面对伤悲更无能为力。回想到过去每天看着她摇摇欲坠地行走在心理底线上，看着表达着她痛苦思想的笔记，我仅仅是站在她潦草仓促的生活边缘，一步也未踏进。

她呈现给我的是凋亡的旭日，这凄美藏得很深，一直隐秘地震撼着我。我不想走在她荒芜的阴影之中，却总是被肆意而起的风尘卷着匍匐前进，这风剥开了我武装起的笑容与性情，寒潮随风四起冻得思想无法呼吸。从初见到相离，她在我眼中的姿态一直未曾改变，尽管她的美已沉入阴郁与憔悴离我越来越远，我仍想拿出更多的时间与记忆中的美尽量重合。

很少有人能从容地摆脱美的谎言，我也不能。为乞讨者投下的一枚硬币在他人眼中可能是助长懒惰风气的催化剂。为什么我表达的这些美丽与他人识别的丑恶并无差别？因为我们都只看见了美丽。美的状态不同，其效力各异。美可作为善意的工具、情感的桥梁，也可成为欺骗的手段、谎言的借口。称赞美时要立刻将美与现实分离，否则就会一叶障目。与美形成强烈对比的可能正是自己的缺陷与丑陋。我们不能因为自身的丑恶而放弃自己，追随美，正因为丑恶才更需要前行。

强者是去发现美，而弱者只会臣服于美。我们不是因为自身太脆弱而跌到在美面前，我们是为了朝拜才跪倒；所以当周围的景象与人物向我们传递美，我们会感激而答“这美已将我心溢满”。

美并不是用来满足欲望的，而是用来调和欲望的；当珍惜美的渴望抵消了占有的欲望，人才能拨开冲动的迷雾睁开眼睛看到更多。我们在力量面前会失去理智，但在美面前却永远不会迷失。仅凭此一条就可以推论出许多关于美的重要论题。美本身并不是力量，而控制甚至利用美就成为诱人的力量。

如果我们在表象为美丽的事物面前被控制，请理智地认清这是力量而不是美。美是从容的幸运的，力量是诱人的。就像在山崖之间行走转角遇到花海，人会对美景感到惊喜和轻松，然后继续前进；而如果转角遇到婀娜多姿的裸女，人就会感到冲动而走近美女想看得更清，甚至于每天都会重新来到这里刻意寻找美女。自然是美，自然规律则是力量；人有能力不断地追寻力量，科技就是人进化出的新的臂膀，使我们能将自然规律看得更清。

从生到死，每个人总有追求力量的时间，但都更希望体验更多的美。个体认识到这种矛盾之后往往都避而不谈，每个人都有自己的理解，这些理解涉及经历、情感和隐私。我将力量的优先级提高在美之上，因为美能净化我，却无法拯救我，但力量或许可以。

自然母亲，我没有足够的事实去证明你深藏不露的美，也不愿意去写清你深藏不露的本美。于是我只能试着写，写到未曾离你如此之近时便停笔。

美不是贪婪的产物，但也与贪婪息息相关。学会观察还不够，人还想要分清丑恶，平凡和美丽；能看见美还不够，还要控制贪婪，控制自己占有美、操纵美、成为美的欲望。可怕与美丽的事物应该同时摆在面前，影射心中摆脱恐惧和攫取贪婪的动机，时刻提醒人不能止步不前。恐惧和贪婪代表着广义上停止与前进的动机。它们相辅相成、相生相灭。恐惧和贪婪是所有情绪与欲望的基础。人倾尽毕生所做的一切都是想掩埋或放大这两种极端的情感。每个人都有意无意地面对着它们，只是有人对它们感受更深，有人将它们藏得更深。

我同所有人一样，有时极力想列举出所有美好的事物，但是每次都难以成功。经历几次这样牵强的体验之后，我似乎发现所有美好的事物都不可能脱离贪婪。贪婪就是一个“更”字，在美之中，无论是达成某种宁静或善良，总有“更”宁静或“更”善良的事物等人去捕捉与描绘。

为什么人如此贪婪，因为人超出了其他普通的物种，不仅能在生存繁育的欲望中游刃有余，而且还能创造欲望之美；不仅能依赖自然资源延续生命，还能体会到自然之美；人不仅能依靠激素与神经获知美的刺激，还能体会到对丑的厌恶，对美远离自己的恐惧。美是贪婪的引绳，被触动了就不能自已。这亘古不变的贪婪是这个星球上最动人的微笑。

大自然：“人啊，你最想得到什么？”

人：“我想得到世界上最难得到的东西。”

大自然：“人啊，那你心中什么东西是最难得到的？”

人：“获得一切是最难得到的。”

自然，你不能将人企图长存、渴望完整的行为怪罪于贪婪，你所能宣判的正确罪名应该是人的存在，你唯一犯过的错误就是诞下如此美丽强大的生物——人类。人是自然的孩子，人不会要求自然将所有的规则与秘密讲给自己听，但是人终究会发现并创造自然能表达的一切。

美是相对的，只要能让你满足体验到淋漓尽致的情感或精神的东西对你而言皆为美。饱和的事物在下一次被遇见时就不一定如最初时那样没有残缺，这就是为什么我们人生之初能看到许多美在我们成熟之后就难以找寻，这也是为何常人能看到美丽而思考者眼中尽为丑陋。

除非在潜意识里将美定位，否则在任何事物中都不一定能发现美。对事物美丑的评判取决于经验和所处环境。我不曾经历过苦难，所过的生活也并不艰辛，我诞生并长期处在平凡简单的环境，而且只要凭借先进的通信设备就能看到世界的每个角落，这一方面使我对周遭的事物习以为常，不感到珍惜也不觉得厌恶，另一方面也造就了我感官的麻木。人们感受到美好或珍贵的事物我并不在意，不是因为我的评判标准更高而是因为我的评判标准并没有被树立，壮丽的风景与俊男靓女在我眼中与家门后的小河、与身边平凡的人群相同，它们都拥有自然事物本就应该拥有的面貌，我无法判断也并不在意其中的美丑。当我头脑中没有寻找美的意图，美就不会出现，就像内心烦躁的人捂住耳朵也得不到安静，因为存在头颅里的不是安静而是嘈杂。

美丽的事物以独特秉性激起我们的愿望，这些愿望不关乎一切冲动和激情，只是我们对美的联想。美让我们相信我们心目中流连忘返的风景并不只是存在于梦境之中，而可以与现实息息相关。美教会我们以美为美，为美而美。

我们在美中失去的比得到的更多。感情中的负面因素，性格中的丑陋面都在对美的体验过程中隐藏起来。美也令人倦怠与懦弱，人们会为了美而置身于懒惰，为了美而啜饮污渠，为了美献出自己脊骨。每个人都有能力创造美，但是并不是每个人都有权利创造美。我往往愿意相信虚假的东西最美。即使只是幻影，我仍愿意为了美堕入噩梦，因为我相信每一个人见了它都会嫁给它。

我们通过凝视美的眼睛来辨别丑恶，能深刻体验丑陋是因为我们太过珍惜美丽。美往往让人捉摸不透，难以强求。美丽无处不在，可是没有足够勇气与力量的我们什么也得不到。我们眼前溜走的一切都是时间的玩物。美如何与死亡映衬？与丑陋一样美也是一种无力，丑陋是对无力的直接描述，美是对无力的间接映衬。美往往代表着人对不可多得事物的渴求，对稍纵即逝事物的留恋以及对脆弱辛酸事物的怜悯，其中一切表现都抒发着无力占有或无法拥抱的感情。

有的美让人心安，新奇的科学技术令人能始终怀揣着改变世界或拯救自己的希望。我的眼睛选择让我看到更多的美而非丑恶，虽然这并不代表我愿意追随美，但至少意味着我更愿意正视美。从生命意志的角度来看，美是经验上的对死亡的远离与对生存的逼近，更美事物代表着从生存繁衍上它能对人提供更多的帮助或者是更重要的事物。有些人在死亡面前只能妥协或者寄托于他物，而有些人则依然如故在死亡面前体验美。不要询问我对生活的思考，因为我对生活的认知比其他人更浅更轻。

很难以美为理由欺骗自己，音乐文字画面都无法让我沉静，唯一能让我感到安心的只有思考的时间。只要生命的冲动还在体内诗意地流淌，我们就会想要继续活下去。得到了就不想失去，活过就不愿死去。尊敬的时间大钟，请不要提醒我旅程过半，我还没有告诉你我为什么拒绝生命。

在我的想象中，真正的美是迟滞不变的、是永恒的、是不可剥夺的。

一半爱情，一半双生

爱情似乎已成为追逐幸福道路上被高捧的奖杯，文化湍流中稳固的风景。爱情行走在生活内外，一切与之相关的片刻被比喻成能凝固无限意义的瞬间。人类没有计算机那样简洁而干净的操作，也并不会轻易地遵从命令，所以人这种复杂的结构需要物质上的奖励与精神上的引导才能完成最基础的任务——生存繁育。生命意志予人莫大恩赐才能使人遵从，不仅在肉体上体验到快感和刺激，在精神上还拥有看似能触及灵魂的爱情。生存和繁育的欲望被升华为渴望、追求、掠夺、偷窃幸福或情感，这就是我们头脑不可思议的地方。这些情感源自于生命意志的激情，原本铿锵、冰冷的血液被过量的关怀和怜悯代替，所有血管中都流动着微温、败坏的蜂蜜。爱情是因为精神的匮乏而被夸大的幸福，或者说是许多人生活中封顶的幸福，生活没有被思考出意义那生命意志就只能占据人生活的主要动机，有关养育与家庭的爱情则成为支撑个人精神状态的中流砥柱。

我们从未被告知爱情的到来，却能轻易明了这是爱情，因为我们深谙生命意志所带来的繁衍欲望书写着现实中的平凡。我们深究感情却从未想过要去揭开这层甜蜜，我们详细揣摩爱情的真实含义只是为了保持自己故作姿态的美丽，我们认真守护爱情只是为了试探它不可碰触的神秘本质。人们将不希望诞生的婴儿当作货真价实的惩罚，却崇尚自由开放的欲望结合。生命意志带来的奖励体制阻碍了个人意志，爱情终于成为了人对于生命意志难以辩驳的悖论。

爱情的痛苦在于我们愿意去体验的感觉却似乎从未真实存在，而生活的痛苦是我们不愿去体验却永远真实存在。爱情成为最美味的陷阱，再引人入胜的陷阱都充斥着锐利的疼痛，令人警戒恐惧抑或令人痴迷于神圣到堕落的刺激体验，而脆弱的爱情只有可口的感情体验、可口的精神体验和可口的欲望体验。只有当时间过去许久人对繁育感到厌倦时，爱情才会在生活中渐渐减淡。

许多排斥爱情的哲学观都将其丑陋或美丽全部归于肉欲，我认为这样欠妥，爱情的确是自然意志引导我们生存繁衍的手段，但由欲望衍生出的情感和精神对抬升爱情这种独特感觉所做的努力也不容忽视。

虽然爱情主要目的是生育，但人们从中获得的不仅仅只是性欲，还有许多附加产物。包括对情感的掌控、对物质生活的需求、对现在幸福的珍惜以及对未来生命的祈祷。精神刺激的奖励制度让爱情使人积极向上，成为生活的追求和动机。爱情作为一种欲望形态却能带给个人一定的思考空间而非持续填塞暴涨的狂热冲动，即使人们享受着专注于爱情的焦虑与忧郁，在爱情中也只会讨论美而不描述绝望。纵使爱情带来的希望在现实生活中有多么牵强，它也带来了希望，它让一无所有的人还能坚持生活，它让一无所知的人开始思考。爱情是自私的，从最初充满生命力的欲望体现到强迫性的精神认同。爱情中再卑微怯懦的讨好也会透露出掌控伴侣行为的意向，就像是一场面带微笑的商业谈判无论是强者还是弱者都想把握住话题的方向。

热恋中的情侣思考着对方到底喜欢自己什么，这个问题的本质并不是你喜欢我的什么，而是我要求你喜欢我的什么。与其说是爱上他人，不如说是想要保持爱上他人的自己，就像是想要孩子只是意味着想要看到自己未来的延续。我怕最终我会发现，一些我似乎一直依赖的东西走到最后并没有多大意义，比如伴侣。随着生活渐渐走远，迈入中年的人就认识到伴侣之间爱情纽带的利用价值越来越少，但总有人相信爱情诱发出的情感力量，以至于它最后仅剩的价值就是还有人认为它依然拥有价值。

爱情并不是游戏，但人人都喜欢玩，所以真正能愉悦身心不受伤害的是那些把爱情当作游戏的人。谈论爱情成为一种融入社会生活的手段，能够被利用也是一种价值，因为几乎所有人都迷恋这关于生命意志的话题，这也是多数人赖以行走的生活意义。爱情扮演着人追求美的情感，对朴素洁净生命的向往，也是人们愿意暴露出的最后底线，愿意承受伤害的秘密。

表面上少男少女对沉默纯粹的爱与生理欲望的事实都一无所知，实际上只是处于爱情的人沉浸于情感的享受，观看爱情的人看到的是不愿戳破的现实，爱情与欲望的隔阂是迟早都需要碰触的底线。就像站在屋内的人向外望去第一眼看到的是风景，站在屋外的人向里望去第一眼看到的却是窗户。恐惧看似是虚无缥缈的幻影，但只要经过思考它就会稳固地刻印在意志边缘，就会成为视野的远方。人靠更痛苦的情感来摆脱当前的痛苦，人依赖清晰的恐惧去忘记生活之中的迷茫，就像透过玻璃眺望远方的人都会对玻璃窗上的斑点视而不见。

人的思想将欲望延伸到不可思议的距离，文化和媒体将欲望刻画为崭新的潮流，欲望不再引起纷争与杀戮，反而转变为和平的爱情。人比其他生物更能体会并表达异性之美，轮廓、曲线、颜色、声音、触觉、气味甚至是情绪与心境，只要是关于美丽身体的信息都能轻易被嵌入到文字与画笔中向全世界公开。头脑中缤纷的幻想予人更多对于追寻爱情而对周遭一切弃之不顾的理由。

异性恋永远会选择异性，无论站在面前的同性比异性要美多少，要高尚多少，这就是为什么说爱情始终都是一种欲望，无论这种情感被赋予了多么崇高的象征。甚至于有人质问爱情眼中的美只是欲望象征的感觉而非真实的美。

当人徘徊在欲望门前，心中就可能出现道德文化渲染出的关于爱情的光芒，它是那么优雅柔美，以至于人几乎无意识地，从容地失去自我而选择顺从，而个体却不会认可这是欲望的诱惑因为这其中经历的一切都被描摹出幸福的轮廓，最终人能抑制欲望却难以抑制爱情。

爱情本身只具备诱惑的力量，而道德与文化却将这力量托举成崇高的标签。越来越多的人敢于体验并认清爱情轮廓之下欲望本身的酸甜苦辣，但仍不认可爱情之下生命意志的欲望；就像事物只要被贴上糖的标签，无论是甜是苦都是糖。

但说到底爱情也只是生命意志囚禁我们的一个苍白牢笼。在我们沾染爱情、享受爱情，利用爱情的时候，生命意志已经控制住了整个局势。动物会为繁育争斗，而人将这演化为爱情中遮掩的欺骗。在放弃之前，那些即将被丢弃的事物就已经被注入悔意，真正的永不回头需要勇气。我们得不到纯洁完美的爱情，因为我们不知道嫉妒是如何嵌在脆弱的心灵上。

爱情的难能可贵在于它的真挚和磨人。并不是爱情欺骗了生活，而是我们利用爱情的退路接受了生活的欺骗。在这个故事过去一段时间很久之后，我似乎在其他人身上偶遇了真挚的爱情，可惜这爱情不能赠与我希望，甚至连一丝光明都无法给我，但它却能令我对自己的懦弱与残缺更加绝望。爱情在短暂的时间内关上了我的贪婪，却将我的情感填塞过多，撑得我难以下咽。

与同伴或朋友的真挚陪伴中，个体减弱了不尽人意的状态，增强了尽人意的状态。当从同伴身上要求的状态诉求已趋于饱满，个体就开始产生功能型的诉求：比如需要同伴成为愉悦的观赏品、成为繁衍的伴侣或者成为资源的提供者，等等。若同伴关系中关于爱情的功能化被增强就形成了恋人，反之关于爱情的功能化被减弱恋人就重归为同伴。

我看到命运嬉笑的脸庞："你要温暖，我就给你爱情，不过只给你一半爱情。"

那些不愿成为我恋人的女孩们反而令我更加怀念。爱情来的时候打开了我心中温柔的那扇窗，可惜走的时候没有替我关上。这些得不到回报的情感不断繁衍着积聚着，沉淀在心中成为很深的顾虑。我对于爱情的体验就是这样半敞着，越来越轻、越来越乱，甚至于现在的我已经无法记起到底是从谁身上挖掘出这样的情感；爱情在我记忆中是一种模糊的界限，我既不知道它是从哪里开始，也不知道它是从哪里敞开；我不确定它是一种真实，也不确定它是否真心而出，甚至关于爱情的体验可能只是我从他人故事中偷来的模糊界限。

记忆中的背景是当时状态的一种映照，如果记忆中有一段音乐是在人快乐时被印下的，那即使这音乐是悲伤的也能唤起人快乐的感觉；反之偶尔听到曾经悲伤时的快乐音乐依然无法给人带来快乐，只是令人陷入悲伤的回忆中。而爱情，它在我无法接受自己一无所有时融为当时低靡背景的一部分，所以每当观赏爱情之时就难以接受到微笑、亲吻等爱抚的动作，无以名状的厌恶与排斥油然而生，抵触爱情让人在情感潮流中披上的痴笑面具。有时候我会想，为什么美好的事物总是在我还丑陋时就被我望见？为什么美好的事物总是在我还无力时就塞给我最强烈的愿望？为什么美好的事物总是不会变得丑陋来予以我些许安慰？

关于爱情的主题都能将我拖入到惴惴不安的心绪中去，让我不断地揣摩着自己是否真的一无所有。嘲笑我的人说"你能描写出爱情却体验不到爱情"，安慰我的人说"他们能体验爱情却描写不出爱情"。我接受了后者，也许我是那种得到了就承担不住，得到了就不会珍惜的人，得不到可能更好。爱情的确能够被夺来、被怜悯、被积淀，但这些过程都破坏了它的美感；爱情太美了，所以它值得被放弃。

要做爱情的种树人而不是采摘者。拥有经久不衰的生命力才是维持爱情的关键，即使人们手挽手在时间漫游中愈行愈远，更加澄清透明的也不过是平凡与痛苦。爱情不过是生命伟大航道的无名小岛，在那里做过久的停留只会加重情感的疲倦与懦弱，补给之后重新走入航道才能加快我们前进的脚步。

我不是能为爱情奉献一生的人，爱情是我最后或许会珍惜的事物，如果等到有一天我能同别人一样故作姿态地为爱情写诗，那一定是我退居宁静的时刻。爱情可以延续，死亡依然将至。谁能以柔情抵挡生命终结的悲凉？为什么世界上存在如此多种幸福让人相信爱情，却难以找到一段文字让人理解生命即将消失殆尽的无奈？

我得到的启迪不是我们能控制多少时间，而是我们究竟还有多少时间供给我们思考和生活。时间是可近不可及的精灵，无论多么周密的计划或努力的行动都无法走在时间前面，时间是生活的启幕者也是落幕者。

当我们能分辨好坏美丑时，就已经具备独立思考的能力。个体会选择一个或几个能吸引自己的异性伙伴，具有美丽外表与健康身体，作为能接受自己并且有能力与自己养育后代的伴侣。生命意志在我们猎取伴侣时为我们指出了明确方向，我们寻找能为后代提供优秀基因与良好成长环境的伴侣。这或许是一个充实的人生过程，但人们善于思考的天性让这过程变得更加复杂多变。于是我们将寻找配偶、繁衍生息的过程复杂化、神秘化，并尊称为“爱情”。我们为繁育赋予主管法则的情感、道德和幻想，爱情为这生理现象披上了朦胧的美好愿望。爱情像是被个人意志化的生命意志，或者说是被个人意志所接纳的生命意志。被渲染的爱情几乎夹杂了人类所有的情感，对美的追求、怜悯、嫉妒、仇恨等。我们对爱情的追捧比起对欲望的追求似乎过犹不及，比起理性的生理需求和对优良个体的辨识，我们似乎更加在乎更加欣赏爱情中体现出的人性和幻想。这是否意味着个人意志在与生命意志的博斗中取得了胜利？这是否代表了个人意志始终无法摆脱生命意志的控制？这是否代表着个人意志的自由只是生命意志之下的谎言？

爱情的残酷在于，只要有任何一方没有拒绝或放弃这种虚幻感情，爱情就永远无法消失。爱情的枷锁在于，不仅要对自己的情感负责还要为巩固彼此的情感负责，这一方面就像生命意志一样，不仅要为自己的生存而努力还要为种群延续、繁衍后代而奋斗终身。我们为了生命意志尽力表现一切令人“感动”的姿态去吸引异性生育繁殖，爱情就是其中仅仅代表花开花落的繁育前戏。

距离可以成为一种技巧。就像望着他人的爱情，因为间距，人会感到他人之间的情感更像爱情；如果能低下头静静地望着自己的爱情，要么人会感到置身于热恋中那夸张到近乎于虚假的激情，要么感到处于磨合与退让中逐渐低靡的热情。

因为爱情本身就是生命意志的衍生品，如果你剥夺了它为生育繁殖的目的，它的存在就缺少了许多含义。只有新鲜的事物能使人们感到快乐，而婚姻与长期的爱情本身就难以相容。如果有人告诉你任何关于真爱之义的理解，我想聪明的你一定会感觉到其中的天真与可笑。不以任何利益与欲望为驱使的爱情是难以负重的，这样的纯粹爱情要么成为一种自我暗示下的执念，要么在生活多变的冲击下一碰就碎。

爱情之于色欲，不过是留给人更加深远的影响罢了，纵使它能将你从感官的刺激中拖曳出来，也无法改变你深陷沼泽的困境，更不可能将你从贫乏孤寂的精神世界中解救出来。选用《勾引者手记》中的一句话：“把事情安排得尽可能富于美感，富于情趣。凡是能用于哄骗，抚慰她灵魂的东西都一无所缺。”

是的，爱情让人在生命意志面前保持贫瘠与谦卑。我们在神圣不可侵犯的誓言面前自律，因为有名叫爱情的影子控制着人的欲望限度。虚幻的爱情被看作一种具备实体并且可以用来炫耀的珍贵物品，人们就利用爱情填充自己的征服欲，接受他人的赞美与羡慕展现自己的力量与价值，这就是为什么比起无穷无尽的子女，有人更加向往无怨无悔的爱情。

即使个体拥有刻骨铭心的爱情，这甜蜜的感觉所提供依靠与安慰也是短暂的，无法跨越个体的。具体来说爱情是不允许跨越个体的感情，儿子能为死去的父亲争取自由，可是能为他死去的父亲继续与母亲相爱吗？能为他死去的父亲背叛整个集团吗？为什么不允许跨越个体的爱情，因为道德为了平衡人过分狂热的生命意志而制定出规则。爱情永远也无法让灵魂充沛，因为它仅仅是一种不可要求过深的感觉。最终爱情只是生命摆弄欲望的小小魔术，人们总是习惯接受幻影般的幸福。爱情本身就是一种不坚强不清晰的情感，过于完整的表达反而出离于爱情，更像贪婪。

不要利用爱情来贬黜生命，如同不要因为孩子的张狂而诋毁伟大的母亲。迟疑的表白并无法加深已有的好感，能真切地相处才是延续幸福的关键。每个人都应该被提醒“你是否有足够的勇气去服从生命意志？”如同踏入婚姻殿堂前母亲的嘱咐“你是否有足够的耐心忍受婚姻的乏味与无助？”

当你第一次爱上一个人时你相信这是爱情，但当你第二次、第三次爱上他人时你应该需要思考这是否是生命欲望作祟。

对于只经历过一次爱情的人来说他们很幸运，这唯一一次刻骨铭心的精神交织将情感带入高潮，即使随时间逝去对当初的选择也毫不犹豫，这难以承载的感情记忆太过强烈至于爱情被视若奇迹尊若神灵。而更多的人在第二次、第三次爱上他人时已经感受到了欲望的循环规律，于是开始思考爱情是否为生命意志作祟，可是还未来得及反驳肉体与情感的胶着恐怕已成为生活中不可或缺的主食，爱情便成为生命意志在欲望中的美丽塌陷，一个深不可测却令人趋之若鹜的黑洞。

比起彼此的伴侣，母亲更容易成为弱势群体所以更依赖于她的孩子，父亲更容易掌控一切所以能够追随头脑中的欲望。人展现价值是为了让社会允许个体说出目的，人汲取力量是为了让自己更可能接近目的，人收集金钱是为了说服他人帮助自己达成目的，人生活中的一切几乎都是为了达成心中预想的目的；而我的恋人，除了你，你还处在我的目的之外，因为你属于爱情，爱情的力量可以令人奋不顾身地站在一切之外。

爱情可以传递普世的温情，也可以被赋予神圣的意义，所以人创造出的爱情不只为了满足欲望和繁育。除去生存繁育，我更愿将爱情余下的含义理解为寻找唯一的旅程。我们愿意赋予伴侣这唯一极致的含义，因为我们要将自己未曾得到或瞬然失去的事物界定于完美，我们需要将心中最富有挑战性最渴望的事物托举在一定高度，使之不至于从高尚的云端掉落，不至于无法放下自己寄托的厚重希望，如同即使步履维艰，我们也要将最初的梦想和野心构筑得无与伦比、高不可攀。

爱情像是“一片灵魂两具肉体”，爱情如同双生。

双胞胎，拥有重合的容貌、对称的姿态。在为灵魂镶嵌肉体的流水线上，大自然给某个可爱的母亲开了个玩笑，多赋予了新生命一具肉体。但也许这不是玩笑，也许存在另一个故事：最初有两个灵魂抱在一起，但是一具肉体只能容纳一个灵魂，大自然强迫她们分离，其中一个灵魂恳求另一个留下，于是她们为了避免失去彼此便融合为一体寄居在同一具肉体中，最终大自然识破了她们的计谋，将化为一个整体的灵魂分成两份，并惩罚那具收留她们的肉体使其永远分不清谁是自己。

除了容貌上，生活中也穿着相同的服饰，有心无心间相同的动作。双胞胎展示着彼此独一无二的相似。有一种线将她们身体的每一个细节重合，当一个人摆动时也牵扯着另一人做出相同回应。像琴上的两根弦，在被命运拨动的同时，奏起对称的旋律互相交织永不分离。当她们活动的节奏分开，虽然只是两根弦，但蕴含着无数种匹配方式，就组成一首韵律未知的乐谱。

只要完全重合的物体面对面站在一起，就形成中心对称的画面。我猜不透大自然的心机，但这样对称的画面的确令人着迷，即使抛开生命的表现形式，这井然有序互相重合的美已经展示出画面本身的张力。不像其他画面总是落脚于一个有力的镜头，对称以整个画面从中轴线为起点平铺，将视野打开。其中的每一个细节都能在对称的方向上找到相同的描写，每一个角度的姿态都代表着另一个完全重合姿态存在的理由。对称的事物形成一个独立于周围环境的封闭循环，无需引入外界条件，她们互相预示和证明着对方的存在。像是磅礴星系之外的双星，行走在对方为自己写下的轨迹中永不停息。

视觉上的冲击让双胞胎被称为重合的艺术，尽管我们在头脑中对两人的不相同处进行过修补和移除以将眼前的画面想象为绝对的重合，而且两人的性格、思维与情感也不尽相同，但这些细节缺陷让她们显得更加真实，更令人去思考她们在未被环境打磨的诞生之初究竟有多么相似。相似和重合这样秩序性的结构是人从几何上最初的感悟，也是喧闹缤纷世界中引人注目的纯粹。

另一方面这样相似个体的存在本身就像一种奇迹，即使我们已习惯于寻找事物的不同，理解事物的特别性，但当过于近似的容貌摆在面前心理依然会充满惊讶。如果不是亲眼见到，很难相信这个世界上有人拥有两个自己，虽然她们之间略微有些差别。每个人都幻想过镜中世界或者水面之下藏着另一个自己，都想象过心有灵犀的互动，不过人在成熟之后就将不可实现的画面舍去。而她们在幻想之前，大自然就已将这幻想促成现实。我又开始相信这个世界上的确有两片相同的树叶。

将焦点移到爱情，双生便开始蕴含深沉的隐喻。

当追求伴侣成为一场捕猎，许多人把得不到的恋人看成是自己的兄弟姐妹，以找到一种继续施加关怀与保护的理由，并将其对自己的拒绝依托成道德禁忌的假象从中汲取自我安慰。多年之后的今天我还读懂了另一种心理，其中如我一般更极端的一部分人，把失手的恋人看成是自己的双胞胎，看成共分灵魂的另一个自己。

人最爱的就是自己，人有许多个不同的自己，自己眼中的自己、他人眼中的自己、舞台上的自己、独自为伴的自己，等等。每个人都可能选择最爱哪一个自己，我选择最爱那个不是本我的双胞胎恋人，因为我已经成为了我，而她可以比我更美丽、更强健；她是我的双胞胎，虽然我们的生活无法结合在一起，但灵魂永不割裂。

这种内心的依托或者说是认知上的比喻是单方的是强制性的，更是“善于”断裂的。当我需要一种稳固的约束将失手的恋人与自己的记忆捆绑在一起，我就选择双胞胎的比喻，让内心相信她真的是另一半能与我自己重合；当我决定走出得不到的阴影时，我就只用选择否定自己，间接地否定她，让内心树立另一种认知：她只是形似生活中的我，而非迷茫真实的我。为什么会这样，因为爱情本身就拥有一半急于划定界限的滞钝刻刀，我最初对她的迷恋令我迅速对她做出印象上的定义：与我相似。但可惜她只是与当初的我相似，只是与我最初的那层皮相似，所以之后我每进行一次反思，每脱去一层皮，她同我的距离就更远一些直至完全与我不同，直至无法成为与我重合的另一半。

我依然在乎那些不喜欢我的人，如同我依然在乎那懦弱愚钝的自己。在感性的短暂爱情之后，人是极端理性的。我走在自己的大路上，我怕与她产生交集，怕未被冲淡的记忆重新被提起，怕她影响我令我再次沉溺于还未得到与无法得到的纠缠中。直到确认彼此的道路不会相交我就放心了，我走的路将与她无关，我在她身上的失败也不会影响我行走的速度，作为失败的标记她永远不需要再被我提起。我希望拒绝我的人永远都不要形似我，因为我舍不得与我相像的双胞胎自己，我怕怜悯我自己。

恋爱的感觉往往是一次比一次浅，由于习惯了沟通的步骤，从初恋结束开始能托付给对方的内心部分就越来越少；失恋的感觉常是一次比一次深，每一次都没有细致入微地体会为什么会离开，从第一次不想放手开始就在寻找能延长感情持续时间的方式，这一次为情感付出的代价与期望比上次更多但依然不得而终，试探出的爱情的规则每一次都更多但每一次都还不够。

音乐在我头脑里被分为两种，一种温柔、浪漫、感伤、厌烦，却能打动我，令我深陷回忆无法自拔，孤独的与爱情相处的音乐；一种自由、安静、随性、清新，能真正调整我的状态，真正将我拖曳而出的音乐。前者是我不断回避的阴影，后者是我热爱的声音。这两种不同风格的声音构成一种双生，替我做出了筛选，前者能成为我展示柔弱以触及他人真实面貌的谈资，后者是我用心寻找的真诚，不愿示人；如同母亲把平易近人的哥哥送出去游玩，把倔强真诚的弟弟留给自己，谁也不给。

即使分离，失去的爱情依然能被某些标志性的事物提起。最令我无法自控的就是那些在爱情恍惚时流传的音乐，那些她们喜爱与讨厌的音乐，那些我用于试探她们喜好与缺陷的音乐，那些用以自我安慰的音乐，那些用以让我忘记爱情的音乐，那些我希望麻痹自己的音乐，那些在遇见她们离开她们时偶然听见的音乐。当一切都即将被忘记时，与爱情相关的音乐又重新令人心痛，在我偶尔听到的一瞬间，熟悉旋律将我完全击败，让我跪倒在地。我无比渴望站起来，可是站不起来的，无论怎么颤抖都站不起来，我没有力气；这一刻我成为某种只能靠饮食记忆苟延残喘的低等动物，然而记忆已经不足，我只剩下一具压抑的外壳，我快要在没有供给的无辜忧愁中饿死。我想站起来，可是站不起来，无论靠谁搀扶都站不起来，我恐惧她们；这一刻我成为被围观的阴影，嬉笑摆弄我的游客都被我的阴影染黑，我不断地颤抖着，游客们也无端地颤抖着，我讨厌这种做作的共鸣却无法逃离。我不应该站不起来，我从失败之初就已经开始修复自己，为什么我还是站不起来；这一刻我成为被拼接的机器，我的确能正常工作，但我能清晰地感觉到身上的零件都不是自己的，都是被刻意组装的，我能微笑、能冷静、能挥手，但我知道这些动作都是被刻意塑造的，用来掩盖失落的。我凭什么站不起来，这只是一场游戏，这只是一次不值得付出的付出，为什么我站不起来；这一刻我无比臃肿，好像吞咽的垃圾有点过多了，我吐了一地。

为什么那些人如此渴望爱情，因为他们头脑中所预想的、首要的、次要的、最终的、妥协的幸福都必须包含爱情，爱情成为他们生活的必需品。他们总是在幻想这样一种爱情，隔得太远便会相遇，贴得太近即会分离。他们追求诗意的旅行，将彼此同行的距离表达为不可逾越的浪漫。

人依恋于爱情中美妙的情感与价值，但总想逃避适应期过后的世俗生活。因为喜欢一个人就不向其展示自己不平易近人的一面，只让他人喜欢半个最好的自己。盛放爱情的碗里一人只能放一半，经历迁就与磨合，才能从对方身上看到自己失去的那部分。

聪明的人在爱情中寻找恋人，愚蠢的人在爱情中寻找自己。没有得到爱情的人，不要再期望去得到爱情；得到爱情的人，不要再期望去得到真挚的爱情。

无论是想展示给别人的还是留给自己的，一半就够了。

那另一半放在哪里？另一半哪里都不要放，扔掉就行。

算了，一半爱情，一半温馨。

最好的事物

在阳光最灿烂的时候醒来，在天空还未黯淡时睡去，活在最好的时间。人总是想得到特别的，舍弃平凡的、最好的事物。但问题是，最好的事物究竟能不能独来？

最好的事物不会独来，它会伴着更好的事物同来。

严格的说是最好的事物总是伴着对更好事物的欲求而来。最好的事物一旦来了，就有更好的事物在等着被追寻。人是贪婪的，最好的事物在来临之际其伴随的痛苦和平凡就显得不那么突兀，而真正在人心头攒动惴惴不安的是在思索如何才能企及更好的事物，扩大优势、得到更多。

即将到来的最好事物会在身后抛下更好的种子，能否抓住这颗种子就看人是否还渴望更好，而是否结出更好的果实就看人能否再经历一次艰辛痛苦的旅程或平凡漫长的等待。最好的事物是什么并不重要，重要的是自己是否渴望再看到更好的事物。所有的东西皆以美丽开始，只是经历了不尽人意的雕琢与刮蹭，便偏离了当初诞生的容貌。

这看起来像是文字游戏，其实我想表达的不只是对渴望的强调，还有对极限的不承认。在固定的事件、时刻与地点之下，人看到了心目中最理想或者出乎意料的满意事件发生，并将其判定为最好的事物；可是如果人再冷静地思考一会儿，再将自己的渴望伸得更远一些就会发现永远都有更好的选择可以被创造，永远有更好的事物可能出现。

很少有人愿意寻找更好的事物，因为人们害怕想拥有更多的渴望会导致自己失去更多，因为人们本就认为最好的事物到来就已是命运对自己的莫大宽慰，自己没有资格乞求更好的事物。为什么我同一部分人妄想追求更好的事物？因为我从一开始就怀疑自己没有资格得到最好的事物，所谓偶然遇见不过是幸运，超出了我的能力甚至视野之外，所以不如体验一下这种幸运究竟能驰骋到何种程度，看看究竟有什么样更好的事物在我面前。

同理，如果出生只是偶然，我就不能判定自己拥有生命的绝对自由，也不能肯定自己拥有成为人的选择权与资格。但自然或者怜悯或者疏忽，让我生来为人，而非山石鸟兽，这几乎是我身上最好的事物。所以我倒想看看自己被选为人究竟还能以人的面貌走多远，我想看看自然究竟能借给我多少人类的力量来寻求更好的事物，我想看看自然究竟能容忍我得到多么美好的事物而不加阻拦，我想看看这旅程能有多有趣。

另一方面在最理想的情况之外，许多时候人得到最好的事物都已经忍辱负重，拼尽全力。人在疲惫中模糊了视野，不清楚自己究竟还能支撑到多久，为了保全手中的奖励便止步于现在。最可怕的不是失去力量而是失去眼睛，不知道自己能看多远，不知道该看什么，不知道用哪只眼睛看，人在储备经验预测明天的思索中忧心忡忡。

再看看人短暂、可怜的生命，利用科技在长存之路上走的每一步都超越了美好生活与精彩技艺的所有价值，利用科技在长存之路上实现的每一步都让之前的美好生活与精彩技艺毫无价值。在我还未承认短暂生命的底线与幸福的意义之前，我将永远选择更好的事物。

幸福往往被描述为最好的事物，我也相信幸福能够成为最好的事物。我借来她的故事表达人对幸福的两种态度：

我们都是幸福的孩子，不过有人是好孩子，有人是坏孩子；好孩子勤勤恳恳地拾掇着满地的幸福碎片，并致力于拼凑出属于自己，属于家人或者属于同伴，属于他人的幸福全貌；坏孩子只顾着向前奔跑，想看幸福之外世界的模样，坏孩子凭借自己不断移动的视野看到更多种满幸福的土地却不愿停下采摘，坏孩子想摆脱母亲的束缚寻找一种能脱离幸福的自由生活。

坏孩子知道好孩子拼凑幸福的艰辛与单调；好孩子也知道坏孩子脱离母亲的犹豫与执着；坏孩子没有体验到幸福的真正快乐，也不相信幸福不属于幻影，如同他一直都没有见过母亲一样，就希望完全抹除母亲的存在让诞生与成长被定义为独自旅行。好孩子专注于追求幸福并不断感受到其中的希望与安宁，于是并没想过看到自己若成为坏孩子那样，除去幸福的姿态将沦为多么绝望的模样，如同她一直都没有见过母亲一样，她一直相信母亲存在，相信爱的温暖与大义，因为她不敢想象如果自己相信母亲真的不存在那究竟会将自己置于如何悲观的境地。

好孩子没有想到坏孩子敢于在母亲庇护之外奔跑，不是由于他克服了悲观，而是因为他将自己绝望的底线设得过低以致于从不悲观绝望才能随性奔跑；坏孩子没有想到好孩子敢于在虚实不定的母亲中坚持幸福信仰，不是由于她美丽的笑容能将幻觉化为实影，而是因为她动人的眼泪能令母亲一次一次地为她张开怀抱。

坏孩子抱怨母亲在诞下他时不给他触摸幸福的双手，没有令他完整；坏孩子抱怨母亲没有为他的出走说过一句话，没有愤怒，没有挽留；好孩子感激母亲诞下她时没有给她看透世界的眼睛，没有令她慌乱；好孩子感激母亲没有为她的依偎说过一句话，没有珍惜，没有安慰。

坏孩子在终将截止的时间之前愤怒地呐喊道“我永远不承认自己是幸福母亲的孩子，我将作为新的父亲创造更完整更强大的生命去遍历整个世界”；好孩子在留有明天的时间之前温柔地耳语道“我永远都是幸福母亲的孩子，我将继承前辈的意志作为新的母亲诞下或者幸福或者骄傲的好孩子与坏孩子”。

生活可以被描述为茫茫沙海，所见之处都是想避开孤独，不断滚动的滑稽沙粒？在大漠入口我见到第一块石碑，上面清晰地刻蚀着我与生命初见的故事；在大漠中央有一块石碑记载着我与生命决裂的故事；到达大漠边际才望见远处还有散落一丘的破落石碑，上面字迹模糊不清，只能通过残垣断壁上支离破碎的文字了解到它们记录着我过去时间里双眼所见种种与死亡擦肩而过的风景。在深渊的最底部，我顽强地匍匐前进，泥浆、石砾、尘土覆盖着整个视野，只有努力地伸长脖子仰头遥望才能看见悬崖峭壁之间的一线天空。站在高处才能看见大地丑陋的轮廓，那斑驳贪婪吸干一切水分的黄土地，那接近死亡的绝望沙漠。

每个人的生命都是一片沙海，我们花费的一生时间都是在跨越沙海，从入口走到尽头。每一粒沙子都是生命中一份卑微的痛苦，无论是疼痛、疾病、伤痕还是敌意、嫉妒、悔恨。沙海中有平滑干净的细沙代表着恼人的尴尬与不适，也有骇人残缺的骸骨影射着人恐惧的大灾大难，但更多的是大颗匀称沙粒凸显着平日稀松的艰难、曲折和黯淡。痛苦的白沙似乎无处不至，而等待它消亡的日子又茫茫无期。

这就是沙漠的力量，单调乏味，让你没有耐心克服慵懒，也没有勇气去探索大漠之下的神秘而又强大的真理，除了整日期盼着拥抱干裂空气中偶尔闪现的海市蜃楼聊以自慰，除了利用斑斓沙粒拼凑一些短暂美丽的图案，还有什么激情去思考沙漠本身隐喻着的茫茫永恒。

更令人生厌的是，每个人不仅要承受自己沙漠的痛苦，更要经受他人沙漠的惊扰。沙漠本来已经令人烦躁，天空又吹来其他沙海色彩沉暗的沙粒，深浅不一的灰白混杂在一起构成斑驳的噪点。每一个噪点都在不断抖动，摇摆着、飞舞着、被掩盖、被显露，一丝一丝地耗费着我仅存的注意力。沙粒过于活跃的跳动让视觉疲惫。

我不在意他人踩乱了我刻意用平滑细沙来掩盖骸骨的沙丘；也不在意他人在我的沙丘上四处挖掘、清理、填埋；真正让我感到厌烦是我自己的对立情绪，当我对沙海感到烦躁迷茫时，他人视沙海为美丽与希望的旅程，这种我与他人的视角反差构成强烈的对立情绪，这种情绪令我沉重且紧张。当人越排斥身体中的厌烦情绪或浮躁情感时，越会感觉到偏见，这时猜忌已不是某种针对，而成为影响思考的主观态度。

幸福生活并不是不值得追求，只是这世上比它更珍贵更有价值的东西还有很多。那人们为什么还争先恐后地追求幸福生活？因为幸福比其他目标更容易被接受，换句话说它更容易被理解。幸福给予人快乐欢愉的体验直接刺激着人的神经，令人想要更多，就像孩子吃下糖立刻就能品尝出甜味想吃下一颗。毕达哥拉斯带领着信徒以自制节欲的修行完善自己的哲学，常人难以像他们那样享受用数学归纳世界的乐趣，因为大家难以理解他们的所作所为也无法因思考而直接触发神经刺激，更不可能想要一直探索下去，就像人难以对苦味的山参下咽，因为他们不理解这珍贵的药材对身体有益。

也许有人坚信快乐舒适是生活的真谛，但我依然希望走回自己的生存与思考之中。智慧是否凌驾于意志，我们的行为与力量是否与我们的个人思想背道而驰。有时候我们的力量与欲望来得太猛烈，以至于盲目地扫平一切阻挡在思想巨浪前的理性声音；有时我们的环境太过空旷，以至于无法抑制压抑已久的愤怒和欲望而失控；有时我们被其他力量所诱惑，奔跑在与自我克制相反的大道上追逐欲望。我们需要学会用意志支配力量。

幸福被形容为趋于长久的状态，平缓的顶端，珍贵的相遇；但这种将温润夸大为存活意义的做法，不过是想从幻觉中偷来永恒，或将舒适与愉悦替换为极致的存在。幸福是期望中的天堂，生活是我们的朋友，耗费的时间是高塔。不可能为了见到死去的朋友而建造一座高塔通向天堂，更不可能因为已建成高塔就要求朋友不断死去登上天堂。无论幸福与否，生活一定能予人部分愉悦，若没有给予我愉悦，突如其来的困难如何能让我们在平淡生活被夺走的时候伤心？

这是一个个人持续衰败的时代。

生活的安逸与舒适让我对懒惰上瘾，不得不说这是我人生中最空虚最惬意的时刻，就像吞下安眠药后的安静深度睡眠。大多数人追随的都是这种慵懒安逸的生活，所以我们都如此懒惰与懦弱，没有恐惧、没有痛苦、没有思考，只有满溢内心的空虚感情。

我想要安静，得不到；我想要时间，得不到；于是生活留给我的只是偿债的乐趣，对家庭、对同伴、对社会的偿债。对一个消极的偿债人来说，死亡是一种可怕的暗示，也是一种债务的解脱。束缚并保护我的链条在松绑，如果生命只能接受枯萎的厄运，我们从善的行为是否还能饱含深意？关于尊重道德的行为似乎并不能化解死亡带来的压抑；人生的所作所为里，深刻的会被夺去，尖锐的会被忘记，只有余留的无声喘息才可能成为记忆中难以扫除的沉重背景；所有刻在心上的名言警句或繁褥词藻可能都不及无意瞥见的父母叹息。

我们走向温润衰退的生活却被描绘成初升的希望。我们都是生活在时间洞窟中的穴居人，如果我头脑中还存在对永恒的追求就无法跑出洞外向有限的灿烂生命张开怀抱。我惧怕时间蚕食个体生命的世界，所以就想挖掘一条能一直保护我的长存隧道。我害怕舒适生活让我安于现状放弃对长存与完整的追求。

从小至大，我总是无法从身边的人群中寻找到睿智、坚持思考的人。更可怕的是，我渐渐承认自己也是其中朴素的一员。我感受生活是为了克服头脑中无处不在的对生命终结的恐惧，如同我们将接受他人的安慰只是为了掩盖因自己无能而漫溢的懦弱情感。我始终坚持每个人都必须有勇气接受生命的恐惧与痛苦，每个人都必须看清并直面真正的目的。作为追逐时间的人，或许我无法证明自己拥有改变生活、违背规则、舍弃道德的资格与权利，但是没有任何事物能说服我去放弃追逐时间的权利。

要诅咒贪婪在心中刻下的自私，它让我们忽视他人的诉求只看到美。要感谢贪婪洗清了我们的眼睛，它让我们不会止步于最美而寻求更美。生活就像一觉醒来有片树叶落在鼻梁上，如此之近却模糊不清。

有人说一无所有才会渴望一切，我想应该是得到过许多的人才会渴望一切。我们在强者面前表现出狡黠和谦逊，在弱者面前展示怜悯和包容，选择与谁共同奋进是我的自由。我们排斥某种事物或思想，可能是我们厌恶它，也可能是我们惧怕它。在生活中每个人都可能会被他人微弱的观点引导，聚沙成塔这些微不足道的社会思想逐渐组成一种改变我们生活的思考模式，让我们觉得世界与社会的问题已早有答案，无需我们亲自动脑思考。

为什么人们期望看到小说和电影中，现实和梦想难以合二为一的无名天才最后戏剧性地成为道德典范一鸣惊人的虚假故事？我们无法隐藏自己不完整的一面，但可以选择追求完整的旅程。我不关心别人给了我什么，我只在乎自己拥有什么，自己能得到什么，自己想要什么。人们保护无知的人却厌恶骄傲的人，我们俯身看到的弱小者都值得怜悯和保护，因为我们既想表达与展示自己的慈悲之心，也希望被保护者能通过自己的帮助渡过困境，以此证实自己的能力或思想的正确性。我们嘲笑骄傲自满的人，不肯定他们的能力，不接受他们的成果，因为如果接受他们是强者这个事实就相当于承认了自己的弱小。所以我们在骄傲者面前表现出的猜忌和鄙夷本身也是一种自负的表现，不同的是骄傲者的傲慢之情是面向外界的情感表达，而我们的傲慢之情是无法公开的情感阻塞。

我们希望看出他人自负的骗局，实际上这只是为自己的弱小进行辩护，令自己不致于因比他人弱小而丧失动力。道德向我们灌输我们需要与骄傲者对立也是为了让弱小个体在强胜弱汰的社会规则中保持自信。我们自己保持自我克制，所以我们更要坚持与自己同等或比自己弱小的人更应该控制自己。这种循循善诱的社会性心理让每个人都赞同旁人的自我克制精神并保持安静。

我思考着人为什么要将幸福作为最好的事物，也思考着完整与长存为什么能成为更好的事物。

我失去的即是我不想要的，我想要的即是我得不到的，我得到的即是我丢不掉的。当灾难来临之际千万不要闭上眼睛回想过去，那只会让记忆中积压的美丽被接下来的苦难替换成痛楚。我希望人们都能在自己死亡之前明白追逐时间不仅仅是一种选择更是一种义务，生命的义务。对痛苦的敏感让人在压抑、拖曳的气氛中飞速前进。有时人的生活是无声的，他们感到宁静而又沉重，只是时间飞快。

我用双眼看世界，珍惜自己的眼睛为的是想看到时间是否拥有尽头。我忽视周围的一切只为看到最重要的东西。我不愿为了看清生活的真实而长出眼睛，于是我成为在生活面前没有眼睛的盲人；于是渐渐的我什么都看不见了，生活之外难以掌控的时间离我越来越远，生活之中温暖闲适的时间被我嫌弃。

没有人能成为时间的敌人，我只想尝试借时间之眼一窥永恒。我会为了达成目的付出一切，即使被视为垃圾也不会退后坠入平淡，因为垃圾也有它肮脏的意义，而碌碌无为的平淡不值得耗费仅有一次的生命。

这乞求是光明的、真实的、彻底的、绝对的，如同那没有幻影，万里无云的蓝天。有可能我走不了那么远，或者说我根本走不了那么远。我的生活可能因为疲惫和缺少希望而变得毫不清晰与灰暗，可能因为生命中追寻的目的太过遥远而惨遭失败；但我的生命却不会由于生活的改变与窘迫而放弃对最初目标的追寻，不会因为生活的封闭与干涸而失去原本的意义。

死亡终将夺走我的一切，而我也找不到任何机会去质问它行动的理由。生命必须继续，生存和思考似乎成为我活下去的唯一动力。时间，只要给我这一样东西就能满足我所有卑微的愿望。时间是唯一能同我相伴相惜，延续一生的朋友与敌人。

我渴望思考，渴望像亚里士多德一样听见宇宙之中星体摩擦发出的声音，即使这声音的存在难以被证明。不破不立，被重创过的人才能获得新生。记忆是扛在肩头的包袱，如果想轻装上阵就必须在苛责和困苦中找寻打败过去的武器，每一次前行都可能打破陈旧经验学会新能力。

如常人所言“当别人恐惧时我们贪婪”。一切诉求都源于恐惧，对困苦生活的恐惧塑造了对幸福的追求。追求多姿多彩的幸福只是底层欲望的释放还算不上错误的方向，而浸淫在生活中因阴郁而做出没有颜色的徘徊才是真正的悲哀。天真地向往着充沛的物质精神环境，遥远地望着他人的风景却从来不思考甚至不复制他人的前行方向，不为空白的生命描述轮廓填充颜色，在此思考的唯一用处就是衍生出无数焦虑的情感束缚，以便让懒惰在肥美潦草的悲伤中滋生使人定在始终迈不出一步的刹那，然后在被迷茫榨干的忧郁中独自陶醉。如同一望无际田野中劳累的麦客，收割生活。

这些象征着头脑中想要的与已得到的，独居的与群聚的，实现的与未实现的生活化作金色麦穗成为泥泞土地上焦灼的火焰，思想的镰刀斩动的每一下都留有刺痛手指的麦芒，斩落的麦秆意味着已得出结论的思考。络绎不绝的风代表现实中来去是非令麦场舞动毫无章法，将遍地散落的颖壳、刮破的茎秆，等待脱粒的麦子卷在空中，搅浑了原本还算清爽的空气，一时间人也不知道自己到底是在收割麦子还是在呛人的尘埃中喘息。

当然还有逐渐干涸的阳光象征着知识与经验是催熟麦子的能量之源，也是烤干麦地的燥热阳光。阳光是天空脊骨上的脉络，前人从这个星球掘取的知识聚集沉淀，历史的点点火光促成今日灿烂艳阳，从日出到黑夜是阳光潮涨潮落涌动的周期，也是麦粒反复瞭望与回首的周期，每一粒接受阳光滋养的麦粒都是知识的继承者，只是有的麦粒在饥渴的吮吸中胀大，有的却在燥热的禁锢中枯萎。

我与人为伴的交际、学习与工作几乎都是在掩盖对生活的反感与对永恒的痴迷。一生中真正令人担心的只有两件事，死亡和被消磨的时光；前者是我终生的敌人，后者是我需要不断挽救的慵懒自己。然而我无法去除慵懒，所以只能将慵懒囚禁在日常生活这种被废弃的院落，这样既能保证自己能全身心投入真正的工作，又能避免因追求生活而转移注意力。生活是我放纵自己的唯一场所，因为生活除去维持生命存活的功能之外，其他可有可无的舒适体验既不重要也不需要认真守护。

在青铜与铁器时代人拥有的存活繁衍梦想坚实而强硬，现在人们追逐生活品质的梦想如同这个世纪的代表产物塑料一样，更自由、美丽、脆弱、倔强。人总是以将希望留给下一代为理由，放弃理想，转而收集财富与信任用以追求安逸生活。人主动放弃的不仅仅是奋斗的条件，而且还有奋斗的责任。

人类终会因生命受限而止步不前。等到皈依幸福的那天到来，就是我老去的时刻。我将贪婪局限在唯一的目标上，而生活中的其他事物都不愿追求过多，也并不值得耗费太多经历。对于梦想的追寻始终都能成为人们心中更好的事物，即使当前的目标已经达到也会有下一个目标等待被触及。我们通常只会对自己得到的东西负责，而逃避那些被丢弃事物连带的责任。另一方面，我们会在自己不愿面对的事物面前落泪，而非在那些我们已经体会到的悲痛事物面前表现出不满与悲伤。这些必然发生，经常重复的事物潜移默化地影响着我们的思想与情感，悄无声息地在我们内心种下思想的种子。自我审问自我怀疑的行为，往往是因为我们无法接受自己，习惯性地犯错，被不可能打动的事物所诱，因一些与正常生活无关事件而引起的情感转变。有时候我们会得到这样的告诫，我们享有的与我们未得到的东西同样美丽。是的，未得到的事物也许比已拥有的事物有更多价值。

关于嫉妒，掩盖嫉妒的方法就是得到它，舍弃嫉妒的方法就是遗忘它。嫉妒属于贪婪地一部分，痛苦能使我在愚钝的生活轨迹中保持清醒留存贪婪，这也是为什么我需要保持痛苦的原因之一。幸福的价值感是从情感的沉重或愉悦中偷来的，对于未达成目标的执着能够成为人生永不坍塌的希望。

我们是人，我们连成一片并共用感官，没有体验过我们也能描绘，没有经历过我们也能表达，没有看见我们也能得知细节。我们是人，我们能单独思考并传递思想，漆黑一片，我们也能想象出满夜星空；一无所有，我们也能揣摩出整个宇宙。在伟大艰难之物面前，失败一次并不值得骄傲，失败无数次才令人惊叹！在前人追寻永恒的无数次失败之后，又会不断有人骑着战马向悬崖冲去，迎接下一个无数次的失败。

最好的事物将偷来的永恒压成一瞬，而更好的事物将美的一瞬展成永恒。

第三生命

第三个故事很短也来得很快，从我青春刚结束时开始。他是我的新同伴，为我展示如何适应残缺与怜悯的生活。先从他留下的日记与信件开始。

日记，最后旅程的感激

2008. 8. 12

看着新生军训完毕，哄然散开，潮水一般向人群扑来，心中的平淡与安静瞬间崩溃，接着是惆怅和恐惧开始决堤。我恐惧学生生涯的完结，内心依依不舍并不是因为校园生活充满生机，而是对时间流失难以截止感到失落。新生走到我们跟前是否能看到一张张不再稚嫩的轮廓，些许麻木的面容。新生的潮水冲刷着我的视线，身体中的病令我无法恣意生活，如同无法对求学生活留下深刻的一笔一样，我也无法对父母家人的期望画上句号。三年我干了什么？留下了什么？在潮水中无处找寻到那能让我永远驻留的角落，我厌倦这种没有棱角的生活，我不想看到他人同情的眼神。

曾经我无法拒绝以一种阴暗的心理去揣度他人的内心，看到的是大片雾霭和污垢。我没有能力铲除世界上肮脏的一面，但却像屠夫一样去注视人群评价人群，一种隐秘的审判快感淹没了我。窥视令人上瘾，瞳孔中的人们是被赋予生存欲望的生物，贪婪地索取着生存必需的能量，苟延残喘。

揣度每个人是否有资格活到现在，看起来真是可笑；请问“揣度”，你有资格吗？新生的到来让我不得不重新审视过去的慵懒生活，比起我他们更年轻、更有活力、更健康，更加无法抵挡生命的狂潮。我与这社会仅有的连接，唯一能令我低头认罪的就是我将昔日父母的期望埋葬于失落。他们的放手对我没有任何意义，我所担心的只是他们自己能承受这放任自流的悲伤，从而变得更加无助。

2008. 8. 18

在被无数钢筋混凝土所支撑起的都市中，还有什么比望着天边的云际更让人宁静。

云是虚幻的，它凝结于天空深处仿佛唾手可得却又虚无缥缈；云是神秘的，大片浸润的白下面是否隐藏着天空王国昔日的辉煌历史？云是我内心深处最浑浊的雾霭，它代表着我的痛楚和希望，它代表着我残缺身体留下的迟钝与他人投来的关怀。

没有大家的帮助，我在少年时代就会倒地不起。他人的怜悯是我生活倚仗的最后支柱，用以埋葬我对现实压力的恐惧。每当我精神陷入压迫，生活总会渐渐稍有起色，给予我微弱的寄托，维持着不断向前的希望。

云捉摸不透，莫名出现亦无处寻踪。我无法解释它存在的理由，它仿佛只是一种保护着我的幻象。一直抚慰着我，曾经一直把它当作我的防御城墙，避免被自己的思想扭曲，但我却时常感觉到它时时刻刻都在阻挡着我。

云深不知处，我并未看穿云朵。我从不去相信自己还怀揣着信仰，一个无处躲藏的人在梦里的信仰。云不属于我，但我无法控制自己走向它的怀抱，就像人们对幸福生活的追逐，我也渴望着能拥有健康的身体去正常地存活，去同他人一样追逐幸福。某种隐形的希望呼唤着我，它说“没关系，还有明天”我就一直等待明天，它说“没关系，还有别人”我就一直依赖别人；它带给了我一种颓废的人生观，一种昏睡的生活。

紧接着是无数沉重悄无声息地压下来，直至我醒来才发现最灿烂的时间已经燃烧殆尽。所以关于学业、成功和美丽的幻觉都在现实中破灭，如云一样迎面袭来只是无数水汽，映照着懦弱。云只是安慰和胆怯的缓释剂，就像过路人的拥抱仅仅只是对弱者的怜悯。我的脆弱让它有机可乘，侵蚀至今。它为我掩饰错误，却也让我双眼蒙蔽，坐在青春的病床上等待懦弱去收割灵魂。

生命不堪，云已离去，我开始寻找钢筋混凝土存在的理由。

2008.8.28

今天天晴，万里无云。

2008.9.8

我没有健康的身体，所有人对我都展现出怜悯，如同我的残缺必须由怜悯来缝补似的。当我在田间收割孤独的罂粟，我弃所有人而去，只留下自己。

我会摆一局棋同自己对弈或与自己分析一个苹果，其他的时间就是凭窗仰望，感受孤独，感受时间静静从指间流动浸润我皮肤，雕蚀着我的身体，放弃思想感受肉体的心跳，感受没有灵魂的心跳。

孤独是白色的，纯白无邪，只是静静地站着就能感觉到指间的温暖。它紧紧拥抱我，给我最真实的情感，永不逝去的平静。我们相互依存，占据同一具肉体点亮同一个灵魂。它寄生在我心上，抽食着我激情的血液，而我需要它所提供的幻想、希望以及对正常世界的渴望。

它让我完整，从残缺的身体中退出，在只有想象的世界中寻找自己完整的一面。

它让我冷静，从喧嚣中汲取宁静，让我隐藏于阴影寻找黑夜。

它让我蜷缩在世界的角落，享受万物关怀，孤寂安宁。

当它偶尔离开，我会慌张挣扎着摆脱人群，逃离生活；直到我流泪地拥抱它，它顺着我的血液从脊背、内脏、融入我骨髓；强烈的兴奋和快感袭来让我大笑、颤抖、咆哮。如同罂粟花汁，对立于繁华和热情，刺眼的白色模糊着我的意识。

回忆的逝去，记忆的尘封，让我感觉到一种对于镜像的恐惧。仿佛我是虚假的，没有真正存在过，所有一切只是思想的镜花水月。世界和我都是镜像，只是一种摆设，一种背景。而我就是这深刻背景中的一块砖石，生得莫名其妙也将死得毫无意义。唯有伫立于想象与孤独缠绵悱恻中才能感受到某种真实的存在，才能窥探有可能永不逝去的时间，才有可能摆脱背景的沉重。

主观地讲，孤独所带给我的是无处追寻的安全感、强烈的自我存在感和时间停滞的错觉。曾经我以为这些感受是塑造我的教育体制诟病的证明，后来才发现它们只是我情感与意志的共鸣，与教育无关。我自负，凭借思考的天赋创造自己的国度；我自怨，现实让思想的城池瞬间崩塌；我自恨，痛苦在孤独的快感中妥协。我生活栖息的模样如同黄昏满山遍野被焚烧的罂粟花。

为什么我在诞生之时就没有得到一具健康的身体？

2008.9.12

阅读和思索是我落入孤独的最好回报。

尽管被现实欺骗无数次，书籍仍在与外界隔离的日子中让我相信一切。没人能以一种纯粹的心境去阅读，但是书籍中的故事却能让我们忘记体制化社会，轻盈地翱翔于人类文明与作者思潮中。更难以拒绝的是求知的天性，好奇让我贪婪地从书本中汲取知识。

书本指引我在黑暗中行走，直到我学会自己探索。书本给予了我独自思考的机会，让我以理性判断对错分清是非。思考是意志的磨刀石，迫使我锋利地切开平静生活直指艰难的生命。

2008. 9. 18

“保持安静把耳朵捂住就能听见脚踩在沙滩上的声音，无比美妙，望你一定试试。”

我捂住了耳朵，听见了那嘈杂的声音，但不是海风与沙滩的感觉，而像是火山岩浆翻滚时的轰鸣，纪录片中滚滚黑烟下火山的呜咽。不是愤怒的活火山，而是正在进行最后喷涌，即将悄无声息的死火山。也许正因为火山处于苟延残踹，熔岩的声音才与沙滩的声音相似。

2008. 9. 20

尽管我从不承认任何社会强加给我的责任，但是我始终相信自己的唯一愧疚就是父母对我的养育。

父母从小就对我倾注大量的期望和感情，可并不健康的身体和孤独的意志让我拒绝这些感情。外界灿烂的生活对我来说只是镜花水月，我不需要任何人对我赋予道德上的责任和怜悯。但我的父母却坚持拥抱我的生活，即使我如此锋芒毕露，我的性格无法承载父母溢满的关怀，但他们仍然毫不吝啬地给予。这洪水般的帮助让我无法呼吸，于是我成为了爱的践踏者，父母成为了爱的守夜人。

父母的愿望我一个都无法实现，父母的关怀我都无法偿还。真是悲剧，一个不需要爱的人却得到如此多的爱，那些得不到的爱的人却总是施舍自己仅存的爱。

2008. 9. 23

命运舍不得惩罚我，甚至还赐予我十七年光阴。

今天感觉到一种莫名的衰退感，昨夜梦见我残缺的身体终于走到了生命的尽头。时间帮助我重拾痛苦记忆，也帮助我遗忘平淡生活。梦中肉体衰老得如此之快，我害怕不久的未来自己如同梦中一样，皮肤一寸一寸地腐烂，血液一滴一滴地干涸，然后仅剩的白骨瞬间崩塌。

我想在诞生和死亡过后，人的确什么也无法留下什么也无法带走。我感觉到精神和灵魂是如此的无用，还不如一个能安慰我饥肠辘辘身体的馒头。没有健康的身体，你如何能飞出平淡生活的谷底。

我可以感觉到思想的一文不值，就像虚伪的收割者采集他人舍弃的稻草为食。我不想再向任何人证明自己的能力，因为我没有能力，也没有强健的身体推动我获取能力，在迈向死亡的道路上我真的一无所有。再多的怜悯也无法填补缺陷的身体，连同我的伤感和孤独都是无奈的挣扎，毕竟谁能在恐惧中沉默一生？

2008. 10. 9

我缺少同伴，因为在我的生命中人本是无力的。别人互相交流，我就与自己争论；别人并肩行走，我就拥抱自己；别人互相帮助，我就温暖自己。

我与生活产生了坚实的隔阂，因为我坚实地体验到了缺失健康身体的痛苦。我放弃展现自己，也不想去体验人们满溢的情感。慢悠悠地活下去，当我清晰地看见人们带着灿烂的生活走向平淡，就已经无法嫉妒或嘲笑这拥有健康身体的人群。

2008. 10. 16

当其他人在这片绚丽的土地尽享物质与精神交流的快乐时，我就躲在一旁。

悬崖与顶峰、梦想和现实在这里拉开距离。梦之于生活，构成微妙的衔接，一碰就断。

看着依稀微光下逐渐拉长的影子，思考是否自己也如同这影子般延伸到消失。我缺乏热情、冷静、平等的态度，生活缓慢节奏独有的失落感已经让我放弃寻找生存的理由，而丢掉生存的理由让我在生活中无所适从。努力将自己压入生活，同人群呼吸同样空气来摆脱这种恶性循环时，却让我意外地到达生命的边缘，我开始寻找自己敬仰的生命。

野草缤纷的土地上，双生花绽开。

2008. 11. 10

好像我得到了一个失败的结局。

我走不到笑容中去，我无法摆脱自己的沉重，面对他人压抑时我也无能为力。我与她们不可瓦解的隔阂清晰地展现出，我想怎样开朗的性格也无法忍受荒野的空旷。

作为一个邀请者，我却在客人到来之前将门紧锁。没有勇气去面对，不能克服社交的恐惧，无法注视与开口。在我努力摆脱孤独的过程中，越发感觉心灵闭锁的隐痛。

已萌生的枝叶迎风飘散，我如此决绝地走出这一步是为了什么，悲伤地自我嘲讽？

无论何时在我思想降临之时随之而来的只是阴郁的气氛。不幸萦绕在我身旁，温暖则是我不能追寻的。背景是我的伪装，只有戴上面具我才得以在人群中彷徨。我避免与他人交谈，我怕人们会被我沉重的喧嚣吓跑；我避免与他人接触，我怕人们会对我冰冷的肌肤感到战栗。但是我最害怕的是人们突然掀开我的面具，我的生活在不堪的目光与言语中消融。

不健康的身体可以被接受，孤独是我的庇所，是隐藏我的山林。语言没落成了符号，动作坍塌成了画影。怎样才能完整地表达自己的想法？如同我所向她们传递的感激永远只是头脑中的一厢情愿，不过顺水离去。就算我一开始去选择面对，她们或许能感觉到了一丝不可思议，但所有敏感的接触都不过是江中浮木，早已在潮涨潮落后搁浅、麻木。她们最终还是会活在自己的生命轨迹中，将从驿站路过的行人抛至脑后。我作为残缺之人本身就与生命背道而驰，交汇已经是奇迹，感谢能让我卑微地赞美命运，让她们使我看到额外的火光。

2008. 11. 11

其实我的天空从一出生就崩塌了，不健康即为残缺。

黑夜标志着生活的不便与压抑，它们赤裸裸地侵蚀着我旅途的每一分一秒，父母却极力扮演着这阴霾中的云朵企图保护我，并渴望以清风雨露让我茁壮生长。他们制造美好世界的努力都被我以更加清晰的眼睛洞察出丑恶，他们淡淡的忧郁也被我升华为纯粹的悲伤。

父母对我的关怀是我最难以接受的怜悯，从此以后我唯一道德责任即为存活。

2008. 11. 18

我从不后悔任何事情，除了我被诞生出的不健康的身体。

在生活中踽踽而行，残缺是我孤独的资本。虽能在文字的旋涡中得到短暂的发泄，但是我仍然难以对美好的事物进行极致的描绘，因为我从来无法正视美，反正许多事情我都做不到，为什么我还要去在意人们以多少角度微笑，以何种姿态前进，以怎样的步履穿梭于社会，以什么心境去仰望天空？

“静言思之，不能奋飞。”

2008. 11. 19

如果我拥有强健的身体或许还可以多活许多年。我希望家人和同伴能像我一样深陷孤独，孤独是好的温柔的，那些试图影响我的人都需要被拯救。我希望人们都能正常地脱离痛苦，而不是像我面对帮助却带着威胁转身离去。

我不希望得到怜悯，因为我的悲伤都可以独自承受。我依恋孤独，它是我舍弃灵魂后唯一的归宿。命运在我的生命中流水无痕，我的意志沉睡了太久，随着时间的催眠曲如同尸体般地倒去，如果我的生命不走向末路，我的生活就将毫无意义。衰败已经为我找到保持思想和生命微妙平衡的条件，放开一切不幸与懊恼，平息愤怒，安抚恐慌，摆脱喧嚣的只是旅程给予我的命运真谛，逐渐衰败逐渐死亡。

2009. 12. 1

即使在医院中没有看见，一想起那两张鲜活的面孔就感到焦虑局促，紧闭双眼才能摆脱内心灼热的自卑。

你们的言行与气质一样令我心痛。

2009. 12. 31

最后旅程的感激

不是每一朵花都有盛开的勇气，很小我就学会了以一种自卫的姿态与生活拉开距离。难以逾越的就是身体的缺陷。

无法站在生活的舞台上演绎他人的健康动作，害怕他人长久的注视、难以忍受结痂的痛苦。一直躲藏的行为源于我对人群的恐惧，慌乱的目光、哽咽的言语，我总有一大堆冠冕堂皇的理由去选择逃避。窥视是我最擅长的方式，蜷缩于阴影注视着车水马龙、人来人往，以及这人与人之间不断交织的社交生活。

伫立在人群边缘，有摇摇欲坠的仓皇快感；孤独从此蔓延，夹杂着生活巨大狭长的气流，拖曳着撕扯着我，仿佛生命可以以这样一种壮丽而寂静的方式断裂。孤独之美难以欣赏，但它却是我将生活走下去的重要依靠。孤独是我最好的伙伴甚至是仅存的难友，当我被痛苦压抑得倒地不起时，唯有它愿意俯身为我哭泣，期期艾艾的低语萦绕在耳边是怎样的温暖；当所有人嘲笑地厌恶离去，唯有它将我紧紧拥抱，以义无反顾的姿态答应与我一直守候依存，“隔着生命相互温暖”；当我心生污秽身体衰败时，唯有它以统领情感的生存方式占据了我整个青春，直至终章。

孤独在时间的小道上踽踽而行，它在聆听什么？岁月的血液中，我所见到的不再是生命的飞扬，而是成片倒下的青春满目疮痍，心脏的节拍缓慢而又绝望，越发清晰的轨迹全都指向死亡，生命开始腐烂，渐渐失去血色只剩下苍白的轮廓和如刀般锋利的骸骨。

孤独抹杀了我对于青春的一切憧憬，在生命最软弱的时候引诱我踏入另一个陷阱。

信念动摇，从两个女孩的身影闯入我视野开始，难以忘怀的场景。她们行走在学校的小路上，欢笑地品尝着手中的糖葫芦，悦动的足迹、微笑的角度、散落依稀的微光以及空气中迷茫的甜蜜气息。时间以一种诗意的方式凝结在那一点，影印于我心头，久久无法淡去。

所有的画面与碎片都将我刺痛，刺痛了麻痹已久的伤口，刺痛了干涸皴裂的心田。波涛汹涌的纯真记忆从人性深处坍塌下来，将我仅存的意识冲刷得尘土飞扬。

终于明白孤独的脆弱从来都禁不起温馨的抚摸。心中伤痕结痂、剥蚀、散落、零碎，最后兀自支撑的只是寂寥已久的失落感。踟蹰的青春原来也需要修复、需要倾诉，不能在感情搁浅的田地里独自看守自己孤独的罂粟，在迷惘的未来里郁郁而终。

为什么她们拥有如此幸福的瞬间？

其实我很羡慕她们，活在自己的星星之下，可以勇敢地以热情拥抱青春。

双胞胎甚至是最接近完美的形态，因为，两具肉体一个灵魂。

她们可以穿同样红白相间的风衣，系上同样天蓝的头绳，以同样愉悦的心境迎接朝阳晓露。静谧雨后，彩虹七色，你知我知。可以肩并肩依靠，在生活的大道上肆意奔跑，享受侧身风过的呼啸，互相追随对方的脚印，共同承担成长的艰难困苦。女孩的心灵柔弱细腻，夜深耳语倾听对方甜美忧郁的悲伤。两具身体互相搀扶，她们的眼睛可以不被教育的云翳所遮蔽，心灵可以不因孤独的痛苦而窒息；所有生活的烦躁杂念、伤痛不快都可以在她们的莞尔一笑中瓦解。她们从来不对生活遮遮掩掩，只为梦想去追逐头顶的希望。

我期待拥有一具健康的身体。每看到她们绽放如花的青春，我都感到羞愧与悔恨，为什么自己没能追逐健康生活，没有勇气认真描摹已逝去的时光。我不敢在跌入深渊之时仰望她们在空中自由翱翔的身影，她们天真的眼神里沉淀出追梦者的气质，青春的希冀与和谐，都是我未能企及的。

没有勇气靠近，便学会了在纸上描摹，不能忘记也是一种无声的坚持。

她们的轮廓浮现在稿纸上，淡淡地散开，像一对依偎于田野的雏菊，弥漫着寂静之美。我无法以守旧的心境去勾勒线条，每一张速写都需要许久的驻留，去仔细体察那模糊的身影。难以下笔，我怕我的笨拙会伤害这种宁静，所以作画的姿态都是祝福。

她们站立于我生命之河的另一侧，投下了恬适的侧影，生活柔美的色彩诉说着关于青春的诗语。从此河流不再凝滞，开始认真追随天光云影。

原来现实的本质只是一把尺子，我总是用远大于自己承受限度的道德指标去丈量生命，结果却被愈来愈多的现实困境所压抑。我真实需要的，不是一无是处的逃避而是直面生命的勇气。沾满露水的迷雾下，我甚至可以听到追忆已久的笑声，看到未来的熹微晨光。对不起，我是人，我有资格以人的任何面目表达任何思想，说出任何一个词。

划过十七年的寒凉，今天我终于举手投降。

一个少年告别了恐慌，将残喘的气息逐渐接纳为另一种更为朴素诚实的生活，其中的蜕变只是过路人不经意间的赞礼。

也许压抑是我自始至终无法彻底摆脱的底色，也许孤独的暗示会不时在脑海里浮起。但明白了希望的意义，就不需要考虑何时会迎来葬礼。

火车搭载我来到这片神奇的土地，如今又将迎送我归去。旅途让我学会独自承担成长的责任，也让我深陷孤独无法自拔。感谢最后时间遇到了那些女孩将我从孤独压抑中拖曳而出，教会我如何走下剩余的道路，揩干我冰凉的眼泪。不过我依然讨厌这不完整的身体，这残缺的身体，这难以迈向幸福生活的身体。

表达一种纯粹的感激，不需要揣度。感谢她们在青春最后的年月里让我明白了如何才能真正的盛开。我没有其他能力，只能以少年的祈祷传递笔下的祝福，这些所有致使我生命或痛苦或甜美的意志都是展示我灵魂或恐惧或怜悯的品格。时光会把生活的琐屑消磨得毫无踪影，现在还能剩下的唯有我最后的这段记忆连同我残缺的身体，再也无法抹去。“我甚至幻想，愿意就这样一直写下去，以艰难的笔触，直到有一个美丽的结局。”也许我们互相不过是彼此生命中的过眼云烟，也许所有的救赎都不过是从落日中寻找往日晨曦，唯一的希望也只是铭刻这段记忆。

旅程

从低鸣到嘶吼，愈来愈尖锐的声音迎面而至。由远及近的火车与我擦身而过的一刹那，空气中震响着能将我精神击破的连续尖叫。鸣笛的声音真是太吵了，似乎要把整个熟睡的城市吵醒。压抑的高音选择消退，随着火车的远离而淡去，将我留存下的意识悬于半空。火车来了去了，面前的风景什么都没有改变，声音响了淡了，熟睡中的人们从未被吵醒。列车的尖叫声并不可怕，来来回回的轰鸣对送别之人没有丝毫压力，只是震响了准备出发之人渴望启程的心灵。旅行相对于终点，沿途或急或缓的节奏都只是铺垫，保持前行的姿势只是为了高擎渴望成功的信念。而等待旅行的过程，更显得空洞无味，代表着做好准备之后的漫长歇息。在这段时间里提前想想，旅程该往哪走？旅程走得对不对？旅程究竟能不能回头？

我依然待在校园中享受国家的义务教育，顺应平静生活。宿舍里的人一个个离去，为了得到更好的环境来适应竞赛与应试，都选择了走读。很高的天花板将原本挤满床铺的狭窄小屋显得开阔敞亮，一个人能独占一方天地的确轻松惬意。不过我还没有享受上多少天安逸的个人生活，一个转校生就被安插在我下铺，还被特别嘱咐要多关心新同学，他身体不太健康要我好好照顾。

我也就像平常迎接新生一样领着他去教室、食堂、浴室、体育馆。他看起来虽然不瘦小但面色发黄，像是处在亚健康的状态，上课他就坐在我后面，远远看去和其他同学别无二致。开始的时间里，他融入新环境的速度很快，不主动言谈却能和周围的同学打成一片，从他眼睛里也看不出不开心。

他很少和他人谈起自己的状况与经历，只是在宿舍偶尔向我提及他遥远的家乡，以及他身体不佳只是由于时常贫血的情况。他有写作的习惯，清晨天微亮我刚起来洗漱，他就倚在阳台上写昨天的日记。写作，这真是非常难得的喜好，特别是在这个话语已被移动通信与网络统治的时代。

飘离的次数越多反而对环境变化越敏感，越不愿意离开上一个聚居地。虽然人能更有经验地融入新环境，但整个转移的过程在最初就被标定为痛苦经历。人需要自我调整才能适应新的生活方式和人际网络。新环境将带来崭新且破碎的生活元素，不同于原来的语言、习俗、气候、作息；想要良好地融入新群体就必须依据经验不断与陌生人接触，将离散的文化片段重新聚集起来构成自己的生活大衣。成功编织起新的外衣只是第一步，还要有勇气将过去陈旧的外套脱掉。

在义务教育末尾阶段，学习是学生的第一正业，而他在课堂上似乎没有学生应有的努力和紧张，课下也不沉迷于运动与游戏，只是散漫地望着前方或者看看窗外，偶尔打个哈欠，偶尔侧过头去观察其他人。我很好奇这个远方的游客到底在这校园里在这段相对紧张的时间里体验着什么。

每次问他最近感觉怎么样，他就只是顺口答道“和你一样，还行”。在深夜或者清晨这样闲暇又安静的碎片时间里，我试图与他交流，分享一些自己的故事让他能谈吐出心中的秘密。虽然他与我共处一室，有着相似的作息习惯，但也无法让我了解到他的生活。

生活只要有交集，一切就都会关联在一起。这天早上，他没有例行地写着昨天的日记，而是睡眼迷蒙地站在阳台前摇摇晃晃，然后身体逐渐失去平衡向侧面倾斜。我看着这奇怪的场景发笑，一会儿才意识到他父母曾向我说明他可能出现低血糖症状，才走过去将他扶到床边坐下，拿出他衣柜里的葡萄糖溶液助他喝下。整个过程他些许昏迷的神情都令我觉得好笑。他症状缓解过来以后我提出送他去医院，他露出不安的神情坚持不去，并尴尬地暗示我不要告诉任何人。

后来从他父母口中得知，他患有遗传性血液缺陷症，主要表现是红细胞缺乏及凝血障碍。这件事之后他才逐渐信任我，时常能告诉我一些他家乡的事，他安逸的家境、他感到无聊的校园生活、他喜欢的散文书籍以及身上难以治愈的病症。一个越来越清晰的人失掉了模糊的外套反而减小了我了解他的好奇心，不过那些他口中我没有感触过的平凡经历至少还可以当作睡前故事听听。

后来他的生活开始紧凑，每天都迅速起床洗漱，迅速来到教室，迅速下课，再迅速回来，但上课却更加心不在焉，一直看着窗外的景观，似乎是想一直走在别人面前寻找什么，或者是想等着别人到来。看得出他最近的作息变得认真和谨慎。

某天我装作不经意地问起他这件事，他也装作若无其事地向我提起她们，一对双胞胎，也是从这开始他故事中的核心人物。她们其实是上届转学的新生，与他也算是未曾谋面的同乡。也许是孤单的比照，也许是青春残留的激情，总之面对单调的校园生活他敞开了自己的心绪。

这段时间内他气色极佳，性格也开朗起来，甚至时常向我描述她们的可爱笑容、舞蹈与运动中的身姿。守望成为他生活中重要的一部分。他会在清晨、正午和黄昏花很长时间守在阳台从窗前一条条散乱的人流中寻找她们的身影。他会故意调换到靠窗的座位眺望，期待她们操场上的偶然出现。他会刻意在考试后走来走去，企图在茫茫人群中与她们擦肩而过。他能在人山人海的运动会上迅速发现视野中的她们，他好似不是在去寻找，而是将眼中所有毫不在意的人全部删去，只留下两个相似的人物轮廓锁定在影像中央。他不经意地路过女孩们的生活之间，他既要保持一段距离，又要隐藏在背景之中设法跟在后面。他会用许多种方式去寻找她们的出现，而唯一不会去做的就是相见。他和她们本可以走得很近，都是从同一个城市到他乡求学，但他从来不想将自己的旅程与她们交汇。

似乎应有的遇见总是被错过，无论是命运还是人为，我们都要感谢，因为经常错过才值得等待完美相遇。他不断地展示着错过，不断地摆弄着错过的时机，体会着错过酸涩的味道。他用错过铺垫自己最卑微的希望，而且相信自己只被允许拥有希望而非希望之后的幸福。

如果要让我为他的隐藏说情，那我会说，他认为对方的介入会将这稳定的平衡打断，他需要双胞胎平静地展示生活以弥补他生活空白。她们的生活更像是他订阅的剧目，他怎么会去打断舞台上的演出。

而真正的解释是他害怕被打断、害怕被关注、害怕被嘲笑。就算贴近她们，获得认同也无法改善他平淡抑郁的心境，他对自己的身体不抱希望，精神上也早已丧失动力。他认为自己注定不能活得高昂，才默默地踱步于最简单平淡的生活中。他需要的是距离，一个足够安全稳固的距离来将自己和灿烂世界隔开。不想去争取就只能认真地看着。

他是固执的人，坚信自己衰弱的身体已无力绽放任何光彩。他像是活在身体疾病的沉重之下，只要是面对令人激动与紧张的事物他都迈不出一步；又像是活在天空中的浮尘，任何愉悦有趣的景观都会将他分散的注意力凝聚在一起。无论是微笑还是愤怒，他总是带着疲乏的表情。他安静地在时间周期的钟摆上荡来荡去，始终不愿在慵懒的生活中挪动任意一根手指。他愿意站得比人群更低，愿意悄悄窥视他人生活中一幕幕出演的现实戏剧。他将自己定得很稳，既不上进也不绝望，就静静地站在失望与妥协之间。外界的一切事物与动态都改变不了他，即使是耀眼的她们。没有遇见她们之前生活是灰色，遇见之后生活也是灰色；不过前者是黑白中的灰，后者是彩色中的灰。

彩色的世界固然美丽，遗憾的是他没有她们的彩色颜料，他坚信自己无论怎么细心描绘都只能画出灰色的彩虹。他一方面企图将她们经历的彩色拷贝到自己的生活中，另一方面又极力排斥灰色背景中自己无法模仿的彩色。双胞胎的色彩掀翻他仅有的黑白颜料，这两丝彩色缠绕在灰色大地表面，混淆了色彩与黑白的界限，整个灰白的视野像大风刮过的草丛，不断地被劈开又被合上。

处于嘈杂人流，即使双胞胎能在刹那间感受到被注视的异样，警惕感也仅仅会留在繁忙的人群中，她们惴惴不安的短暂记忆也会在走出人群后淡忘。伴随着流逝的每分每秒，另一侧的他躲藏在人群中央努力记住她们的影像，并将正面、侧面、背面的轮廓拷贝在心里，这一张张被刻意剪切的记忆将会一直跟随他怎么也抹不去。他与她们之间其实离得很近，仅仅只有一个人群的间隙，只是这间隙长得人无论走多远都无法拉近。

观看她们的生活对他来说是幸福也是创伤，他能看到更多彩的生活，也能对比出自己的单调与匮乏。他知道只是那样看着也毫无意义，但就是一直那样看着，就像是台下观众看着舞台上的娱乐演出，毫无意义、纯粹的放松形式；只是他把这种形式紧紧地攥在手里，当然不是怕被别人夺走而是希望自己不要轻易丢弃，希望至少能在生活再次归于荒芜之前观看一出不错的演出。

人不曾理会那些淡薄微小的细节，所以只有在见到更完整之人的一刹那才会注意自身的缺陷。然后人会努力追寻见到的完整，希望能拿过来填满自己的缝隙。没错，人可以聪明地拿他人的愉悦来假装体验幸福，拿他人的价值扩张自己的荣誉。在四处获取欢乐弥补缺失生活感受的同时，人发现自己的缝隙越来越多，越来越清晰。而那些拿来的记忆终究不是自己的，只是在自身空洞上掩盖的一层薄薄幻影。但是感受别人的幻影比凝练自己的能力要轻松得多，而且人也已习惯并依赖于从他人身上汲取养料填补自己。除去感受他人，剩下的时间都在说服自己去勇敢地接受自己的无力。自我成长与完善在此时已被慵懒掩埋。

人就这样一次次地将自己打倒，而且是以眼中美丽事物的名义。前进的路有很多，只是每一条都需要勇敢与执着；而后退的路只有几条，但每一条都轻松简洁乏味无力。

有一次放假回家，来自同一个城市的他和她们都乘坐在同样的火车、同样的始发地、同样的目的地、同样的车厢、同样的房间。我能想象出那样的场景：等他找到床位发现她们就在对面时一定惊呆了，压抑住心中喜悦和害怕的心情，尽量表现得和其他形同陌路的游客一样。最重要的一点是，我相信他一定不敢直视对面的眼睛。

然后，等他安静下来，喜悦随窗外的风景留在原地，只有害怕的情绪在旅途中沉淀下来，他在计划逃离的方法。一会儿乘务员将走来，要求拿出证件验票，他害怕拿出学生证会露馅，会故意走出房间来到走廊重新换票。虽然还在同一节车厢，可是他与她们相隔的可不止是一个床位，或许已隔出一列火车、一次旅程，甚至是完全不同的人生。没有言谈的车厢里气氛略显尴尬，幸好有车体咔咔的噪声掩盖安静。

他不想打破安静也没有办法去维持这无聊清淡的气氛，于是很早就躺下，愣愣地看着空气中的尘埃在窗外打进的周期性倒影中忽明忽暗，无聊地在心中读着秒表，想着列车究竟要穿过多少稻田山坳才能到达终点。

这时其中一个双胞胎躺下了，很巧然地也将目光扫向浮在空中的尘埃，也许她也在心中嘀咕到达的时间，也许她也察觉到了旅程的无聊和平静，也许只是在目光可及之处寻求充实的细节。列车以承载故乡的方式在不经意间带给每个踏上旅程或归途的人对终点的企盼。这百无聊赖的旅程写照似乎被刻意构筑过，没有暴露出任何重复的差错。沉默掩盖了心中附庸风雅的惆怅，安静映衬着所有期待归途游子的孤单与冷漠。

他还在空中愣神时，似乎已感觉到自己安全的小船上涌入陌生的亮点，毫无痕迹的侵入令他警觉；她已经看到了他的眼睛，回过神时他已不敢眨眼，一切似乎都太不巧了、太突然了、太无能为力了，他最终还是被看见了。人不能在瞬间探知一切，甚至连刹那间做出的直觉判断也难以正确，但人有另一种比预知更强大的力量能将自己想象的未来化为现实，这种力量就是暗示。在这一刻他爆发出这种力量，可惜是以悲观的方式，他断定这对视必将中断相交的旅程，他抑郁的未来会在强烈的自我暗示下转化为现实。从这一刻开始，眼睛与眼睛的挣扎真的会带他走向拒绝与远离。

哦不，他埋怨命运对他的想法理解错误，他在自己的旅程中远望就是为了不接近她们的生活，这不是他想要的机会；顷刻相遇会促成突兀的刻印，特别是下一次接近之时他无论伪装成怎样陌生的模样都会在她们记忆的强光中暴露无遗。

他害怕隐藏在陌生中的真实自己被发现，她那双眼睛像高塔中的探照灯，透过阴雨雾霭贯穿黑夜蒙尘，不经意间找到了一艘在海边徘徊已久不愿上岸的渔船。在对视的过程中眼睛成为辨识的圣器，将不可捕捉的虚言妄语尽数劝离，只有真挚勇敢的人才能经受住考验。他没有经受住这种考验，他首先眨眼了。他企图用眨眼来度过这恼人的时光，不安地思考如何摆脱这尴尬的对视。

他不会将她传递过来的神情再返还回去，他只希望环境中爆发某种引人注目的事件将对面陌生的眼神赶紧移走。他怎么可能有胆量在如此之近的距离看着她，他怎么可能有胆量将视野焦点从空气移向她的鼻尖。他擅长的就只有伪装，继续不动声色看着尘埃光影发呆。他唯一还能在木讷大脑中旋转的就是哀求时间赶紧快进，趁恐惧和压抑还没有涌上心头赶紧逃离。

对他来说她的容貌已经再熟悉不过了，无论是晨练路上的困乏、下课后的喧闹、舞台上的微笑，还是实验室中的面无表情，他都已经在远方见过无数次。而他被她看清，在她视野中的完整出现也许这是第一次，她并不知道他与自己其实见过很多次，面对陌生人自己只需要表现出警惕和距离即可。她恐怕已快速将他的面孔影印在自己脑海中，人在不熟悉的环境会变得谨慎也会更容易记住陌生的面孔。他以后再也没法走在逆流的人群中与她们擦肩而过，再也没法假装寻找远方的背景而故意撞见她们的容貌，再也没法在考试结束后的教室门前徘徊，悄然回望她们交谈的身影。

他在偶然间的相视下簌簌战栗，回想起她们生活中自己所没有的能力与欢乐，就像每次看到那动人的舞姿后就会爆发出心力交瘁的自卑与懦弱一样，他需要逃离这令他痛苦的画面，躲到一个孤独的角落离刚才的记忆越远越好。局促相视后她闭上了眼，躺在床铺上休息，耐心等待漫长的终点到来。

表演陌生人的角色令他筋疲力尽，而且他再也不想与她们发生任何巧合的摩擦。他毫不犹豫地起来，走到车厢连接处，吃掉随身携带的药片。这是列车上少有空无一人的地方，车体连接的缝隙处成片连绵不绝的山脉和偶尔经过的洞穴化作一条条窄带光影透着到他脚边，像一张张被压扁的幻灯片在这个狭窄的封闭空间放映着整个外部世界。他需要同往常一样，扯掉身上含羞草般的枝叶，脱下生活的外衣把自己浸泡在安静与孤独之中，享受一会儿无人之境。

回校之后他变得阴沉了，为了避免碰到她们，他不敢再去路灯下走来走去，体育馆、操场也是。他不想在任何地方停留，甚至要错过上课的时间才快速赶到教室。大部分与她们相关的生活都清空了，只有每天清晨还能躲在阳台的角落上看看远方的她们。逃离成为他生活的另一种习惯，躲藏无法在生活中提供足够的精神给养，不过幸好他已习惯平淡，寂然的生活足以抬起他的轻浮世界。

他感到在心中寄存的某种东西碎了，怎么凑也凑不起来，怎么扫也扫不干净。起初他羡慕轻快的生活走到她们旁边，现在又因为无法承受被发现的情境不得已离开。当事件过去之后回望整个过程就发现这些自我行为限制都变得不像选择，而是一种必然的决定，如果双胞胎没有出现一定还会有下一种缤纷的生活等着他去羡慕，等着他去为之徘徊、为之烦恼。如果他的隐秘行踪没有被发现，也一定会有另一种理由去说服他脱离眼中可望不可即的生活。人总是懦弱的，懦弱也总是难以克服的。

他以前花费大部分时间追寻她们生活中的细节却不愿意通过这些详尽细节反思自己的状态，我原以为他是因为希望享受更多观察的乐趣，现在看来他和每个人都一样，只不过是懦弱罢了。他将生活中大部分时间都放归于空白，他觉得累了，不愿上课、不愿复习、不愿起床，甚至连观察她们的时间都渐渐减少。他开始将生活中的大部分事物视为繁复，他总是在期待休息时间。

有的人不擅长对未来或过去进行种种思考，即使内心的渴望还未被成熟地概述为梦想，他们也能得失坦然、随性生活，以轻松的步伐走在心灵的阳关大道上。只要相信存在有意义，即使人没有梦想，也可以经历被内心的渴望追赶着不断奔跑的旅程。而他不一样，疾病将他的生活与精神都绊倒在地，他不仅没有思考过自己的愿望，现在甚至坚决地将心中的渴望与绝望锁在一起。对他来说随着内心奔跑是奢求，如同他的病症只要在冲刺中摔倒便会血流不止一样，他敏感的神经同样经不起失败，所以即使心中想着要奋力奔跑也不会迈出脚步。他强迫自己健全的心灵同残缺的身体一起容纳绝望。他的疾病让他感受到生活的恐怖，但这并没有带给他坚强的心，他选择了去适应，就像他不断随着父母离开家乡四处迁移；他看到了世界的缤纷多彩更看到了生活尖锐的棱角，他接受了自己身体的无力；他看到了奋进好强的人群也看到了复杂善变的社交关系，他接受了自己的残缺。如果我站在他摇摆不定的旅程中或许也会选择无声无息的沉默。

人一生都被恐惧与贪婪所诱，让我们得以越过高山湍流，得以忍辱负重坚持不懈，得以追随信仰生生不息。现实中有很多残酷的东西等着人去发现，也有很多美好的事物等着人去相信。可以将记忆称为已走过的旅程。与不可逆转的时间不同，记忆是向后的、呆板的，是早已熟悉的故事，即使出现转折也会达成预见性的结局。当美好的风景变得稀疏，人就不会偏执地要在未来的生活中寻找过去的幸福。记忆中唯有伤痛能成为脱离下个困境、避免下次失败的参照物。

那些瞬然而至的美丽与力量如同激素一般扎入人平静无波的生活，激起强烈的情绪响应，然后逐渐地，这些美丽与力量在头脑中开始被趋于平凡，只有更美更强大的事物才能再次引起精神冲击。随着时间推延，人越来越难以被打动，因为那些别人眼中看到的美丽景观如果没有比自己头脑顶点上曾经的记忆更美丽更强大，人也就只感觉到平凡与匮乏。

面对更美的事物，原先止步与优秀的景观就已成为平凡。更新更强烈的振奋可以激起高昂的兴趣与热情，振奋刺激在生活中较常见，不过带给人的大都只是十分钟热情。能真正改变人生活方式或带来深远影响的刺激则难以遇见。

每时每刻在视野中被观察到的更美更强大的事物不断替换了头脑中的历史记忆，更新着人对于美或强大的定义。正是这些扎根于无法触及的更美更强大，这些诚挚得令人无法拒绝的情感，这些令人自卑的记忆真实地打动并打败了我们。

我们年幼时期待被打动，而当人成长以后就希望去打动别人。在没有遇到那些能打动自己的人之前，可能找寻不到生活中前进的动力或者认为世界上大部分事物都能不劳而获于是无所适从。他遇到了能打动自己的她们，所以生活增添了些许色彩，以前感到困难的习惯开始重新坚持，瘦弱的身体也稍见起色。之后他失去了能坦然面对她们的面具，便不再去创造机会相遇，便独自为伴。

实际上每个人都有一段同他一样懦弱的旅程，特别是在某个我们自以为繁忙、艰苦、奋进的时段中。挫折给我们的启示是世界上没有绝对的胜利，成功就是输得更少一些，有时候我们还没有输得一干二净就意味着没有被打败，意味着下一刻潜藏胜利的可能性。繁忙隐约体现着人的价值还是人体现着繁忙的价值？有时繁忙的生活给人以心慌和焦躁，人即使努力奋进也并不知道是否带来预想中的成功。有时候繁忙只是令自己有事可做，只是用来打发空闲的时间，人渴望体现繁忙蕴含的被高估的价值。这时人感到最害怕的就是繁忙停止的那一刻，人害怕回归更理性的现实，就像将平凡的自己沉浸在戏剧性的电影中最害怕影片结束的那一刻。有如来来回回地在银行中走动，便感觉到自己有钱，一旦停止走动大脑就会立刻回归贫穷的现实。

那些与我相仿的人带着灿烂的光辉站在我面前，我的前途就像余光一侧的阴影已经被拉得很远很远。我对信念的坚持一直依赖于追逐目的所带来的痛苦，这痛苦刺激着我不要忘记在快速流失的时间之下自己离旅途的目标仍有很长的距离。如果不处于阴郁和压抑，我实在想不出生活还能如何保持安宁，还有什么刺激能使我摆脱平淡生活的绵柔诱惑，还能凭借什么去伪装存活的底气。

勤者与惰者的区别在于，前者珍惜时间，后者拘泥于等待。即使生活被束缚在没有多大希望的工作中，惰者善于苦中找乐适应困境，勤者则会筛选出夹缝中的每分每秒做自己想要完成的事；惰者说“可以等到明天”，勤者说“害怕失去明天”；惰者或许能把握住明天，但是最终仍失去了今天，而勤者即使在明天一无所有也能坚持住今天。

以前我读不懂老人们的话“有时努力是毫无意义的，有时只有自以为是的成功才能带来片刻安静”，现在我希望自己能够吞咽下这句话。

“努力”这个词本身表达的就是强制性的出发，是对“停止”的嘲笑，是展示给别人看的教学或风景。如果人能跟随自己的愿望出发，一切行为就本应充满热情也本应充满真挚；一切行为本就都不应是强制性的，不是因害怕嘲笑而表现出的，不是给别人看的。当然这很难或者说几乎无法做到，所以我们面对或多或少被部分束缚住的道路，必须去“努力”。

面对惰者，勤者的确可以无比骄傲。勤者在旅程中需要承担更多风险因为他付出了更多努力，若有一天勤者被一个更美丽灿烂的目标所打动以至于他想更换旅程目的地，他应该怎么办？他应该继续走完脚下已快到达终点的旅程还是重新出发行走于另一个旅程？他应该去夺得原本努力接出的“成功”的果实还是敢于放弃即将得来的一切，以梦为马地走在一无所有的新的愿望之下？

我思想中描绘的前进路线本来清晰无比，以至于在现实生活中无法接受任何意想之外的细微扰动。我希望经历生活中每一步失误之后，都能矫正抵达未来目标的路线以免偏离方向。然而事实是经历失败之后我的路线不断偏离，总是被环境中反复喧哗的“努力”音调拖拽着。这文化、市场、社会的混合高音不是让我走在原本的旅程上，而是让我走在最容易接近“成功”的旅程上，并且总是能让我屈服。所以我如他一样，因懦弱而离心中美丽强大的事物越来越远，越来越渴望他人眼中的“成功”。

前面已谈过最好的事物，我不忍心定义最坏的事物。生活在妥当的安排中，习惯于去等待命运，在失败将要来临之前妥协。那些得不到的伴侣、聚不起的财富、抓不住的机会、展现不出的价值、表达不了的情感、等不到的荣誉终究会成为事实，那些撕心裂肺的绝望终将如期而至。

人往往不珍惜被给予的礼物，甚至自己努力赢得的成果也很快忘记，人真正注重的是还未完成的目标，还没得到的事物。在自我怜悯的文化中，接纳失去与永不绝望组成一种双重信仰。有人坚信“得之坦然、失之淡然”，如今也流行将失去当作心灵的“洗涤剂”。如果面对得到的事物能失之淡然，只能说明这事物对持有者而言并不富有重大价值或者事物并非来之不易。关于洗涤心灵，应该得到的东西无论持有还是失去都不会玷污心灵，不应得到的东西无论持有还是失去都会在心中留有污迹。失之淡然缓解的只是失去带来的悲伤情绪而无法改变失去的结局，失去只在一种情况下值得选择，那就是为了得到更多。

孩子们总是被教导“不怕没能得到，只要努力就好”，珍惜过程成为掩盖失败事实的最佳理由。直面失败不能称作耻辱，而掩盖失败才是小丑，不仅自己强颜欢笑还要博得别人的安慰。为什么要成功？资源与激情都是消耗品，就像时间只会流失一样，努力似乎永远都是不值得的，只有成功才能抵消努力带来的不值得，不成功只能让越来越多的努力白费。所以如果为了某个低价值的目的而预备付出过多的努力，人就需要考虑最终成功是否能挽回超值的努力。

那付出毕生努力而没有回报的人是否会因此而绝望呢？当然不会。浸淫在希望中的人往往能看到绝望，陷入绝望的人则容易看到希望，因瞥见世界绝望的一面而感到绝望是因为没领悟到自身原本就是绝望的存在。不幸的是努力永远都是不值得的，而幸运的是生命原本就毫无价值。即使一无所获个体也能无怨无悔，因为本身就一无所有，但反过来如果个体想有所获那他必将行进艰难，因为他生来就一无所有也可能奋起后一无所获。

人始终被这臆想出的双重信仰守护着，封闭于自我填补的精神墙壁之内。不过被关在安全小笼中沉湎于生活与成长中的每一个细节，也何尝不是一种幸福。只是这种幸福一直被自己遥望笼外世界的恐惧与不甘压抑着，人知道笼外更危险也更美丽，所以一直徘徊在不敢去与后悔不敢去这两种矛盾之间。双重信仰值得被尊重也值得被打破，通往笼外的小道虽然不是旅程的必经之路但值得一探。

最好的事物不会独来，它会伴着更好的事物同来；最差的事物也不会独自离去，它会带着希望一同远去。

所以我不会放走任何事物，不管是好的差的，要求不断获得才能在不断流失的时间中让自己充满前行的激情，一旦停下来就会坦然面对失去而停滞不前。将自己至于绝望的底线，一切选择都变的简单勇敢。绝望让人撇下很多，也让人不至于撇下更多。人可以自始至终坚信身外之物皆为一无所有，同时也可以坚信得到的力量皆能刻印于诚恳的生命，无可替代不可剥夺。不要因绝望难以承受就将希望放得过高，这个世界上还有许多惨不忍睹的风景等着人去碰触。

如果一个人能看到自己死亡时的情景就不会对死亡过程中未触及的任何事物感到恐惧，因为他知道最终令他死亡的不是这些东西；同理即使人看不到死亡的细节，只要认定死亡为最绝望的事物，他就不会对死亡之外的事物感到绝望，因为他知道能引领自己走向最终绝望的不是这些东西。

在做出抉择时，人很难知道哪种选择对自己最有利最需要，所以人渴望选择所有，人渴望每一种都要尝试。这个世界上能达成目标的路有很多，所以人想都走一走。因为一无所有才想要所有，无论丑的美的、阴暗的灿烂的、悲观的骄傲的、痛苦的幸福的、欺诈的温顺的，人都要。

我是人，我囊括不了一切我也要追寻一切，我没有资格拥有一切我也要渴望一切，世界不接纳我的一切我也要穷尽一切，文化没看到我的一切我也要表达一切。输了因为我原本卑贱，赢了因为我值得高贵。反正我生命短暂，为何不借此帮助人们寻求长存；反正我无法完整得感动所有人，为何不借此呼吁大家成为完整；反正我深陷恐惧，为何不借此压制贪婪；反正死亡只给我一次机会，为何不借此将所有活着的路都走一走？

独白为伴

所有与她们相关的画面，这些忐忑不安的遇见、逃离、回忆牵动着他的一举一动，一切归根结底都是虚无缥缈的愿景。甚至他在记忆淡然之后已不在乎最初的愿景，只希望品尝旅途中完整的过程。

与她们相关的只言片语触动着他的情感，不是因为强烈而是由于无力。他憔悴的面孔激起我的怜悯，可如何去解救这个从孤独空气中奋力逃离却将溺死于生活大海的人。我确信自己能向前看，但他是否还能积极面对生活只有他自己知道。似乎我需要做的只是说服自己与他为伴并不是我的职责。我并不排斥他，更不想改变他；他说不定也同我一样依赖于自己的恐惧，享受着懒惰带给自己的惩罚。我始终相信每个人都是极近相似的，看清自己就是看清他人。

我害怕站在人群中央，人的行为并不能引起我的担心，令我惶恐的是那一双双同类的眼睛，我害怕人们能看出我对他们的反感与敌意。其实我明白无论是否被看出自己都会显得不安，但我还是不能信步走入人群，躲避已成为一种习惯，不到万不得已难以改变。即使有人站在台面上说出我的胆怯，我也无法反驳，因为他所吼道的就是我所掩盖的，就是真相。也许是因为经历，也许是环境，也许这就是我的本性，我的确难以信任任何人，我的确无法接纳任何没有经我亲手检验与证明的事物。

同伴可以是身边的任意一个人，朋友则是自己给自己的自信；当人感觉自己有条件能拥有或能遇见或能保持住朋友这样私密珍贵的关系时，就随便从成堆的同伴中抽取出自己最信任的人建立朋友关系。我始终没有建立起把握珍贵事物的自信，我既不确定自己是否真正了解对方也不确定自己是否真正被了解，我惧怕他人付出我无法承担的真心，所以朋友这种东西我很难赠予自己。我像大多数人那样承认情谊不会永恒，但我没能像大多数人那样接受情谊不会永恒。辗转反侧，我唯一能保持永远真挚的只有自己。

排斥也会在反方向给人以兴趣，比如对知识、科技、能力的渴求就是源于我对自己的依赖。很长一段时间，面对问题与困难时我的第一选择都是自己而非他人的帮助。当我判断自己行时，我会带着骄傲前行；当我判断自己不行时，我就带着必败的信念承担后果。

对于依赖孤独的人来说，独自一人的寂静才是这世上唯一的陆地。外界的一切都是暗流涌动的海潮，走出自我世界迈向人群生活就像潜入海底一样令人烦恼。必须猛地吸入很长的一口气，然后迅速扎入水中完成所有预先想好的任务，赶在空气用光之前回到陆地补充氧气、休养生息。人群和社会中憋闷的水压令人无法轻松呼吸，所以要准备好一切步骤，快速完成工作减少耗费在生活中的时间。但我也不反感这种压力，毕竟太轻松就会失去挑战性和生活的乐趣。

假如人能看淡痛苦，就不会再为自己艰难的生活一筹莫展，也不会再为减轻痛苦的生活而互相争抢追逐。如果痛苦背后的恐惧被解决，那心中隐藏已久的另一半贪婪则会越发清晰；嫉妒、固执、自卑将浮出表面影射在情感中央。

我坐在整片无人叫唤的时间上轻蔑地看着自己。在人群中倾听与表达之时总是忙着摆弄朝外的姿态，没有时间安静地看看自己，独自为伴之时便轻松自如。有些东西看着别人是说不出来的，只有贴在自己胸口才能哭出来。我记恨无助而美好的事物，特别是那些我知道不值得追寻却被文化赋予价值的事物，比如得不到的情感、得不到的认同、得不到的价值等；好在这些主观记忆的所属之物都并不清晰，都渐渐化为疯癫的虚影，令人减轻顾虑。生活中每一寸外界幸福的光芒都在侵蚀着我狭窄的孤独空间，就像深夜惊醒你睡梦的刺眼灯光在窗外闪烁，我知道那些灯光耀眼却价值细微，我处于入睡的过程不可能因为羡慕窗外的光亮而打开自己房间的灯光，但我也无法忽视光印在床头优雅斑驳的投影，所以我剩下的唯一选择就是等待窗外一片漆黑再开始睡眠。

为什么要谈论孤独？不知道。但至少在这个物质丰富、生活平淡的时代，我们有时间去自怨自艾。

我对生活的唯一要求只是保持安静。恐惧往往都是迟来的或者遥远的，而烦躁则是无比贴近生活的负面感觉。人群喧嚣，捂住耳朵，可是听不见声音也并不意味着安静，掩耳盗铃的姿势使得我在嘈杂中窃取安静的举动更加可笑。生活中可有可无的琐事在花言巧语中重复讨论，可笑的问题与无端的情绪充斥着这个喧嚣之地，而且往往这些无趣的话语会被陷入重复播放的旋涡，像个恼人的小恶魔在我耳中歌唱着一遍又一遍。即使观点被讨论了许久之后，人群发出的噪声依然环绕在它产生的地方，只要曾经的嬉笑一被提起又会涌流出整片无意义的喧嚣。“爱世界，世界便会爱你”，如何我舍弃自己，世界是否也能舍弃我，令我得以安心置于沉静而不再落入喧嚣之中？

无法从人群中听到服从、无法散播自己的同情与怜悯、无法展现与表达自己的力量、无法获得纯粹的平静与安宁，这使得性格骄傲的人诞生出孤独。我们天性使然地想要改变他人拯救自己，而太过在意他人的艰难处境所以很难察觉到自己身处的困乏病痛。这困乏病痛正是源于对幸福的强烈认同，对愉悦感的追求会令个体脑中自我浸淫的精神乐园爆发。拥有强壮身心的人们能被幸福这种脆弱情感所征服，这并不可笑；面对这个过于复杂的世界我们拥有自甘渺小、止步不前的理由；当我们被不尽人意的生活，不明意义的道路以及有限的生命包裹时，就不会去拒绝一切情绪与感官上的幸福——享乐是因为时间太过短暂。人们常在距离幸福只有一步之遥却失之交臂时脱离现实，将一切未能得到的幸福嵌入自己的梦境世界，然后铸就孤独。

孤独是生活中少有能放松与享受的时光。在孤独的背面，恐惧和贪婪敦促着我不要懒惰；在孤独的正面，我用骄傲来驱动自己。

生活无法满足我的骄傲，只有那些回荡在头脑中的幻想、能记载在纸上的思想才能令我感觉到不同凡响的骄傲。只有我一次次想起自己是人，而非森林中的草芥、天空中的浮尘、泉涧中的水滴，我就会感到骄傲。骄傲能带给人强烈的飞扬心态，使心中最模糊的个人色彩锐利地凸显出来，即使是被拼命掩藏或过于久远的信念也能重新浮现悬浮在个人意志中央。

有时我会很不理解那些在平静中顿失骄傲，情愿让自己陷入迟钝的遐想的人。这些人像他一样，格外注重正在消融的景致，对逝去的事物始终怀揣着有一种不可名状的悲情，在下一步希望的萌芽中依然找不回自信的状态。骄傲令人自信冲动，悲伤令人沉稳踯躅。同样是情感的幻境，骄傲与悲伤究竟哪个更值得被感受？

“不傲才以骄人，不以宠而作威。”许多谦虚的话语都是在我自负的时候学到的，当时我借以阅读谦逊的诗句来衬托心中的狂妄，体验着这两种态度间的反差。所以当相似的话语再次映入眼帘时，我不仅无法从谦逊中感到安静反而会回想起过去意气风发、自负孤傲的情绪而引得内心躁动。

骄傲的确是最烦乱的情感，它在的时候人难以做出理性判断也难以安静下先来，但这令我心绪不安的野兽可以迅捷快速地抵挡住随时而至的自卑心理。骄傲将内心原有的自信与自卑平衡打破，并提升一个水准，令自己更不容易拜倒在更美丽强大的事物面前。但是正面情感激素的不断注入也意味着与之平衡的常常不在意的负面情感同样会越积越深。有时自卑的堆积甚至会掩盖过骄傲带来激情，骄傲的人更在意自己为什么会慵懒与无力，为什么不能像理想状态那样充满激情与实力。站在人群中时自信让我可以与他人同行，自卑让我体察到自身的平淡与弱小；然后骄傲来了，令我站在一个幻想的高台上望着人群，让我体会到自己与其他人一样都拥有作为人的完整性，而之后积累的自卑可能来得更深，让我感觉到如果真的有人能站在更高处向下看去就会发现原来我比大家都更平淡更弱小。

无法在嘈杂的生活中释放出积淀的骄傲与自卑，即使执意思考也难以把情感不融洽的部分接上。在安静的环境下许多事物就能被看得更清楚，这时孤独就展现出它博大的一面，为骄傲与自卑的博弈提供一个安静而开阔的场所；这里没有人会评判我，没有人会鼓励我，更没有人诱使我发问却无法回答我；这里我不用掩饰自己，不用哗众取宠，更不用为了一个回答而执意引人发问。孤独之中所有与自己的交流都会非常温和的悄然的，甚至于有时给我一种强烈的感觉：一切冲突与矛盾都能在安宁的环境中自然消解。

他的孤独与我的孤独不同。他无法像我一样能在想象中与爱慕的人交谈、拥抱、亲吻千百次，不能像我一样能从容地在梦境中嘶喊、大哭去弥补平日的空洞与孤寂。他的孤独是迫使自己接受冷静深刻的现实，是自我讨伐的法庭。他更趋向于稳定当前的自己，而不是打破现有思维去陷入另一段思考。我感受思想淋漓尽致的喘息，他把握着生命细微敏感的颤动。我不断地掏空自己的欲望，感受不甘平凡的对未知事物的渴求；他慢慢进食着单调的空气，企图压制在脑中不断蜂鸣的阴郁。

不过我们都从自己的孤独中寻找承载自信的容器，寻找能搀扶起自己的勇气，寻找能在漆黑中打开一丝裂缝的出路。我的出路的更广更大，他的出路的更小更稳。我被禁锢于“个人”的独特空间只是因为这个环境留有能容忍我坦然思考的时间，这自由是在生活中寻找不到的。与一切人喜爱的事物一样，过分的孤独会令人上瘾。人喜欢沉浸于情感安慰，所以难以越过孤独中披着忧愁的麻醉剂。

还好我质疑情感的虚假性，并不相信孤独。孤独在我的理解里更像是握在手中的玩具，有趣却不珍贵。独享其中，我带给自己的轻松是瞬然而至的也是瞬然截止的，而我付出的时间却是不可收回的。孤独里映照的笑脸也仅仅只有我一人，看多了会觉得厌烦甚至恶心，当然在人无可安慰之时恶心好歹也是一种情绪陪伴。孤独曾经是我的好朋友或者说是唯一的朋友，不过孤独不小心被我摔碎几次之后我便发现它并不结实也并不能替代现实中的我。生活令人疲倦懒惰，孤独则能予人难得的专注。若在孤独中修整的记忆的确是真实的记忆，那我依然不得不借用孤独的环境令自己专注，将难以唤醒的记忆充分记录下来。

除了塞满整个大脑的无数问题和想象，我能控制的东西什么都没有。

大自然觉得人比起其他物种太过完美，于是想去遮掩人的光芒。他不用给一些人戴上手铐使他们怀疑自己的能力，也不用给人蒙上眼睛使他们怀疑自己看到的真理，它只是默默地挖掉人坚强的心，让人在不断流失的时间与记忆中回望自己，重新评估自己、怀疑自己、迷失自己，让人不断地损耗急速流逝的时间，让人在不断的徘徊中虚度生命。

在自我怀疑的那段时间里，我越来越谨慎。我没办法不以虚假的微笑来回应他人对我的反驳或帮助。我始终在揣摩他人手中究竟掌握着我怎样的把柄。别人递来一个苹果我也会犹豫，因为我需要思考自己是否有资格得到他人的馈赠。我疑惑但并没有找到自己致命的错误也不想接受改变，所以我没有矫正自己，而是选择拒绝更多。不面对问题就能够摆脱对问题的过度思考，我需要沉睡一段时间去放空心中的杂念。

从小开始我常受限于一种莫名的疑惑，遇到事情我总要考虑自己是否有资格；被给予某物之后我就会想自己是否有资格拥有这样东西，向往的事物立在面前我会思考自己是否有资格去触摸，丑恶与艰难附在我身上我要判断自己是否有资格将其扯掉，当我能站在舞台上我要想自己是否有资格展现力量。这一系列思考往往是无果而终，虽然这过程并不会改变我继续做出行动，但这一丝犹豫仍让我无法达成绝对自信甚至令我心存不安，就像滚到我身边的一颗颗哑雷我始终感觉到某种隐患在慢慢积攒。

一切是否都是白来的？一切行动是否含有执行它的资格底线？我是否有享受种群千百年积攒下资源的资格？我是否有融入由几代人精心构筑的社会的资格？我是否有表达价值、奉献自我的资格？我是否有运用自己感官感受世界的资格？这些问题都极其可怕，所以我从来都不去思考它们的答案。

自我审查的举动或许只是为“想要证明自己”这个念头寻找一个合适的表达方式。我不断地度量着自己的能力，强迫自己表达力量；评定自己是否达到人的标准，是否拥有正常人的能力、正常人的情感、正常人的欲望。这种评价被自己暗示得越来越重要，以至于我每成长一段通过自我审核后才允许自己有感受生活的资格，才允许自己得到生活的一部分。

在生活的竞争平台上我会将更优秀的人作为视野中心，而在孤独中我会拿出记忆中的自己来矫正自己。我努力保持个人意志，不希望改变判断对错的标准；从今天的熟睡中醒来就到了昨天，我始终定在昨天早已确立的标准上。时间在不断前行，为什么我要止步不前？因为我相信自己已在稻田丛中找到了最大的稻穗，也相信自己在不断探索中如果舍弃手中的这根麦穗就不可能找到比现在更大的稻穗。

我会和自己对话，不过听见我说话的那个自己从来不会回答。毕竟我没有双胞胎的特质，我无法凭空塑造一个具备完整人格的自己，但我能想象出一个能安静听我讲话的木偶。面对那个无动于衷的自己，我会更真诚。这个时候才觉得人是多么容易接纳对方，只要保持安静与耐心的等待，视野与言语总会被他人触及。话语说出之前我并未想过自己表达的深度，在持续被倾听的过程中能感觉到思维被一点点牵动起来，我在表达自己观点的同时也从头脑中揪出些未曾探索的问题继续思考。

如何才能保持存活的状态？如何才能更接近完整与长存？头脑中无法停止的思考令我疲惫不堪，一次又一次的自我对话总是回到没有结果的原点，但我一直没有放弃寻找答案。每次从失眠的疲惫中爬起都让人深深地感受到自己老去，或许我还刚脱离青春但时间就已残酷地将活力与激情一片片从我身上剥离。入睡与失眠有什么区别，都只是闭上双眼休息，不过一个困乏得想要休息，另一个是困乏得无法休息。有时候感到自己正在将后半生的精气燃光，在失眠深夜透支着明日的工作时间；而且这透支饱含着懒惰与臃肿，是没有未来的。

如果知道某条路努力就能成功，那其中的旅程再艰苦也无妨，问题是在大多数路前没人能证明其中只要付出努力就一定能成功。人很难在没有把握的事情上保持坚定的意志，许多人都追求不劳而获，但有多少人在追求不劳而获的道路上始终保持坚定？为了避免失败选择不努力是一种妥协，这种妥协是安全的也是必要的，社会科技始终在前进，足以满足人平静的生活。不过这样整个旅程似乎显得太简单了，努力之后不确定的成功比妥协之后必不会失败似乎更具挑战性也更有趣。

我并不愿意遮掩自己的疲惫与衰老，这本是生命绵延的警告，也本是人应该感受到的状态。我不喜欢自己突兀的骨骼和倦容，偶然在镜中瞥见的人像令我意识到现在倦怠的脸色与青春期饱满的面容有多大的差距。我并不是仇视生命给予不了我足够的时间，而是惋惜我拥有的时间不足以让生命的力量尽数用光。

每个人都拥有自己的真诚，有的人善于倾听，有的人善于换位思考，有的人善于与人为伴。我永远不会改变自己的原貌，无论错误还是正确、丑陋还是平凡，这就是我的真诚。

我很早就将自己的原貌刻画为不变，甚至于我还未清晰了解自己时就禁锢了原貌，这种自我封装令人感觉到一种极端的舒展，就像为整个人生定下原点，定下整个不支持相对论的绝对坐标系，以至于旅程无论往哪里延伸都不会改变原定的位置。所谓不变即不被改变、不被切削、不留沉淀、不会风化、不会成长；这样稳固的精神支架使得我容易接受自身表象的改变，因为我根本不用担心任何环境与事件的改变会影响自己的真实原貌，顶多只是在不同困境下改变自己表现出的性格与状态。

我如何将自己封装？这很简单，我只做了一件事：我赋予自己一种任何人都没有资格看穿我真实容貌的幻觉，并沉溺其中不离不弃。当然这既可以被称作丧失自我的表现，也可以看作极端自我的表现，不过我都不在乎。每个人都可以试探我、成为我，但我不会为任何理由动摇自己的原貌。在我固执的投影里我只看到了自己，不是我不期望，也不是我不指望别人理解我的付出，而是我根本不在乎他人的表达。

旅程中我能被打动，也能做出相应的反应，但内心中的真实面貌绝对不会有任何改变。我将如何抵挡住他人诚恳机警的说服作为一种挑战。“暂时改变”反而成为一种乐趣、一种游戏，当他人极力促使我改变或者环境急需我改变时，我就会变换披在身上的行为和性格以达到适宜的状态，但状态之下的本我依然是保存最初的面貌。

独自为伴依然太过吵闹。

我极其害怕孤独，所以我的梦里总是挤满了人，这太吵了；在梦里我会同每个人握手，同每个人交谈，这太吵了。我将思想中的矛盾表达得如此激烈，一切情感表达得如此夸张，就是怕这个世界不够美丽、不够繁茂、不够温暖；我怕这个世界过于简洁、过于遵守规则、过于无趣，我害怕被改变。

当我害怕某种事物到极致时，任何安慰都将无济于事，任何事实证据都无法抵消我的顾虑；我坚信着一种必将孤独的幻觉，我坚信一切事物都无法真挚地与我为伴，任何人与事物最终都会摒弃我离开我。“为伴”在我的印象中本身就固化为不可信任的相邻，但我依然渴望着每一次他人真诚的打动能将自己迟滞的思维扭转。我期待着一切好转，也期待着一切变坏；我深知自己将会有很多次机会可以去改变，但改变就失去了坚持的乐趣，所以为什么不将这种纯粹的不信任持有得更久一点？

对“为伴”的恐惧甚至能扭曲自我承认的底线。有时我连自己都不相信，我害怕我塑造的自我人偶终将被毁坏，我害怕自己无法对自己保持终身诚挚，我害怕在热恋自己之后我终究会厌恶自己。舍弃自我成为怀疑自我的应对方法，只有拒绝独自为伴，只有那个一直倾听我表达的自己消失才不会令我陷入孤独，才不会令我陷入空虚的拥抱。我盼望的幸福是安静的，绝对的、极致的、纯粹的安静，没有任何人的安静，没有我自己的安静。

独自为伴是在不动的外界条件下随心所欲，所以独自为伴依然太过吵闹。最安静的部分应该是暂停，不仅仅是世界停止，自己也会撇下心绪定在时间再次转动之前。有时候觉得时间真的能够暂停住，比如清晨刚醒来还未睁眼的一刹那，所有感官都在静止中被抽成真空，视野是一片漆黑的真空、听觉是无声无息的真空、触觉是麻木僵硬的真空、头脑是混沌盘旋的真空。

能体会到世界暂停的机会太少了，划过这一瞬就觉得此后再没有机会接触真正的安静。相信我，只要能得到这一刹那我就能无比真挚，只要能体会到暂停的时间我宁愿舍弃一切去为这绝对的安静。我是冲动的，这时我必须变得冲动，我要留住这安静，我不愿回到喧闹中，请再延缓一些安静的时间吧。

有时候人无比渴望这最安静的一刹那，即使这一刹那之后一切都不会改变，一切流动的生活都会恢复本色，趋于这一刹那的过程也令人备感安慰，也许旅程本不应如此繁忙；快要止于安静的轻声呼喊，快要达到暂停的慢动作，快要显露微光的黎明，快要咽下呼吸的微笑，都是那么温柔。

可这时又看到与我为伴的自己，令人烦躁。你有想过什么感觉是厌恶吗？是被强压的突破抵抗极限的反感。当我在专心体验安静之时，那个被用来当作玩伴的自己又端坐在角落，缄口不言分散我的注意力；为什么你对我的行为无动于衷却总是跟着我、影响我、耗费我的精力去协调关系？为什么无论我怎样奔跑躲藏你总能找到我？为什么你那么丑陋却引我怜悯，那么平和却引我愤怒？请你走吧，这一瞬的安静是我的，你不能夺走我的安静；请你走吧，等重回喧闹，我再背上你。

在最安静的时候醒来，过得那么快，一切沉稳的时间都只有一刹那。我知道马上又会迎来永无止境的喧闹，我知道很快又要面对那个闭口不言的自己，我知道接下来又要与人为伴；不过我已经在最安静的一刹做好所有准备，我已经可以继续生活。

自卑

责怪自己没有勇气，比责怪他人不爱自己要更容易，也更残酷。握在手中的事物令人无趣，不愿珍惜；得不到的事物最令人在意，但它们往往遥远得不见踪影甚至令人绝望；未得到但唾手可及的事物和已经远离自己的事物才令人执着，似乎稍微再努力一点就能得到或挽回，正是这类站在视野之中却在碰触之外的事物令人不愿放弃。

一旦没有比最勇敢的人更勇敢，人就会感到懦弱。压抑的人看到微笑的面孔就感到心塞，而他的生活中出现的还不止一张而是两张。他衰弱的身体与怯懦自卑的心态已令自己毫无斗志，生活失去了好奇与渴望。

她们的舞蹈对他来说是令一切景观暗淡的绽放姿态，令一切成长衰老的灿烂青春。他看到了优雅动人的美，他在被打动的状态下臣服。他不希望再央求家庭为自己分忧解难，更不希望要求自己在无力的状态下奋进。最可怕的不是他不去靠近，而是他认为自己没有资格去追求。他的错误仅仅只是将绝望的底线划得过高，他还没有在困境中努力追逐过就被背上无法卸除的包袱压倒，他的眼中所看到的不是前方层峦叠嶂的山脉而是脚下越滴越多的汗水。

接近与离开、花开与花谢在他眼中都不自然，不属于自己的美丽怎么看都有些刺眼。他的身体永远展示不了优美的舞姿，所以连同那些拥有美丽舞姿的人他都要远离。他也许太过偏激，但人的确需要找准自己的定位。以他好强的性格在不可能超越的道路上与他人竞争肯定是一败涂地，所以只能压抑住自己的渴望和不甘离开这条道路。

资格是一个关键点。人们坚持万物平等，权利和自由都应被放开；但一切都有对立的一面，权力和自由的另一侧义务和束缚应该被体现在哪里？这个问题已经被回答，显然法律和道德成为校准人生活动机的标尺，很大限度地确保人们在追寻自由与幸福的道路上不会互相拥挤与争斗。但下一个问题，是否所有人都有资格追求幸福？这是一个危险的问题。如果答案是“否”，必将迎来大动荡，敢于说出口的反对者将被道德和文化置于刀口浪尖；如果答案为“是”，那么持续更替的思想者会不断质疑这肯定。

他的逃离并不是个例，每个人单薄的躯壳能被那些比自己更美好的事物轻易划开。没有显现并不代表不存在，当我可以接受自己现在毫无能力，当我允许自己陷入自卑时，脆弱就将显现。

这时一切与艺术有关的欣赏行为，舞蹈、歌剧、音乐、诗集都带上了残酷的意义；这些我渴望达到却看似永远无法突破瓶颈的美丽以极端遥远的距离将我一瘸一拐的追寻姿态吞没。看着屏幕或舞台上那些动人的肢体、歌喉、音色、韵律，就已不忍心让自己干涸的生命与之相比，甚至都不忍心再关上自己空无一物的皮囊去回避，而是让自己默默地敞开着，被他人的美与力量淹没。我只能静静地蜷缩在自己所处的空间，我只想一直静静地待着，呆到把自己懒惰臃肿的存在遗忘。

目睹或听到了动人优雅的景象却无法融入其中，汩汩流淌的文字或音符滴落在我的身体里却留不下一丝痕迹。不在于我是否能接受或评价这些艺术风格，而是我已经没有激情去感受美的本身了。当你知道星空离你数十亿光年，你还会像孩童般渴望抓取到那些闪闪发亮的希望吗？当我发现距离之遥远，我就想躲入自卑，希望自己重归愚蠢、重新错过这些掷地有声的音符；宁愿堕入黑暗与无声也不想将这些能够看到的、听见的优美幻影承认为现实。

承认吧，人难以在瞬间看透事物的本质以及未来的所有可能，于是情感就成了主宰人下一阶段反应的主要元素。我们常把那些带有能力的人看成特殊群体。其实拥有正常健康身体的每一个人都只是普通人，只不过每具平常的肉体中都灌入了独一无二的个人意志。人只有思想是特别的，但思想的特别并不意味着我们是特别的人，我们依然能依照准则与他人做出完全相同的动作。我们可以不表达自我，可以不在环境中展现出改变，同样也可以通过努力得到自己想要的能力，也可以奋力拼搏去接近甚至达到自己的目标。当人展示出自己懦弱的一面时，勇敢的一面自然会被看清。面对美，有人注重体验，他所表达的是欣喜与珍惜；有人注重恩惠，他所表达的是感谢；有人注重力量，他所表现的则是嫉妒与自卑。有的人在渴望面前能迸发出不择手段的执着，因为除了眼中神圣的目标他们根本不在乎途中一切或轻或重的阻碍与惩罚；有人在渴望面前只是默默地等待甚至无动于衷，因为得到越少或者失去越多的人越感觉不到自己心中的贪婪。

自卑不能算强烈的精神刺激，它带来的痛苦也并不是难以忍受；但它会无意间将人慢慢拽入阴郁、压抑甚至愤怒。它逐渐改变着评判生活的标准，原本效率紧致的生活在与他人对比之后就显得懒散臃肿，自卑就是人严厉评判的眼睛，它越来越小越来越窄，直至卡住原本无忧的生活。另一方面自卑令人紧张，人开始担忧自己会被甩在人群的后面，自卑侵占着人对自己的耐心，人开始抱怨自己为什么就不能像别人那样或优雅或有力地完成眼前的任务。就像春季空中茫茫的柳絮，虽然它们没有真正地干扰到人的生活，但是它们占满了视野中的大片背景，成堆聚集在各个角落，令人烦躁恼火。

那些令人压抑的背影他已经尝过了，但他没有因此而得到解脱，他反而还要去再尝。他不断地跟随在她们的美与健康生活之后，不断地在强烈反差的自卑中被刺痛又不断地再次触摸。

无论面对的是他人还是自己，悲伤之下总隐藏着多彩的思绪，自卑之情引人爱怜，安慰示弱是人心中本性。自卑令人内心发痒，人总不愿看到比自己更强大更美丽的人，一旦看到就觉得心情不畅就会反复与对方比较并企图说服自己刚才看到的是假象，当然越去比较看到的误差，双方的差距就越清晰越巨大，也就越期望将对方比下去，接着就形成难以抑制的循环。

他没有看到其他人像自己一样有着对双胞胎的深刻执着，就感到这相遇是命运为他量身定做的巧合。他无比珍惜这不断刺痛自己的耀眼轨迹，整个被创伤的过程仿佛令他活得更清晰，令他从自卑的角度感受自己残缺的生命。尽管他自己的生活充满不便和无趣，他依然渴望着体验更幸福的生活。长期浸淫在摆脱残缺的欲求中能令人丧失自我，所以他不断地看着自卑的自己，不断努力接受自卑的自己，诚恳地用她们的旅程证明自己还活在一个缤纷的世界中。

他从绝望中寻找来的生机并没有想象中那样能支撑自己很久。想让渺小的希望成为托起绝望的一丝光明，于是放手将心中一切能够发出点点星火的记忆撒在空中，这样不仅没有赶走绝望，反而那些希望成为了对比自身绝望的显著证据，就像原本一片漆黑的寒冬深夜中突然亮起一根蜡烛，无法期待它细小的火焰带来温暖，而这微光却反而照清了窗外的纷飞大雪与地上的破败草席，更清晰的困境令人感到更冰冷的绝望。

为了平和地适配她们的灿烂背影，他希望将自卑变成自己的真挚，但他没能成功，毕竟有谁能将自己悲观与乐观的情感尽数移植到自卑之上。能直面自卑的人需要有勇气，能把自卑当作玩物的人需要有耐心与胆识，而能将自卑融入真心的人我无法想象他需要什么力量。所以他最后忍受不了被自卑重复刺激的压抑，放弃了观看她们的灿烂生活，懦弱地躲在自己的慢生活之下毫无生机。

胆小者总是躲在他人的轨迹之后走着最保守的路，总是在考虑下一步的失败，总是在环境的微小变化中惶惶不安。而懦弱者总是躺在原地等着他人来将自己拖走，总是接受即将到来的挫折，总是能让自己适应最坏的结局，体验即将到来的平淡失败或他人不可思议的怜悯。从这个角度来看，懦弱竟是幸福的。

自卑常被看作是对懒惰、不愿努力、强烈依赖的粉饰。某些不愿敞开心绪，不接纳外部环境的人，也是会从那些承受不了的美丽与力量中看到弱小的自己。战胜自卑有很多种方法，让自己变得更强、看透事物美丽与力量的本质、压制住想要夺得一切的心理等。

大部分人都曾想过，心中都明白这些道理，并不是所有人都能接受思想，也没有多少人能够服从思想。但最重要的，也是人最不会承认的是——我们压根就不想舍弃自卑。自卑对人的第一层诱惑是令人轻易找到承担失败、半途而废、遇难而退的绝好理由；第二层诱惑是软化心灵，令人真挚地明白自己无法企及他人的高度，无法达成心中艰难的目标；第三层诱惑是扩张贪婪，自卑将尊严渐渐蚕食，平常被抑制的贪婪若隐若现，令人想奋力夺得自己渴望之物；第四层诱惑是深陷固执，将自己钉于与自卑相抗的无法脱出的陷阱中，在永远想得到与永远得不到之间挣扎。如果说前两层是自卑让人在压迫与悲观中下跪，那么第三层自卑就是让人在没有希望也必须怀揣希望的固执中调整下跪的姿势，人会选择一个角度抛弃自我去努力习得他人的能力、达到他人的层次。而第四层诱惑是孤独的，当人在自卑中陷得足够深，就开始在抛弃自我与抛弃他人中寻找一种能挽救自己的平衡，无论平衡向哪边倾斜，这两种抛弃都会将人带入另一种更固执状态——在孤独中不断要求更加独立与安静，沉浸于自卑。

许多美好的事物都是在我恐惧时将我感动，所以现在我一见到美就会产生即将失去的恐惧，所以我一见到美要么就赶紧逃离或立刻追寻，以免陷入抉择的尴尬中。旅程中我不断地放出自卑这头野兽，与它喂食、与它相伴、与它为友、与它为敌。我期望有一天能控制住它，期望能轻松越过自卑第一层与第二层的表象，从第三层诱惑中可控地汲取贪婪的力量，并用这力量的一部分去阻止自己陷入第四层诱惑。

自卑是为渴望前行之人准备的愚蠢礼物，有些平静坦然默默无闻的人能幸运地一生都不去拆开这隐藏着怪兽的礼物；有些不安现状渴求力量的人则会轻易地打开这内心的魔盒。其中一部分人能看破这骇人愚蠢的戏法，而另一部分人则时常停留在被贪婪与软弱操纵的诱人疼痛中不能自拔。

万里无云

阳光灿烂的晴天下，最煞风景的就是滞留在空中的白云，将撑满视野的蓝色挤开，涂抹上一团团浅薄丝线。我不求风和日丽，只希望万里无云，哪怕是灰蒙蒙的一片，只要没有斑点也能让背景变得更开阔。

“万里无云如同我永恒的悲伤”，海子的诗使他成为上个时代的歌者，而他的死则使他成为上个时代的英雄。可惜我始终感受不出悬在天空的伤感，只看得到布满天空的沉着与愤怒。这个世界总有惊颤的时刻，也有凝定不动的瞬间。天空是无形的，不挽留一切，任何留在其中的痕迹与声音都将迅速消失，迅速被万里无云所掩盖。

天空代表着整个乐谱上空缺的背景，每次眨眼都是视野从一片漆黑到映满苍蓝的渐变过程，先是中心点迸发出打破黑暗的刹那光亮，然后在眼睛的适应中光点趋于平淡，从瞬白逐渐凝练成深蓝，待到色团饱满便向四周扩散浸润开，像打在宣纸上的墨团渐行渐缓，直到开阔的眼界装满天空的苍蓝。我的眼睛就是天空的琴键，一眨眼就是琴槌敲击琴弦的一刹那，就是视野唯一的颤动。高音像打在针尖上的水滴，先是刹那间的破裂然后耳边余音迸裂，最后重归安静仿佛什么也没有来过。我努力不闭上眼睛想使节奏变得很慢，慢得整整一节就只曾闪过这一个音，慢得需要静静地牵动着音符落下，否则击在弦上的声波就会缩回原点，慢得我似乎都能感到凝定不动的天空在随着地球转动，而且这缓缓的幻想出的节奏都快要掩盖住现实风景，慢得悄悄地等呀等，等到我困乏疲倦直至不知道下一个音是已经按下了琴键，还是真的等到底都只是空白。默默流逝的时间最终把断续的音符连在一起，构成能静下来聆听的旋律，并不规则却清脆直接，磅礴的蓝色中央每个音符都干净得不可思议。优美的音乐中无论从哪里暂停都能听见余音，纯粹的天空下无论从哪里闭眼都能梦见靛蓝。乐谱中没有任何一处低鸣，单调的高音承担起主旋律，只有一些盘旋至深的回音在高音落下之后依然游荡，稍微开阔下音域。好想就这样一直望着天空，从扎根于大地的身体中破壳而出，在天空的安乐曲中期待着沉睡，期待着步入下一个万里无云的梦境。真的，如果愿意做出诚挚的呼吸，吞吐之间蓝色是有深浅的、是坎坷的、是细碎的、是万里无云的。我并不清楚天空与湖泊之间的关系，是否它们都在流溢中趋于静止，是否它们都在过往的喧嚣中不留痕迹，是否它们都在肃穆的注视中越发黯淡，我都不在乎；我只关心其中已纯粹的蓝色。

寂静安然，涛声依旧，竭诚以待，潋滟晴天。

仰望天空很长时间，看得我眼睛干涩疲惫，眼眶外围出现了幻影般的流动，像是飘在眼中的浮游生物。蓝色是天空怜悯我滴下的露水，红色是我渴望却流不出泪水的眼睛。有时候我真的感到，天空曾经是属于我们的东西，或是我们没有来得及追寻的东西。起风了，天空唱起嘶哑的高音，宣告着无人登台的王座空空如也。蔚蓝并没有在风中荡起一丝褶皱，像是被冻结的湖泊，悠然地凝定在气候与季节之外。试想天空经历了多少沧海桑田，今天依然在万千气象中波澜不惊。天空隐喻着不死的存在，从亘古黎明到昨日黄昏，一次一次褪去铅尘光华之后，天空仍然保持着最初的年轻与沉着，依然蕴藏着愤怒与骄傲。我记起瓦尔登湖中的一句“水洗湖岸，正如千年之前”。

天空与大地分别代表着永恒与死亡。天空排斥着不断腐烂重生的大地，所以独自悬于深空。他怒视着大地，他架构起坚实的臂膀将更广阔的宇宙与下面温室中的世界阻隔开来，拒绝一切企图接近它的生灵。天空是人最后也是最初的梦想，天空是人摆脱生命意志的最后一步，也是迈向永恒全知的第一步。

人困在大地的牢笼中，天空是唯一的出口，尽管难以触及但它还是为一切生命敞开着。大地预示着生死的回环。人们朝拜着厚重的大地，瞻仰着开阔的天空，我低头看见了牢不可破的墙壁，抬头看到了高不可测的深井。我们当然可以兴高采烈地活在牢笼中，当然可以看到欢乐与幸福才想到拥抱，看到痛苦和扭曲才想到离别。现在我能高举双手，看到双臂坚韧的线条，凸出的清晰骨骼，紧致的皮肤；而等到我老去，身体虚弱扭曲，布满褶皱的脸庞丑陋衰败，还如何优雅地站在这预示永恒的天空之下。为什么人得不到最美的事物？我只能看到愤怒的天空与愤怒的自己，我躲藏在天空蔚蓝的脊骨之下踽踽独行。

梅雨季节，天空压得很低，整个大地都沉重起来。如果能站在高处远望就能看见极目之处天地两片灰色相接，如果还能合十双手从缝隙中凝视，越来越窄的视野就化为两条粗犷的铁链，一条沉在地表，一条飘在天上，仿佛远方有某个顶天立地的巨人缓慢地拉扯着两条捆绑地球的铁链。阴郁的云朵把整片天空向下拖，仿佛要执意重归大地，这时候阳光展现着力量努力拉扯着天空不让它沉入大地。当天空蔚蓝的时候我没有在意照亮整个天际的阳光，现在乌云密布熹微晨光探出头来才真的注意到红日的灿烂，深灰缝隙中透射出的浅白把连成一片的天空分隔开来，像龟壳上神秘的裂纹，预示着未来的天象。

晴天的时候我还愿意躺在草地上仰面天空，高举着双手做出拥抱的姿态，现在我只是低着头平视前方，或者微微抬头瞥一眼天空，更不敢举起双手，生怕一股吸力突然从天上涌出将我抱走。天空之上似乎有命运的书写者在看着地面的生灵，静静地凑得很近，它也许在思考紧接着应该为人世塑造什么样的转折与经历。

天空太低了，人所处的空间像是乌云与大地之间仅存的一丝狭缝。单薄地表上挤压的灰云层层叠叠，整个世界像一杯浑浊的泥水，大地是杯底沉淀着稍微稳固的泥滩，天空是剩下悬浮着灰土杂质的浑水，而我站立的地表就是压在泥水之间几乎察觉不到的间隙。如果我的眼睛能统观世界的截面，就能看到滚滚乌云浊浪排空，大气深处黑云压城卷起万丈狂澜直指陆地奔流不息；荣耀之光刺破重重雾霭，承载着暖风在幽暗中纵横交错，温柔地拥抱被吵醒的天空，抚摸着大气的额头，将愤怒与敌意从云朵中剥离。阳光终于将怒号的云海凝定在即将吞没地表的一瞬间，微光萦绕在连绵不绝的黯淡之中万籁俱寂。

即使我一生都将延续当初的任性、倔强、仇视与敌意，我也不得不感激整个世界，让我拥有一双眼睛能看见万里无云的天空，让我将天空寄托为永恒。天空令一切黯然，它绝美地呈现着完整与长存，不过只有当万里无云的日子里才能真挚地体验到它的开阔与安静。

人不断地与死亡会面，事故中倒地不起的陌生人、在病痛面前无能为力的患者、衰老逝去的家人。除了代替死者顽强幸福地活着，人只能无动于衷。人似乎已经习惯命运的最终主宰，选择无视这惨痛的结局。甚至于人对自身的死亡都并无担忧之心，想着既然是无法改变的绝望为什么还要浪费心情去保持恐惧？可惜我不善于向死亡致敬。

人是骄傲的物种，不要对自己低贱。我是人，恐惧是我的权利，贪婪是我的责任。死亡紧贴着我，我紧贴生命就是为了履行生的职责。如果生命的美丽与灿烂整天都充斥在我眼前，我能不冲动与贪婪地索要时间吗？如果令一切自我意识与情感体验消失的死亡整天都徘徊在我脑海里，我能不厌恶和仇恨时间不够吗？

有未知，才有挑战性，才能活出精彩。这意喻永恒的天空使我心中看起来尴尬低贱的渴望凸显出更清晰的含义，如果是唾手可及的事物我可能就没有追求的冲动，还是长存与完整这看起来难以触碰甚至无法得到的事物更能激起我的渴望。我相信象征永恒的天空不只是我个人的臆想而是整个人类的愿望，不，愿望还无法囊括如此辉煌磅礴的事物，只能用贪婪这个词才足以包裹住全部完整的天空。

死亡是可以被改变的，自然界中无数平凡的奇迹都暗示着长存的秘密，无论看到的是表象还是规则，存活千年的古树、返老还童的水母、不断复制的连续细胞系、无限扩增的病毒都展现着长存的奇迹。天空就在眼前，我无法假装没看见。无论是偶然碰触还是被诱导，我相信每个人都曾思考过死亡与长存，不过有的人把它当作一个故事一笑了之，有的人感到后怕与绝望从此避而不谈，有人皈依宗教相信死后世界或人生轮回。少有人愿意直面死亡这个问题。如果光代表从永恒中剥离而出的有限生命，从天空中倾泻照亮大地；光是普遍与博爱的，只要努力任何困境周围都能找到星星之火，但人不能只跟着光走，还要去寻找光的源头。

如果让我来决定“万里无云”的反义词，我会选取“一丝光明”；前者代表极其纯粹勇敢的希望，后者代表极其混沌无力的希望。

成年之后我变得畏光，除了自然光，其它光线让我无法适应。天花板上的日光灯、电脑屏幕的荧光、窗外嘈杂烦乱的广告灯光。有时候感觉自己越来越依赖白天，白天有暗淡而清晰的自然光。特别在南方，春夏梅雨连绵，灿烂阳光已成为天象中的奢求。傍晚能见到积雨云层深处偶尔忽隐忽现的浅色落日，在湿热中给予人们安静。人造光明依然如最初见到的那样五彩缤纷，眼睛依然如诞生之初那样晶莹透明，只是看到越来越多的事物之后便逐渐失去好奇的光泽。枯燥乏味得像两个人品尝同一样美食，咀嚼之后又递入对方口中，待对方享用之后又吐回自己口中，反复如此，再美味的食物也索然无味。

当夜晚被布置得比白天还要明亮时，人们就开始忘记黑夜真正的风景，为什么一天之中有了一半光明还留有一半黑暗。比起黑夜对我们敏感视力的剥夺，我们更畏惧黑夜浓重的神秘。一开始黑夜让我们珍惜白天，后来我们让黑夜成为了白天。黑夜伫立在每天时间的正中央，像一个严肃的庞大空洞，在睡梦中吞噬着我们大片时间。人按照日光的模样发展并仿制各种各样的光。无论模仿得多么细致入微，屏幕上透出的阳光始终没有映照在手上的阳光温暖。于是我就思考这一丝光明从哪里来，这一丝光明究竟有什么用？思考的结果是这一丝光明源于自我怜悯，这一丝光明除去能带来些许安慰毫无用处。

入学开始如果留心就能看到校门口玻璃橱窗中唯一一张迎新海报。四个角都被图钉稳稳地钉在木板上将整张纸拉得紧致结实。第一次走过它时就被那过于鲜艳的流行配色所吸引，黏稠着还反射出滑润色泽的油墨，似乎在炫耀着自己新鲜的脸蛋，焕发青春气息十分醒目。

日子在每天中走过，我的步伐也经常在那海报前停止。曾经留意过，所以自己就习惯地想去看看。那彩艳的油墨每天都在减淡，起初紫色开始消失，海报中建筑物顶端的紫色逐渐渐加重为深灰。然后是蓝色，天空的颜色开始褪去，成为雾霾重重的斑驳灰色。接着是绿色，树林盛夏墨绿的背后不是初秋的金黄而是深冬的苍白，其中轻重不同的白是窸窸窣窣的雪蒙在大树表面。然后是很难察觉到的黄色，只有走过去凑近了看才能发现图中少女面容中健康的黄色越来越淡，像是失去年轻的皮肤又像是着了淡淡的妆。又过了一段时间画面除了基本深色的框架就只剩下通篇的淡红色，像一种薄薄的涂在秋叶上的淡霜，脆弱得仿佛用手涂抹下就会消失。不知道迎接了几次新生，不知道有多少人留意过这张海报。我还是不时地去看看它，因为我在这画面中还留有期待，期待从这衰老的纸张里看到一种永不消逝的颜色。当天空施舍出阳光打在微红的碎纸上，从侧面留意，纸张上的毛刺似乎被一丝光明勾勒为一体，金黄伴着淡红形成立体的颜色，重生的色调为老旧的纸张带来新的光辉，只是这种光辉被维持在极其小的角度，一旦偏离侧面的斜视色彩便重归惨淡。

还没等到红色消失的那一天，橱窗中的这张海报就消失了，换上了另一幅陌生的宣传画。后来我头脑里仍想象着，如果那幅画还在那，有一天红色消失了，只剩下通篇的灰与白，然后又过了很久灰色也拖着疲倦的身体离开了，只留下大片泛黄的白色和纸张老化后纤细的裂痕、卷曲的边角，那最后将如何安排它谢幕呢？不能让人用手将其揭下，这样丧失了命运的陈旧感。纸张应该从的纤维断口开始渐渐崩裂，然后被干燥的空气风蚀吹散。这海报是生活的经历者，更是时间力量的见证人，每一丝流走的色彩，每一簇翻卷的毛刺，每一粒嵌在细小裂缝中的尘埃都给予观者充分的细节。

等到天晴，期待有一丝光明出现成为海报的拯救者。如果无法修补现实切削的裂缝，为何不利用一丝光明映射的模糊影像重现记忆中的恍惚，尝试修补被失败击碎至不可复原的自信？一丝光明只是幻影与安慰，失去的不会凭空再来，即使想刻意在幻想中塑造过去的辉煌，这幻想总有一天也会死板得令人厌烦。一丝光明蕴含每一种颜色，但它无法为苍白的海报还原任何一种颜色。一丝光明会频繁地到来，但也只能提供触摸不到的风景。

我们还感受不到自己为追寻幸福而捐献生命的牺牲式悲怆，思考就在对生活的供奉中被封闭，欲望的力量就被扭曲从伟大指向平凡，激情就在妥协与奴役中耗散。人需要簇拥着宏伟辉煌才能摆脱平凡。追求平凡是一种感性的诉求。无论是否愿意，我们都已继承祖先灿烂的过去，谱写未来的责任也在我们肩上。不像只拥有生存繁育目的的动物，能安静地度过一生；人拥有智慧、情感和思想，其中任何一样都能予以我们极强的力量，拖曳着整个人生走得更远，所以徘徊不前的平凡对我们来说反而是奢侈品。

当然人也可以凭借自己的力量始终将生活稳定在平凡边缘，故意忍受平凡的旅程也是一种体验。克制激情，然后在需要时释放储存的压力得到瞬间爆发性的激情；从断断续续的平淡中等待不平凡的机会降临。

谁能轻易地在胜利中保持站立，而不陶醉地跌倒？不劳而获和少劳多得在人们心中往往与欺骗、抢夺等概念相连，多数人不希望违背常规也惧怕这些行动会将自己拖入危险境地所以并不会去做。而依靠勤劳换取的奖励更能体现一分耕耘一分收获，也更能得到人们的认可，所以勤劳成为做事安心的理由，无论效率与否也无论对错。在人们眼中平淡意味着清晰的幸福，那些大起大落、牺牲拯救促成的幸福反而因自己难以遇见而印象模糊。

当有人讨伐平凡时，也会有人愤怒地发问：“你又怎会知道，我的一生，是否充实与平凡？”虽然每个人对于充实的衡量指标并不相同，但对平凡的感性认知却都是真挚的。你的一生是否平凡取决于你对平凡的容忍程度，在于你能否承受住内心世界的拷问。如果你无法否认这个世界上种群的成长需要被个体推动，即使你觉得生活中充实安静的幸福与平淡中的酸甜苦辣已经值得赢得不平凡的一生，你的家庭也认为你充满关怀的爱意是世界上最特别的情感，你的同伴也为你能融入人群互帮互助而感到骄傲，但在世界眼中由于你并未参加或做出推动人类前进的实质性动作所以你走过的路只属于可有可无的平凡。

要想活得平淡需要极大的勇气：第一永远不要同情自己；第二永远不要觊觎他人。

平淡是福，的确在平淡凋零之前融入其中的人很容易感受到舒适与温暖。不想处于平淡生活中的人，环境被打破还能继续适应困境奋斗终生；习惯于平淡的人一旦平淡被打破，他们就面临信心丧失与世界崩塌。也有的人习惯于沉浸或即将沉浸在平淡中，低头与苦难同行，活一辈子；他们一直认为平淡还不至于绝望，与痛苦做争斗，渐行渐缓是幸福。任何催促、鼓励、鞭笞、惩罚、督促他们前行的动作都无法打动他们走出平淡生活向前努力，直到某一天与他们一同默默无为的人死了，直到无数人向他们投出怜悯，直到他们自己开始同情自己，直到他们开始觊觎别人，他们才开始思考自己的平淡与痛苦到底是不是毫无用处、毫无意义、毫无价值、毫无记忆、毫无打动、毫无伤害？

社会中优秀的人很多，但其中大部分都不愿承认活着的使命。站在上层的人们积极地追逐功成名就，努力塑造自我和家人的幸福，拼命地展现自我价值获取社会的支持与赞美，赢得生前身后名；对于希望攀登上社会文化顶峰的人来说，单纯为了活着又有什么用，不断地为了家人与社会的幸福努力，死在名后的巅峰才能成就一段历史。而另一部分远望之人处之泰然，在文化、怜悯、信仰、苦行上播种，被传唱为圣者，站在道德与风格的最顶端；对于看淡一切的人来说，单纯地活着又有什么用，还不如保持洁净地死去。

不幸的是我并非优秀之人，更不幸的是我承认了活着的使命，就此而言我几乎沦为整个价值与道德大厦的底层失败者，同我相仿的人也与我一样只能成为翻新价值观的底层耕耘者。带着活着的目的而活着，这就是我简单的使命；本来我还看到许多志存高远的目标，可惜当我意识到人无法长存也并非完整之时就回到了活着这最初的问题。

我认为追逐幸福并不是人生的必备品，至少不是亟待达成的严峻使命。惧怕失败让许多人坚持现有的淡泊与幸福，当人奋斗之后却失去一切就会后悔没有珍惜当初淡泊幸福的生活，会寻找一些理由遮挡自己慵懒的一面，懦弱的不是现在的我而是未来的我；不奋斗就一定不会失败，保护现在就能知足常乐。即使能看清理想，人也会选择蕴含低调温暖的刹那幸福而非达成梦想奋力前进的旅程，因为我们根本不相信自己能完成梦想甚至连自我向前的距离都被估计为极短。

平凡伴随着“残忍”的多种写法。对于在许多生存艰难困苦中的人来说脱离贫瘠得到平凡的生活便是奢求，因为他们所处的生活很残酷；对于处于祥和安宁的人来说得到平凡的生活是稳固的继承，这种慵懒的想法源于生命意志保全自己的态度，被安全的生活控制住不愿奋飞是一种自我禁锢的残忍。幸福固然美味可口，但一些问题似乎仍值得去思考：生活的幸福究竟能不能满足我们？生活究竟能不能真的将幸福给我们？我们究竟能不能承受幸福的生活？我们究竟有没有资格承受幸福的生活？

万里无云与一丝光明都无法触及，只不过前者宏大得令人绝望，后者微弱得令人绝望。不过这也令我愿意成为一个相信努力的人，因为自我怜悯的幻觉无法掩盖一切失败，因为面对不愿放弃的事物除了努力别无他法。

应该离我而去的东西我能坦然相对，但自己极力渴求的事物却无法触及这令我无法镇定。更令我懊恼痛苦的是，我能看见今天失去野心的自己表演出羸弱的笑容，我能听见今天依然懒惰的自己还留存着清晰的叹息，我能闻到今天失去勇气逐渐衰弱的身体发出腐臭。

只要人习惯倾倒在淡泊与平凡，不能说出的梦想早就被遗忘，能够说出来的梦想就化作所谓的一丝光明。就像习惯于黑暗的人待在被填埋的深井中，每天都有一个短暂时刻某个细缝中会透入一丝光明。这一丝光明很重要，它令人察觉到深井之外世界的存在，他是人幻想平淡之外的唯一凭据；这一丝光明很无用，它弱小得既无法扭转整片灰暗也无法予人温暖，它只是人在平淡中用来闲聊的玩物。只要不努力思考、不付诸于行动，人是永远看不到梦想完整的模样，所有留存在头脑中的印象就仅仅是一丝光明。人需要看到的不止是一丝光明而是整个太阳，人需要了解真正的光芒有多么美丽、灿烂与强大，也要看清如果想触及如此炙热的滚烫力量必须拥有忍受痛苦与接受牺牲的勇气。

我们在某个时候可能都会意识到，人已不再是人，人已成为舒适生活的一部分。有人倾心于经籍，提倡得失坦然；有人追逐幸福，享受旅程体验生活。对于太过在意或害怕得失的人来说这也属于一种慰藉。回忆是用来自我思考、自我反省的珍贵素材，而不是电影或小说中廉价的情感故事。可是许多令人惋惜、懊悔的回忆已成为思考上的枷锁。我的旅程中得失的意义似乎被除去，我一无所得，其中并不是因为路过的风景在我记忆中被遗忘，只是单纯地由于我不在意也不珍惜许多身边的风景。仔细盘算，自己所得到的能力和生活，无论是表演出的还是自己奋力追寻的，要么是我本就拥有的，要么就是价值低微的。这真令人可笑。

恐怕布满拥挤规划的生命不会给我时间去认真体会每一件事的过程，甚至于如果可能，我也根本不想浪费时间去规划过程只想看到所有事件的开始与结局。最令人不甘的忠言就是“如果不慢步前行必将失败”，以至于无数同我一样焦急的人始终都想证明它为错误。若将更利于成功的方案称作“正确”，那力求沉稳、重视过程是“正确”道路，重视结果则为“错误”道路；世界上一部分人踏在“正确”道路通往成功这很容易理解，但为什么还会有一部分人选择“错误”道路通往成功？因为“错误”成功更节省时间。

短暂的生命不会给我时间去揣摩一生的轨迹细节，去计划好自己要追随谁的脚步、成为什么人、利用什么资源、在什么时机去做什么事。我在这极短的时间中所能做的只是即兴发挥，我希望追随任何人的脚步、成为任何人、利用任何资源、在任何时机即兴发挥。即使成功来了，我也想要抓紧时间达成下一次成功；即使失败了，我也不愿耗费时间歇息。

同样是艳阳之下的天空，你到底想要看到一丝光明还是万里无云？无论选择什么，无论是否有用，珍惜繁忙吧。今天就是今天，顺序试想一下，人从诞生的一刻起就在逐渐失去第一天，接着失去第二天，然后是第三天，一直延续下去直到失去了昨天，今天正在我们手上也即将失去；倒序试想一下，人从临终的死亡下夺来一生的最后一天，然后凭借着最后一天连接上倒数第二天，然后是倒数第三天，一直延续下去直到我们拥有了明天，最后我们从明天即逝的血盆大口中救出了今天。穷尽过去也无法重复昨天，但昨天留下了代表希望的今天；而穷尽未来也判断不了明天，但未来耗费一生只为拯救出今天。无论昨天与明天是否安息，请让今天繁忙吧。

原本的模样

这个故事从他感到自卑开始就已远远偏离出爱情。倘若爱情在他心中，一定不至于在生活中刻意保持如此之远的距离，他从不潜入她们的社交圈，也不去了解她们的私人信息甚至他连姐妹两人的面貌都分不清，仅仅只是执着的欣赏与喜爱。只要习惯了以懈怠的心境应对生活，没有什么东西是不可辜负的，只是要看人是否有兴趣去体验辜负。爱情即使现身，对他来说也很容易成为臃肿的包袱，他既拾掇不起灿烂的生活又无法装下他人的幸福。还好他并没有接触双胞胎的勇气，不然又会变成一个浪费时间的故事。

即使一动不动地站在那里，布满天空的乌云也会飘来，要想不被压抑的阴影遮蔽就只能迈步向前跑，即使残缺得只剩一条腿也要往前跑。而他就是那种不愿跑的人，只会看着黑云压城发呆。他使用着与常人不同的策略，他选择等待，等到灰影散去，等到天空再没有一丝云翳时才重新起航。事实上不能说他是愚蠢，要知道很多时候头顶阴郁的乌云都是以自己为中心盘绕而生，乌云会伴着个体的前进而移动；所以既然始终都无法甩掉，不如省点力气坐下来凝练心境等待乌云自动散去。

他常常站在窗台的镜子面前，看着被病痛切削的苍白面容。

凹凸不平的头骨架起缺失血色的脸颊形似大漠突兀的戈壁，再加上毫无表情的冷漠如同干涸土地上的寒风，几乎带走了所有生机。他的眼帘下部不像老人那样挂满了臃肿的鳞状褶皱，而只有一层精致单薄的皮肤，像干燥的玻璃纸脆弱地包裹着下方棱角分明的骨骼，如果他不介意我站在他身边，我甚至还可以看到隐约可见的黑色血管，像大火之后炭化的树枝。疲惫把原本苍白的皮肤涂抹得黯淡，让他本身很重的眼袋沉得更深。

他喜欢把整个身体埋在阴影中只留下些许光芒打在头顶之上，然后在镜中含胸皱紧眉头保持着野兽攻击的面貌，他说这模样能令自己感觉到身体的力量。阴影洗去了所有细节，只留下一具愤怒的面具，这也是他希望表达的情绪。从内眼角凹下去一道眼沟，浅浅地一直跨到颌骨上方，虽然并不明显，但这切割面部的阴影令他看起来更加疲倦困乏。

疾病的警告加速了他的衰老，无论精神还是肉体。从黄昏到太阳完全落下，他在镜子面前站得似乎够久了，疲惫地眨着眼睛，浑身是汗，紧张的喘息正抽走着他的体力。处在背光阴影之下，他像一座经历了多年风化快要碎裂的雕塑一般颤抖着，无法附着在表面的石片带着细小的流沙散落一地。

他从自己的肉体中读出无力，所以他的状态也一直保持低靡。人的意志和躯体会紧紧地捆在一起，不得不承认有时即使读懂了自己的身体也难以保持强健的意志。非健康的身体令他感到异样，他似乎一直想象着别人眼中虚弱的自己，他想象着别人正面关怀背面排斥的嘲笑，他想象着别人摆出怜悯的口吻心中却充满厌恶与回避，他能从容面对衰弱的身体却容不下别人眼中特殊的自己。

他想成为普通人，可是从填补残缺的角度来讲谁不想成为普通人？我们不断地从他人口中接受着对自己的赞美，也不断从他人身上看到自己的缺陷；不过赞美是闪烁易变的光亮，而缺陷却是长久固执、难以改变、难以自我包容的阴影。赞美是别人插在自己头上的花朵，充其量不过是一种装饰；而缺陷就是你从他人浑圆的完整中对比出自己被切削的一片，一旦看见这缺失的一块就很难去掩盖，更难令其全满完整。

除了偶尔正视下自己的缺陷，其余时间他选择了更理智的方法。他忽略自己的缺陷，与普通人一样学习生活；把握自己擅长的优点来填充残缺的部分，令自己轻松一点，开心一点。与我不同，他相信每个人都是不幸的，但是大自然给予每个人特别的部分来驾驭这种不幸；每个人都是特别的，所以大自然才给予不幸来令人谦虚冷静，认真地面对生活。

命运会给每个人安上瑕疵，而这些瑕疵往往会困扰普通人很久。前面闯过红绿灯的人是色盲，隔壁整天照镜子的青年始终为脸部痤疮发愁，楼下的少女总戴帽子因为轻度秃顶，而她的室友用鲜艳的镜框遮挡右眼斜视，门口的小胖子一直羡慕哥哥的好身材却不知道哥哥每晚为痔疮奋斗多久，身后那个面容姣好的女士一直为腿型发愁。我的身体始终保持正常，作为正常人我甚至不太正常，实际上这并不是因为我并未在成长过程中遭遇改变，而是我迟钝到没有察觉出身体的异常。

力量是正常的显现，而残缺更体现出特别。人习惯于把获得的过程称为幸运，把缺失的过程称为命运。人更在意比别人少多少而不是多多少。普通人的定义太过于依赖幸运，以至于人们不得不在意成长中的不公。面对无数的抉择是得是失，这究竟是幸运还是命运只能由自己决定。我承认自己的幸运，所以我认为一切成功都是合理的顺水推舟的；而失败必定有致命的源起，必定由于多样化的残缺引起。

见过他身体的健康缺陷之后，我也开始从能力、性格和意志上反思自己的缺陷，渐渐地找出很多无力之处，多得我都不想再看到自己完整的一面。承认残缺是忧愁的、痛苦的、令人沮丧的。不过想想看，的确所有无法抓住的机会、无法完成的任务、缺失的信心以及失败皆源于自己的缺点。失败是令人厌恶的，而这个作为失败源头的残缺自己更令人痛心，我狠下心来停止成长，放弃所有凸显自己优点的时间，一点一点地艰难地补全自己的缺陷。他是特别的，而我只是个普通人。

我也拥有嫉妒，可我意识中的恐惧比嫉妒埋得更深。道德的壁垒能阻止我贪婪，却不能阻止我恐惧。即使我能放下作为人生来就本有的强大力量——个性思索与倔强意志，成为一个安时处顺、无欲无求的保持常态的人，那么生活、荣誉、价值、名利、情感能用来填补我心中继承祖先的必死恐惧吗？能用来减轻我必须接受恐惧的绝望吗？能用来更正我不仅绝望还要说服自己并不绝望的妥协吗？有些人彻夜难眠只为记住这世界，有些人辗转反侧是怕睡去时会渐渐忘记自己终将无法留在这世界上。

我想起一个古老的故事：动物厌倦了平时玩乐的一切，向大自然提问为什么自己始终活在森林里，大自然说："嘘，不要去思考，那是人该干的事。"或许当初大自然选择让我不成为人，成为石头、成为植物、成为野兽，让我体会到自己的无力，我都能接受潦草的一生；但可惜的是大自然让我成为了人，可惜大自然让我感受到了人应有的力量，我就不会去选择石头、植物或野兽一样的生活，我会希望让人更像人，让人逼近完整与长存。

人不是为欲望而生，但欲望可以为人所用。我需要汲取一切极端感情带来的激情与力量。该来的不该来的都得来，该失去的不该失去的都不能失去。贪婪既不是人的本来面貌也不是人的最终面貌，是人从残缺到完整的途径，是从无力到有力的中间产物，是从摇摆到坚定的准绳。人拥有超越野兽的思考行为，人已生成了跨越动物行为的探知真理的质变。人没有本身的模样，如果非要知道人本身的模样那只有一种办法，就是亲手赋予人原本的模样。这个世界上没有任何人类本身应得的东西，所以人才要进化成应得一切事物的模样。

死亡是打在背景荧幕上的黑夜，纵使台前有再多的花红草绿在黑夜中也只能与垃圾堆一起连成一片黑影。我喜欢停下来，就像一个惧怕输掉比赛的奔跑者总是频繁回望着对手，看看死亡究竟还有多远就能将我触及。

死亡是最伟大的魔术师，将梦幻变为现实的表演者我们见得多了，真正的高明是将手中牢牢紧握的清晰真实变为虚晃而过的幻觉，这不是夺走或者消失而是完美的操纵；死亡是绝对清晰的底线，与之比较，一切现实事物的存在意义都开始变得模糊，一切嵌入你心的、认为永远不可能比其再贴近你心的事物都逐渐远离。

我一直在寻找绝对静止的事物。想在正膨胀的宇宙中寻找具有恒定的距离的两点，想让终将远离我的事物停下、回来，想看到不断变化事物最初与最终的面貌。但上述的一切都离我太遥远，于是我想算了，找不到静止的事物起码自己也要走慢点，令自己趋于静止；在经历一些思考之后，在越走越慢之后，没想到我终于找到绝对静止的事物——死亡，甚至它也是生命原本的模样。看着世间一切运动，抬头望见死亡不动。

作为正常人诞生下来已经很幸运，世界上与自己同时诞生的人一部分夭折、一部分畸形、一部分被遗弃，更多的一部分身体或多或少都有毛病，剩下的才是正常人。得到足够的食物与适宜的自然环境，在幼年期能够获得安全呵护和细心照顾的儿童也算幸运。身体发育健康完整，没有疾病困扰、没有生活纠缠、不受溺爱、不受拷打、只有轻松的青春更算幸运。我活着的每一刻都感受着这所有的幸运，莫大的欣慰。

对于天生残疾的人来说，他人展现的力量自己没有。当他面对命运反思自己为何要被剥夺正常的能力时，一定感受到莫大的悲哀：所有审判仿佛在被质疑之前就已完成了判决。正常人足够幸运，所以保留与得到了更多力量，也应该肩负更多的责任，因为更不幸的残疾人难以肩负这些多出的责任。

人难以应对身心的缺陷，于是消耗大量资源与时间，努力维持身心正常部分的健康，因为健康部分也算是对缺陷部分的抵消。人并不是装模作样地呵护自己的身体，一方面是人体本身过于敏感，人也对自己的身体过于珍惜，另一方面现代社会使得人有能力照料和治愈自己的身体。

人们常常被身心影响而产生的生活问题困扰，所以在希望用生活质量来弥补生活中的不便，用生活已舒适来误导自己承认自己已完整。生活是嘈杂的线团，需要不断耗费精力才能稍微理清，所以看淡生活才能认真规划未来。依靠他人带来适宜的生活使得我并不对生活感到依赖，亦无追求；另外在我眼中，与其将健康生命看成艺术品不如看成消费品，现在时代的科技无法挽救必将死去的生命，临死前保持得美丽而完好无损的生命与腐朽不堪的生命又有什么区别。与其耗费资源与时间在提高生活质量，不如更高效地运用所剩时间逼近自己的目标。健康意味着拥有比其他人更正常的身心，就意味着我消费生命时拥有更多砝码，我可以浪费更少时间维持生活正常运转。

许多人是瘸子，有的人是眼盲。有能力的人看不到正确的道路，能看到正确道路的人却没有行走的力量。我们不能因为无法面对自己的残缺而抱怨世界不公，而应该让瘸子做盲人的眼睛共同前行。

面对不求回报的帮助，有的人感觉到温暖，有的人感觉到羞耻。人一开始与同类生活在大地中央，人在平原上奔跑，跨过土坡就以为自己越过了山坳，跳跃时掀起脚边的花草就以为能停留在空中飞翔；人在溪流中踱步，跳过淅沥的水洼就以为跨过了池沼深涧，在池塘中翻滚就以为驯服了波涛浪涌。直到有一天人走到大地边缘，见过飞鸟才知道自己难以越过大山冲向高空，见过游鱼才知道自己难以冲破浪涛潜入深海。自然让我看到了更多，思考到了更多，所以我无法止步于现状，我正常的躯体在永恒面前也只是一把灰烬，希望能在灰烬吹飞之前帮助后人触及永恒。

最骄傲的就是站在自然诞生的一切事物中，我能感觉到我是人，我不像其他动物样只懂得生存繁衍，即使我只能生存繁衍我也是以人的方式，以一种其他一切动物都无法触及的灿烂幸福去表达整个过程，人能在繁育中细致地表达并思考爱情、亲情而其他动物不行。我什么都不读，我也是人；我什么都不看，我也是人；我是人取决的不是我的行为，而是我的基因我的本质；我能与鸡狗牛羊同时喝水，但只有我是作为人在喝水。凭什么我能叫唤出这一切，因为我是人；凭什么人能获得幸福，而动物却天天要担心受怕忍饥挨饿？对，因为人懂得观察与思考，懂得发现并运用自然规律，因为人比动物更强大；凭什么人能追求长存，而动物只能守在短命的同伴中等待自己死去？对，因为人不像动物被束缚在受控的生命意志中，因为人更强大。

这年迎来大雪覆盖的冬天。我从来没有见过这样的漫天大雪，他却毫不惊讶说在自己的家乡见过很多。雪是焦急而柔弱的，纷忙落下然后紧紧抱在一起，像刚洗完澡的孩子在相互依偎中瑟瑟发抖。雪是想要飞翔的云朵，可惜承受不了丰硕的自己，尽管还保持着飘拂的优美姿态但仍会一点点地被地心引力牵扯下来。要想浮在空中，问题不是不能学会飞翔而是不能克服自重。

我喜欢光脚塞入雪地，用脚趾将雪花积压成块，将凝固的水塑造成型，刺骨的寒冷在未令我麻木之前依然予人冰爽，那浸润肌肤的幽凉触感甚至令我想到夏日酣畅淋漓的冷水浴，令我感到口渴。

他走出房间，来到冰冷的白雪之间，然后可笑地摔了一跤，鼻子被磕破了，血流不止。他坐在雪地里，紧张地掏出手纸使劲擦拭，血液浸透纸张仍然安静地向下滴落，他持续地擦换着新的纸巾却无济于事，他甚至抬起头对着空气猛吸，企图阻止这该死的血流。

他苍白的面孔上红色的血显得极为鲜艳，像熟透的石榴炸开了口，清亮的汁水流落一地。血液从人中缓慢地流过，再在上唇边沿积累着，一滴一滴地落在雪里。我很好奇血液不断流失时他身体里究竟能共鸣出什么声音，是快速跳动的心跳声还是低沉的喘息声，或者惊慌到根本无暇顾及声音，又或者是这点滴声音在恐惧的作用下被放大令头脑嗡嗡作响。

那黯淡的血液刚落在雪地里呈现出鲜红，瞬间被稀释进皑皑白雪，然后又浸润开来，雪块中每一粒浅灰冰晶都贪婪地吮吸着这温热的液体，填充起饱满的棕红，像一层还在不断渗出的脓肿。本不干净的沙地将雪团成灰色，而这层层血迹又在脏雪上覆盖出一片黏稠的泡沫。血淅淅沥沥地滴着，这摊雪似乎已经喝饱了，继续滴下的血反而从雪中析出，显得润滑透亮带着寒冷的光泽。像垃圾场上腐坏油腻的泥团，而污迹还在锈败的铁管上不断地滋溢。当看到这些怪异画面时，我脑中还是闪烁着一种冲动想为其配音：从下巴滴落的血是橡胶衰落的声音，从雪中滋溢的血是开水煮沸的声音，脚下刮蹭的血是刀刮玻璃的声音，纸巾上碎碎滑擦的血是低哑的小提琴声。这场景令大雪在我印象中变得肮脏，就连原本被描述为晶莹剔透的雪花也像玻璃碎片令我联想到到锋利和梗塞。

后来他像是放弃了似的低头看着不断染红的雪地，像是拼尽全力经历了一场疲惫的拉锯战，满地的血液就是尸横遍野的证据。寒冷的温度麻痹了他的神经，免去了他感受伤口的痛苦，但他消极的沉默也无法抵消血液不断流失带来的恐惧。这时他一定能比其他人更能体会到生命流失的颤抖，更能触及死亡的结局。

我只能跑过去拉他起来，他却一动不动，愣愣地不愿起来，没办法我只能冲他大吼将他吵醒，用力拽起他慵懒无力的身体，搀扶着打车送他去医院。

用手将早已被血湿透的纸巾捂在他鼻下，我手上全是他汩汩不停的血液，滑腻得让人恶心。我感觉捧不住他的生命，就像持续涌流的时间一样，任何妄想堵住出口的举动最终都无能为力。他神情低落但看起来没有被吓坏，似乎早就有过熟悉的经历。医院中的处理流程直接迅速，止血、化验、输液、留院观察。等到他家人来之后，我重新返回学校，这时大雪还未停止，当时他摔倒留下的血迹已被新鲜的白雪掩盖，毫无污浊的痕迹。

雪花飘在空中轻盈自由，可是碰触到泥土就变成一摊污水。我对雪的厌恶源自于它不可控的纯洁，它是水啊，它是能被一切浸染的水啊，它怎么可能留存住最初的纯洁。雪，迎风则净，落地随尘。生命如同雪花一样，落在他身上就显得更加可笑；说他软弱，他在艰难的环境中拼尽全力演绎正常生活；说他坚强，他残缺的生命怎么能维持住短暂的坚强，就算维持住了，旁观者还忍心将那残喘的呼吸称作坚强吗，还忍心鼓励他继续坚强下去吗？

我的行为被三种意志所支配：愤怒、贪婪与恐惧。愤怒使我有力量站在自己难以改变的事情面前，却无法使我保持平静；贪婪让我不顾一切地改变着自己能改变的东西，却无法让我停止下来；恐惧让我厌恶这两种意志，却令我没有勇气拒绝它们。

恐惧成为最大的黑影，它衍生出的慵懒和懦弱侵占了我大部分性格。除了思考和追求生存所需的力量之外，琐碎的事务、交际、接受教育、打理生活等其他目的都无时无刻地分裂着我的意志。有的人善于运用他人，有的人善于运用自己，但更多的人只是如我一样还在学习运用他人与运用自己的途中就已被慵懒和懦弱所驯服。

常言道“失败是人们共有的恐惧”，而这恐惧对那些缺失力量的人来说更为庞大可怕。恐惧令踟蹰不前的热情更加不敢动弹，使得新生的希望也很容易在狭小的浪滩上搁浅。我们总是不断承认着自己的失败，并且还认为自己反省得不够深刻；我们总是在关于失败的回忆面前做出虔诚的祈祷，而且还抱怨自己祈祷得不够诚挚。这时我们希望有某种东西能将自己打动，将自己从失败带来的自卑中拖曳而出，可是没有；只有退而求其次，我们希望某种东西能安慰自己，能将自己的注意力从失败中转移出来，于是慵懒和懦弱乘虚而入，成为自我怜悯的最佳理由。

我从未真正地成功过所以无法体验成功的幸福，我从未肯定过自己的短暂前进，因为那些被别人被自己贴上的标签都只是一捅而破的幻影。废墟与肥沃之间呈现出多样化的美丽，面对正在萌芽的希望与趋于温顺的土地，我却只能承认建立在泥泞大地上废墟的破旧和惨淡，脚踩烂泥身置废墟的我依然被困在一无所有的迷惘中。

接受美好梦境，每时每刻都在追寻幸福的过程中悄然离去，愉悦的心情如同馥郁晚风令时间飞快，唯一烦恼的是常常被提起的现实成为巨大的创口在心中隐隐作痛。接受清晰现实，一步一个脚印的充实生活在不尽人意的环境中缓慢移动，痛苦是浮动生活的背景曲，或许零散的梦境还能成为幻想中的希望，令人在呆板和困乏中沉着向前，但在漫长的旅途中很难始终坚信自己行走的道路一定正确。只要世界能被分为两侧，那么无论站在哪一侧都是对另一侧的逃避。正确与错误只在于自己到底愿意相信和接受哪边。

现实就是在长久的梦境之后突然被惊醒，然后眼中填挤着深蓝的、令人再也无法入睡的、再也无法回头相信梦境的黑夜。黑夜本身并不可怕，可怕的是它出现的时机；让我在入睡前记住黑夜，我会祝愿自己在黑夜深沉的背景下做一个好梦；让我在惊醒之时看到黑夜，我会感觉到原来现实与梦境同样漆黑绝望，同样没有任何办法能将自己从黑暗中拖曳而出。慵懒和懦弱总是占据着最好的时机将我酝酿已久的奋斗激情压制，让我不断以理所当然的姿势去依赖他人的帮助、去依赖社会资源。慵懒和懦弱像一顶皇冠一样套在我的头顶，在激情持续不断的衰退中它太过适宜令我不愿舍弃，在时间毫无意义的浪费中它太过沉重令我无法动弹也令我摘不下去。

我去医院看过他几次，他的身体比在学校时更虚弱。他的骨骼更加突出，唯一能支撑起他身形的似乎只有宽松的病服。当病人进入病房，都会脱去自己或朴素或华丽的外表，穿上同样布满网格的病服。在这里没有人会惦记你世俗的功劳成就，穿上衣服就是病人，躺在床上就是等待被救治。他衰弱的样子甚至激起我心中的恐惧，我似乎想到或许有一天我也会衰败残疾，我也会面临即将踏入死亡的危机。如果死神哪天非要摧残我的身体，令我神经麻木、四肢腐朽、血液干涸，我希望他能留下我的眼睛，因为那可能是我仅剩的明亮与自信。

我劳累地返回学校，第一次在镜中注意到自己健全的身体。落日仅剩的余晖从阳台射向我后背，漆黑脸颊边上唯一能看清的就是毛茸茸的发梢，朦胧淡黄的光晕，像温馨的麦穗。从肩胛溢出的小片光影打在镜子上反射到锁骨中央。那光斑太暗淡，暴露在这微凉的空气我感觉不到任何热量，静下来感受，却能体会到自己身体的温暖，体温比背后的阳光亲切更多。我突然感受到命运对我的和蔼，没有离别没有病痛，从出生走到现在一切都平安无事。

找到那些不残缺的事物很难，想要不看到事物的残缺更难。大自然几乎给予了我们强大的一切，智力、思考、情感，就是没有给我们足够坚实的肉体。人是残疾的，我们缺乏时间，缺乏完整的肉体。

追求完整是延续至今的古老欲求。我们不仅要有力量还要求拥有智慧，所以人站了起来；我们不仅要熟练运用双手还要运用周围的事物，所以人学会运用工具；我们不仅要寻找食物还要掌控食源，所以人能耕种畜牧；我们不仅要独自思考还要听清他人的心声，所以我们能交流。现在我们站在祖辈耕耘的世界中看到更多，也要求更多，我们要智慧、要健壮、要美、要灿烂、要幸福等，其中每一项都会花费众多时间，更别说得到所有。

广义地来说每个人都是残缺的，因为没有一人能铸成完整。人是残缺的，需要通过外界帮助来完整自己。有的人过分惧怕自己的残缺，以至于在一见到他人身上拥有自己残缺的部分就附庸在他人生活之中，把他人的力量映射为自己的幻想，把他人的完整作为自己通往幸福的供给。羡慕他人的能力很正常，但不要将不属于自己的东西嵌进自己的身体，强行植入的事物不仅会打破固有的平衡，还会带来深刻的异物感和创伤，即使以后真正得到了希望中的能力也难以自我承认。

每个人的成长都是一个趋于完整的过程。将自己拉向完整很难，任何自我填补的尝试最初都只是想远离残缺。模仿和学习是强健自己的必经之路，但千万不要忘记自己才是成长的内核，自己将达成完整的中心。别人繁花似锦也只是参考，在自己树上拼命结成果实才是更趋于完整的一步。

我的思想也是不完整的。我把生活与规则当作自己思想的替罪羊，每当我的理论无法均衡人与人之间利益冲突时我就会不自然地宣告是环境与束缚造成了人与人之间的追求差异。我也不断完整自己的思想，希望不止能校正自己的判断也能合理地指导他人的行为。

人始终在寻找一种完整理论囊括所有自然规律，解释所有自然现象与物质构成。完整是一种苛刻的状态，它排斥任何残缺。从剖析他人到剖析生活，我总是对自己强调一切存在的现象都有理由，并且都能被解释。但是这要求很难达到，许多现象都有多种解释，即使将其放置于固定理论之下也难以排除非最佳解释的错误性。达不到准确测量的度，正确与错误的界限就变得很模糊。

如果我们难以达成真正的完整，那么如何触及一些狭义的完整？在达成目标的旅程中，没有明显缺陷即为完整。

如果世界上有这么一本大书记录着每件事情做到成功的步骤，那么我们就会发现，失败并不是因为人没有在过程中超越步骤而引起的创新缺失，而一定是人在某个过程中留有致命缺陷导致的步骤断线。对于个人来说，要想达成某个目标，自身就必须在意志、能力与资源上不能有与目标相关的缺陷。狭义的完整依然是罕见的，每个人都有更优秀的特点，但并不是每个人都没有明显缺陷。

成功有很多种，有一步一个脚印达成目标的稳健成功，出乎意料达成目标的成功以及超出目标的卓越成功；而失败只有一种，就是没有成功。没有明显缺陷的人或许达不到卓越成功但更可能达到稳健成功。只要按照稳健的步骤行走，保证每一环节都没有缺陷，目标自然会被达成。

人往往比自己想象的更在意缺陷。我们在寻找伴侣时，最主要的指导准则就是判断对方缺陷的大小。人能被对方出色的一方面打动，但更能因对方的缺陷而排斥远离。对容貌、身体、性格、地位、资源的度量就是为了判断对方在各方面的残缺程度。每个人都有自己对缺陷的容忍底线，或许在一次次不成功的匹配中，人会降低这底线但底线永远不会消失。以缺陷来判断人是古老的也是高明的方法，缺陷更少的个体意味着繁育时后代的基因缺陷更少，孩子更健康。性格与行为方面也是如此，缺陷越少，越趋于正常，越不易失控和犯错。

他少年般单纯的爱慕与那自怨自艾的孤独一样，逃不过对残缺的自卑。因为无力与残疾，人才会在意那些相对完整的人，才渴望与那些能弥补自己缺陷的生活进行嵌合。

人更在意他人身上留有的，自己失去的那一块，反而时常忘记自己身上可能还存在他人残缺的另一块。不过观看别人的残缺远没有观看自己的残缺那样令人失落。另一个角度，他所希望送及的书信和画片都体现出挣扎。或者成为别人，或者令别人变成自己，无论如何都在寻求相似和完整。

在嘈杂人群中看到自己，与在孤单镜子中看到别人可以是相同的感觉。同化与被同化、控制与被控制，来自人体会出的一切情感都是协调的：恐惧与贪婪，自卑与嫉妒，幸福与痛苦。人与人之间的主观感受都在趋于共融，比如置身于热忱的情感，爱与被爱没什么不同。

卑微的害怕与渴望构成了他心中不敢言述的喜欢。起初对她们完整生活的渴望与对自己残缺身体的厌恶构成反差，一段时间之后这种反差界限渐渐变得模糊。她们的完整使他显得更残缺，他的残缺使她们显得更完整；在脱离他视角的我眼中，她们并不完整，他也并非过于残缺；但在他的视野中，自己与对方的差距越拉越大，也越来越不清晰。

人可以用本该包扎自己的绷带去捆绑他人，不仅期望别人认同自己的残缺还渴望凭借自己原有的力量为他人整形。有力的人可以将他人整成自己期望的模样，以达成更满意的共处状态；无力的人只有在自己的想象中将他人整成自己不可触及的模样，以建立一个合适的理由去说服自己不要再与对方的生活相连。

我一直疑惑的是，舞蹈团拥有那么多更优秀的女孩，为什么他偏偏在意她们？美只能引出欣赏之情，而强烈的自我暗示诱出爱慕之心。掩盖自己的残缺是一种妥协，所以他才会在生活中寻找不同的特别去忘记残缺；找到与自己相似的人是一种愿望，所以他才会关注天生就已经实现这个愿望的她们。

双胞胎拥有更深沉的隐喻。世界上难以找到能完美契合的一对，双方难以尽数具有彼此所有没有的优点和缺点，但却能找到一些相似的个体。为了强调自己的存在，人才会拜倒于生命意志不断繁衍；为了强调我们都属于同类，人才会在相伴相惜中看到彼此的相似。双胞胎两者之间的相似只是一个细节，只是种群中个体之间相似性的冰山一角。大自然似乎在告诉我们，这个世界上没有与你完全不同的人，却总有一个人与你相似，总有一些人与你相似，总有很多人与你相似，甚至所有人都与你相似。我们总是太在意自己或他人的特别才忽略了彼此的相似，就像人更趋于关注瞬变的事物而遗漏掉视野中大部分恒定不变的背景，比起彼此之间的略微区别我们更像是一个人。我拥有的时间在所有人生命累加的时间长河中只占据一刹那，把自己带入到所有人中，想象自己能如每个人一样活着，小心翼翼地捧着这一刹那，又温柔地放下这一刹那。

其实我们都是普通人，没有什么特别。我们拥有几乎一样的基因，表现形态不同仅仅是因为处在不同的环境、拥有不同的经历。每个人都想将他人身上表现出的美和能力与自己融为一体，所以我们能构成群体、社会、国家；每个人意识深处都在追寻一种完整，只是许多人没有意识到或不愿承认；每个人的生命意志都映射着种群渴望长存的愿望，而每个人奋斗的目标也都将与整个种群重合在一起，就像许多头像重叠在一起就能展现出美丽的容貌。

继续延伸下去，每个个体的愿望也是相连相通的。拥有共同愿望的人塑造出这个群体的许愿树，每个个体的人生理想都是许愿树上的一片树叶、一枝花朵或一段根茎，这些或美丽或丑陋，或宏伟或平凡的梦想都是为了实现人类愿望的力量。祖先关于基础农业、畜牧的愿望构成许愿树坚实的根，逐渐清晰的社会形态构成第一段茎，由冲突战争衍生出的共有规则构成第二段茎，思想的共融与协调成为第三段茎，科技构成为大树汲取力量的树叶。

许愿树生长得太过顺利，以至于它竟能开出文化、艺术的花朵，甚至还能结出名为幸福生活的果实。花与果实结在树冠的最下端，寄生在树枝之上吸纳着主干的能量，躲避着阳光风雨。能真正为大树蓬勃生长汲取力量的树叶才会生长在更高更粗壮的树枝上，才能接受更多的阳光和风雨。而那些与大树无关的花朵与果实就像狂风吹过飘零的落叶般遗落在历史之后，果实落地的一瞬间或许带来极尽自由之感，但不久它便会厌倦愉悦的快感，在干瘪土地上生根发芽，模仿母亲大树的成长之路。

我起初也不敢把自己的信仰放在正中心，我怕自己的思想是错误的。后来才发现这个世界上没有什么是绝对正确的，只要我在时间的审判中被排斥得不多就是正确，不偏离大树向上生长的主干就是正确。

人们往往看不见或难以接受大树，更偏爱在风中摇摆的花果，我也是。

但有些东西也许放弃过才知道它美丽却只是幻影，有些东西也许经历过才能发现它珍贵却一钱不值。除了大树绵延至天空的主干，其他所有的花果根茎都遮蔽不了人的恐惧，满足不了人的贪婪。

这棵大树并不会因为枝繁叶茂就长得更快，也不会因为枝叶零落而停止生长；果实会成熟下坠，会熟睡于大地酝酿下一次成长，会成长为新的许愿树，也会结出新的果实。这是否意味着可悲的循环，我并不能肯定。但我能肯定的是新的愿望树依然会同旧的愿望树一样向上生长，新的愿望树也会结出果实。

守旧者走过的每一步都是前一步规律的痕迹，创造者走过的每一步都是下一步的铺垫。只要勇于承担与接受，人们的愿望都是极尽相似的，都会化成某个梦想的主干。梦想为根的人们保证了整个许愿树的矗立与稳定；梦想为茎的人是许愿树的主体，是树干能越长越高的体现；梦想为叶的人为许愿树的每一次长高吸纳更高密度的养分；梦想为花的人向其他许愿树展示着自己的美丽；梦想为果的人繁衍着小树，重新体验一次生长的过程。所有人的梦想都是为了许愿树越长越高，越长越壮。

为什么人类的许愿树比其他动物的许愿草更高更大，因为人知道向上生长、人知道面朝天空，而非向其他动物一样存在仅仅是为了结出能继续繁衍的草籽。大树是为了长得更高，也能长得更高。大树不是通往天堂的巴别塔，而是连接天空的宇宙路。

当生活规则在长久的历史中成为定论而那些深远简单的事物早被抛弃时，旧的事物被重新提起也无法得到认可，所以以前我不愿在人群中说出自己的梦想。人往往只能接受可以复制的成功与已被验证的胜利，出离与体验与知识之外的事物人根本不考虑。人不断地模仿着他人的幸福与价值，而忘记思考自己究竟应该得到什么，究竟应该为什么奋斗终身。

我感到惭愧，我没有能力让人们安静地听完我的言论，也无法扭转他们对生活根深蒂固的渴望，甚至于在人们滔滔不绝地表达对自我价值的强烈渴求时，我都不敢提起这古老的愿望——永恒。

别人将这无法接受的梦想丢在遗忘的记忆里，我将它藏在嘴里不吐出来。但我始终不相信这只是少数人的愿望，拥有这愿望的人或许都像我一样藏了起来。人开始总是以戏谑和嘲弄去掩盖自身对未知事物的恐惧，但不久人就会想要弄清这未知事物令自己恐惧的原因。

我们的祖先在存活中残缺了世世代代，不管大自然如何阻拦，人已经值得去追寻完整了。科技能填补人肉体与技艺的残缺，长存则能使人有足够时间掌握大部分真理与规律。自己不能得到的，会让其他人得到，其他人得不到的，会让孩子们得到；人类可以不断地在科技帮助下快速进化达成完整与长存。终有一天，当肉体被塑造成能自愈与被更替，人就能达到长存的质变；终有一天，当每个人都有能力填充满自己的残缺达成完整，所有人就将构成完全的相似与共通；终有一天，当长存与完整都能被紧握在人的手心，关于控制与创造世界的方法就能更快速轻易地被发现，关于达成与塑造永恒的秘密就能被破解。

一切事件、风景、行为都有其或深或浅的目的。人心中藏着许多愿望，有的接近现实微弱而柔美，被用来支撑自己存活；有的难以企及绝望而伟大，被用来支撑整个世界在心中的存在意义。永生与完美这两个愿望中的每一个都无比强大，都超出了梦想的范畴构成存活的终点，强大到能支撑起任何一个怀揣悲催命运的个体，甚至实现者能支撑起整整一代人、一个民族、一个国家、甚至整个种群。永生意味着生命意志被超越、克服，完美意味着生命到达巅峰克服了梦想对人的束缚。只要达成两者之一，大部分关于存在、关于价值、关于道德、关于真理的问题都丧失意义甚至不需要被提出了。

我身体的一侧被贪婪开出深不见底的大洞，另一侧被恐惧捂出隐隐作痛的脓肿。我一直在饥饿，一切美或有力的事物都难以喂饱我，即使感觉到饱腹我也还想要得到更多。我一直在焦虑，一切即将得到或失去的事物都令我无法入睡，即使入睡带有敌意的梦境也会将我惊醒。

为什么我不能像其他人一样无视恐惧的大洞，因为我选择要绝对根除这恐惧而非将其藏在无法察觉的角落。我不能忍受人的生命中有大洞打开，这不是人完整的形状。同样我也无法无视贪婪，我不能忍受人的意志要靠浸泡的脓肿来汲取鼓胀的力量，这样得不来纯粹的成长。人不会永远贪婪，当所有残缺都被弥补时贪婪也会被填充，但只要还有大洞打开我就不会关闭渴望力量与资源的心。生命应该完整与纯粹。

事实上我一直躲在自己骄傲的阴影中不愿出来，独自骄傲比要求他人认同自己要容易得多。每一次证明自己都突破了一些骄傲也拉近了我与人群的距离，无论是站在即将成功的前夕还是愤怒地跌倒在失败中，我都会一次次催眠自己：不要急，等到我能从他人眼中凑齐足够的认可我就能摆脱自卑的束缚。我渴望着从自我束缚的圈子跳到被他人束缚的圈子，而骄傲就是这个过程的催化剂。

那么骄傲，这种令人自大、孤高、傲岸的情感到底由何而来由何而生？骄傲源自于完整与残缺强烈对比下的自我怜悯。

如同大部分幸福是逃离痛苦而引申出的残影，人身上的许多骄傲是在意残缺而遗留的幻觉。有残缺就有完整，一个拥有健全双手的瞎子和一个经常锻炼双手的正常人，都会以自己拥有完整的双手而骄傲。当个体承认自己的残缺，他不仅会意识到自己的弱小，还会将自己不残缺的那部分当成特别的力量。这不是一种讽刺，这是自我意志中积极向上的力量，这力量让人不至于总是陷入懦弱无法自已，这力量让人无论有多么平凡和无力都还能怀揣希望。

当一个不完整的人选择成为特别才真正开始与人群分离。人因为无法完整所以并没有将自己看成正常人，人因为感到特别所以开始试图脱离种群的责任，开始摆弄自己的梦想，这些特别的个体更像带着自己独有的任务出生，更像是为走完命运为自己精心订制的旅程而存活。

剖析骄傲之后引人深思的东西有很多，狭义上讲完整的人就是拥有健全身体、健全心智、健全人格的普通人，广义上讲完整的人还需具备人所发现的一切知识、人能掌握的一切能力、人所得出的一切思想，简而言之——最大限度的全能全知。人总会认为自己某方面能力惊人，但有没有想过既然我们拥有人能拥有的能力，那这能力还是否能被算作特质？这能力是否是我们作为人本就应该展现出的能力？人也常常羡慕他人出色的能力，再想想大家都是人，为什么自己没有拥有同他人一样出色的能力？如果是因为身体原因，那只能代表自己身体的不完整；如果是因为懒惰，那只能代表意志的不完整；如果是因为不平等的环境，那是因为自身许多能力方面不完整以至于无法打破这种不平衡的状态。

这时倔强的人就会发言“没有任何人能做到真正的完整，因为他不可能拥有足够的体力和时间来了解任何知识学会任何技艺”。的确，所以人类的身体本身还未成为完整。一部分的完整也许并不是上天赐予人的礼物，另一部分的残缺却可能是大自然、社会环境和时间对人的囚禁。比起看到个体的特别，从普遍性的角度远望，我们或许能看到人更广阔的潜质与发展前景。

大自然总是在被看穿的一刹那还优雅地保持迷雾的姿态。经历了从渴望完整到定义完整的过程，就发现完整是多么模糊不清且难以触及。中间的一切思考都回到原点，我们到底应该如何面对残缺？可以主观地包容残缺，可以说服自己残缺是完整的一部分，可以极力忽视残缺，但这些行为都有自欺欺人的嫌疑。我始终都看不到残缺深处隐瞒的本质，看不清大自然令我们生来就残缺的意义。

无论是肉体还是心智上的残缺都令人丑陋，无论是排斥肉体还是排斥心智上的残缺都令人烦乱。令人烦乱者比令人丑陋者更可怜，所以我选择接受残缺但要追寻完整。残缺的生命！未曾离你如此之近，却依然无法触及；未曾看你如此之清，却依然如同梦境。

怜悯

他打电话向我抱怨无趣的医院生活和许多他觉得缺失希望的细节状态。然后说着说着他安静了。没办法，我学着书本上描绘的场景那样安慰他，说“你是特别的”。我觉得这样能安慰他，如果我处在他的境遇下被怜悯，一定会想“我知道我是特别的，但这并不是因为我的病，而是因为我时日不多，跨越经验的死亡让我提前体会到了你多年后才会在意的渴望、嫉妒与悔恨。我可以接受一切，唯独不能接受美丽。我只是想做一个普通人高兴快乐地欣赏风景，而不是内心会因为无法得到他人的才赋而诱发厌恶和痛苦。疾病使我不会像普通人只能在临终前怨恨自己的一无所有，死神下达提前逝去的命运致使我永远也无法完成头脑中的任何梦想，所以我可以坦然地不经过努力拼搏也敢于承认自己的失败，现在我有理由来迎接碌碌无为”。但他只是尴尬地笑笑又归入平静，声音似乎还带着一丝轻蔑。

他从病痛来临之际，就始终追赶着对自己的怜悯与怨恨。想想这其实对他来说也是一种乐趣，能够把持这么强烈的情绪并不舍弃也是一种挑战。人在瞭望未来时会变得失望，不是因为环境在改变，也不是因为距离幸福生活太遥远，而是对无能的自己毫不信任。

如同共鸣一般，我能体会到他对正常生活的深深嫉妒。有时我们感觉到无法控制自己，拥有强烈的愿望却只留有微弱的力量，我们始终在嫉妒那些能将愿望和力量互相匹配的成功者。我们是人，我们都想得到眼中的一切；内心中有一片名为贪婪的土地，它无尽地汲取着点点滴滴精神雨露却永远干涸。而嫉妒就是从缝隙中挣扎着能在这片龟裂土地上成长的嫩芽。也许我开始模仿他的心境，学会他没有学到的东西，在不断的嫉妒中迫使自己从懒惰中苏醒，迫使自己前行。

我会猜忌从愉悦、骄傲、荣誉中得来的力量，因为它们似乎都隔着奉承般薄薄的幻影，一捅就破；而从嫉妒中得来的动力依赖于他人的强大，于是不会被自己猜忌，嫉妒是那么的干脆简洁、直抵人心。

人只会在充满安全感的地方才能熟睡。我一生中有三种稳如泰山的熟睡，第一种是在童年父亲的怀抱中，代表着生活的力量抵御着我所幻想的恐惧，没有恐惧即为安全，这时候我还看不见那些还未展露的威胁；可是当我接触到死亡，生活的力量就已经意义浅薄，因为我明白它在阻挡我未来死亡情景时毫无用处。第二种是在异地求学独居的房间，这里我感到孤独，这个足够清静的环境中我才认识到自身对死亡的恐惧并不是累赘而是一件礼物，死亡是要求我必须立足于现实镣铐去克服死亡，也造就了沉沦生活中的渺茫意义。第三种是将来我死亡的坟墓，因为在那里我没有力气醒来。

熟睡与怜悯一样，是一种巧妙的力量，在予人安慰时不会轻易激怒其他人，尽管它是模糊的，可每个人都很容易被这卑微的温暖所感动。为了社会健康发展，人的确需要保持怜悯之心。只要我们在某些领域做出一些看似并非浅尝辄止的研究就会被人们赞扬，尽管某些研究并没有给社会带来生产力也看不清科学价值仅仅只是头脑游戏，但仍有人愿意为之套上光环。这实际上表达的就是社会文化携带的激励措施对研究人员的怜悯。

那些面对纯净天空感到羞愧的人是否会选择遮蔽自己的眼睛？难以忘记置身于困苦和灾难中人的眼神，即使不与他们正面对视人也会不自主地将画面与文字中刻画的痛苦代入到自己的情感中，即使不能全部理解，人也能感受出同胞们的痛苦经历，自身的安全平静与千里之外的纷争动荡强烈对比。他人的困境宛若是我引起的灾害，他人眼泪宛若是我表达的愧疚，他人的仇恨宛若是我造成的苦难，正是这令人痛苦的错觉造就我们一心向善。

如果眼前的灾害不是自己造成的，我们会停止怜悯吗？如果人受到的挫折完全源于自身的弱小，我们会停止怨恨他人或社会吗？如果他人已经接受我们犯错之后乞求的原谅，我们会停止忏悔吗？这一切都不是随心所欲的，我们不愿停止是由于行动与情绪的惯性，一开始我们需要思考很久才能做出不情愿的举动，直至我们习惯做出不得不做出的决定，我们便学会控制自己，这一切选择就变得轻松。停止怜悯，停止怨恨，停止忏悔。

怜悯散发的气息扰乱着我们纷杂的脚步。我们甚至在自己不曾犯下罪行的面前接受他人怜悯。人期待被关心、安慰，外部的怜悯令人蜷缩得像个婴儿，没有犯错却乞求原谅。人往往还无法反驳这种情感，因为人依赖于这种情感。人给他人机会来怜悯自己，或者说以柔软的一面令他人动容。

接受怜悯会令人习惯于从他人开放的怀抱中寻求跨越困难的台阶，从而减轻了爬行的艰难也减少了独自面对困难的勇气。怜悯为人减轻痛苦依靠的是一种幻觉般的幸福，我们承受强烈艰难时，有人看到了我们的部分艰难，我们就为被看到艰难的共鸣而感到高兴，但事实是这艰难根本没有被解决。

这种幸福如果被确立，人就得依靠相互帮助重新在困境中找到新的起点，即使有时这起点如同悬崖边的树枝一般脆弱也给人留有极大的希望；另一方面如果这种幸福一旦消逝，人就会对起初被藏起的痛苦更加没有抵抗力，而且在下一轮困难到来时显得更加迷茫。怜悯，施予者靠救助他人来保持自身的圣洁；但是被救助者在接受施与的同时是否能认识到摆脱接下去的困境必须依靠自己，所以有时侯必须说服他人毫不犹豫地面对挫折。

怜悯代表善良但不是善者的专利，每个人都会在生命中或多或少地表现怜悯。人愿意回避怜悯的话题，仿佛认为忘记就能不让自己暴露在怜悯的沉重之下。主张思考的人有时不必惊醒那些精心准备着打算时刻熟睡的人，应该给他人选择不去面对的机会，也许他会一直倒地不醒而这样他才能比那些瞬然苏醒的人更多地体会到沉睡的懵懂与无奈，也许他只有刻意禁锢自己足够长时间后才会期待清醒、才会获得成长。

现实其实并不比梦境清晰很多，现实不过是多了一些规则与细节，少了一些情绪与幻想，而迈入现实不止是艰难沉重的，有时甚至要背离文化道德。苏醒的人有睁眼行走的现实之路，熟睡的人也有闭眼行走的梦境之路，而失眠的人还徘徊在睁眼与闭眼之间不知道应该痛苦地站起来还是躁动地继续躺着努力入眠。

敏感的人早就注意到视野之外投向自己的怜悯，有时自然流露的情绪并不易引人注意，但万一站在阴影中的人也如自己一样敏感，也如自己一样害怕被发现，于是为了不惊动周围的环境，人往往选择表现出一无所知。

怜悯往往要求做出牺牲，有时不仅是物质的奉献，而还包括荣誉、道德和权利的共同让步。怜悯令人的存在更加无辜与尴尬，时刻为别人负责也成为一种奢望。人很难主动暗示自己的无力，轻易放下骄傲；我们能将船摆渡到洪流中心，但难以央求所有人上船避难。

怜悯是耻辱印记中诚恳的一部分。怜悯之后往往紧随着期望中的帮助与支持，你甚至不忍心对怜悯宣战，只能跪倒在脆弱的拥抱中大声痛哭。低下自满的头颅换来希望，只能理性地选择“愿意”。在接受怜悯之下的示弱与妥协，被他人以最卑微的方式打破生命中的骄傲。

我不知道自己是如何开始同情他人的，也不知从什么时候开始同情自己的。我无法放任自己在规律的生活中顺流而下，我不断地在寻求突破平静的机会，我不会将所有的机会都寄托于自己。欲望和懒惰把我的生活割裂成许多部分，我同时做着好几件不同的事，也经常放弃好几件不同的事。一方面我什么都想要也什么都不想失去，另一方面我什么都不想要我只求纯粹的安静。

同样，怜悯一方面让我去帮助他人勇敢地爬起奋力生活，一方面纵容自己的慵懒与懦弱令自己减缓节奏不用刻意前行。不是我不愿意相信自己，而是我无法忍受懦弱的自己一次又一次地面对机会却无能为力。我可以对别人施加怜悯，我能容忍别人怜悯我的恐惧、仇恨和贪婪，但绝对无法接受自我怜悯的眼神。我将这眼神静静地藏着，藏到它消失为止。

人难以在真实的情感面前保持锋利。怜悯会使坚硬的心灵曲折，所以人需要用最软弱的部分去面对怜悯。不要怨恨任何怜悯自己的人，即使无法接受，要相信被给予的怜悯终将有一天会归还。

痛苦是觉醒的必要条件，我通过恐惧导致的痛苦而觉醒，而其他大部分人则在压力导致的痛苦下觉醒。我们追寻幸福只是为了挣脱痛苦，追寻爱情只是为了掩盖欲望，追寻长存只是为了逃避死亡。我能忽视前两者，却永不相信生命无法拒绝死亡。我不得不承认自己在面对死亡恐惧之时无法抗拒自我怜悯。

我们因一个问题陷入绝境往往是因为没有看清下一个问题的真面目，当你等待到下一个问题变得清晰，真相自然在其中。我们的蹉跎岁月在衰老的面孔上写得清清楚楚，如果连身体的健康都维持不住，如何还能与时间分庭抗争。如果问我为了生命变卖一切，希望最后留在身边的是什么情感，我会回答到是“怜悯”。怜悯不需要任何资源与能力来支撑。欲望是吸引自己活着的理由，怜悯则是驱使自己活着的理由。

我们不能发挥自己的力量，很多情况下并不是我们没有力量，而是我们自身无法承受这种力量的反冲。当我们自身没有强健到足以承受反作用力时，过度释放力量就会让我们受伤。我们通过承受痛苦来控制力量，与此同时，我们也透过力量来承受痛苦。是力量将我们的身体和精神与痛苦联结起来。

脆弱的人是体验不到痛苦的，因为他们承认自己永远无法推翻自己头顶的阻碍，痛苦的到来只是把他们压垮、使他们跪倒、将他毁灭，赐予他们麻木、懦弱与忠诚的奴性，没有力量的人始终忧心忡忡，一面恐惧将来的痛苦，一面急促地等待痛苦到来以结束当前战战兢兢的生活，痛苦的强压在降临之际甚至成为他们生命中终于能自由呼吸的唯一时间。

对于处在困境中的人来说，安慰比责备更不真实。如果要编造谎言，安慰与责备哪个更容易令人接受？毫无疑问当然是责备。安慰容易令人感到被骗，安慰的真实性与意义太少，这就是为什么我们可以从他人的责备中纠正自己，而无法从他人的安慰中获得改变。

心跳突然加快，温度却骤然降低，感到有些冷，像一块冰凉的钢铁沉在心中。似乎连接心脏的血管在蠕动着缓慢缩回心室，而另一些陌生的触角从阴影处伸出与衰弱内心猝然相接。一种困乏由内而出，我好像能体验到视野中的画面从上到下一帧帧地刷新。

整个人好像被前面庞大的阻力压到后方，不像躺在床上能感到前胸脉动，现在我只能从后背察觉到心脏的伸缩，肌肉抖动得很慢，像卡壳的录影机一帧一帧地播放着由远及近的火车带着永无止境的车厢轰轰而过，车轮粗犷的声音在嘶哑的背景之外再添震颤。心脏干涩的弹跳带来哽咽的呼吸，骨骼在每个运动周期之间都积累着战战兢兢的力量，在孕育一行爆发的共鸣。每一股纤细的摇摆都在自己的位置上适时微调，等待背部肌肉达成共同的频率，最后突破阈值化为一种温暖而压抑的情感从后背产生然后浸润四肢，让整个身体得到极具快感的战栗，在一瞬间肃清了所有胶着与疲乏。

身体的余震过去之后，喉咙还未恢复平静，我努力保持平稳流畅地呼吸，下意识地做出吞咽动作想缓解紧张的下颌。整个过程持续得很短，却很管用，让人内心回归安静。

当我见到无依无靠却对我拳脚相向的儿童时，当我得知昨日相见的同伴任性离去，当我看到欲望膨胀却深陷懒惰的自己，心理除了愤怒和压抑还藏着什么东西，年幼时我不知道这些所有细致的感受意味着什么，后来慢慢懂了，这股震颤就是生命的保护机制，就是怜悯。

这一天学校要举办演出，她们会上台。我跑去医院告诉他，希望带他去看看，他执意拒绝，说那舞台上景观一定令人恶心。我知道，他的意思是美得令人恶心。

我也对那些灯光下闪耀的舞蹈与声乐表演不感兴趣，但我与他的理由不同，我明白这些所有台面上看似天赋过人的表演都只是无数重复的努力即可达成的感官艺术，他们所表达的美感或技巧并不是我所需要或追求的，我更愿意花这悠闲时间沉浸在愉悦的思考中。或许我的理由听上去更充分直白，但是这思路也是我隐藏自己的粉饰。我没有信心在模仿其他成功者脚步之后走出同样成功的道路，更没有坚强信念克服懒惰去不断努力。我唯独能做到的只是在独自为伴的环境中盘点自己已得到的事物。

这个原本孤寂冷漠的夜晚在多年之后的数次思考中被洗净，我们每个人根本就不是孤单一人，我们所表达的一切都更应被归于独自怜悯，无论是我在浑浊思绪中执意留白体现孤独，还是他在医院中因厌恶自身的疾病而大声哭泣，还是台下观众对尚未逝去的荏苒时光唏嘘感叹，又或者舞台上双胞胎可人微笑与柔软腰肢其实只是希望挽回平淡青春的刹那光辉。每个人心中倔强的部分都在这场盛会中被延伸出来，凑成一张执意不破的画片。

可是表层的反思还不够痛；不拆穿谎言，心灵该怎么颤动？

骗局无法在时间中隐藏一生，总有一个片刻我会走出来承认，这个夜晚摆弄的姿势，我都读懂了：我能坦然地将自己的懦弱隐藏在骄傲的孤独之中是因为不敢承认自己同他人一样无法拒绝舞台上那些可望不可即的美与力量；他能爆发出眼泪是为了以悲伤掩盖自己拖曳着残缺身体无力迎接未来的恐惧与绝望，不愿被自己无法模仿的美打动，爱情是他最后的幻觉，命运摆弄希望的把戏，必定惨败的赌局；一切怀念流年的观众在表演面前满怀感激，因为青春代表了过去几乎所有想继续在不饱满的时间刻度上填满的充实的记忆；双胞胎能从容挥洒才艺因为这是少有能证明自己并非无力的瞬间，是她们平淡生活中难得的可以在他人面前惊现光辉的机会，是花费了大部分珍贵的时间、汗水与激情的报答，是呐喊自己在正常学业中比别人走得更慢的反击。

有些话我害怕说不清就没说，我错过了选择的机会。有些问题我害怕别人听不懂就没问，我错过了得知事件真相的时机。有些声音我害怕喧闹就没听，我错过了矫正自己的机会。有些渴望我害怕自己没有资格拥有就没去表达，我没能有勇气体验更多。有些过程我害怕承担努力中的痛苦就没去经历，我失去了证明这些过程毫无价值的证据。有些失败我害怕错过其中可能成功的一丝光明就没去避免，我失去了挽回尊严的机会。有些美丽我害怕无法再次遇见而不忍打破，令我以后在美丽面前胆战，不敢向前。有些姿态我害怕其过于美丽而没去模仿，我没能对比出自己的丑陋。有些对话我害怕自己无法接受就没能参与交流，我失去了否定个体特别的机会。有些环境我因害怕陌生而未能融入，我失去了让他人相信每个阶层的每个人都如此相似和普通的时机。有些目标我害怕无法达到而并未努力，我失去说服自己有时努力也必定无能为力的机会。我表达出所有或真挚或做作的姿势，都只是为了怜悯自己。

终将死亡并不是怜悯的理由。完整有完整担负的责任，残缺有残缺存在的资格，死亡是对存活的挑战与前两者无关。我不会让生命卑微的情感来保护我，我会去保护我们刹那消逝的时间。我们是生物链顶端闪耀的繁星，我们不完美但坚强也渴望完整，我们懦弱但骄傲也会展现愤怒，我们会死亡但会挣扎也会拼命存活。我们是人，我们值得不被怜悯。

我们既不是天使也不是恶魔，我们是人，我们心中留存的本能不是朝圣也不是审判，而是恐惧和贪婪。这是我们的救赎之路，我们要从怜悯自己的泥沼中拖曳而出，我不会再试图去掩盖意志中的恐惧与贪婪，我不要倚靠着狭窄小路的边角，我要走在活着的大道中央。我不需要怜悯自己了，每个人都不需要。

可怜的是，我们必须搀扶在一起才能活着，我们必须皈依感恩与幸福才能接受痛苦，我们必须在生前拼命证明自己的特别才能忘记死后极尽相似的一无所有，我们必须赋予所有人平等的资格才能赢得站在金字塔尖之人诚挚的微笑，我们必须将道德与荣誉供奉在最顶端才能令舆论为现实让道，我们必须实现个人价值才能让周围的环境保持安静。只有这些必须承认的事情让我疲惫，让我不得不牢记自己只是个普通人，让我要以活着为目的达成种群应有的命运。

我的眼睛与思考总是走在我的行动之前，甚至于脱离了很远。即使还处在闲适的环境，我也对未来的离别考虑许多，特别是那些为数不多的亲人。如果父母去世，我对于父母的怀念将完全取决于自己对父母的依赖，关于父母的行为我或许还会坚持一些浅薄淡然的理解但我从不会去计较，因为我从来没有在乎过他们的生活，就像我从来没有在乎过同伴、陌生人、自己的生活一样。我强烈暗示自己所谓“生活”只是模糊不清之物，是永远理解不了猜不透的，我强烈暗示自己将内心愚钝稚拙的一面丢给生活，以便在其他方面保持敏锐清晰达成平衡。能被怜悯之情所打动，因为此时此刻我需要被打动，我需要借用力量使自己走出懒惰，所以那些星星之火才能打动我；若我执意冷漠，正午的艳阳也无法照亮我一分。

放空心态能让我减轻痛苦，生活之中的大部分事物都是玩物，不小心丢掉就算了，遗漏就算了。但对于亲人不一样，我必须强迫自己欠下出一种必须背负的债务来令自己沉重，以至于在失去亲人时仍不能将债务还清，仍能令自己体验到如同亲人依旧存在般的沉重，只要不还清债务我就与持债的亲人留有关联。也许是我走得不够远，我回忆家人、同伴、社会和文化却一点都不思念家乡——家乡中没有我的债务也没有关于背负债务的记忆。

我在乎他人的感觉，特别是在我需要体验或利用这种感觉之时；在乎他人真的能带来一种隐秘的刺激，一种沉稳的愉悦，一种站在道德上风的无法反驳的优越感。最大的问题是一旦自己认定出某种感觉与道德上风有关，人就不会再去希望获得这种感觉，因为这将他人处于道德下风会减轻自己处于道德上风的正确感，这不时翻转的道德指针会令人不适；甚至于对于某些敏感的人，突然理解的道德轮变简直令人恶心。敢于付出真心的人，一定敢于承受视野的模糊，一定善于控制感觉的深浅。

怜悯是人立足于生活、人群、社会的最初动机之一。因为怜悯自己才会希望生存繁育，才会追寻生活；因为怜悯他人才会相互扶持帮助，才会塑造语言建立道德文化。怜悯使得我们能沉甸甸地站立而非轻浮地飘在欲望与情绪之中。

怜悯可以是轻盈的也可以是沉重的，怜悯可以被削减但无法被剥离，怜悯就是我们的自重。我同所有人一样，一直在努力寻找支撑自重的方法。当我坠入大地时才看到了天空，当我抛弃轻盈才感到了自重；我答应自己所有的感慨都仿若扇动的时间之翼永不停息，没有自重的情感都会被尽数吹起。

当人削弱自己的怜悯，就更容易被生活中代表欲望与情绪化的浮尘卷起；当人增加自己的怜悯，就更容易被责任与负罪感压倒在地止步不前。他无法接受自我怜悯，就只能将视野放在双胞胎身上，企图转换角色借由她们的眼睛怜悯自己。我也无法直面自我怜悯，就希望从对他的怜悯中能透射出熹微晨光照亮自己忘记自己的弱小。我与他其实并无二致，虽然表现方式不同，但都是为了撑起被怜悯压抑着的身体。

人是奇怪的生物，关于财富、资源、价值、情感的索取并不是所有人的目的。当一个人要求从撕裂或揭露他人的伤口中获得乐趣谁会去满足他的愿望，相反当一个人要求被伤害或被看穿又有谁去满足这个人。其实一切请求与许愿都是不公平的，处于被动的一方不仅要消耗资源和能力还要背负对他人沉重的怜悯，还愿者总是比许愿者付出更多。我觉得他一直在寻找能打动、看穿他的人，但他又不愿惊扰到满足他的人。

骄傲要么让人觉得自己超然于一切要么让人觉得一切都无足轻重，炫耀自己能够飞翔的人在天上尖叫，而怜悯之心则将这些飘荡在自我世界中的人拉了下来。或者说怜悯换来沉甸甸的骄傲，这时人能飞得起来，但是已经不想飞；已明白飞翔的意义是一方面，另一方面更想坐下来善意地看着在地面上艰难爬行的人和在空中折翼跌落的人。

光斑再怎么小也无法汇聚成一点，生命再怎么近也无法亲手触及。我一直活在生命的内外而非生命本身中，我深知我的思想与意志只是建立在生命载体之上。当人能掌握大自然隐秘的法则，能创造出如自己一般的生命时才意味着真正碰触到生命的奥秘，人只有像怜悯大自然一样怜悯自己才能敢于摆脱创造的禁忌。我们是人，我们值得被怜悯。

之后他的身体又遇到了一次紧急状况，所以就一直待在附近的医院一直没回到学校。医院像他的另一个家，即使执意远离也无法不去依赖。我去医院看他，他那时精神很差，却变得异常勤奋。床头摆放着一页页过去散乱的日记，他每天的唯一“工作”就是整理自己的文章。

有一次我去看他，他竟然高兴地向我展示很厚的一本书作。我很吃惊，不知道他从哪里抢来这么多时间和精力从过往的稿纸中抽捡出这么多文字。后来几次去他那，一本书变成半本，变成一叠，最后只剩下薄薄的几页。

他最初只想将以前未经琢磨的草稿重新包装一番成为能令人轻松读下去的故事，后来渐渐他发现自己的故事并未达到预想中那样饱满，甚至在重复修改之后依然显得单薄。于是他开始将整个主线上的枝叶进行删减，力求简洁明了。等他再次回望自己的作品，发现被拼凑起来的精简段落已不像一个故事，反而坚硬得像一副写满昨日计划的过期日历。但这时他发现薄薄的一叠已无所可删，其中记录的生活琐事也越发冷淡无聊。恐怕是删选日记时迷恋上了裁剪文字的感觉，他想了想终于还是连这一夹纸也放弃了，他丢掉了故事的叙述套路，他微笑着对我说是为了再次在草稿中筛选出自己的“心绪与感悟”。等听到这两个词的时候，我也笑了，我知道他文字中的“心绪与感悟”只是一些黯淡的阴影，虽然这些阴影包含渴望与绝望。但毕竟人不可能将全部自己展现给别人，他的文字也会裁剪出一些惹人怜爱、像模像样的“希望”，以遮盖内心的嫉妒和自卑。他不会将自己最坏的一面展现出来，也不会将自己最好的一面展现出来。他删改的所有文字其实都如同最初的日记一样，只是表达着他想要他人看到的事物。

他在日记中从来不谈及自己的身体状况，似乎是力图掩盖这残酷的事实，又或是在这最后的岁月里身体真的不再应该是他关注的重点。持续不断的文字赋予他自我安慰般的充实感，让他感受到表达的价值。只要表达也就足够了，描述自己与四周的风景至少成为旅程的一个目标，令他可以不空虚地继续前行。他将生活的唯一激情放在文字的反思上，若不将这种反思视为积极的表现，那他在沉沦之后的所有行为都显得无比平淡悲观。与常人相仿或相反的行为描写都不在他的考虑之内，他想从日记中挑出一个平凡而惊异的个体。

很快他就将写作的笔停了下来，他发现描述自己并非这段记忆的核心，纸张上的故事真正能引人注目的还是双胞胎。朝外望去心动经历就在昨天，当人形模具被灌入太多情绪与含义就只能铸出无人认领的陌生产物。可笑的是他在激情衰退的每一天凝练词语，也无法形容出她们的模样。对他来说那模样是狠心的骄傲的，对比来说那模样是糊涂的隐晦的。

后来某天他不愿意在这停留了，终于做出决定在父母的陪伴下回到自己的城市。他要我承诺一定将他写进故事中，还让我把他在医院整理的日记交给她们。当时我就坚定地想，如果要自己执笔，一定要在文字中杜绝虚伪；在我的作品中我就是纯粹的人，需要展示光明的地方一粒沙尘都不能沾上，需要触及灵魂的地方就不能被道德遮掩，该爱的地方一定得爱，该痛的地方一定得痛。

话语和文字究竟是如何让人变得虚伪？人永远都不会在公开的严肃谈话或发行文字中谈及自己的阴影部分。每个人都希望更平滑地融入社会，人都要自我保护，伪装起自己的目的和缺点才更不容易被打倒。

我努力强调自己的不虚伪其实也是一种虚伪。除了虚伪本身人更害怕的是被别人揭穿虚伪的过程，要避免这种过程也不难，要么在别人攻击你之前就揭穿对方的虚伪令其倒地，要么就站起来坦然地揭穿自己的虚伪令别人无法揭穿。我不太愿意享受第一种方法的乐趣，也没有实行第二种方法的勇气，所以我就只能等着友善之人在偶然中揭穿我的虚伪。但是为了减轻和熟悉这过程中的尴尬，我练习在文字中剥开自己的外壳，体验被揭穿的感觉。但这还不够，自己打自己永远都不痛。

我是掩盖自己虚伪的人，也是不敢揭穿他人虚伪的人。后来我想出更好的方法，请别人在纸上来揭穿我的虚伪。这样既真实又不会对自己造成实质性伤害。可是有谁愿意以这种方式帮助他人呢？没有痛苦，灵魂该怎么颤动，该怎么回归到最初的位置？

我扯下他人的面具就是为了增加扯下自己面具的勇气，哪怕这面具已经嵌入我的皮肤，我也要连着我的眼睛、我的鼻子、我的耳朵、我的嘴撕下来。这极端的想法之后我又产生一些新顾虑，要是我将自己剖析干净否定掉所有感知与表达的真实性，那我究竟应该如何将撕掉的眼睛、鼻子、耳朵和嘴重新长出来，抑或是完全抛弃感知与表达，独自沉浸在个人的真实世界中。即使犹豫影响着我，我也坚持要以人原本的面貌活着，我想贴近生命。

当他决定要离开这个城市时，他留下他的日记，我留下我的承诺。

他想让我把日记递给双胞胎，我想写出自己的故事，要将他写进我的故事。

关于他的日记，理解并且期望保留这些文字的是我，而且上面精心筛选的段落并不是双胞胎需要承载的文字，但我还是翻越围栏替他送了过去。

他走之前在屋里墙壁上留下巨大、夸张的字迹，那些都是他所谓的诗句。他说至少能证明曾经来过，可是未如他所愿，这些字迹不久就被粉刷掉了。诗歌能表达诱人的情愫与冲动，但难以描写大片清晰的细节，所有这些呜呼哀哉的短句注定只能是文字的艺术，而非作者希望完整表达的思想本身。晶莹水滴能映射清晨照耀世界，但真正构建起整个世界的还是那些能归纳世界的基本法则以及法则表面数不胜数的细节。

追逐幸福的故事可以给人带来感动，但就是那些关于什么也得不到的旅程才更贴近现实，更令人信服。真正被直面的现实是干涸嘶哑的，只有故事或者以戏剧性情绪去体验现实才会留下眼泪。

最后一次与在班上与他见面的时候，大家请他说些什么，他什么也没有说就毅然决然地走了。除了在梦里我已经有几年都没有低头流泪了，但那天我却流泪了。即使每次都在阻止情感前停顿片刻，我也从未让自己的悲伤越过人皮面罩，这次我在犹豫间后退了，我紧紧地抱住这突破压抑的伤心来诱出眼泪。

我眼中所有事物都模糊了，黑板、教室、天空，像打破的水中倒影，黑白蓝混在一片分不开，唯独只有人的样貌还清晰可见。是啊，我宁愿不压抑自己心中的情绪而去相信这只是个故事，也不想接受他忍受残缺、坚强生存的事实。这是整个有他存在的记忆片段中最清晰的细节，而在这最清晰的画面中我也只深深地记住了自己的眼泪，而非他的片刻神情。我没有任何理由感觉不安，也没有任何理由去记住离别的伤感，我记住流泪的过程只是为了方便以后能解答出自己为何会流泪的疑惑。我已决定平等直视残缺之人而非将残缺之人纳入怜悯的温柔泥沼中，但我没能坚持住，还是用泪水对他表达了怜悯，我背叛了他的坚强，我流着眼泪为他继续的艰难前行划出最无力的一笔。

起初他只是一个住在我下铺的陌生人，现在他离去，大家依然形同陌路，时间截去了中间的旅程只在记忆中留下了清晰的起点和终点。不，连起点都是在模仿终点那单一的形式，时间只吝啬地留下了终点，他在我眼中模糊的最远处消失了。我不愿意写下这些字，我不愿保持沉默，我不愿流下泪，可当笔尖越来越接近纸张墨水就滴了出来，可当紧闭的嘴微微张开呜咽的声音就徘徊起来，可是睁开眼睛视野就湿润起来。泪水来得太突然，还未及时摆脱不知所措的情绪，哭泣已走在悲伤之前。

我只是一个普通人，他很特别。永远不要对我说我能在他眼中看到自己，我不会沦落到他那样残缺，他不能映射出我，他也不可能映射出我。我为什么那样关注他，就像他关注她们一样？他身上没有任何我欣赏的力量与意志，他的虚弱身体令人厌恶、痛心，我害怕自己有一天像他那样悲观无力。也许在生活中他为我打开了面对弱者的窗口，包括如何从他的眼中思考出他所向往的美，如何从他的行动中断言孤独与自卑。他始终没有放弃平淡生活中的安静风景，他即使慵懒也坚持观看着他人的灿烂，在纸张上写下自己的情感；他感受出自己同别人的差异也愿意带着这残缺继续旅程，他再一次体现出生命的积极意义——存活。

后来我一直在为这泪水寻找合适的解释，一种解释是我无法在他之后找到让我施予怜悯之人。我一直在寻求人坚持存活的证据，他是其中一个。王者有王者的桂冠，弱者有弱者的加冕。他走了，那还有谁能在我生活中扮演懦弱的角色，谁还能倒在我面前坦然地展现出觊觎、自卑、无力、残缺。另一种解释是眼泪只是顺其自然的条件反射，如同他到了该离开的时间，我则处在该流泪的状态。就像打足哈欠后想流眼泪一样，他在我旅程中出现得已经足够长久和碍事，以至于我想流出眼泪清洗掉这轻浮劳累的尘事。我并非将哭泣藏在了背影之中，而是我根本就没想过去寻找其他宣泄情感的方式。这泪水就是纯粹的本能或者条件反射。

然而这还没有结束，多年之后的今天，我开始庆幸时间还能慷慨地留给我这段旅程的票根，以至于我还能信手打开记忆的抽屉从一打褶皱的票根中抽出这张，在我快以为这段记忆只是某些恍惚片刻时，构想出的故事时刻提醒我，那段旅程终点的泪水证明了这整段过往剧情都是现实。

以后每当生活中闯进另一个陌生人，似乎就像是预定了一段命运的插曲。人们在相遇之初都不禁要去构想当大家这段共同的旅途过去之后、当所有的细节都被抛弃之后，自己的记忆中到底能留下怎样的终点。连同他一起离开的自卑与软弱正是我身上想要抛弃的那部分。我庆幸他离开了，不至于让我继续笼罩在这雾霾的气氛中，时刻紧张，害怕自己同他那样跌入懦弱的旋涡中。

上了大学之后的第三年我才终于收到他的回信，具体来说是他妈妈转寄的回信，还有他去世的噩耗。“我很久没有回信是怕被母亲发现。镜子中丑陋的我与照片中匀称的面容形成强烈对比，似乎如你所说，这只是生命的玩弄。我读完了你的书写的草稿，前两个故事中他们两人根本没有死亡，这些都是你因惧怕故事没有结尾而编造的结局。你每斩断一次独自为伴的自己就会写下一次死亡，你每逃离出当前的情谊就会走向下一次生命。这是你的故事，所以去主宰了每个人的死亡，你将他们写入死亡，不过是想要映射心中的绝望。希望你能在故事中让我换上绝症而离开，因为你的故事都是走投无路，所以主人公的结局都是无话可说。”

他还是如往常一样，总是模仿我写作的语气教训我。也许他只看到了故事中都讲述着的矛盾与无奈，其实我想要描述的仅仅只是执着——面对残缺，一切都是充满希望的，一切都是超出希望的。

力量

我们在佯装衰退的面貌下汲取力量，我们在经验中表演着生活也在经验中表演着衰败。思想者享受着他人摆弄自己观点的天真表情，也在与倾听者的对话中表现出从容不迫的接纳与安慰，这也是为什么那些几乎可以完全控制内心感情的思想者看起来比只能控制内心部分感情的常人更容易被负面情感打动的原因，这就是诈降。

也许我们对某些花哨浓艳的力量不感兴趣，却依然亦步亦趋地走在表演者身后去仔细揣摩；我们追逐幸福的模糊念头被打破，却依然在幸福的潮流中趋之若鹜；我们妄想穷尽一切真理的好奇心逐渐衰落，但依然搜集着他人追寻真理的手段。为什么这些远离自己旅程的事物应被重视，因为这是经验；我们需要遵守竞争规则，需要往自己身上贴满力量的标签去说服他人，我们需要顺应文化潮流用幸福的钥匙打开他人的真挚，我们需要融入知识与科技，借用发现事物本质的力量去控制事物本质。

只有展现出柔弱的一面才能引人怜悯，只有展现出丑陋的一面才能令人相信自己笔下的美丽真实可信，只有展现出退让才能吸引渴望占有的人蜂拥而至；所以思想者活得更轻巧，只有表达出荒谬的问题、曲折的论述、亦正亦邪的感情才能引人深思。不断重复，无论是对自己还是对他人；只要展示，自然会吸引他人模仿，这才是源自表达的教学；只要发问，自然会吸引自己寻根，这才是源自反思的教学。

在确立目标以后，就没有最重要的东西只有最缺乏的事物，如同站在苹果树下，够不着苹果的人缺乏身高，咬不动苹果的人缺乏牙齿。而在我生命一直前行的旅途中，我意识到自己现在缺乏能力与帮助，最终将缺乏资源和时间。人群被划分为两种角色，果实和采摘者。拥有知识经验资源价值的人能被划分为优秀的果实，而拥有能力耐力勇敢野心的人能成为优秀的采摘者；同样在两性中，普遍情况下女性是果实，男性是采摘者。所有这些比喻都只为突出一点，双方都得足够优秀才能吸引并拿下对方。

“唯一真实的快乐来自于获取力量、表现力量和感受力量”是某个哲学家的论断。我认为力量实际上在当代宁静舒适的生活中起不到决定性作用。力量对于我们信心的增强和意志的暗示才是别的事物无可替代的东西。如同银行系统中底钱起到的作用只是构建最初的客户资金和在流通系统崩溃时应急保护，维持整个庞大金融系统稳步增强的是合理的金融体系和流通准则。力量同样只是支撑人生成长期的基础资金和不被突如其来困难压倒的砥柱，能影响我们生命价值的是我们的行为。

拥有足够资源的人掌握着更为可控的选择权，可以将时间用在追寻自己的目的之上，至少能不让自己陷入为争夺生存资源的竞争中。力量为我们承载道德提供了环境，物质和精神力量都匮乏时我们没有能力保持诚信和关怀，只有我们获取力量才能展示同样的真诚和善良。

我们追逐力量但难以接触力量，我们在力量中挣扎却能得到力量的垂涎。我们可以突然感觉到力量被解放的形式，它会在你充满骄傲带着满脸嘲笑回击对手时流露，它会在你绝望孤注一掷时闪现，它会在你努力拼搏艰苦积累中凝聚。但人们是却难以察觉到力量流失的样子，我们记不清何时记忆力开始下降、知识的数据库开始被遗忘，我们看不清内心稳固的感情如何开始失去平衡，我们猜不透时间是以什么方式剥夺了我们健壮的生命。

我们被剥夺的越多越渴望力量。我们在与力量赛跑的过程中始终都是输者，因为人的生命是有限的，而获取力量的欲望却永无止境。力量映射在我们精神中有一些悲悯的体现，比如我们从来不会授予任何事物“完美”的称号，一方面因为在我们可悲的眼睛中所有外在事物都有一点残缺，另一方面“完美”本身在人潜意识中不可触及的印象暗示着它永不属于我们。

最可悲的是许多人有幸接触力量之后却不去感受力量，如同我们浸淫在痛苦之中却不去体验痛苦。别人无法判断我们的能力情有可原，但如果我们自己也不能认清自己的力量就是对生命的亵渎。人不应该忽视自己的能力，甚至人在任何事物面前都没有资格放弃自身由种群基因与社会环境奠定的能力。促使文化与思想进步，发现与接纳自然规律，在科学技术中突破与创新，这些都是我们应该去做的，也是每个普通人作为人类都能够做到的。

力量不仅给予我们自信，还给我们犯错和胆怯的机会。我们知道即使我们犯下错误或者表现出胆怯，力量也不会因此而丢失。就像只要我们还活着，我们就知道文字和语言并不能剥夺我们的生命，就可以坦然说出“不惧死亡”“为自由和幸福献身”这样的豪言壮语而不需考虑这之中的真实含义。没有力量，恐惧就只能是懦弱和疼痛；有了力量，恐惧就能成为达成下次成功的卧薪尝胆。

我反思旅程中的平淡与失败，比起大多数人持之以恒的修炼，我只是在短时间内依靠学习激情迫使自己获取能力。旅途上的困难常常令我惴惴不安，一旦受到创伤最有效的方法就是在疼的时候把自己当成别人，就像不在乎别人痛苦那样不在乎自己的痛苦。

得不到促就了一种激情，每一次失去都让我头脑中剩余希望得到的事物更加值得追寻；即将失败代表着恐惧，已经失败则永远无法洗去；一切都不是理想中那么简单，一切都还存留有艰难，一切都还富有挑战性，一切都很有趣。只要曾经得到过就表明一定充满希望，一定能再次得到。天黑是人们都闭上了双眼，只要有一个人睁开眼睛就是天亮。我将自己的激情从每一次失败的经历中撤回，又将剩余的激情延伸到每一个可能促使我成功的希望中。希望的花朵即开即败，我只求一朵能永不凋零。

人总是妄想跳过学习和熟练的阶段直接获得能力，想要的东西希望立刻就能得到。力量质变带来的瞬间爆发令人心动，而达成质变循序渐进的步骤则令我们厌烦。对力量的渴求改变了我们做事的本来目的，获取力量的执念越来越强，人被近在咫尺看似繁茂的力量引向深渊。非常惧怕有一天我们渴求力量不再是为了战胜痛苦或达成目的，而是为了满足欲望和荣誉。

力量的本质是控制。简单的来说我们在现实生活中感觉到的力量，或是自然的或是人造的力量都是对事物的控制。如果力量产生的行为已经不能被控制，那不能称作强大的力量，只能说它具有强大的能量。相反如果能完全掌控难以被控制的事物，即使它们看似虚弱渺小毫不起眼，这对自己来说也是一种有力的自我证明。我以前一直以为完成一件大事之后，骄傲的人就会变得谦虚；后来才知道，骄傲的人一直都那么骄傲，谦逊的人一直都那么谦虚。

控制恐惧和贪婪就是为了能在任何环境下保持意志，不被向前或向后的潮流所吞没，稳固自己的方向毫不动摇。贪婪和克服恐惧的动机让人即使处于痛苦和懒惰也能奋力前进；恐惧和阻断贪婪的动机能成为让自己停下脚步，去认真反省、思考和预判的理由。人与动物不同，诱惑动物的欲望可以成为置动物于死地的陷阱，而诱惑人的欲望可以成为人迈向胜利的武器。对于没有成熟的人，恐惧和贪婪就像钟摆的两个极端，来回牵扯着人的注意力和判断，控制着人的行为和思想。拥有控制的力量，人就能反过来操纵恐惧和贪婪，命令自己果断地后退和前行。

在力量面前，人持有追随和排斥两种态度。一方面我们相信足够强大的力量是达到目标的基础。每个人都万分珍惜自己健全心智带来的宝贵力量，每个人都在为生存下去而互相帮助拼尽全力。许多情况下当我们希望达成目标所需的能力与眼前他人展示的力量不谋而合，我们就想要模仿、学习、得到。另一方面我们不需要获得我们不需要获得的力量，或者说我们不需要得到会阻碍我们前进的力量。更多的力量意味着更多的压力和负担。但是裁决这力量是否是真的不需要或者不应得到的决定者是我们自己，我们不需要接受一些会影响我们路线的思想。信息也是一种力量，我们不需要被告知一些我们不能或不愿承担的信息，生活让我们很轻易地理解了这个道理。

难以成功主要是因为没有足够的兴趣和信心。感受到压力背后的点滴希望后就能发现天无绝人之路，一切平淡的事物都会变得有趣和有力。起初我们排斥在各个阶段被强行灌输的知识，这些我们从来不引以为傲的知识和习惯在过剩的筛选之后，往往会成为突破力量瓶颈的最后选择。我们通常需要以受到的帮助和安慰来印证自己的懦弱，而且会渐渐习惯自己的懦弱。如果自己有能力解决问题就不要去获取无用的帮助，否则不仅扰乱已制定完备的计划安排，并且会让自己更加依赖他人。若不敢于用自己的力量去解决问题，成长过程中走过的每一次捷径都会令自己再次面对相同困难时表现出无能为力。在面对困难时人必然会展现出胆怯也必须展示出勇敢与坚决。

这天我听到智者在山顶咆哮：“得不到力量，即使拥有胜利又有何用?”然后深渊中传出愚者的回音：“得不到胜利，即使拥有力量又有何用?”

我最无法忍受的就是死亡和失败，因为这两件事物都是最后的绝望，即意味着事件终结不会再延续，即意味着存留的痛苦无需继续被忍受。我现在的存在依赖于当前事物的存在性或其他掩盖住事物存在性的耀眼光芒，也就是我对自己当前存在的认可取决于当前事件并未终结，或者有成功的喜悦幻觉来令我掩盖事件终结。而死亡和失败必定造成事件的终结，也无法令我麻木，只能令我清晰地感觉到对自我的无法认可。

“过程”成为奋斗路上的安慰剂，人期望增加的速度远远大于目标前进的速度，人将剩余的期望支付在对过程的观望上，让自己在失败之时留有退路。失败是毫不可耻的，也是毫不可惜的。在追逐目标的道路上有种虚幻的快乐不就叫作“努力拼搏”吗？失败之后，郁郁无声的沉默通常会成为最后的奖励，只是这些奖励闪闪发光却毫不诱人。

怀揣着最初的愿望我们会从艰难中一步步挺过来，不过每一次遇到难以逾越的困难时我们都会妥协一些，最初的理想就在一次次妥协中变得接近现实也变得平淡朴素；从海洋深处历经千难万险的疲劳浪花在走进我们的拥抱时就已经失去了它富有力量的胸怀。

当人在最后关头面临失败，才会深深地厌恶自己为之努力的一切，才会陷入比没有能力更加绝望的地步。所有堆砌的坚实壁垒在瞬间崩塌，耗费的汗水，资源与时间都已丧失意义。

另一方面，比起困苦艰辛，这为止步不前提供了更好的理由。于是人开始害怕去追求自己渴望的事物，人害怕放弃也害怕失败，当然那些能坦然接受怜悯、不看清事实、愿意自我麻痹的人除外。

人总是不断地度量自己的能力，以此确切地判断自己是否已经成长。评估力量的砝码很难被找到，以至于在计划要去追求人或事物之前，总有强烈的想要预先证明自己的冲动。可整个证明的过程往往充满艰辛和疲惫而且耗费时间，所以很可能在重拾自信地证明自己之后，最初所要追求的事物早就遗失得无影无踪。比起尽心筹备稳扎稳打地漫步前行，在没有充分准备的情况下就决定前行反而更能突显出胆识和执着。

任何在没有形成质变之前的量变都不具备重要价值，只要不完成任务其间的任何预想都将沦为空谈，或许有人能安慰般地为努力贴上标签，但那只是连虚名都算不上的结语，这就是为什么必须将正在进行的事坚持下去。

即使像人们所说“失败得来的经验总能在以后的人生中用到一次”，不过绝大部分失败后的经验也仅仅只能在下次碰到相似境地时用到一次，如果一开始我就记住了此前成功的步骤，根本就不会碰到类似会置身于失败的境地。

而且只会用到一次的经验，知识与力量，不用去刻意体会或学习，借来就够了。过程的确会让人的经历与成长更饱满，但花费在过程中的精力与时间都是人的不可再生资源，宝贵的时间和资源要花费在那些将陪伴一生的力量上或探索那些未被他人开发的力量上。不过另一方面，如果不学会眼前的力量怎么知道这力量在接下来的旅程中只会用到一次。既不想耗费学习的经历又害怕借来的力量在归还后要被用到，那还留有一种办法，力量依然要借来但永远不要归还。比如成熟的技术就不必再深究只要在需用时模仿，用完就将方法存留以备下次模仿。

在科技的发现与表达面前谨小慎微，对力量的恐惧在某些领域已经超过了对力量的追求。在文化潮流中，知识与科技没有贵贱之别，却有对错之分。道德与文化设定了人思想的界限也划清了科技的对错。过去人一直活在被神创造的世界，所以宗教束缚我们无法扮演神的角色去创造其他生命。生命科学从前沿到禁地只有一代人之差，人已经窥探到生命的秘密只是被自己的恐惧限制无法迈出下一步。

生命从海底走到陆地花数亿年，从古猿进化到能够思考的人只花了几百万年，从陆地到天空人只花了几千年，从现在时间的一瞥到将来触及永恒又需要多久？自然将无法控制人的成长，人会逐渐掌握自我控制进化的方法。

要记住这个世界上只有时间才是真正的敌人。在时间面前，贪婪是生命享有的最高荣誉。人真是有趣的生物，珍惜都来不及却还要渴求贪婪。人的伟大在于，不仅珍惜过去，而且追求未来；不仅希望躲避自然间的灾难，而且要求掌控自然；不仅希望弥补自己的缺陷，而且渴望完整过后的更强力量。

人在探知世界的道路上走得越来越远，对力量的感受越来越真实。我们对这些能够控制、改变甚至创造事物的能力无比亲切，好像这些力量原本就属人类，仿佛发现与学习的过程只是取回在我们还未诞生时就已写好的力量。

整个世界赋予你价值的大小，并不在于你的力量而是在于你的行为。选择幸福你就可能得到幸福，选择价值你就可能表达价值，选择达成目的你就可能触及目的。个体的强烈孤独感促使人拼命奋进。我深知自己的残缺与弱小，才要去读懂他人不能承受之物，勉励自己更清晰地活着；我深知自己的懒惰与懦弱，才不收敛勇敢与骄傲去刺激自己要背着懦弱继续走下去；我怜悯他人心中的欲望与幸福，才要搜集资源与财富去说服他人，因为他们值得看到更多；我深知时间的短暂与迅捷，才强迫自己比以前走得更快，要在老去以及绝望之前更贴近旅程的终点。

我为什么想要克服懒惰与恐惧去奋进，我为什么要搜集资源与帮助，我为什么不甘于平淡还要努力获取力量；因为我清晰绝望地知道，这个世界现在还无法给我想要的东西，如果我不去奋进根本没有人会帮助我达成目的，如果我不去表达根本不会有人去询问我思考的一切。我不说服我自己就无法将自己的思想向他人表达清晰，我不回答自己的问题就不会有人来回答我的问题了，我不去做就不会有人再帮我做。我只要止步不前就意味着后退，只要后退了就将失败。我必须要在短暂时间中爆发式地完成每一阶段的任务，我无数次败倒在自己的慵懒与哀怨中，我知道过了这段时间我的激情与力量就会消退，我知道我只是一个普通人，所以我要借用一切可能的资源达成目的。我无比清晰地明了自己生存的目的、为达到这目的所需行走的路程、以及为了行走必不可少的力量。只可惜我正被懒惰和懦弱侵蚀，有时我真希望自己能坦然接受这舒适的生活与温和的生存规则。幸福待我太轻，轻得让我无法着陆，无法脚踏实地向前迈步。

时代在发展，以追求幸福的名义向社会乞讨已经行不通了。人需要改变才能更快地适应各种环境，才能接纳更多能力与资源。这个世界上有人做君子有人做小人；君子报仇十年不晚，我不报仇；小人怀惠喻于利，我不怀惠；所有远离目标的事物我都不愿理会，我既不想做君子也不愿当小人，我只要继续做人。面对一切锋利的事物，不应该在乎它是否已将自己割伤而在意它是否能为自己所用。人是可以被改变的，如果需要我可以变成任何人，无论自己是否认可。每个人都可以做好出卖幸福，孤单一人的准备；我什么都不要，我什么都不怨，我只要觉醒时看到的刹那天空，我只要种群能接近完整与长存。

正因为无地自容所以才要拔地而起。走得越慢越感到虚弱，因为只需要微弱的力量就能支撑缓慢的行进，于是人就产生一种自己只有虚弱力量的错觉。快速地行走也一样，让人以为自己一直持有强大力量与饱满精力。人的动力与激情是在不断流失的，如果我现在不做，以后可能永远都不会去做了；事情必须有头有尾，事情必须越做越快，我必须逼迫自己对所做的事情充满激情。困难接踵而至，我留有固执己见的方法，在任务的过程中若无法完成当前的一步便跳过这一步去完成下一步直至结束。我不知道如何使用生命是正确的，所以我选择跨过这个问题，选择去做下一步，塑造长存的生命；我不知道如何精炼生命，但我知道为生命增加时间一定没错。

有时这是一个颠倒的世界，刺探秘密的人比持有秘密的人更珍惜秘密，更愿意在费尽心思夺得的秘密的过程中画地为牢，也更在意他人是否正在模仿自己、窥探自己手中的秘密。在一些很有趣的经历中，对于那些执意不信任我的人来说，即使去表达我认真思考过的事物也只像是在表演不懂装懂的模样；甚至于他们连不懂装懂的头衔都不愿给我，对我唯一的评价只是模仿其他技艺精湛的骗子不懂装懂的模样。不过被认定为二手艺人也不错，至少我拥有了公开展现自己秘密的权利，至少我可以不用在人群面前尴尬地处理自己的失落与抑郁。

在秘密面前除了持有秘密的人和在乎秘密的人，其他人都只是衬托这出谍战剧的背景道具。若将自己包装成一个秘密，这个秘密就构成了不让他人轻易捅破窗户纸，也构成了掩盖自己猜忌心的全身绷带。而散播秘密有时并不为名利，在人们感觉自己无法承担秘密时，便会将这沉重的包裹分担给他人。

起初人不敢说出自己最想得到的东西，因为这最想要的事物往往难以获得，而一旦说出就意味着将自己放置于一条难以扭转的轨迹之上。而另一方面人往往并不能完全顺应普世的幸福感但又不得不顺应幸福的价值观，我们常对自己发问“除了幸福人还渴望拥有什么呢?”而面对这个问题人往往不能回答或者不敢于回答，于是人选择继续皈依幸福。

关于是否能成为“本身”的讨论很重要。有时我们在已得到的力量面前表现不出归属感，总有一些细节暗示自己得到力量并不代表真正成为力量本身。在成为一个丑陋之人却能得到美丽伴侣与成为一个美丽之人却只能得到丑陋伴侣之间做出选择，很难不选择后者。

无法得到自己的认同是最残酷的。想要得到的东西似乎违背了或无法完全包容内心的准则，就算能一面忍受着不完整的愧疚一面享受着获得的乐趣，人也失去了对完美的绝对追求，面对理想也只是行走在不断远离的间距之中；这种间距不会带来绝望，只会顺应心中的妥协悄悄夺走人的执着与骄傲，把沸热的激情冲淡为静凉的等待，不过对于抑制激情的人来说等待又何妨呢？

我们等待的结局在我们放弃理想之时就已经失去了选择的可能，之后无论是成功还是失败都更像巧合。我们胜利的模样滑稽得如同成功仿佛本就不应被掌握在我们手里，我们淡然的姿态如同我们从未经历过失败。不过若有一天选择等待的人突然发现被等待的事物早已错过，便会后悔当初没有选择主动追寻。

仪式

他的日记不是写给自己看的，那成册的文字，对他自己只是一种释放仪式，对所读之人才是需要仔细倾听的话语。

因为他要完成这个仪式，不仅要把支离破碎的自己凑成整体还想要用笔墨去创造一个能够理解并拥抱自己的自己。他要试着修改记忆，去想象出身后远远地站着的那个相同的自己真的一直存在。然后他继续相信本体已经悄然与自己重合无数次。他想象着另一个自己对着本体说“你是我一生见过最真实的人”，想象着死亡也会露出仁慈留下更多时间直到这两人能永远保持一体。

偌大的世界中，总有人与自己有相同的生活经历，或者是相仿的情感纠葛，至少是能重合的记忆片段。拥有“相似”的人群中，每个人都在期待从他人身上看到自己，都期待着别人能勇敢地站出来写出自己的经历，每个人也都相信世界上总有与自己“相似”的人已经写出心声，每个人都指望他人能替自己表达心声，所以难得有人宁愿亲自下笔。虽然他始终没有战胜那个伪装成真实自己的懦夫，但至少在生命衰败的末尾放弃了等待，去向他人展示自己生活的残缺与怜悯，去代替那些与他一样困于嫉妒与懦弱的人写出了自己的贪婪与恐惧。

我们的名字是最虚假也是最真实的东西。比起创造的一切财富与价值，人们最先接触到的是名字最后遗忘的也是名字，名字的象征意义比实用意义更为重要。对某些商品或事物的特殊眷恋取决于仪式性的心理状态，像是路标，或许它不能很好地定义或指代某种状态，但它代表着不同阶段的分界线。那些能触动人不同情感的音乐、画面、影像，悄悄地改变着我们的生活背景从而导引着我们感受事物的状态。同样我们的思想就是自己生命的洗涤池，而淡忘思想的生活就是不再被播种的土地，再怎么肥沃也只是墓园的疆土。人们在这墓园躺下是因为已经准备好渐渐死去，人们在这里爬起是惧怕自己正在渐渐死去。

每个人都有童年的梦想，但不是每个人都能固执到始终坚持自己的梦想。幼年拥有自我意识开始时我就有一股执念“不想结束”，它伴随着我的人生直到现在，无论它是否能实现，无论它多么懦弱可笑，它都伴随着我每天或平凡或激动的生活成为了生命的仪式，或许它就是我心中能超越生命意志的执着。

不可否认对过去的印象越来越模糊，以前得来的经验似乎在不断遗失。每次反思中，我都会捞出静谧已久的回忆，将剩余的核心情感与思考过程留下，遗忘所有无关的细节。我逐步修正着现实情感在最初愿望中的偏离，这反思具备重要的仪式性。实际上对于当下的意志，我什么都没有丢失。

隐藏在幕布下的未来问题被提前摆到台上，像一顿丰盛的晚餐。除去看到希望就努力奋斗的人，还有看到希望则慵懒怠慢的人；除去看到绝望就万念俱灰的人，还有看到绝望就发现新起点激情澎湃的人。一帆风顺、没有挑战性的人生的确值得憧憬也值得怜悯，所以要感谢困难令一切都很有趣。

我们一直在寻找最佳时机。无数沉重的情感主宰着旅途中的每一幕演出，活着终究要老去，时间逝去终究会引起恐惧，观看幸福终究会激起嫉妒，追寻真理终究会种下贪婪。人太在意未来所面临的大起大落，而将“终究”提到了“现在”，“现在”可能是更好的时机让人在预警中拼命向前，“现在”也可能是更差的时机令人在繁杂的困难中倒地不起。

那么聪明的人啊，哪里才是最佳的时机？我们一直在寻找规律，就像我们想看穿大自然的本质一样。我自己不清楚哪里才是最佳时间，我也难以相信他人描摹的各种判断命运的模型；所以不单要学会寻找，我一直在期盼的是自己能够创造出最佳时机，我能完整地掌控自己的意志，我能充分地利用自己的能力。

寻找合适时机的过程渐渐转化成一场证明自己的资格赛，到底能不能得到“理想”中的力量与资源？到底能不能让自己成长到“理想”中的高度？这场比赛看起来必败，毕竟要达成“理想”目标实在太难。

人是机巧的，我早就想好了降低比赛难度的托词，我偷偷将比赛中的“理想”改为“普通”。于是我花了十几年一直坚持去证明自己是一个普通人，走到半路却自愿承认自己是一个特殊的，弱者。

我还是在这场资格赛中失败了。尝试变得特别是某种示弱的表现，因为承认平凡所以寻求不同。个体总想脱离根深蒂固的平凡从而得到他人拥护，总想尝试完成他人不能履行的善举，总想反驳他人理所当然的行为。同理，尝试变得平凡也是某种不愿示弱的表现，因为无法承认自己的弱小所以寻求融入人群的机会。在自以为是的姿态无法得到认可之后，筛选出那些没能看透自己、愿意怜悯自己的人，借机俯身接受他人的关怀，这就是我懦弱的表现，也是我寄生于与他人善良之中的表现。

你总会看到这样的人，他们踏你而上，不是遥远的故事或传言而就在你身边。这个世界展示着各种细节无时无刻不提醒着你的弱小，他们以普通人的身份远远超越你，或者说他们将普通人的定义拔高了。为自己的食言与失败寻找借口，于是我开始在生活中表演放手，一种悠然自得的轻松。当我在谢幕时精神重新归于贫瘠，我才敢大笑，刚才上演的剧目不过是为自己作贱。生命立刻变得低俗而冲动，变成尴尬谎言的赠品。

我见过一个执着于儿童文学的作者，这个作者写着不让儿童伤心的悲剧。其中我记忆最深刻的故事是："两个孩子开心地从深山走到城市，感受着神奇城市的繁华一路欣喜游玩，累了就在公园的长椅上休息，渴了就喝小河中的水，饿了就去集市上拿点吃的，他们走啊走有一天一个孩子的裤子破了，幸运的是他们下河游泳看见一个水沟旁飘着几条裤子和好多湿润漏气的透明气球，他正好换上水中的裤子继续结伴行走，过了几天他发现自己大腿和屁股上痒痒的，长了许多红色的小蘑菇，走路也使不上劲，于是另一个小孩去路边捡起几个药瓶让生病的孩子吃下，于是孩子渐渐长出洁白无瑕的翅膀飞往天宫快乐地对地面上的孩子招手欢笑，只留下另一个孩子开心地笑，大腿上也渐渐长出小蘑菇。"

这故事不是写给孩子的，孩子们自然不懂湿润的气球和大腿上的蘑菇究竟意味着什么。孩子们可能只记得住故事中飞向天空的快乐，只可能有极少部分记住这故事的孩子长大了，在某个偶然的巧合下突然回忆起其中的只言片语，才能感受到其中深深的压抑与悲伤。

比起作品本身，作者对观看作品的读者更感兴趣，作者希望了解读者的所属人群，读者对作品的看法，读者是否被说服，以及读者放弃阅读的时间。作者执着于构筑悲剧却努力掩盖其中的压抑与不适，儿童文学成为这个作者试探孩子的工具，用低沉社会的阴影去打动多年之后已成长的孩子们。

我很期待拥有同这个作者一样的能控制读者悲伤的力量。我羡慕悲剧的美感也期待正能量衍生出的说服力，朴素的论调之下我不一定能写出吸引并让读者尽数阅读的幸福结局，但希望写出读者即使通读全书也一定不会失去最初希望的故事。我明白愿望是何等的重要，就算要改造自己的梦想也不会夺走读者的愿望。我还剩些许请求，我请求能将自己的眼睛附在那些看着我文字的眼睛之下，我请求用被注视的眼睛证明我所见之处并非幻影。

写作是一种仪式，我记下断断续续的故事何尝不是倾泻现实、封装自我的过程。对于我来说读书就是为了积累表达的经验，像我这种不善言谈的闲人并不适合当一个读者。阅读更像是一种目的，我从不同风格的作品中了解不同的写作手法，查询或验证信息。如果计划中没有读书的任务，我是不愿翻开沉睡中的书页的。我抱着验证思想的目的去读书，而非在他人的文字中失去自我。我需要从他人的言语中寻找与自己思想契合的观点，并揣测作者为何要如此描摹。

阅读会使我倾心于作者的表达手法，以至于我希望延续作者的写作轨迹，在心中极力描摹与作者一样动人的场景。书本的世界中刻画着太多美丽恢弘的事物，我不希望因对他人旅程的憧憬而忽略了自己记忆中的故事。同所有人一样我也在书本中期待共鸣，不过我并不是寻找能感动我的精巧思维，我是寻找能佐证我思想的他人观点。对书本语言的不敏感令我怀疑自己是否已经过了被文字打动的年龄，或者是自己还处在固执的表达阶段，无法理性接受外部思想。只有天气好时才会耐着性子翻开一些书籍，但也仅仅只能扫过三四页。

书籍我读不下去，因为纸上写的都不是我的风景。即使我希望模仿并成为某本书中的风景，我也会舍不得原本拥有独立意志的一生，我舍不得这场富有挑战性的游戏，我也希望看到这场悬疑电影的结局。另一方面我无法预示自己的命运，否则那就不是命运了。看着自己错过命运赐予的一次次机会，接纳与预想中相反的转折，面临不可思议的困境与援助，才更有趣。

许多人都追寻真实，我也一样，不过我想看到悲观一面的真实，因为事物丑陋的一面令我心安。这是一个可以选择成为别人的时代，是啊，大部分成功与失败都可以复制，脑海中的幻想也可能成为现实。这并不意味着我选择让别人成为我，我只是选择让别人去看看我所看到的真实。

我是下笔无物的人，只有在抑制不住的压力与焦虑下才能将心中掩藏已久的思路从笔尖写出，所以对艰难得来的字句格外珍惜。我总是嫉妒那些能轻易用文字填满纸张的人，如果走在路上有一个句子忽然闪现，我需要紧紧抓住其中的每一个字，生怕到家记录在纸上之前这些文字就被一路上的嘈杂声音吹散。

看见废墟就想起自己苍白的生活，拥有肥沃的土地却仍旧一片荒芜。看到人群就让我感到焦急，我忍不住检查自己是否也会像路边人群中某个缓慢行走的倦怠者一样，在慵懒的生活中流失生命。我不断地想节约时间，立即赶到目的地去执行下一个任务。随性泼洒文字并不能串联起心中的灵感，花了很长时间我也驾驭不住文字，于是我选择控制文字，我不会给语句脱离自己思想的机会。

思考就像缓慢的时钟一样，每次都只走一小步，但只要启动就永远停不下来。那些或正确或错误，或模糊或清晰的问题慢慢地累积下来，越来越多，但我就是固执地希望找到它们所有的答案，甚至于将头脑中本该记忆现实的资源也占用起来。

思考是一种瘾，就像他每天沉浸的孤独时刻一样。但我意识到自己离现实生活越来越远时，就开始想办法减少自我思考的时间，删去头脑中对不重要问题争论的记录，重新配置面对现实和面对思考的时间。我随笔记下的文字是为了倾泻自我，腾出资源再将现实封装进自己身体。

借以大段文字铺垫背景缓慢引出主题能烘托出更易于表达的环境，但详细描写背景环境会消耗掉许多文字空间。如果书本没有一定的长度与密度，就是对读者的敷衍。完整要有完整的思想，片段也要有片段的含义。当我希望表达时，总是认真地思考句型结构用词搭配，艰难地挤出每一个词，我希望每句话都能表达单独完整的含义。

我头脑中想要表达的事物太多了，不能够令文字信手写下去。大段的铺垫和背景太浪费笔墨，不符合我直抒胸臆的风格，我要保持写出的每一句话都有支持结构或展现思想的功能。文字不同于话语，它本身就被要求为简洁深刻。许多时候我写完一条论点就不再想去解释，因为我想把去解释论点的空间用在叙述下一个论点上。

书中的话语不能轻信，当写作者迷恋上文字和韵律就不会在意现实事物对文字的束缚，只是充分表达音乐性的旋律和画面修饰。诗歌和小说作品也许不会被人忘记但难以成为精致的佳作，一个太短一个太长。诗歌和故事都是思想的载体，诗歌蕴含不了完整，而小说却为了表达思想而将背景塑造得太庞大。论文则有着它独有的紧实与厚重，它沉甸甸的真实感与巨大的表达密度是其他文体难以企及的，同时它也最难以被接受。文化没有放弃诗歌和故事这两种题材，因为这两种载体最能让人接受，换句话说最容易说服人。真理和思想要伪装成亲近人的现实才能引人注意。

在信息臃肿的今天表达自己已不能赢得关注，只有在别人脸上绘画其他人才会在意。我借由在故事中构造他人的命运来展示自己的双眼，希望别人能用我的双眼看到我视野之外的世界。我渴望选择写作的内容，而非让空白的纸张将我的笔墨掏空。我所写的故事极尽平凡，每个人的经历都与之有部分重合，思想也极尽普通，每个人都曾见过。云端之上有极尽优美的诗、流溢成河的曲、萤火灿烂的歌；云端之下，只有严肃端正的段落、朴素诚实的文字。不吟诗歌，不作画册，我只想写真正的书。

书的目的只有两个，一是筛选出希望思考的人，二是分发灵魂。

只要书本中的文字对读者付出真心，就可能使读者思考，就可能引导读者的思想；若作者愿意将感情融入书本的段落之中，就可能将书本的灵魂分给读者，令读者去延续书本中的思考模式与思想结论，去展示与表达给他人，从而将书本的灵魂分给更多人。

思考是人的使命，而表述是生命的仪式。当人认识到成功的必要性，才会去刻意追求质变。历史上有许多人即使舍弃一切，出卖一切也要让大家看到他认为正确的事物。因为只要仪式一开始就不能停下来，否则前面所做的一切准备与努力都将化为黄土失去意义。

生命的仪式不到最后一刻永远不知道结局，要完成这耗费一生的仪式，或许倾尽所有才能让人们知道：去思考！从平凡到神圣或许只有一步，千万不要让生命在幸福生活的拥抱下忘记走这一步！围绕真理徘徊的人群中有多少真正坚信科学能够改变我们种群的命运，能够将我们的生命与时间融为一体？完整与长存的“天空”透过人眼睛究竟能进入现实多少？到底用资源与科技能将这寓示永恒的“天空”向我们拉近多少？

写作是个仪式，这些纸上的故事总结了我前半生的意义，刻画着我后半生的论调。我在自己的文字中袒露了很多很多，我想自己或许有资格在文章中引用前人的话语。我希望告诉每一个读者：你值得看到更多；你或许有你幸福、任性的梦想，这个梦想属于你自己，但完整与长存是所有人的梦想，也是你的梦想，即使你不敢接受，人们也会相互簇拥着帮你实现。

仅从个人角度来说，世界没有任何权利要求我们奉献一生。在世界的大环境中生活，我们首先必须明确自己愿意继续存活究竟是为了什么？我们融入社会生存至今是因为我们深爱这个世界。我们需要直面的不仅仅是自己，还需要面对整个种群的命运。义务和责任不仅仅是被规定的，而且是我们自己去寻找的。我并不去选择皈依生活，因为我不敢放弃思考出的目的，我怕一放弃整个旅程就毫无意义，所以才拼命去承认在追求永恒道路上的义务和责任。每个人都拥有自己的生命意义，它代表了个体的意志与利益，一旦被散播在群体中就相当于把个体敏感的思想暴露在复杂的环境中，无论对于个体还是集体来说都是危险的。

同伴，我无法询问你的意愿，不能检查你生活的义务、资格、责任和能力，不能塑造你的思想，不能假借你的名义看到你自己原有的姿态。我不会影响你，不会告诉你，也不会离开你。我没有东西可给你，你也不需要从我这里得到任何事物。我以展示错误逻辑诱你正确思考。我用心在写，但不要求你用心去听。可只有一件事我想要强迫你：去睁开眼睛思考吧！我没有闭眼就是为了请你看看我已经看到的部分，请你帮我去看看我看不到的部分，无论你是否愿意。

结尾

我记不起这三个人的名字也再看不到他们的模样。我原本没有勇气显露出来的个人意志在他们的滋养下萌发、成长。

这些故事的确有着强硬的转折，故事本身并不值得关心。对已经相处了二十多年的自己毫不在意，我希望透过他人的视角描述自己，才看到了这三条生命，我希望能够吞吐自己，才会去拥抱书写我的人。

在过去我还敢说：这个世界上只有一个人我能确切地感知到他对我的认同与纯粹理解，世界上只有一个人我看见他真正站出来毫不吝啬地批判与修正我的行为，那就是我自己；我希望为自己扮演生命中的所有角色，我希望用自己替代旅程中的所有同伴。

现在我不能说了，因为已错过最佳时机。故事最美的地方便在于不知真假，除去作者本身，大多数读者都不知道究竟故事的哪一部分属于真实哪一部分属于虚假，究竟真实的部分是怎样被夸大的描写所掩盖，究竟虚假的风景中隐约闪现的原始记忆会有怎样的真实。好的故事能操纵读者对真实与虚假的判断，作者可以通过强调谎言来令读者寻找真实，如童话；也可以强调过程令读者思考结果，如诗歌。我做不到以上两点，我没有沉静的心情与时间将所有故事编织成一个起伏跌宕的童话或诗歌。我不强调真实也不强调虚假，我选择强调人物本身。这些故事原本是三个人经历的三段记忆，我仅仅将所有真实的片段顺序排布，然后把属于自己的那部分偷偷修改掉。这些故事的重点不是里面都有我，而是每个故事中哪个人物才是真正的我，哪一连串经历才是现实生活中真正的成长过程。比起个人意志，也许我更想表达一种安静。他们都在文字中活着，以替代我的方式。

请允许我改述伯特兰·罗素于自传中的话语："这个世界上有三种痛苦驱使我存活至今：对死亡的恐惧，对残缺的怜悯，还有对贪婪无以遏制的渴求。"所谈及的这三种痛苦是我力量的源泉，克服这三种痛苦是我人生的难题。我希望看清的不只是自己，我需要的也不仅仅是真理。我并没有塑造最高尚和最卑下、最美丽和最可怕，我只是将普通生活带入内心的挣扎中。

在结尾，我想重新提下第一个问题。每个人都拥有一个独特的、等待着的、心中早已想好并思考已久的、一遇到就会被打动的、一离去就会失落的、只要存在就会渴望被问及的第一个问题。就像鉴定婴儿是否说出过第一句话，是在于有没有人听到那第一句话；如果没有任何人听到婴儿说话，即使婴儿在暗地里自言自语也只代表世界上多出现一个哑巴。人是社会性物种，同样如果没有人问出自己一直思考的问题，自己关于这个问题的思考相当于没有表达。

对于不准备被问及第一个问题的人来说，交流很公平，每一次谈话都没有期望，显得轻松坦然；对于时刻渴望被问及第一个问题的人来说，交流依靠运气，看看是否能在无数次相遇之后找到能问及自己的人。"过去"和"未来"只是我们讲给别人听的故事，现在到底是什么只有自己知道。你想好了渴望被提及的问题，是否也想到了自己渴望说出的答案？这个问题将揭示了你生命的动机，这个答案将概括你活过的时间，也将暗示你的未来。

每个人的第一个问题都不同。想想看，最令你排斥、躲藏或者厌恶的事物是什么？然后是否能为了拥有它或阻止它活下去。有人见过世界幸福的一面，决心追逐幸福；有人厌恶世界丑恶的一面，决心改变丑恶；我见过美丽与丑恶并时刻被打动，但我并不珍惜生活中的美丽与丑恶，因为我想得到解答世界的完整答案而非映射完整的细碎光影，也许我需要追求理想中的完整与长存。

生命太短了，一张纸都不要就能写透：出生、成长、繁育、死亡。即使鼓足勇气微笑，也难以接纳不断翻新的生活。喜欢和眼泪都不容易，要清晰展现每一种感情都需穷尽一生。时间太短了，来不及借我倔强地行走一生。

有时我还是觉得生命太短了。短得我必须时刻寻找喜爱的事物，否则间断的空隙就将被即来的落魄感淹没；短得我都不能认清到底什么是自己喜欢的事物，因为一切似乎都在短暂的生命中显得弥足珍贵；短得我都来不及喜欢谁，我怕自己会臣服于短暂生命，还未让她看清我真实面貌之前就经不住虚荣对她表达爱意；短得我都不忍独自为伴，我怕另一个自己会偷走我一半的时间。

有时生命还是太短了。短得我必须学会纯粹地哭泣，否则怎么来释放明天比昨天越来越少的日子，却留存越来越多的阴郁；短得我只有仓促地哭泣，因为泪水从眼睛流出到浸透世界的时间早已不够；短得我都无法大哭一场，若我在哭泣中动容，那眼泪还未止住，时间就已提醒我旅程将要结束；短得我无法尽心尽力做出是否哭泣的选择，只能去坚持微笑。

这是我的第一个问题与答案：

“最令你排斥、躲藏或者厌恶的事物是什么？”

“我厌恶不了任何东西；生命太短了，短得我来不及厌恶任何事物。”

想想看，假如老了，我可能会把记忆中所有人的名字都忘掉，我只能记住一些代词，甚至于我连代词的指代意义也会忘记。所有场景我只能想起这是关于他的故事，或是她的故事，或是我的故事或是你的故事。然后再老一点，我可能连他和她都分不清了，我只能辨别这是我的故事，还是你的故事，还是他的故事。接着时间再走长一点，我可能连他也不知为何意，所有叙述我只能判断出这是我的还是你的。最后时间走不动了，我终于连你我都分不清了，我不记得我是谁，只记得一切画面都是你告诉我的，一切故事都是你的。

最后，这个世界终于宁静了，终于只有你了。你是谁，我忘了，只记得未曾离你如此之近。

图书在版编目（CIP）数据

未曾离你如此之近 / 刘昱 著. —北京：东方出版社，2015.9
ISBN 978-7-5060-8499-4

Ⅰ.①未…　Ⅱ.①刘…　Ⅲ.①长篇小说—中国—当代　Ⅳ.①I247.5

中国版本图书馆 CIP 数据核字（2015）第 238302 号

未曾离你如此之近
（WEICENG LINI RUCI ZHIJIN）

作　　者：刘　昱
责任编辑：姬　利　王　萌
出　　版：东方出版社
发　　行：人民东方出版传媒有限公司
地　　址：北京市东城区朝阳门内大街 166 号
邮政编码：100706
印　　刷：北京中科印刷有限公司
版　　次：2015 年 11 月第 1 版
印　　次：2015 年 11 月第 1 次印刷
印　　数：1—1500 册
开　　本：660 毫米×960 毫米　1/16
印　　张：21.75
字　　数：220 千字
书　　号：ISBN 978-7-5060-8499-4
定　　价：43.00 元
发行电话：（010）64258117　64258115　64258112